야망의
계절

Rich Man, Poor Man

An Orion paterback

First published in Great Britain in 1971
by Weidenfeld & Nicolson
This paperback edition published in 1996
by Phoenix

Reissued in 2002
by Orion Books Ltd

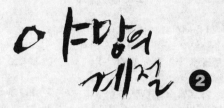

야망의 계절 ②

rich man, poor man

어윈 쇼 지음 │ 안정효 옮김

집사재

옮긴이에 대해서

안정효 1941년 서울에서 태어나 1965년 서강대학교 영문과를 졸업했다. 1964년 〈코리아 헤럴드〉 문화부 기자를 시작으로 〈코리아 타임스〉, 〈주간여성〉 기자, 한국 브리태니커 회사 편집부장, 〈코리아 타임스〉 문화체육부장을 거쳤다.
1975년 가브리엘 마르께스의 《백년 동안의 고독》을 비롯하여 현재까지 150여 권의 책을 번역했다. 1983년 〈실천문학〉에 장편 《전쟁과 도시(〈하얀 전쟁〉으로 게재)》로 등단하여 《가을바다 사람들》, 《학포장터의 두 거지》, 《은마는 오지 않는다》, 《동생의 연구》, 《미늘》, 《힐리우드 키드의 생애》, 《나비소리를 내는 여자》, 《낭만파 남편의 편지》, 《태풍의 소리》, 《하늘에서의 명상》, 《착각》, 《미늘의 끝》, "헐리우드 키드의 20세기 영화 그리고 문학과 역사" -《전설의 시대》, 《신화와 역사의 건널목》, 《정복의 길》, 《지성과 야만》, 《밀림과 오지의 모험》 등을 발표했으며, 〈악부전〉으로 김유정 문학상(동서문학사 제정)을 수상했다. 그의 소설은 영어, 독일어, 일본어, 덴마크어로도 번역되었다.

야망의 계절 2

초판 1쇄 인쇄일 | 2004년 3월 20일
초판 1쇄 발행일 | 2004년 3월 25일

지은이 | 어윈 쇼
옮긴이 | 안정효
발행인 | 유창언
발행처 |

출판등록 | 1994년 6월 9일
등록번호 | 제10-991호

주소 | 서울시 마포구 서교동 463-28 공암빌딩 301호
전화 | 335-7353~4
팩스 | 325-4305
e-mail | pub95@hanmail.net / pub95@chollian.net

ISBN 89-5775-078-9 04840
     89-5775-076-2 (세트)

값 9,000원

제11장

1946년

1

웨스터맨의 집 지하실은 불빛이 침침했다. 그들은 일종의 밀실처럼 꾸미고는 거기서 파티를 열곤 했다. 오늘 밤에도 파티가 열려서 남녀 아이들이 스무 명쯤 모여, 어떤 아이들은 춤을 추고 어떤 아이들은 방의 어둑어둑한 구석에서 서로 더듬었고, 어떤 아이들은 그저 베니 굿맨이 〈종이 인형〉을 연주하는 레코드에 귀를 기울였다.

군대에서 돌아온 어떤 아이들이 새로 악단을 시작해서 모임마다 거의 다 차지해 버렸기 때문에 리버 파이브는 요즈음 이곳에서 별로 연습을 하지 않았다. 루돌프는 사람들이 다른 악단을 고용한다고 해서 불평을 하지는 않았다. 그 아이들은 리버 파이브보다 나이도 많았고 연주도 훨씬 더 잘했다.

알렉스 데일리는 방 한가운데서 라일라 벨캄프와 꼭 껴안고 춤을 추었다. 그들은 6월에 졸업하면 결혼할 계획이라고 만나는 모든 사람에게 얘기했다. 알렉스는 열아홉 살이었고, 학교에서는 성적이 좀 나빴다. 라일라는 약간 감정이 지나치고 멍청했지만, 그래도 그런 대로 괜찮았다. 루돌프는 어머니가 열아홉 살 때 라일라와 비슷했을까 궁금했다. 루돌프는 아버지가 엘리지움에서 집으로 돌아오던 날 어머니가 했던 얘기를 녹음했다가 알렉스에게 들려주었으면 좋았으리라고 생각했다. 그것은 신랑이 될 모든 남자에게 필수적으로 들려줘야 할 내용이었다. 그러면 예식장으로 그렇게 사람들이 많이 몰려들지는 않을지도 모른다.

줄리는 밀실의 한 쪽 구석, 부서진 낡은 안락의자에서 루돌프의 무릎 위에 앉아 있었다. 방 안에는 남자들의 무릎에 올라앉은 여사가 여럿이었지만 그는 그녀가 그러지 않기를 바랐다. 그는 자신이 그러고 앉은 모습을 남들이 쳐다보고, 자신의 기분이 어떨까 상상하는 것이 싫었다. 남들에게 보여 주지 않아야 할 행동이 있게 마련이었다. 그는 나이를 아무리 많이 먹더라도 여자를 남들 앞에서 자신의 무릎에 앉혀 놓는 광경은 상상하기가 어려웠다. 하지만 만일 그가 그런 내색이라도 했다가는 줄리가 화를 내리라.

줄리는 머리를 내밀면서 그에게 키스했다. 그는 물론 그녀에게 마주 키스했고, 그러는 것이 좋기는 했지만, 그녀가 그만했으면 하고 바랐다.

그녀는 가을 학기를 위해 바나드에 지원했고, 입학이 되리라고 상당히 자신만만했다. 그녀는 학교에서 공부를 잘했다. 그녀는 자신들이 뉴욕에서 바로 곁에서 함께 지내도록 루돌프가 콜롬비아에 들어가기를 바랐다. 루돌프는 하버드나 예일을 염두에 둔 체했다. 그는 자기가 대학에 갈 입장이 아니라는 얘기를 줄리에게 할 용기가 없었다.

줄리는 그의 턱 밑으로 머리를 박으며 더욱 파고들었다. 그녀는 다른 때 같으면 그가 웃음을 터뜨릴 그런 신음을 냈다. 그는 그녀의 머리 너머로 파티를 즐기는 다른 사람들을 쳐다보았다. 이 방에 모인 사람들 가운데 성경험이 없는 사람은 자기뿐일지도 모른다. 그런 문제가 나오면 거짓말을 하는 아이들이 없지 않기는 해도, 그는 버디 웨스터맨과 데일리와 케슬러만은 확실히 경험했으리라 믿었다. 다른 아이

6

들과 그가 다른 점은 그것뿐이었다. 그는 만일 그들이 자신의 아버지가 두 사람을 죽였고, 동생이 미성년자 강간죄로 유치장에 들어갔으며 자신의 누이 그레첸이 (너무 질겁할 만큼 놀랄까 봐 미리 알려준다고 하면서 그에게 편지를 보냈듯이) 임신을 한 채 결혼할 남자와 동거 중이고, 어머니는 아버지에게 같이 자고 싶을 때마다 3만 달러를 내야 한다고 요구했다는 사실을 알게 되어도 자기를 파티에 초청했을지 궁금했다.

조르다슈 집안이 유별나다는 점은 의심할 여지가 없었다.

버디 웨스터맨이 그에게로 와서 말했다. "어이, 이봐, 위층에 가면 펀치 술하고 샌드위치하고 케이크가 있어."

"고마워, 버디." 루돌프가 말했다. 그는 줄리가 제발 무릎에서 내려가 주기를 바랐다.

버디는 쌍을 지은 다른 사람들에게도 그 말을 전하면서 돌아다녔다. 버디에게는 아무런 문젯거리도 없었다. 그는 코넬로 진학해서, 다음에는 아버지가 시내에서 법률가로 지반을 다져 놓았기 때문에 법을 전공할 작정이었다. 버디는 다른 악단으로부터 베이스를 연주해 달라는 접촉을 받았지만, 리버 파이브에 대한 의리 때문에 거절했다. 루돌프는 버디의 의리가 세 주일 정도밖에 가지 않으리라고 예상했다. 버디는 천부적인 음악가였고, "그 친구들 진짜 음악을 알아"라고 그가 말하는 소리를 듣고는, 그렇지 않아도 이제는 그들이 한 달에 한 번밖에는 공연 초청을 받지 못하는 처지여서, 버디가 끝까지 버티리라고는 기대하기가 힘들었다.

방 안의 다른 아이들을 둘러보면서 루돌프는 자기가 어떻게 되리라는 운명을 그들이 거의 모두 안다는 사실을 깨달았다. 케슬러의 아버지는 약국을 경영했고, 케슬러는 약학대학에 진학해서 아버지의 일을 물려받을 운명이었다. 스타레트의 아버지는 부동산업자였으며, 스타레트는 하버드로 가서 경영대학에 들어가 아버지의 돈 관리를 돕는 처지가 될 운명이었다. 로손의 집안은 건축회사를 소유했고, 로손은 공학을 공부할 계획이었다. 대학에 들어가기에는 너무 둔한 데일리까지도 아버지의 수도 시설 사업에 투신할 운명이었다.

루돌프에게는 아버지가 물려줄 빵 가마의 위대한 돌파구가 마련되었다. "난 곡물에 손을 대겠어" 또는 "나는 독일군에 입대할 계획이야. 아버지가 거기 졸업생이니까"일지도 모른다.

루돌프는 모든 친구들에 대한 부러움의 역겨운 감정을 느꼈다. 베니 굿맨은 축음기에서 은빛 레이스처럼 클라리넷을 연주했고, 루돌프는 그가 부러웠다. 누구보다도 더.

사람들이 왜 은행을 습격하는지 이런 밤이면 그는 이해가 갔다.

그는 이제 다시는 파티에 가지 않을 작정이었다. 남들은 아무도 모르고 있을지언정, 그는 이런 곳에 끼어 들 처지가 아니었다.

그는 집으로 가고 싶었다. 그는 피곤했다. 그는 어찌된 일인지 요즈음에는 항상 피곤했다. 아침에 자전거로 한 바퀴 도는 일 말고도, 그는 학교가 파한 다음에 4시부터 7시까지 가게 일을 돌봐야 했다. 과부는 보살펴야 할 아이들이 집에서 기다리기 때문에 하루 종일은 일을 못한다고 못박아 결론지었다. 그것은 루디가 육상부나 웅변 반을 포기해야 함을 뜻했고, 그는 공부할 기력이 모자라서 성적도 떨어졌다.

그는 성탄절이 지난 다음에 감기가 걸려 몸도 아팠는데, 겨우내 낫지를 않을 기세였다.

"줄리." 그가 말했다. "우리 가자."

그녀는 놀라서 그의 무릎에 일어나 앉았다.

"아직 일러." 그녀가 말했다. "파티도 훌륭하고."

"알아, 알아." 생각했던 것보다도 더 신경질적인 목소리로 그는 말했다. "난 그저 이곳에서 나가고 싶을 뿐이야."

"우리 집에 가면 우린 아무것도 못 해." 그녀가 말했다. "브릿지를 하자고 집에 사람들을 불렀으니까. 오늘은 금요일이야."

"난 그냥 집으로 가고 싶어." 그가 말했다.

"그럼 혼자 가." 그녀는 그의 무릎에서 내려와, 화가 난 표정으로 그를 내려다보았다. "날 집까지 바래다줄 다른 남자를 구할 테니까."

그는 머릿속에서 오가던 생각을 모두 토로하고 싶은 충동을 느꼈다. 그러면 그녀는 이해할지도 모를 일이다.

"세상에, 원 세상에." 줄리가 말했다. 그녀의 눈에는 눈물이 고였다. "파티에 같이 오기도 몇 달 만인데, 오자마자 집으로 가겠다고 그러다니."

"내가 기분이 좋지 않아서 그래." 그가 말했다. 그는 일어섰다.

"참 이상해." 그녀가 말했다. "나하고 만나는 밤이면 늘 기분이 나빠지는구나. 테디 보일란하고 나가서 돌아다니는 밤이면 기분이 좋겠지만 말야."

"보일란 얘기는 꺼내지 마, 알겠어, 줄리?" 루돌프가 말했다. "난 그 사람 몇 주일째 만나지 않았어."

"웬일이야. 그 사람 염색약이 떨어지기라도 했어?"

"비꼬지 말아." 루돌프가 짜증스럽게 말했다.

그녀는 땋은 머리를 흔들며 돌아서더니 축음기 앞에 모여 있는 사람들에게로 갔다. 그녀는 약간 들창코에 말쑥하고 영리하며 날씬하고 귀여웠고 그곳에서 가장 예쁜 여자였기에, 루돌프는 그녀가 어디로 여섯 달이나 일 년쯤 가서 살다가 자신이 피곤함에서 회복되어 맑은 정신으로 모든 일을 정리할 기회를 가진 다음에 다시 돌아와서 함께 새 출발을 했으면 하고 바랐다.

그는 위층으로 올라가서 외투를 입고는 아무에게도 작별인사를 하지 않고 집을 나섰다. 축음기에서는 주디 갈란드가 〈전차를 타고〉를 불렀다.

바깥에서는 2월의 안개 같은 강변의 차가운 빗발이 바람결에 날려 그를 적셨다. 스미는 빗물에 그는 외투 깃을 세우고 기침을 했다. 그는 울고 싶은 심정으로 천천히 집을 향해서 걸었다. 그는 줄리와의 이런 말다툼이 싫었지만, 점점 그런 싸움이 잦아졌다. 만일 그들이 나중에 서로 부끄러움을 느끼게 되는 그런 어수룩하고 욕구불만으로 가득 찬 애무에서 끝나는 대신에 정말로 한 몸이 될 수만 있었다면, 이렇게 항상 서로 트집만 잡는 일은 없으리라고 그는 확신했다. 그러나 그는 그녀에게 그럴 엄두가 나지 않았다. 그러려면 그들은 그것을 숨겨야 했고, 거짓말이 필요했고, 죄인들처럼 어디서 몰래 숨어 그짓을 해야만 했다. 그는 오래 전에 결심을 했었다. 그것은 완벽해야 했고, 그렇지 못하다면 차라리 그만두는 편이 나았다.

호텔 지배인이 특실의 문을 열어젖힌다. 지중해를 굽어보는 발코니가 나타난다. 야스민과 백리향(百里香) 향기가 가득하다. 햇볕에 검게 탄 두 젊은이가 차분하게 방 안을 둘러보고 지중해에 눈길을 던진다. 제복을 입은 벨보이들이 가죽 가방을 여러 개 들고 들어와서 방마다 늘어놓는다.

"*Ça vous plaît, Monsieur?*(마음에 드십니까? – 옮긴이)" 지배인이 묻는다.

"*Ça va.*(쓸 만해 – 옮긴이)." 햇볕에 탄 젊은 남자가 말한다.

"*Merci, Monsieur*(감사합니다, 선생님 – 옮긴이)." 호텔 지배인이 뒷걸음질을 쳐서 방에서 나간다.

햇볕에 탄 두 젊은이는 발코니로 나가 바다를 쳐다본다. 그들은 푸르름을 배경 삼아 키스한다. 야스민과 백리향 냄새가 더욱 짙다.

또는…….

담벼락에 눈이 높다랗게 쌓인 작은 통나무집이 하나. 뒤에는 산들이 솟았다. 햇볕에 탄 두 젊은이는 웃어대며 옷에서 눈을 털고 들어온다. 벽난로에는 불이 활활 타오른다. 눈이 어찌나 높이 쌓였는지 창문까지도 덮었다. 고원의 세계에는 그들뿐이다. 햇볕에 탄 두 젊은이는 벽난로 앞에서 쓰러진다.

또는······.

햇볕에 탄 두 젊은이가 승강장의 붉은 양탄자 위를 따라 걷는다. 시카고로 가는 20세기(유명한 기차 이름—옮긴이)가 번쩍이며 철도에 서서 기다린다. 두 젊은이는 하얀 저고리를 입은 짐꾼 앞을 지나서 기차간으로 들어간다. 특등실에는 꽃이 가득하다. 장미의 향기가 난다. 햇볕에 탄 두 젊은이는 마주보고 미소를 짓고는 술을 한 잔 들려고 살롱 칸으로 간다.

또는······.

루돌프는 밴더호프 거리로 접어들며 빗속에서 처량하게 기침을 했다. 난 영화를 너무 많이 봤어, 그는 생각했다.

지하실 불빛이 빵 가게 앞 창살 사이로 흘러나왔다. 지옥의 불. 무명용사 악셀 조르다슈. 만일 아버지가 죽는다면, 누가 잊지 않고 불을 꺼 줄까? 하고 루돌프는 생각했다.

집 열쇠를 손에 들고 루돌프는 머뭇거렸다. 어머니가 3만 달러에 대해서 그런 미친 소리를 한 다음부터 줄곧 그는 아버지를 불쌍하게 생각해 왔다. 아버지는 마치 큰 수술을 받고 병원에서 갓 나온 사람처럼, 죽음을 알리는 손길을 어깨에 느끼는 사람처럼, 말없이 조용히 집 안을 돌아다녔다. 악셀 조르다슈는 언제나 루돌프의 눈에 강하게, 무척이나 강하게 보였었다. 그의 목소리는 우렁찼고, 그는 멋대로 예고도 없이 행동했다. 이제 오래 계속되는 그의 침묵과, 필요 없는 소리는 하나도 내지 않으려고 조심스럽게, 천천히, 미안하다는 듯 신문을 펼치거나 커피 한 잔을 따르는 그의 행동은 어쩐지 무서웠다. 갑자기 루돌프는 아버지가 죽음을 맞기 위한 준비를 한다는 생각이 들었다. 층계 손잡이를 잡고 어두컴컴한 현관에 서서, 그는 어렸을 적 이후 처음으로 자기가 아버지를 사랑하지나 않은지를 혼자 따져 보았다.

그는 빵 가게로 통하는 문으로 가서 열고 안으로 들어가 뒷방을 지나 지하실로 내려갔다.

아버지는 아무 일도 하지 않고 나무 의자에 앉아서, 앞을 가로막은 빵 가마와 옆 마룻바닥에 놓인 위스키 병을 멍하니 쳐다보고 있었다. 고양이는 구석에 엎드려서 눈치를 살폈다.

"저예요." 루돌프가 말했다.

아버지가 천천히 그에게로 눈을 돌리더니 머리를 끄덕였다.

"제가 도울 일이 혹시 없을까 해서 내려왔어요."

"없다." 아비지가 말했다. 그는 손을 뻗어 위스키 병을 들어서 한 모금 마셨다. 그는 루돌프에게 병을 내밀었다. "좀 마시겠냐?"

"고맙습니다." 루돌프는 위스키를 조금도 마시고 싶지 않았지만 자기가 마시면 아버지가 좋아하리라는 생각이 들었다. 병은 아버지의 땀이 묻어서 미끄러웠다. 그는 한 모금 들이켰다. 입 안과 목구멍이 타오르는 듯했다.

"너 흠뻑 젖었구나." 아버지가 말했다.

"바깥엔 비가 와요."

"외투를 벗어. 젖은 외투를 입고 앉아서 버틸 필요는 없으니까."

루돌프는 외투를 벗어 벽의 옷걸이에다 걸었다. "하시는 일들은 잘 되어 가나요, 아버지?" 그가 물었다. 그는 아버지에게 이런 질문을 한 적이 없었다.

아버지는 조용히 웃었지만 대답은 하지 않았다. 그는 위스키를 또 한 모금 마셨다.

"오늘 밤엔 뭘 했냐?" 악셀이 물었다.

"파티에 갔었어요."

"파티라고." 악셀이 머리를 끄덕였다. "트럼펫 연주를 했냐?"

"아뇨."

"요샌 파티에 가서 뭣들을 하지?"

"모르겠어요. 춤을 추죠. 음악을 듣고. 장난도 치고."

"내가 어렸을 때 댄스 교습소에 다녔다는 얘기를 너한테 했냐?" 악셀이 말했다. "쾰른에서. 하얀 장갑을 끼고. 절을 하는 법을 가르쳐 주더구나. 여름엔 쾰른이 참 좋지. 아마 난 그리로 돌아가야 될까 봐. 그곳에선 모두들 맨손으로 다시 시작하고 있을 테니, 내가 살기에 적당하겠지. 파멸을 한 사람이 찾아가는 파멸의 땅."

"그러지 마세요, 아버지." 루돌프가 말했다. "그런 소리는 하지 마세요."

악셀이 술을 또 마셨다. "오늘 누가 찾아왔어." 그가 말했다. "해리슨 씨가."

해리슨 씨는 집 주인이었다. 그는 매달 3일에 집세를 받으러 찾아왔다. 그는 적어도 여든 살은 되었지만, 돈을 받는 일만은 빠뜨리지 않았다. 직접. 오늘은 3일이 아니었으니까, 무슨 중요한 용건이 생겼으리라고 루돌프는 생각했다. "왜 왔었나요?" 루돌프가 말했다.

"건물을 철거한다더구나." 악셀이 말했다. "1층에 상점이 들어찬 아파트먼트를 이곳에 잔뜩 짓는다더라. 포트 필립은 팽창하고, 번영은 환영해야 한다고 해리슨 씨가 말했지. 그 사람, 나이는 여든이지만 번영을 누리면서 살아. 무척 많은 돈을 투자하겠다더구나. 쾰른에서는 폭탄으로 건물들을 때려 부수지. 미국에서는 돈으로 그러고."

"우린 언제 나가야 되죠?"

"시월까지는 괜찮아. 우리가 다른 장소를 물색하도록 미리 알려 주는 거라고 해리슨 씨가 말하더라. 해리슨 씨, 그 사람 이해심이 많아."

루돌프는 낯익은 갈라진 벽들과 빵 가마의 철문, 그리고 길거리로 통하는 격자 창문들을 돌아보았다. 이 모두가, 평생 동안 알아 왔던 집이 사라져서 없어지리라는 생각을 하니 묘한 기분이 들었다. 그는 언젠가 이 집을 떠나겠다는 생각을 항상 가지고 살아왔다. 그는 집이 자기를 쫓아내리라는 생각은 하지 못했다.

"어떻게 하시겠어요?" 그가 아버지에게 물었다. 악셀이 고개를 저었다. "쾰른에서도 빵을 굽는 일을 할 곳은 나오겠지. 만일 어느 비내리는 밤에 강가에서 술 취한 영국 사람을 만나기라도 한다면, 아마 난 독일로 되돌아갈 여비를 마련하게 되겠지.”

“그건 무슨 얘기죠, 아버지?” 루돌프가 날카롭게 물었다.

“난 그런 식으로 미국으로 왔어.” 악셀이 거리낌없이 말했다. “난 함부르크의 산크트 파울리 지역의 술집에서 돈을 흔들어 대던 술 취한 영국 사람의 뒤를 따라가서, 그를 칼로 찔렀단다. 그 사람이 대항했지. 영국 사람은 싸우지도 않고 포기하는 법이 없으니까. 난 그 사람을 칼로 찌르고 지갑을 빼앗은 다음에 그를 운하에 던졌어. 프랑스어 선생과의 일이 벌어졌을 때 내가 칼로 사람을 죽였다는 얘기를 너한테 했어. 그렇지?”

“예.” 루돌프가 말했다.

“너한테 언젠가는 얘기해 줄 생각이었어.” 악셀이 말했다. “네 친구들이 혹시 그들의 선조가 메이플라워 호를 타고 이리로 왔다는 얘기를 하면, 넌 네 선조가 5파운드짜리 돈으로 가득 찬 지갑을 타고 왔다고 그러거라. 안개가 낀 밤이었어. 그 영국 사람 그런 돈을 갖고 산크트 파울리 같은 곳에서 돌아다니다니, 미친놈이었지. 아마 그 친구 그 지역의 갈보들을 모두 맛보고 싶었는데, 돈이 모자랄까 봐 걱정하고 싶지가 않았나 봐. 그래서 난 강가에서 영국 사람을 만나면 돌아갈 비용을 마련하게 되리라는 얘기를 한 거야.”

세상에, 루돌프는 생각했다. 아버지의 일터로 내려와서 푸근한 얘기나 좀 나눠 볼까 하고 생각했더니……

“만일 어쩌다 네가 영국 사람을 죽인다면 말이다.” 아버지가 얘기를 계속했다. “너도 그런 얘기를 아들에게 하고 싶을 거 아니냐?”

“그런 얘길 떠들고 돌아다니면 안 좋을 텐데요.” 루돌프가 말했다.

“이런.” 악셀이 말했다. “너, 날 경찰에 넘길 생각이냐? 네가 그토록 원리 원칙에 밝다는 걸 내가 잊었구나.”

“아버지, 그런 일은 잊으셔야 해요. 그렇게 오래 전 일을 아직도 머리에 담아 둬서 좋을 일이 없잖아요. 그게 무슨 도움이 되겠어요?"

악셀은 대답을 하지 않았다. 그는 생각에 잠겨 병째로 술을 마셨다. "난 잊지 못할 일이 무척 많아." 그가 말했다. "난 여기 내려오면 밤새도록 추억을 회상할 시간이 무척 많단다. 난 뫼즈(Meuse, 프랑스 북동부에서 네덜란드를 거쳐 북해로 흘러가는 강—옮긴이)에서 바지에 똥을 쌌던 일이 생각나. 난 병원에서 두 주일을 보내고 났을 때 내 다리에서 나던 냄새가 생각나. 난 다리의 상처가 날마다 터져서 피는 나는데 쉬지도 못하며, 함부르크 선창가에서 2백 파운드짜리 코코아 자루를 운반하던 일이 생각나. 난 내가 운하에 밀어 넣기 전에 영국 사람이 하던 말이 생각나. '어이, 이봐.' 그 사람이 말했지. '이러면 안 되는데.' 난 결혼하던 날이 생각나. 내가 그 얘기를 해 줘도 되겠지만, 네 엄마한테서 듣는 얘기가 더 재미있겠지. 난 자기 딸들을 욕보인 일에 대해 기분이 좀 풀어지라고 그의 앞에 있는 탁자에 5천 달러를 내놓았던 순간, 오하이오에 사는 에이브래함 체이스라는 사람의 얼굴에 나타난 표정이 생각나." 그는 다시 술을 마셨다. "난 네 동생을 감옥에서 꺼내 주려고 내 인생의 20년 동안을 일했어." 그는 말을 계속했다. "네 어미는 내 행동이 잘못임을 인식시키려고 했지. 너도 내가 잘못했다고 생각하냐?"

"아뇨." 루돌프가 말했다.

"넌 이제부터 고생을 하게 생겼어, 루돌프." 악셀이 말했다. "미안하다. 난 최선을 다하려고 했는데."

"제 힘으로 어떻게 해 보죠." 루돌프가 말했다. 그는 그럴 자신이 별로 없었다.

"돈을 밝히거라." 악셀이 말했다. "남들한테 속지 말아. 다른 희망은 추구할 가치가 별로 없어. 다른 가치관에 대해서 사람들이 신문에서 떠드는 거지같은 얘기에 귀를 기울이지 말고. 그건 돈 많은 사람들이 모가지가 잘리지 않으면서 계속 긁어모으려고 가난한 사람들에게 부리는 헛수작이야. 돈을 집어들 때 에이브래험 체이스가 보여 준 그런 표정을 짓는 사람이 되어야 해. 넌 은행에 얼마나 예금을 했지?"

"160달러요."

"그걸 손에서 놓지 마라." 악셀이 말했다. "한 푼이라도 말야. 내가 굶어 죽을 신세가 되어서 끼니를 때울 돈을 달라고 너한테 기어가더라도, 나한테 동전 하나도 주면 안 된다."

"아버지, 퍽 고단하신 모양예요. 올라가서 주무시지그래요. 여긴 제가 알아서 할 테니까요."

"넌 이곳에 들어오면 안 돼. 그럴 마음이 내켜서 나하고 얘기나 나누러 온다면 몰라도. 하지만 일은 하지 마라. 넌 할 일이 따로 있어. 공부를 잘해야지. 무슨 공부든지. 앞길을 조심하고. 선조의 죄악. 몇 세대까지 영향을 끼치려나. 우리 아버진 저녁식사가 끝나면 거실에서 성경을 읽곤 했어. 내가 너한테 남겨 줄 건 별로 없지만, 난 너한테 죄악의 맛만큼은 톡톡히 보여 주었지. 두 사람을 죽였고, 내가 접했던 갈보들. 그리고 내가 네 어미한테 한 짓들. 그리고 토마스가 잡초처럼 자라게 내버려둔 일. 그리고 그레첸이 무슨 짓을 하는지는 아무도 모르고. 엄마는 뭘 좀 아는 눈치더라. 누이는 만나기라도 했니?"

"예." 루돌프가 말했다.

"뭘 하고 지내던?"

"모르시고 계시는 편이 좋아요." 루돌프가 말했다.

"알 만하구나." 아버지가 말했다. "하나님이 굽어보시는데. 난 교회엔 다니지 않지만, 하나님이 지켜본다는 건 알아. 악셀 조르다슈와 그의 세대에 관해 장부를 만들어 가면서."

"그런 소리 마세요." 루돌프가 말했다. "하나님은 아무도 지켜보지 않아요." 그의 무신론은 굳건했다. "아버진 복이 없었을 따름이죠. 그것뿐예요. 내일이면 다 달라질지도 몰라요."

"죗값을 치르라고 하나님이 그러시지." 루돌프는 지금 아버지가 자신에게 얘기하는 것이 아니고, 만일 지하실에 혼자였더라도, 똑같이 몽롱한 죽은 목소리로 같은 소리를 하리라고 생각했다. "대가를 치르거라, 죄인이여, 네 행동에 대한 벌을 너와 네 자손에게 지우리라." 그는 길게 한 모금 마시고는, 온몸에 소름이라도 끼치는 듯이 몸을 부르르 떨었다. "가서 자거라." 그가 말했다. "난 할 일이 많아."

"수고하세요, 아버지." 루돌프는 벽에 있는 옷걸이에서 외투를 집었다. 아버지는 대답을 하지 않고, 그대로 앉아서 손에 든 술병을 노려보았다.

루돌프는 위층으로 올라갔다. 맙소사, 그는 생각했다. 미친 사람은 어머니인 줄 알았는데.

2

악셀은 병째로 들고 술을 다시 한 모금 마시고는 일을 계속했다. 그는 밤새도록 쉬지 않고 일했다. 그는 지하실을 왔다 갔다 하면서 자기도 모르는 사이에 콧노래를 불렀다. 그는 얼마 동안 그 곡조를 의식하지 못했다. 그것이 무슨 노래인지 생각이 나지 않아서 그는 답답했다. 그러다 그는 생각이 났다. 그것은 자신의 어머니가 부엌에서 부르던 노래였다.

그는 나지막한 목소리로 그 노래를 불렀다.

Schlaf', Kindlein, schlaf'
Dein Vater hüt' die Schlaf'
Die Mutter hüt' die Ziegen,
Wir wollen das Kindlein wiegen?
(잘 자라, 아가야, 잘 자라,

아빠가 잠을 지켜 주고
엄마는 염소를 지켜 준단다.
우리가 아가를 흔들어 줘야지? −옮긴이)

그의 나랏말. 그는 너무 먼 곳까지 왔다. 아니면 갈 길을 가다 말았
거나.

그는 가마에 넣을 마지막 빵 쟁반을 준비했다. 그는 그것을 탁자 위
에 놓고 선반으로 가서 깡통을 꺼냈다. 상표에는 경고를 표시하는 해
골바가지를 그려 놓았다. 그는 깡통을 쑤셔서 가루를 작은 숟가락으
로 하나 퍼냈다. 그는 그것을 탁자로 가지고 가서, 손에 닿는 대로 굽
지 않은 반죽 한 덩어리를 집었다. 그는 반죽 속에 독약을 짓이겨 넣
고는 다시 덩어리를 뭉쳐서 쟁반에 놓았다. 세계에 알리는 내 선언
서, 그는 생각했다.

고양이가 그를 지켜보았다. 그는 빵 쟁반을 가마에 넣고 조리대로
가서 셔츠를 벗고는 손과 얼굴과 팔과 몸을 씻었다. 그는 밀가루 자루
로 몸을 닦고 다시 옷을 입었다. 그는 가마를 쳐다보며 자리에 앉아서
술병을 뒷주머니에 넣었다.

그는 어렸을 때 어머니가 부르던 노래를 흥얼거렸다.

빵이 다 구워지자 그는 쟁반을 꺼내서 식도록 놓아 두었다. 빵들은
다 똑같아 보였다.

그러고 나서 그는 가마의 불을 끄고 작업복 저고리를 입은 뒤, 모자
를 썼다. 그는 층계를 올라가 빵 가게를 지나 밖으로 나갔다. 그는 뒤
따라오는 고양이를 그냥 내버려두었다. 바깥은 캄캄하고 아직도 비가
내렸다. 바람이 깨끗해졌다. 그가 발길질을 하자 고양이가 달아났다.

그는 절룩거리며 강으로 갔다.

그는 창고의 녹슨 맹꽁이자물쇠를 열고 불을 켰다. 그는 작은 배를
집어 들고 삐걱대는 선창가로 나갔다. 강물은 거품이 일고 물결이 거

세었으며, 휩쓸려 내려가면서 꾸르륵 소리를 냈다. 선창은 둥그런 방파제로 막혀서 물결이 잔잔했다. 그는 배를 선창에 놓고 돌아가서 노를 꺼낸 다음 불을 끄고 자물쇠를 채웠다. 그는 노를 들고 선창으로 가서 가장자리에 놓고는 배를 물에 띄웠다. 그는 가볍게 내려서서 노를 고리에 끼웠다.

그는 배를 밀어내어 넓은 바다로 향했다. 그는 물결을 타고 강 한가운데를 향해서 곧장 노를 저어 나가기 시작했다. 파도는 뱃전을 때리고, 그는 얼굴에 빗줄기를 맞으며 강을 따라 내려갔다. 잠시 후에 배가 물에 잠기기 시작했다. 빠른 물살이 뉴욕으로, 만으로, 넓은 바다로 흘러 나갔고, 그는 계속해서 노를 저었다.

강의 한복판까지 나가자 배는 완전히 물에 잠겼다.

다음 날, 곰의 산 근처에서 뒤집힌 배가 발견되었다. 악셀 조르다슈는 발견되지 않았다.

제2부

제1장

1949년

도미니크 조셉 아고스티노는 체육관 뒤쪽에 있는 자신의 사무실에서 책상에 신문을 펴 놓고 앉아 체육 면에서 자기에 대한 기사를 읽었다. 그는 둥근 독서용 안경을 썼는데, 작고 검은 눈 위에는 아문 상처가 깊었고, 코가 부러진 전직 직업 권투선수의 둥근 얼굴은 안경 때문에 공부하는 사람 같은 인상을 주었다. 오후 3시여서 조금 한가한 시간이었고, 체육관도 비어서 하루 중에 가장 좋은 때였다. 뱃살을 빼려고 열심인, 대부분이 중년의 사업가들인 클럽 회원들에게 그가 미용체조를 가르치는 5시까지는 별로 일이 없었다. 그 다음에 그는 어떤 사람도 다치지 않게 하려고 조심하면서 보다 야심이 많은 회원들과 몇 차례 연습 시합을 하기도 한다.

그에 대한 기사는 체육 면에서 눈에 잘 띄게 편집하여 어젯밤 게재되었다. 지루한 하루였다. 레드 삭스(보스턴의 야구단 - 옮긴이)는 다른 도시로 갔고 시합도 없었기 때문에 체육 면을 채울 다른 기사들이 필요했었다.

도미니크는 보스턴에서 태어났고, 펀치가 약해서 맞아 죽지 않으려고 춤추듯 피하는 솜씨를 익혀야 했기 때문에 선수 시절에는 '보스턴의 미남, 조 아고스'로 알려졌었다. 그는 20대와 30대에 경량급에서 좋은 시합을 여러 번 보여 주었고, 나이가 어려서 그의 시합을 본 적이 없었던 체육기자는 칸조네리와 맥라르닌이 처음 등장하던 시절에 그가 칸조네리나 맥라르닌 같은 자들과 벌였던 시합에 대해서 감격적인 묘사를 했다. 체육기자는 그가 아직도 실력이 쓸 만하다고 했지만, 그것을 사실이라고 하기는 어려웠다. 체육기자는 농담 삼아 도미니크가 한 말을 인용해서, 가입이 쉽지 않은 리비어 클럽의 젊은 회원 몇 사람은 체육관의 연습 시합에서 보면 도미니크보다 솜씨가 좋아서, 이러다가는 조수를 쓰든지 얼굴에 야구 포수의 마스크를 써야 될 지경이라는 내용도 실었다. 그는 꼭 농담으로 한 말은 아니었다. 기사는 우호적이었고, 도미니크를 마치 링에서 세월을 보내는 동안 인생철학을 터득하며 권투의 황금 시절을 누렸던 현명한 고참 선수처럼 묘사했다. 그는 자기가 벌었던 돈은 다 써 버렸고, 그러니 철학말고는 별로 남은 것도 없었다. 그는 그런 얘기는 기자에게 하지 않았고, 그래서 기사에는 그런 말이 없었다.

책상의 전화기가 울렸다. 문지기였다. 그를 만나러 어떤 젊은 친구가 찾아와 아래층에서 기다린다고 했다. 도미니크는 그를 올려 보내라고 문지기에게 말했다.

찾아온 사람은 나이가 열아홉이나 스물이었고, 낡은 파란 스웨터 차림에 농구화를 신었다. 그는 머리가 금발이고, 푸른 눈에 앳된 얼굴이었다. 그가 뉴욕에서 벌어졌던 시합에서 자신을 거의 묵사발로 만들었던 지미 맥라르닌 같다고 도미니크는 생각했다. 청년은 손에 기름때가 끼었고, 도미니크는 그가 그것을 말끔히 닦아 내려고 애를 썼음을 눈치챘다. 연습 시합이나 공치기를 하자고 클럽의 어느 회원이 이 청년을 불러들이지는 않았음이 분명했다.

"뭐야?" 독서용 안경 너머로 올려다보면서 도미니크가 물었다.

"어젯밤 신문을 봤죠." 청년이 말했다.

"그래서?" 그는 회원들에게는 항상 사근사근하고 미소를 지었으며, 그에 대한 분풀이는 회원이 아닌 사람들에게 했다.

"나이가 들었고, 클럽의 젊은 회원들의 실력이 어떻고 해서 당신이 좀 고생을 한다는 그런 얘기 말예요, 아고스티노 씨." 청년이 말했다.

"그래서?"

"뭐랄까, 혹시 조수를 쓰실 생각이 없나 해서요." 청년이 말했다.

"자네, 권투선수야?"

"꼭 그렇지는 않아요." 청년이 말했다. "해 볼까 하는 생각은 좀 하지만요. 난 싸움을 잘하는 편이죠……." 그는 히죽 웃었다. "이왕이면 돈을 받으면서 해도 되지 않을까 해서요."

"이리 와." 도미니크는 일어서서 안경을 벗었다. 그는 사무실을 나가서 체육관을 지나 탈의실로 갔다. 청년이 그의 뒤를 따라갔다. 탈의실에는 수건 더미에 머리를 얹고 문가에 앉아서 꾸벅꾸벅 졸던 관리인 찰리 이외에는 아무도 없었다.

"뭐, 몸에 지닌 물건은 없어?" 도미니크가 청년에게 물었다.

"없어요."

도미니크는 그에게 운동복과 신발을 주었다. 그는 옷을 벗는 청년을 지켜보았다. 긴 다리에 묵직하고 굽은 어깨에 두터운 목덜미. 65나 70 킬로그램쯤 나가겠고, 팔이 쓸 만하고, 비곗살은 없군.

도미니크는 매트를 깐 체육관 구석으로 그를 데리고 가서 16온스짜리 장갑을 그에게 던졌다. 찰리가 나와서 그들 둘 다 장갑 끈을 매 주었다.

"어디 실력 좀 보지." 도미니크가 말했다. 그는 가볍게 손을 쳐들었다. 찰리가 흥미 있게 지켜보았다. 청년은 물론 손을 지나치게 많이 내렸고, 도미니크는 잽을 두 번 넣었다. 그러나 청년은 계속해서 덤벼들었다.

3분이 지난 다음에 도미니크는 손을 내리고 말했다. "좋아. 그만하면 됐어." 그는 청년을 몇 차례 꽤 세게 때려눕히기도 했지만, 그렇다고 해도 청년은 무척 빨랐으며, 두 번 성공시킨 그의 펀치는 충격을 주었다. 청년은 주먹을 쓸 줄 알았다. 어떤 주먹인지를 도미니크는 몰랐지만 아무튼 주먹을 쓸 줄 알았다.

"어이, 내 말 들어 봐." 그의 장갑에서 찰리가 끈을 풀어 주는 동안 도미니크가 말했다. "여긴 술집이 아냐. 여긴 신사들의 클럽이지. 신사들은 다치러고 여길 오지는 않아. 남성적인 호신술을 익히면서 운동을 좀 하려고들 온단 말야. 자네, 나한테 달려들듯이 그 사람들한테 휘둘러 댄다면, 여기선 하루도 못 가."

"그렇겠죠." 청년이 말했다. "이해합니다. 하지만 난 내 실력을 보여 주고 싶었어요."

"자네 실력은 별것 아냐." 도미니크가 말했다. "아직은. 하지만 자넨 손이 빠르고 몸도 잘 놀려. 지금 일하는 곳은 어디야?"

"브룩라인에 있죠." 청년이 말했다. "자동차 정비소예요. 난 내 손을 더럽히지 않는 곳에서 일하고 싶어요."

"여기선 언제부터 일하겠어?"

"지금요. 오늘부터요. 정비소는 지난 주에 그만두었죠."

"거기선 얼마 받았어?"

"한 주일에 50달러요." 청년이 말했다.

"여기선 자네한테 35달러를 주겠어." 도미니크가 말했다. "하지만 자넨 마사지실에다 야전침대를 놓고 여기서 잠을 자도 좋아. 수영장을 청소하고 매트의 먼지를 털어 내는 그런 일도 도와 주고, 장비 점검도 해야 해."

"좋아요." 청년이 말했다.

"자넬 쓰겠어." 도미니크가 말했다. "이름이 뭐야?"

"토마스 조르다슈요." 청년이 말했다.

"말썽은 부리지 마, 톰." 도미니크가 말했다.

그는 꽤 오랫동안 말썽을 부리지 않았다. 그는 재빨랐고 겸손했으며, 자기가 맡은 일말고도 도미니크와 회원들의 심부름은 기꺼이 해 주었고, 언제나, 특히 나이가 많은 사람들에게는 항상 미소를 짓는 버릇을 들였다. 조용하고, 부유하고, 사이좋은 클럽 분위기가 그는 마음에 들었고, 그는 체육관에서 일할 때가 아니면, 천장이 높고, 어둡고, 나무로 칸막이를 했으며, 돛배가 항해하던 시절의 보스턴을 그린 유화 그림들이 담배 연기를 덮어쓴 채로 걸렸고 푹신한 가죽 안락의자를 들여놓은 독서실이나 오락실을 즐겨 드나들었다. 일은 많지 않아서, 낮이면 한참씩 한가한 틈이 났고, 그러면 가만히 앉아 그는 추억을 회상하는 도미니크의 권투선수 시절 얘기나 들었다.

도미니크는 톰의 과거에 대해서 궁금해 하지를 않았고, 톰은 길바닥에서 보낸 몇 달과 신시내티와 클리블랜드와 시카고의 싸구려 여관이나 주유소에서 하던 일과 시러큐스의 호텔에서 벨보이로 일하던 나날에 대해서는 구태여 얘기를 꺼내지 않았다. 그는 호텔에서 손님 방에 갈보들을 넣어 주면서 돈을 꽤 많이 벌었지만, 갈보들이 심심할 때면 데리고 놀던 앳된 얼굴의 미남 소년에게 여자들이 넘겨주는 돈에 대해서 잔소리를 하던 뚱쟁이의 손에서 칼을 빼앗던 날부터 그 일도 못 하게 되었다. 토마스는 자기가 루프(Loop, 시카고 시내의 상가지역─옮긴이)에서 굴려 버린 주정꾼들이나, 별로 돈에는 관심이 없었기 때문에 꼭 돈을 위해서라기보다는 재미로 여러 방에서 아무 데나 버려둔 돈을 훔친 얘기도 도미니크에게는 하지 않았다.

도미니크는 매달아 놓은 가벼운 자루를 치는 법을 그에게 가르쳤는데, 오후에 비가 내려 텅 빈 체육관에서 자루를 점점 더 빨리 쳐 대면 그 튀는 소리가 체육관에서 울려 기분이 좋았다. 가끔가다가 자신이 생기고 다른 사람들이 보지 않을 때면, 도미니크는 장갑을 끼고 그에게 펀치를 어떻게 배합하고, 머리와 팔꿈치를 어떻게 놀려서 펀치가 빗겨 나가게 하고, 어떻게 계속해서 발을 놀리고, 자빠지는 대신에 어떻게 머리를 숙이고 몸을 비켜 펀치를 피하는지를 그에게 가르쳤다. 도미니크는 아직 토마스에 대해서 자신이 없어서 혹시 무슨 사고라도 날까 봐 다른 회원과는 연습 시합을 시키지 않았다. 하지만 스쿼시 선수는 그를 코트로 데리고 같이 내려갔으며, 몇 주일이 안 되어서 그를 훌륭한 선수로 만들어서 클럽의 실력이 좀 떨어지는 회원들이 게임을 할 상대자가 없이 나타나면 토마스가 그들의 상대를 해 주고는 했다. 그는 재빠르고 날렵했으며, 져도 기분 나빠하지 않았고, 이기더라도 너무 쉽게 이기는 인상을 주지 않도록 해서, 그는 한 주일에 팁으로 20이나 30 달러를 더 벌게 되었다. 그는 질이 좋은 마리화나를 조달하는 믿을 만한 연줄을 알아내서 대신 사다 주었기 때문에 클럽 취사장의 요리사와도 친해져서, 얼마 안 가서 그는 모든 식사를 공짜로 얻어먹게 되었다.

그는 변호사거나 브로커, 은행가, 운송 회사나 생산 회사의 간부인 회원들과의 대화에서는 지극히 막연한 얘기 이외에는 전혀 끼어들지 않았다. 그는 회원들의 아내나 애인에게서 전화를 받으면 그 전갈을 정확히 적어서, 그것이 무슨 뜻인지 전혀 이해하지 못하는 듯한 태도로 전해 주는 버릇을 익혔다.

그는 술을 좋아하지 않았으며, 연습이 끝난 다음 바에서 위스키를 마시는 회원들은 그런 면에 대해서도 좋은 소리를 했다.

그의 행동에는 계획이 숨겨져 있지 않았고, 그는 무엇을 노리지도 않았으며, 그는 다만 클럽을 아껴 주는 견실한 시민들의 환심을 사서 손해 볼 일은 없으리라고 생각했을 뿐이었다. 그는 미국 땅을 헤매면서 너무 오래 방황을 했으며, 말썽에 얽혀 들어서는 항상 싸움을 벌이고 다시 길을 떠나곤 했다. 지금 그에게는 클럽의 평화와 안정과 너그러움이 반가웠다. 출세라고 하기는 어려웠어도, 금년은 운수가 좋은 해라고 그는 스스로 다짐했다. 그는 야심이 없었다. 그저 그의 실력이나 한번 알아볼 셈으로 신출내기들의 시합에 나가라고 도미니크가 막연히 얘기를 했을 때 그는 늙은 권투선수의 말을 일축해 버렸다.

몸이 근질거리면 그는 시내로 나가서 갈보를 하나 골라서 밤을 같이 보내고는, 아침에 골칫거리를 남기지 않도록 정당한 봉사에 대한 정당한 보수를 주었다.

그는 보스턴이라는 도시를 좋아하게 되기까지 했으며, 공장장이 몽키 렌치로 자신에게 덤벼든 브룩라인 자동차 정비소에서 어느 날 오후에 일어났던 사건 때문에 구타 혐의로 영장이 발부되었으리라고 확신했기 때문에 낮에는 별로 돌아다니지 않기는 했어도, 적어도 자신이 여태껏 좋아했던 어느 곳 못지않게 이곳이 좋았다. 공장장을 구타한 날 오후에 그는 곧장 하숙집으로 돌아가 짐을 꾸리고, 집의 여주인에게는 플로리다로 떠난다는 말만 남기고 10 분 안에 나와 버렸다. 그리고 그는 YMCA에서 한 주일 동안 숨을 죽이고 숨어 지내다가 신문에서 도미니크에 대한 기사를 읽었다.

회원들 가운데는 그가 좋아하는 축과 싫어하는 자들이 따로 있었지만, 그래도 그는 공평하게 그들 모두에게 즐거운 낯으로 대하려고 조심했다. 그는 어느 누구와도 말썽에 얽혀 들고 싶지가 않았다. 그는 말썽이라면 이미 신물이 날 지경이었다. 그는 회원들에 대해서 너무 깊이 알지 않으려고 했지만, 물론 배가 나온 남자의 발가벗은 잔등에서 마지막으로 같이 잔 여자의 손톱자국을 보게 된다든가, 시시한 스쿼시에 졌다고 화를 내는 남자들에 대해서 아무런 인상도 받지 않기는 불가능했다.

도미니크는 모든 회원들을 균등하게 증오했는데, 그것은 오직 그들에게는 돈이 많고 자기는 없기 때문이었다. 도미니크는 보스턴에서 태어나 그곳에서 자랐고, 그의 발음은 누구 못지않게 우아했지만, 그래도 정신적으로 그는 지주의 성을 불태우고 지주의 식구들 목을 베겠다는 음모를 품고 낮이면 시칠리아 지주의 밭에서 일하는 몸이나 마찬가지였다. 당연히 그는 방화와 살인에 대한 계획을 지극히 공손한 예절 뒤에 숨기고, 그들이 휴가에서 돌아오기만 하면 항상 회원들에게 신수가 정말 좋아 보인다고 말해 주며, 몸무게가 얼마쯤 빠졌으리라면서 놀라는 기색도 보이고, 아프거나 어디 삐지 않았느냐고 물어보고는 했다.

"매사추세츠 최고 사기꾼이 오는구나." 의젓하고 머리가 백발인 신사가 탈의실에 들어서면 도미니크는 토마스에게 귓속말을 하고는 커다란 소리로 그 회원에게 말했다. "에이구, 선생님, 다시 찾아 주셔서 반갑습니다. 일을 너무 많이 하신 모양이로군요."

"그래, 일, 일." 구슬프게 고개를 저으며 신사가 말한다.

"이해가 갑니다, 선생님." 도미니크도 머리를 흔든다. "이리 내려오시면 제가 군살을 좀 빼 드리겠고, 그리고 한증을 하시고 수영과 마사지를 하시면 오늘 밤엔 아기처럼 잠이 잘 오실 겁니다."

토마스는 주의 깊게 지켜보고 귀를 기울이며 세련된 위선자에게서 솜씨를 배웠다. 모든 사탕발림에도 불구하고 속으로는 착취와 독선에 깊이 반발하는 철석같은 전직 직업 권투선수를 그는 좋아했다.

토마스는 또한 다른 회원들이 한 경기 같이 하자고 서성거리며 기다리더라도 꼭 토마스를 데리고 가야 한다고 고집을 부리곤 하던, 쾌활하고 마음 좋은 방직 회사 사장 리드도 좋아했다. 리드는 나이가 마흔다섯쯤 되었고 꽤 살이 쪘어도 아직 운동을 잘했으며, 그와 토마스가 붙으면 초반전에서는 리드가 이기다가 기운이 빠지기 시작하면 지게 되어 대부분 무승부가 되었다. 운동장에서 한 시간을 보내고 난 다음에 함께 샤워장으로 가면서 수건으로 얼굴의 땀을 닦아 내며 리드는 '젊으니까, 젊으니까' 란 소리를 하며 웃었다. 그들은 한 주일에 세 번씩 정기적으로 스쿼시를 했고, 몸을 식힌 다음에 리드는 토마스에게 콜라를 내고 언제나 5달러짜리 돈을 손에 쥐어 주었다. 그에게는 독특한 버릇이 하나 있었다. 그는 언제나 100달러짜리 한 장을 깨끗하게 접어서 저고리 오른쪽 주머니에 넣고 다녔다. "100달러짜리 돈이 내 생명을 구해 준 적이 한 번 있었다네." 리드가 토마스에게 말했다. 그는 어느 날 밤, 많은 사람의 생명을 빼앗아 간 나이트클럽의 무서운 불 속에 갇혔었다. 리드는 거의 움직이기도 힘들었고, 연기를 너무 마셔 목구멍에서는 소리도 나오지 않아서, 문 근처의 시체 더미 밑에 깔려 버렸다. 그는 소방수들이 시체 더미를 끌어내는 소리를 듣고 마지막 남은 힘으로 자신이 100달러짜리 돈을 넣어 두는 바지 호주머니에 손을 넣었다. 그는 간신히 돈을 꺼내고는 한 쪽 팔을 빼냈다. 돈을 움켜쥐고 힘없이 흔드는 그의 손을 누가 보았다. 그의 손아귀에서 돈을 낚아채는 것이 느껴졌고, 그러더니 어느 소방수가 그의 위에 쌓인 시체들을 헤치고 그를 안전한 곳으로 끌어냈다. 그는 말도 못 할 정도로 중태여서 병원에 입원하여 두 주일을 보냈지만, 그래도 그는 100달러짜리 돈 한 장의 힘에 대한 굳은 신념 때문에 살아났다. 가능하다면 손이 잘 닿는 호주머니에 100달러짜리 돈 한 장을 꼭 넣고 다니라고 그는 토마스에게 일러 주었다.

그는 또한, 젊은 사람도 언젠가는 늙게 마련이니까 저금을 해서 주식에 투자하라고 토마스에게 말했다.

그곳에서 석 달을 지낸 다음에 말썽이 생겼다. 브루스터 리드와 늦도록 공놀이를 하고 옷을 갈아입으러 탈의실에 있는 옷 보관함으로 갔을 때 그는 어딘가 수상하다는 낌새를 알아차렸다. 눈에 나타나는 흔적은 없었어도 그는 어쩐지 누가 그곳에 들어와서 무엇인가 찾으려고 자신의 옷을 뒤졌음을 깨달았다. 그의 지갑은 누가 꺼냈다가 황급히 다시 넣은 듯이 바지 뒷주머니에서 반쯤 삐죽 나와 있었다. 토마스는 지갑을 꺼내서 열어보았다. 그 안에 있던 5달러짜리 돈 넉 장은 그대로였다. 그는 리드가 팁으로 준 5달러를 지갑에 넣고, 지갑을 제자리에 두었다. 바지 옆 호주머니에는 경기장으로 가기 전에 넣어 둔 3달러와 잔돈이 들었는데, 그 돈도 건드리지 않았다. 그가 읽다가 분명히 덮어서 꼭대기 선반에 얹어 두었던 잡지는 펼쳐 놓았다.

잠깐 동안 토마스는 함을 잠글까 생각했지만, 에라, 클럽에서 내 돈을 훔칠 만큼 가난한 사람이 있다면 마음대로 가져가라고 하지, 하고 그는 생각했다. 그는 옷을 벗고 신발을 함에 넣은 뒤, 수건을 몸에 두르고, 브루스터 리드가 벌써부터 기분 좋게 물을 튀기며 돌아다니는 샤워장으로 갔다.

샤워를 끝내고 돌아와 보니, 함의 문 안쪽에 쪽지가 꽂혔다. 도미니크의 필적으로 씌어진 그 쪽지의 내용은 이러했다. "문을 닫은 다음에 내 사무실에서 만나고 싶음. D. 아고스티노."

그 내용의 딱딱함이나, 한 나절에 열 번은 서로 마주치는데도 편지를 썼다는 사실은 문제가 생겼음을 뜻했다. 계획적이고 공식적인 무엇. 또 시작이구나, 하고 그는 생각했고, 옷을 다 입고 조용히 꺼져 버리려고 마음을 먹기도 했다. 그러나 그는 마음을 고쳐먹고 부엌에서 저녁식사를 한 다음에 공놀이 선생과 찰리와 탈의실에서 마음 놓고 잡담을 나누었다. 10시에 클럽이 문을 닫은 다음 곧 그는 도미니크의 사무실에 나타났다.

도미니크는 천천히 페이지를 넘기며 책상에 놓인 〈라이프〉 잡지를 읽었다. 그는 머리를 들고, 잡지를 덮어 책상 한 쪽에 가지런히 밀어 놓았다. 그는 자리에서 일어나 복도에 아무도 없음을 확인하고는 사무실 문을 닫았다. "거기 앉아." 그가 말했다.

토마스는 자리에 앉아서 도미니크가 책상 뒤에 자신과 마주 앉기를 기다렸다.

"무슨 일이라도 생겼어요?" 토마스가 물었다.

"생겼고말고." 도미니크가 말했다. "쥐새끼가 들었어. 하루 종일 이곳을 뒤지고 다닌단 말야."

"그게 나하고 무슨 관계예요?"

"나도 그것은 알고 싶어." 도미니크가 말했다. "이봐, 공연히 돌려

댈 필요는 없겠어. 어떤 놈이 손님들의 지갑에서 돈을 빼 가지. 어떤 똑똑한 놈이 여기서 한 장 저기서 한 장 빼내고는 나머지 돈은 남겨 두지. 여기 오는 뚱뚱보 새끼들은 너무 돈이 많아서 자기 주머니에 돈이 얼마나 들었는지도 모르고, 여기저기서 10여 달러나 20 달러쯤 없어져도, 어디선가 잃어버렸거나, 아까 돈을 잘못 세었겠거니 하고 넘긴단 말씀야. 하지만 그렇게 쉽게 넘어가지 않는 작자가 하나 있어. 그리닝이라는 그 새끼. 어제 나하고 운동을 하러 나간 사이에 자기 옷 보관함에서 10달러짜리 한 장을 도둑맞았다면서 하루 종일 회원마다 전화로 불러서 떠들어 댄 통에, 이젠 그 친구가 지난 몇 달 동안 자기도 모르는 사이에 줄곧 도둑을 맞았다고 모두들 믿게 되었어."

"그래서 그게 나하고 무슨 관계란 말이죠?" 사실은 무슨 관계인지를 잘 알면서도 토마스가 물었다.

"그리닝 생각엔 자네가 여기서 일을 하게 된 다음부터 그런 일이 벌어졌다는 거야."

"더러운 새끼." 토마스가 씁쓰름하게 말했다. 그리닝은 나이가 서른쯤 되었고 주식 브로커 사무실에서 일하며 도미니크와 권투를 할 때면 눈빛이 차가워지는 남자였다. 그는 서부의 어느 학교에서 경량과 중량급 선수로 권투를 했고, 몸을 가꾸었으며, 도미니크를 조금도 불쌍하게 생각해 주지 않으면서 한 주일에 네 차례씩 2 분짜리 3 라운드 동안 무자비하게 주먹을 휘둘렀다. 감히 제대로 반격조차 못 하던 도미니크는 그와 한 차례 연습 시합을 치르고 나면 멍이 들고 지치기가 일쑤였다.

"더러운 새끼인 것은 분명해." 도미니크가 말했다. "오늘 오후에 나더러 자네 옷 보관함을 뒤지라고 했지. 자네가 10달러짜리 돈을 갖고 있지 않아서 다행이었어. 그래도 경찰을 불러서 자네한테 혐의를 두고 입건시키라는 거야."

"뭐라고 그러셨어요?" 토마스가 물었다.

"내가 잘 타일러서 말렸지." 도미니크가 말했다. "내가 자네하고 얘기 해 보겠다고 그랬어."

"그래, 지금 얘기 하고 계시잖아요." 토마스가 말했다. "그래서요?"

"자네가 그 돈을 가져갔나?"

"아뇨. 날 믿으시나요?"

도미니크가 짜증스럽게 고개를 저었다. "난 모르겠어. 누군가 분명히 가져갔겠지만."

"탈의실에는 하루 종일 많은 사람들이 드나들어요. 찰리, 수영장에서 일하는 친구, 선생, 회원들, 당신······."

"집어치워." 도미니크가 말했다. "농담은 필요 없어."

"왜 날 의심하죠?" 토마스가 물었다.

"얘기했잖아. 자네가 여기서 일하기 시작한 다음부터 이런 일이 벌어졌다고. 아, 세상에, 보관함마다 자물쇠를 채워야겠다고들 야단이구만. 여긴 무엇도 자물쇠로 채웠던 적이 없어. 이 사람들 얘기를 들어보면, 제시 제임스(서부의 유명한 열차 강도-옮긴이) 이래 최대의 범죄가 벌어졌다는 식이야."

"내가 어떻게 하기를 바라나요? 나갈까요?"

"아아냐." 도미니크는 머리를 흔들었다. "그저 조심만 해. 남의 눈에 항상 거슬리지 말고." 그는 한숨을 지었다. "아, 잊혀질 때가 오겠지. 그리닝, 그 새끼하고 거지같은 10달러 때문에······. 날 따라와." 그는 피곤한 듯 일어서서 기지개를 켰다. "내가 맥주 한 잔 사지. 정말 재수 없는 날이었어."

토마스가 문을 들어섰을 때 탈의실은 텅 비었다. 그는 우체국으로 소포를 붙이러 심부름을 갔고 외출복 차림이었다. 클럽 간의 스쿼시 시합이 벌어져서 모두들 위층에서 구경을 했다. 팀에 소속되었지만 아직 시합을 하지 않은 싱클레어라는 회원만 빼고 모두가. 그는 시합할 준비가 끝난 옷차림이었고, 흰 스웨터를 걸쳤다. 키가 크고 날 씬한 젊은이였던 그는 하버드에서 법학 학위를 받았고 아버지도 클럽의 회원이었다. 돈이 무척 많았던 그의 집안은 신문에 자주 오르내렸다. 젊은 싱클레어는 시내에 위치한 아버지의 법률사무소에서 일했고, 젊은 싱클레어는 똑똑해서 크게 출세할 인물이라고 클럽의 나이 많은 회원들이 하는 얘기를 토마스는 들었었다.

그러나 지금 토마스가 정구화를 신고 소리 없이 통로를 내려오는 사이에, 젊은 싱클레어는 열린 보관함 앞에 서서 안에 걸린 저고리의 속주머니에 손을 넣고 잽싸게 지갑을 꺼내던 참이었다. 토마스는 그것이 누구의 옷 보관함이었는지는 몰랐어도, 싱클레어의 보관함이 방의 다른 쪽 자신의 보관함에서 세 칸 떨어진 곳이었으므로 그것이 싱클레어의 함이 아니라는 사실만큼은 알았다. 보통 때는 명랑하고 불그레하던 싱클레어의 얼굴은 창백하고 긴장했으며, 땀을 흘렸다.

잠깐 동안 토마스는 머뭇거리면서 싱클레어가 자기를 보기 전에 돌아서서 가 버릴까 하는 생각을 했다. 그러나 싱클레어는 지갑을 꺼내면서 고개를 들고는 토마스를 보았다. 그들은 서로 노려보았다. 그래서 이제는 물러나기가 너무 늦어 버렸다. 토마스는 재빨리 그에게로 가서 팔목을 움켜잡았다. 마치 먼 길을 뛰어오기라도 한 듯 싱클레어는 숨을 몰아쉬었다.

"그건 도로 넣어 두시죠, 선생님." 토마스가 나지막한 목소리로 말했다.

"좋아." 싱클레어가 말했다. "도로 넣어 두지." 그도 낮은 목소리로 말했다.

토마스는 그의 손목을 놓아 주지 않았다. 그의 머리가 재빨리 돌아갔다. 만일 자신이 싱클레어의 죄를 밝힌다면, 무슨 구실로라도 일자리를 잃게 되리라. 그들과 한 부류인 어떤 사람과 마찰을 일으킨 하찮은 직원과 날마다 얼굴을 대한다는 일은 회원들에게 너무 거북하리

라. 만일 자신이 입을 다물어 버린다면……. 토마스는 시간을 끌었다. "아시고 계시겠죠, 선생님." 그가 말했다. "모두들 날 의심해요."

"미안해." 토마스는 그 남자가 떨고 있음을 손으로 느꼈지만, 싱클레어는 몸을 빼려고 하지 않았다.

"당신은 세 가지 일을 약속해야 합니다." 토마스가 말했다. "당신은 지갑을 제자리에 두고 앞으로는 그러지 않겠다고 약속해야 돼요."

"약속하지, 톰. 무척 고맙……."

"얼마나 고마워하는지를 증명해야죠, 싱클레어 씨." 토마스가 말했다. "지금 당장 나에게 5천 달러에 해당하는 지불 보증서를 써 주고, 사흘 안에 그 돈을 현금으로 내야 합니다."

"자네 미쳤군그래." 이렇게 대답하는 싱클레어의 이마에서 땀방울이 솟았다.

"좋아요." 토마스가 말했다. "그럼 내가 소릴 지르죠."

"물론 그러겠지, 개새끼." 싱클레어가 말했다.

"목요일 밤 11시에 투레인 호텔의 바에서 당신을 만나겠어요." 토마스가 말했다. "지불하는 날이죠."

"그리로 가겠어." 싱클레어의 목소리가 어찌나 작았는지 토마스에게 겨우 들릴 정도였다. 그는 손을 놓아 주고는 싱클레어가 저고리 호주머니에 지갑을 도로 넣는 것을 지켜보았다. 그는 심부름을 다니느라고 쓰는 경비를 기록하는 작은 공책을 꺼내서 빈 페이지를 펼치고 싱클레어에게 연필을 주었다.

싱클레어는 코 앞에 내민 공책을 내려다보았다. 만일 그가 마음을 가다듬기만 했다면 그냥 자리를 뜨고, 만일 토마스가 누구에게 그런 소리를 한다고 해도 코웃음으로 넘겨 버리면 그만임을 토마스는 알았다. 그러나 깨끗하게 웃어넘기기는 쉽지 않으리라. 어쨌든 그의 신경은 잔뜩 곤두섰다. 그는 공책을 받아서 찍찍 갈겼다.

토마스는 써 놓은 내용을 훑어보고, 공책을 호주머니에 넣은 뒤, 연필을 받았다. 그런 다음에 그는 얌전히 보관함의 문을 닫고는 스쿼시 구경을 하려고 위층으로 올라갔다.

15분 후에 싱클레어가 경기장에 나타나서 상대방을 연패시켰다.

나중에 탈의실에서 토마스는 그의 승리를 축하해 주었다.

그는 11시 5분 전에 투레인 호텔의 바에 도착했다. 그는 정장 차림이었다. 오늘 밤 그는 신사로 대우받고 싶었다. 바는 어두컴컴했고 자리는 3분의 1쯤만 찼다. 그는 입구를 지켜보려고 구석 자리를 찾아 앉았다. 웨이터가 오자 그는 버드와이저를 한 병 주문했다. 5천 달러라, 그는 생각했다. 5천 달러…… 그들이 아버지에게서 그 돈을 빼앗아 갔고, 그는 그들에게서 그것을 돌려받을 생각이었다. 그는 싱클레어가 그 돈을 타 내려고 자신의 아버지를 찾아가서 왜 그 돈이 필요한지를 구태여 설명했어야 했을까 궁금했다. 아마 그러지 않았으리라. 모르면 몰라도 싱클레어는 제 돈이 무척이나 많아서 10분이면 5천을 현금으로 마련할 여유가 넉넉했으리라. 토마스는 싱클레어에 대해서는 감정이 없었다. 싱클레어는 착하고 다정한 눈에 목소리가 부드러운 명랑한 젊은이였고, 예절도 바르고, 가끔 그에게 스쿼시에서 처지는 공을 어떻게 치는지 지도까지 했는데, 만일 그에게 도벽이 있다는 사실이 알려지면 그의 인생은 파멸할 처지였다. 어쩌다 보니 일이 그렇게 되었다.

그는 문을 지켜보면서 맥주를 마셨다. 11시 3분에 문이 열리더니 싱클레어가 들어왔다. 그는 어두운 방 안을 둘러보았고 토마스가 일어섰다. 싱클레어가 탁자로 오자 토마스가 말했다. "안녕하십니까, 선생님."

"잘 있었나, 톰." 싱클레어는 차분한 목소리로 말하고 외투를 벗지 않은 채로 창문 밑에 붙은 의자에 앉았다.

"무얼 드시겠어요?" 웨이터가 오자 토마스가 물었다.

"스카치에 물을 타서 줘요." 싱클레어가 하버드식으로 점잖게 말했다.

"그리고 버드 하나 더 하고요." 토마스가 말했다.

그들은 창 밑 의자에 나란히 앉아서 얼마 동안 침묵을 지켰다. 방 안을 둘러보면서 싱클레어가 짤막하게 책상에 손가락으로 피아노를 쳤다. "여기 자주 오나?" 그가 물었다.

"가끔요."

"클럽 사람들이 여기 나타나나?"

"아뇨."

웨이터가 와서 그들이 마실 술을 내려놓았다. 싱클레어가 목이 타는 듯 그의 술을 꿀꺽 마셨다. "한 가지 알아 둬야 하겠는데." 싱클레어가 말했다. "난 돈이 필요해서 훔치지는 않아."

"알아요." 토마스가 말했다.

"병적이야." 싱클레어가 말했다. "병적이지. 난 신경과 의사를 만나겠어."

"잘하시는 일입니다." 토마스가 말했다.

"자넨 병자에게 이런 짓을 하면서 아무렇지도 않아?"

"아뇨." 토마스가 말했다. "아무렇지도 않습니다, 선생님."

"넌 정말 형편없는 자식이야. 안 그래?"

"그런가 봐요, 선생님." 토마스가 말했다.

싱클레어는 외투를 들추고 안으로 손을 넣어서 길고 두툼한 봉투를 꺼냈다. 그는 그것을 자기와 토마스 사이의 창 밑 의자에 놓았다. "다 여기 있어." 그가 말했다. "세어 볼 필요는 없을 거야."

"액수야 정확하겠죠." 토마스가 말했다. 그는 봉투를 옆 호주머니로 밀어 넣었다.

"내놓아야지." 싱클레어가 말했다. 토마스는 지불 보증서를 꺼내서 탁자 위에 놓았다. 싱클레어는 그것을 훑어보더니 갈기갈기 찢어서 재떨이에 담았다. 그는 일어섰다. "술 잘 마셨어." 그가 말했다. 가문과 문벌, 학벌의 상징이며 확실히 운이 좋은 미남 청년 싱클레어는 바를 지나서 문 쪽으로 걸어갔다.

토마스는 그가 나가는 뒷모습을 지켜보고는 천천히 맥주를 마저 마셨다. 그는 술값을 내고 로비로 가서 밤을 보낼 방을 잡았다. 위층으로 올라가서, 문을 잠그고, 창가리개를 내린 다음에, 그는 돈을 세어 보았다. 모두 빳빳한 100달러짜리 돈이었다. 무슨 표시를 해 놓았을지도 모른다는 생각이 들었지만, 그는 그런 흔적을 찾아내지 못했다.

그는 커다란 더블베드에서 잠을 잘 잤고, 아침에 클럽에 전화를 걸어서, 집에 볼일이 생겨서 뉴욕으로 가야 되겠다고 도미니크에게 알리고는 월요일 오후나 되어야 돌아오겠다고 했다. 클럽에서 일을 하기 시작한 이후로 그는 하루도 쉰 날이 없어서, 도미니크는 좋다면서 월요일까지는 돌아와야 된다고 그랬다.

기차가 역으로 들어섰을 때는 부슬비가 내렸고, 토마스가 역에서 나가며 보니까 가을비가 포트 필립을 조금이라도 아름답게 해 주지는 못했다. 그는 외투를 가져오지 않아서 빗물이 목을 타고 내려가지 못하도록 저고리 옷깃을 세웠다.

역의 광장은 별로 달라진 곳이 없었다. 포트 필립 술집은 칠을 새로 했고, 새로 지은 노란 벽돌 건물에 있는 라디오와 텔레비전을 파는 상점에서는 휴대용 라디오의 할인 판매를 선전했다. 강 냄새는 아직 마찬가지였고, 토마스는 그 냄새를 잊지 않았다.

그는 택시를 잡을 돈도 넉넉했지만, 몇 년이나 떠나 살았던 까닭으로 걸어가는 편이 더 좋으리라고 생각했다. 무엇인지는 분명히 알 수가 없었지만, 그가 태어난 읍내의 길거리들은 그를 뭔가 느긋하게 만들었다.

그는 버스 정거장을 지나서 걸었다. 형 루돌프와의 마지막 여행. 넌 야생 동물 같은 냄새가 나는구나.

그는 누이가 티오도어 보일란과 만나던 장소인 번스틴 백화점 앞을 지나갔다. 거실의 벌거벗은 남자, 불타는 십자가. 즐거운 소년 시절의 추억.

그는 공립학교를 지나갔다. 고향에 돌아온 말라리아 환자 병사와 사무라이 칼, 피를 뿜던 일본 놈 대가리. 아무도 인사를 하지 않았다. 더러운 빗속의 모든 얼굴은 바쁘고, 폐쇄되고, 낯설었다. 승리의 귀향. 환영하오, 시민이여.

그는 클로드 팅커의 삼촌이 집전하는 세인트 앤셀름 성당을 지나갔다. 신의 은총이 내린 덕택에 아무도 그애를 보지 못했어.

그는 밴더호프 거리로 들어섰다. 빗발이 더 거세어졌다. 그는 돈이 담긴 봉투 때문에 두툼한 저고리 호주머니를 만져 보았다. 길거리는 변했다. 감옥 같은 네모꼴 건물이 섰고 그 안에는 공장 따위가 자리를 잡았다. 어떤 상점들은 널빤지로 막아 버렸고 다른 가게에는 그에게 낯선 이름이 진열창에 내걸렸다.

그는 비가 흘러들지 않도록 눈을 내리깔고 갔으며, 나중에 눈을 크게 뜨고는 자신이 태어난 빵 가게 자리에 대신 들어선 3층짜리 아파트먼트를 보고 정신이 멍할 만큼 놀랐다. 그는 진열창의 간판들을 읽어 보았다. "오늘의 특식, 구운 갈비. 양고기 어깨살." 조르다슈 집의 현관으로 통하는 입구가 위치했던 문으로는 쇼핑백을 든 여자들이 드나들었다.

토마스는 진열창 안을 들여다보았다. 계산대에서 잔돈을 거슬러 주는 여자들이 눈에 띄었다. 그가 알아볼 만한 사람은 하나도 없었다. 들어갈 필요가 없었다. 그는 구운 갈비나 양고기 어깨살을 사려고 장을 보러 온 사람은 아니었다.

어찌할 바를 모르고 그는 계속해서 길거리를 걸어 내려갔다. 옆집에 차렸던 자동차 정비소는 새로 지은 데다 이름도 바뀌었으며 그곳에도 알 만한 얼굴이 하나도 없었다. 그러나 길모퉁이 근처에서 그는 자르디노의 청과물 가게가 그대로 남았음을 알았다. 그는 안으로 들어가서 자르디노 부인과 늙은 여자가 강낭콩에 대해 말다툼을 하는 동안 기다렸다.

늙은 여자가 나간 다음에 자르디노 부인이 그에게 얼굴을 돌렸다. 그 여자는 작고 뚱뚱했으며, 매부리코가 매서웠고, 윗입술에 난 사마귀에는 길고 더러운 털이 아홉 가닥이나 돋았다. "예?" 자르디노 부인이 말했다. "무얼 드릴까요?"

"자르디노 부인." 좀더 점잖아 보이려고 저고리 옷깃을 내리면서 토마스가 말했다. "절 잘 기억하지 못하시겠지만 저는…… 그러니까…… 뭐, 이웃에 살던 사람이죠. 빵 가게를 했습니다. 조르다슈요."

자르디노 부인이 근시처럼 눈을 가늘게 뜨고 그를 바라보았다. "그 집안의 누구였지?"

"막내요."

"아, 그래. 그 꼬마 깡패."

토마스는 그녀의 거친 농담에 대한 찬사로 미소를 지어 보이려고 했다. 자르디노 부인은 마주 미소를 짓지 않았다. "그래, 뭐야?"

"전 여길 얼마 동안 떠나 살았죠." 토마스가 말했다. "전 식구들을 만나 보려고 돌아왔어요. 그런데 빵 가게가 없어졌더군요."

"벌써 몇 년 전에 없어졌지." 썩은 곳이 보이지 않도록 사과를 늘어 놓으면서 자르디노 부인이 신경질적으로 말했다. "식구들이 알려 주지 않던?"

"얼마 동안 연락이 끊어졌었어요." 토마스가 말했다. "어디에 사는지 아십니까?"

"어디들 사는지 내가 어떻게 알아? 그 사람들은 너절한 이탈리아 사람들하고는 말도 안 했는데." 그녀는 등을 정면으로 돌리고 샐러리를 주무르며 수선을 부렸다.

"아무튼 대단히 감사합니다." 토마스가 말하고는 나가려고 했다.

"잠깐 기다려." 자르디노 부인이 말했다. "네가 떠날 때는 아버지가 아직 살아 계셨지?"

"예." 토마스가 말했다.

"그래, 그 양반 죽었어." 그녀가 말했다. 그녀의 목소리에서는 어떤 만족감이 배어났다. "물에 빠져 죽었지. 강에서. 그리고 어머니는 이사를 갔고, 건물은 헐렸어⋯⋯ 그리고 이제는⋯⋯." 가슴 아프게. "그러더니 슈퍼마켓이 들어서서 우리 목을 따려고 해."

손님이 들어왔고, 자르디노 부인은 감자 2 킬로그램을 달기 시작했고, 토마스는 가게에서 나왔다.

그는 슈퍼마켓으로 가서 잠시 서성거렸지만, 아무것도 알아내지 못했다. 그는 강으로 내려가 볼까 생각했지만, 강에서도 알아낼 것이 하나도 없었다. 그는 역을 향해서 되돌아 걸어갔다. 그는 은행 앞을 지나다가 안으로 들어가서 금고 예금 상자를 빌려서 5천 달러 가운데 4천 9백 달러를 넣었다. 그는 그 돈을 어디로 가지고 가느니 포트 필립에 내버려 두는 편이 좋겠다고 생각했다. 아니면 아버지가 빠져 죽은 강물에다 던져 버리든지.

그는 우체국으로 가면 어머니의 주소를 찾아낼지도 모른다고 생각했지만, 그렇게 애를 쓰지 않기로 마음먹었다. 그가 만나려고 찾아온 사람은 아버지였다. 돈을 갚아 버리려고.

제2장

1950년

학사모를 쓰고 졸업 가운을 걸치고, 루돌프는 빌려 온 검은 옷을 걸친 다른 졸업생들과 함께 6월의 햇살 속에 앉아 있었다.

"20세기에서 정확히 중간이 된 1950년 지금." 연사가 말했다. "우리 미국인들은 몇 가지 질문을 우리 자신에게 던져 보아야 합니다. 우리에게 무엇이 주어졌는가? 우리는 무엇을 원하는가? 우리의 강점과 약점은 무엇인가? 우리는 어디를 향해서 가는가?" 연사는 이곳보다 이름난 배움의 터전인 코넬에서 서로 맺어진 친구 간이었기 때문에 학장에게 호의를 베푸는 뜻으로 워싱턴에서 올라온 국무위원이었다.

20세기의 중간인 1950년, 지금 나에게는 무엇이 주어졌으며, 나는 무엇을 원하고, 내 강점과 약점은 무엇이고, 나는 어디로 가려고 하는가? 학교 잔디밭에 늘어놓은 야영 의자에 앉아 초조하게 몸을 움직이며 루돌프는 생각했다. 나에게는 4천 달러의 빚을 지면서 얻은 학사 학위와 병든 어머니가 주어졌다. 나는 부자가 되고, 자유와 사랑을 누리고 싶다. 내 강점은 200미터를 23초 8에 뛰는 실력이다. 내 약점은? 나는 정직하다. '워싱턴에서 온 위대한 분'을 물끄러미 쳐다보며 그는 속으로 웃었다. 나는 어디로 가려고 하는가? 어디 알면 얘기라도 좀 해 보시죠.

워싱턴에서 온 사람은 평화를 사랑했다. "군사력은 어디에서나 증가 추세입니다." 그는 엄숙한 목소리로 말했다. "평화의 희망은 오직 미국의 군사력에 의존할 수밖에 없습니다. 전쟁을 막기 위해서 미국은 저지할 힘을 발휘할 만큼 반격을 가할 만한, 거대하고 강력한 힘이 필요합니다."

루돌프는 다른 졸업생들을 둘러보았다. 그들의 반은 제2차 세계대전의 참전병들이어서 제대자 원호법에 따라 대학 공부를 했다. 그들 가운데 많은 사람들은 결혼한 몸이었고, 그들의 아내는 남편이 오늘 받게 된 학위를 얻으려고 투쟁하는 동안 그들의 집 노릇을 했던 트레일러나 셋방에 아이를 맡길 만한 사람이 없어서, 몇 사람은 아기를 안고 머리를 새로 손질하고는 남편들 뒷자리에 앉았다. 증가하는 군사력에 대해서 그들이 무슨 생각을 할지 루돌프는 궁금했다.

루돌프의 옆에는 유럽에서 보병 상병이었던 틸사 출신의 얼굴이 둥글고 혈색이 불그레한 브래드포드 나이트가 앉았다. 말씨는 오클라호마의 느릿느릿한 방언이었어도 날카롭게 빈정대며, 활기차고 개방적인 그는 학교에서 루돌프와 가장 가까운 친구 사이였다. 그는 자신의 중대장이 이 학교를 졸업했고 교무처장에게 자신을 추천해 주었기 때문에 휘트비로 왔다. 그와 루돌프는 맥주도 자주 함께 마셨고 낚시질도 같이 다녔다. 브래드는 루돌프에게 자기와 함께 틸사로 나와서, 졸업한 다음 자기와 함께 아버지의 석유 사업에 투신하자고 꼬드겼었다. "넌 스물다섯도 되기 전에 백만장자가 된다, 이 말씀야." 브래드가 말했다. "거기 가면 석유가 철철 넘쳐흐를 지경이니까. 넌 재떨이를 비워야 할 때마다 아예 새 캐딜락을 사들여도 된다구." 브래드의 아버지는 나이 스물다섯이 되기 전에 백만장자가 되었지만, (브래드의 말에 의하면 '재수가 조금 없어서') 요즈음에는 사정이 좋지 못했고, 아들의 졸업식이 되어도 동부로 올 차비가 없었다.

44

루돌프가 초청장을 보내기는 했지만 테디 보일란도 졸업식에는 참석하지 않았다. 4천 달러에 대한 보답으로 그는 적어도 초청장만은 보내야 했다. 그러나 보일란은 초청을 거절했다. "난 이름도 없는 농과 대학의 마당에서 민주당원이 하는 연설을 들으려고 이렇게 화창한 6월의 오후에 시속 80킬로미터로 차를 몰고 갈 생각은 없으니까." 농과가 유명하긴 했어도 휘트비는 농업 대학이 아니었으며, 보일란은 루돌프의 교육을 위해 학자금을 대겠다면서 자기가 1946년에 동부의 일류 대학교에 진학하라고 한 제안을 루돌프가 거절한 데 대해서 아직도 기분이 좋지 않았다. "그렇지만 말야." 날카롭고 무척 굴곡이 심한 글씨체로 쓴 보일란의 편지에는 이렇게 적혀 있었다. "전혀 축하를 하지 않을 수야 없는 날이겠지. 그 거지 같은 잡소리가 끝나면 집으로 와서, 나하고 샴페인을 터뜨리고 장래를 의논해 보세."

루돌프는 예일이나 하버드에 입학하려고 모험을 하느니보다 휘트비를 선택해야 할 이유가 몇 가지나 되었다. 한 가지 이유를 꼽는다면, 그는 모두 해서 4천 달러가 훨씬 넘는 돈을 보일란에게 빚진 몸이었고, 또 한 가지 이유는, 아버지나 할아버지가 모두 하버드─예일 시합에서 응원을 했으며 그들 자신은 사교계에 처음 등장하는 여자들의 파티를 휩쓸고, 대부분은 평생 단 하루도 일을 해 보지 않은 미국 사회의 젊은 귀족들 사이에서 4년 동안 외톨박이로 지낼 생각이 그에게는 없었다. 휘트비에서는 가난이 정상이었다. 가을 학기의 책이나 옷값을 마련하려고 여름에 일을 하지 않아도 되었던 몇 아이가 오히려 이상해 보였다. 브래드처럼 어쩌다가 굴러 들어온 떠돌이들 외의 타향 사람이라고는 동료 학생들을 꺼리던 책벌레 괴짜들이나, 국제 연합을 옹호한다든지 병역 의무에 반대하는 탄원서나 돌리고 다니며 정치에 뜻을 둔 젊은이들뿐이었다.

루돌프가 휘트비를 선택한 또 한 가지 이유는 휘트비가 포트 필립에서 별로 멀지 않았기 때문에, 지금은 방에 갇혀 사는 신세나 마찬가지이고 친구도 없으며 의심만 심해지고 반쯤 미쳐 완전한 망각에 묻혀 버리기를 싫어하던 어머니를 일요일마다 만나러 가기가 쉽기 때문이다. 2학년 여름철에 학교가 끝난 다음 시간과 토요일에 콜더우드 백화점에서 근무하는 일자리를 얻자, 그는 휘트비에서 작은 부엌이 달리고 방이 둘인 아파트먼트를 구해서 어머니와 함께 살기로 했다. 지금 어머니는 그곳에서 그를 기다렸다. 그녀는 졸업식에 올 만큼 몸이 건강하지도 않았고, 더구나 그녀의 몰골이 그에게 수치만 주리라고 그녀는 말했었다. 옷을 깨끗하게 차려 입고 긴장한 학부형들을 둘러보면서, '수치'는 좀 지나친 표현일지도 모른다고 루돌프는 생각했지만, 아무튼 어머니가 그녀의 미모나 옷차림으로 이곳에 모인 사람들에게 감명을 주기는 어려운 일이었다. 착실한 아들이 된다는 것은 가능한 일이었다. 그러나 현실을 직시하지 못한다는 것은 무척 다른 문제였다.

그리하여—초라한 아파트먼트의 창가에 흔들의자를 놓고 앉아서 담뱃재를 목도리에 흘려 떨어뜨리며, 다리는 부어올라 거의 걷지도 못하던 메어리 피즈 조르다슈는 자신의 아들이 모조 양피지말이를 수여받는 광경을 보지 못했다. 그 이외에도 불참했던 사람들을 꼽아 보면—그와 혈연관계이면서도 아기의 상태가 심상치 않아 뉴욕에서 발이 묶인 그레첸, 같은 날 바나드에서 졸업하게 된 줄리, 더 가까운 혈육이지만 주소조차 알 길이 없었던 토마스와 피 묻은 손으로 영원히 배를 저어 가는 악셀 조르다슈.

그는 오늘 혼자였고, 그래도 상관은 없었다.

"군사 조직의 힘은 경이적입니다." 연설을 위한 기계로 확성된 목소리로 연사가 말했다. "그러나 우리 편의 한 가지 위대한 점은, 어느 곳에서나 모든 보통 사람들이 평화를 갈망한다는 사실입니다."

만일 루돌프가 보통 사람이었다면, 국무위원의 얘기는 그에게 적용이 되었으리라. 학교에서 벌어진 학생들의 자유 토론에서 여러 가지 얘기를 듣고 난 지금, 그는 더 이상 과달카날이나 튀니지의 모래 언덕이나 라피도 강에서 싸웠던 지난 세대를 부러워하지 않았다.

식민지 시절의 붉은 벽돌 건물에 있는 햇빛이 밝은 안뜰에, 고상하고 이지적이며 학식이 높은 목소리가 울려 퍼졌다. 물론 기회의 나라인 아메리카에 대한 경의도 나타내었다. 얘기를 듣던 젊은이들 중 반쯤은 아메리카를 위해서 죽을 기회를 누렸었지만, 오늘 오후에 연사는 과거를 돌이켜 보는 것이 아니었으며, 그가 언급한 기회는 과학적인 연구와 국가의 공직과 우리처럼 복을 누리지 못하는 전 세계의 다른 나라들에 대한 지원을 의미했다. 국무위원인 그는 좋은 사람이었고, 워싱턴의 정권을 잡은 사람들 곁에서 저런 사람이 일한다니 루돌프는 기뻤지만, 그러나 1950년의 시점에서의 기회에 대한 그의 관점은 조금 고결하고, 종교적이고, 워싱턴적이어서, 졸업식에야 무척 알맞았겠지만, 농과로나 알려졌을까 말까 하는 조그맣고 돈도 없는 학교에서 학위를 받으려고 검은 옷을 입고 그의 앞에 앉아서, 나는 내일부터 어떻게 밥벌이를 하나 걱정을 하는 가난한 집안의 아들 3백여 명에게는 씨가 먹힐 내용이 아니었다.

교수들을 위해 따로 마련한 앞쪽 높직한 자리에서 역사·경제학과의 과장인 덴튼 교수가 의자에서 몸을 꿈틀대더니 그의 오른쪽에 앉은 영문학과 과장 로이드 교수에게 귓속말을 했다. 덴튼 교수가 국무위원의 촌티 나는 말투에 대해서 한마디 했으려니 생각하고 루돌프는 미소를 지었다. 키가 작고, 혈기가 왕성하고, 머리가 희끗희끗해 가던 덴튼은 이제는 자기가 학계에서 더 이상 출세를 못하리라고 깨닫고는 실망한 남자였는데, 그도 역시 시대에 뒤떨어진 중서부 인민주의자(populist)라고 할 만한 인물이어서, 교실에서는 남북전쟁과 대규모 기업의 시대까지 거슬러 올라가면서 미국의 경제와 정치 체제에 대해 분개하느라고 많은 시간을 보냈다. "미국의 경제란 무엇이냐 하면," 그는 교실에서 말했었다. "조작한 주사위 놀이나 마찬가지입니다. 법이란 돈 많은 자들이 주사위를 던지면 꼭 7점이 나오고, 다른 사람들이 던지면 최하점만 나오도록 치밀하게 꾸며 놓았습니다."

적어도 한 학기에 한 번쯤, 그는 1932년 의회위원회 앞에서 J. P. 모건(미국의 금융업자―옮긴이)이 소득세를 한 푼도 내지 않았다고 시인한 사실을 잊지 않고 언급했다. "난 제군들이 이런 사실을 마음속에 간직하기를 바랍니다." 덴튼 교수는 뼈아프게 통탄했다. "그리고 또한 가정교사의 보수에 지나지 않는 봉급을 받던 내가 한 해에 연방정부에 세금으로 5백 27달러 30센트를 바쳤다는 사실도 기억하기 바랍니다."

학생들의 반응은, 루돌프가 이해하는 한에서는, 덴튼이 기대하던 바에 미치지 못했다. 개혁을 위한 투쟁을 벌이기 위한 분노와 불타는 욕망으로 끓어오르는 대신에, 루돌프를 포함한 학생들은 그들이 부유함과 권력의 정상에 이르러서 J. P. 모건과 마찬가지로, 덴튼이 선거 기구의 법적인 노예화라고 이름 지은 체제에서 면제되기를 꿈꾸었다.

그리고 연방정부에 세금으로 내놓는 대신에 수백만 달러를 대기업의 합병이나 석유업의 부정 축재로 빼돌린다는 새롭고 교활한 탈세 방법을 보도한 〈월스트리트 저널〉지의 기사를 덴튼이 들먹이는 동안에 루돌프는 열심히 귀를 기울이며 덴튼이 자상하게 분석하던 그들의 기술에 감탄하고, 만일 자기가 비슷한 상황에 처하게 될 성공에 대비해서 모든 정보를 정성껏 공책에 적어 두었다.

꼭 점수를 위해서라기보다는 나중에 도움이 되기 위해 좋은 성적을 받으려고 애를 쓰면서 루돌프는 덴튼의 격론을 제자로서의 열성이 아니라, 적지에 잠입한 첩자로서 귀담아들었다. 그가 덴튼에게서 배운 세 과목은 모두 A학점을 받았고, 덴튼은 그에게 사학과에서 그가 강의를 맡도록 다음 해에 특별 연구비를 지급하겠다고 제안했다.

그의 어리숙한 여러 관점에 대해서는 속으로 반발했지만, 덴튼은 대학 시절에 자신이 좋아했으며 쓸 만한 지식을 가르쳐준 유일한 선생이었다고 루돌프는 생각했다.

모든 다른 생각들과 마찬가지로 그는 이 생각도 혼자 마음속에만 담아 두었고, 그래서 그는 교수들에게서 진지한 학생이며 몸가짐이 올바른 젊은이라고 칭찬을 들었다.

연사는 마지막 구절에서 하나님을 들먹이면서 연설을 끝냈다. 모두들 박수를 쳤다. 그런 다음에 졸업생들은 한 사람씩 학위를 받으러 불려 나갔다. 총장은 리본으로 장식한 종이 꾸러미를 수여하면서 미소를 지었다. 그는 졸업식에 국무위원을 초청해 옴으로써 혁명적인 업적을 이룬 셈이었다. 그는 농업학교에 대한 보일란의 편지를 보지 못했었다.

찬송가를 부른 뒤, 근엄한 행진이 거행되었다. 부모와 친척들이 늘어선 사이로 검은 졸업가운들이 줄지어 나갔다. 검은 옷들은 참나무와 여름 숲 밑으로 흩어져 여자들의 밝은 빛 드레스들과 섞여서, 졸업생들은 꽃 핀 들판에서 모이를 쪼는 까마귀들 같았다.

루돌프는 몇 사람하고만 얌전히 악수를 나누었다. 바쁜 낮과 밤이 그를 기다렸다. 두터운 은테 안경을 쓴 작달막하고 거의 꼽추처럼 굽은 덴튼이 그를 찾아와서 악수를 청했다. "조르다슈." 손을 꽉 움켜쥐면서 그가 말했다. "한 번 더 생각해 봐. 그래 주겠지?"

"그러죠, 선생님." 루돌프가 말했다. "대단히 감사합니다." 어른들을 공경하라. 조용하고, 봉급이 형편없는 학교생활. 1 년 지나면 석사, 몇 년 후에는 박사, 잘만하면 마흔다섯쯤 되어 정식 대학교수가 되겠고. "물론 마음이 끌리기는 합니다, 선생님." 그는 조금도 마음이 끌리지 않았다.

그는 약속했던 대로 브래드와 헤어져 졸업 가운을 반납하고 주차장으로 갔다. 브래드는 전쟁 전에 나온, 지붕이 접히는 셰브롤레 자동차를 몰았고, 이미 꾸린 가방들은 짐칸에 넣어 두었다. 브래드는 풍요한 고장 오클라호마로 떠날 준비가 다 되었다.

그들은 주차장으로 가장 먼저 나온 사람들이었다. 그들은 뒤를 돌아다보지 않았다. 둔덕을 하나 넘어가자 모교가 사라졌다. 4년이라. 감상적인 기분은 나중에 느끼자. 20년이 지난 다음에.

"가게에 잠깐 들렀다 가지." 루돌프가 말했다. "콜더우드를 만나겠다고 약속했어."

"명령대로 합죠." 운전을 하던 브래드가 말했다. "내 말투가 고상한 사람 같아?"

"지도자 같은데." 루돌프가 말했다.

"허송세월을 하지는 않았구만." 브래드가 말했다. "국무위원이면 1년에 얼마나 벌까?"

"1만 5천이나 6천이겠지." 루돌프가 어림을 했다.

"닭 모이 정도군." 브래드가 말했다.

"명예도 생각해야지."

"그것도 1년에 30달러 정도는 쳐 줘야겠고." 브래드가 말했다. "세금은 면제하고. 그 사람이 연설문을 직접 썼을까?"

"글쎄."

"그 사람 봉급을 너무 많이 받는 셈이야." 브래드는 〈캔서스 시에서는 모두가 신품〉을 흥얼거리기 시작했다. "오늘 밤 계집애들이 거기 나타날까?"

축하를 해 주는 뜻에서 그레첸은 그들을 자신의 집으로 초청했다. 부모들을 떨어내 버리게만 된다면 줄리도 오기로 했다.

"글쎄." 루돌프가 말했다. "어딜 가나 계집애들이 한둘은 나타나게 마련이지."

"신문을 보면 그런 모양이긴 해." 브래드가 투덜거렸다. "현대의 젊은이들이 어떻게 개판이 되었고, 전쟁이 끝난 다음에 도덕이 얼마나 무너졌고 어쩌고 신문에서 떠들어 대지만, 난 어찌된 일인지 그렇게 무너진 도덕 따위는 하나 걸려들지도 않아. 다음에 내가 다시 대학엘

간다면 난 꼭 남녀공학을 하는 데로 가겠어. 난 혈통이 순수하고 섹스를 굶은 학사인데, 말로만 그런 것이 아니라구." 그는 유쾌하게 콧노래를 불렀다.

그들은 시내를 지나 차를 몰았다. 전쟁이 끝난 다음에 새로 지은 건물들이 많아서, 휴식과 우아한 삶의 터전이라는 인상을 주려는 잔디밭과 꽃밭을 갖춘 작은 공장들, 영국인 지역의 16세기 시골 거리처럼 새로 꾸민 상점, 한때 공회당이었다가 지금은 여름 극장인 하얀 목조 건물이 나타났다. 뉴욕에 사는 사람들이 인접한 시골 지역에서 농가를 사들이기 시작해서, 주말이나 휴일이면 그곳에서 쉬려고 올라왔다. 루돌프가 4년을 보낸 휘트비는 눈에 띌 만큼 더욱 번창해서, 골프장에는 홀이 아홉 개나 늘었고, 집을 짓기를 바란다면 적어도 2에이커 이상의 땅을 사야 상대해 주는 그린우드 부동산 개발 회사도 탄생했다. 심지어는 예술인 촌도 생겨서, 대학교 총장이 다른 기관에서 직원들을 끌어오려고 할 때면 그는 휘트비가 크기뿐 아니라 질적으로도 향상되고 문화적 분위기를 갖춘 장래가 유망한 읍내에 위치했다는 사실을 일깨워 주었다.

콜더우드 상점은 읍내 중앙 상가의 가장 좋은 자리를 차지한 작은 백화점이었다. 그것은 1890년에 처음 문을 열었는데, 초기에는 널찍한 농장들이 들어선 벽지의 한적한 대학 마을을 상대로 생활필수품을 공급하는 일종의 잡화상 노릇을 했다. 읍내가 성장하며 성격이 달라지자, 그에 따라 상점도 성장하고 달라졌다. 그것은 이제 기다란 2층짜리 건물이 되어서, 유리로 막은 진열창 안에는 갖가지 물건이 꽤 많이 전시되었다. 루돌프는 바쁜 철에 재고품을 관리하는 일부터 시작했지만, 어찌나 열심히 일했던지 추천이 자꾸 들어와서 첫 번째 주인의 자손인 던칸 콜더우드는 그를 승진시켜야만 했다. 상점은 아직 한 사람이 여러 가지 일을 함께 맡아 할 만큼 규모가 작았고, 요즈음 루돌프는 시간제 점원에, 진열창 장식가, 광고 문안 담당자, 구매에 상담역, 그리고 사람들을 고용하거나 해고하는데 대한 자문까지 맡았다. 여름에 정규적으로 일을 하게 되면 그의 봉급은 한 주일에 50달러였다.

던칸 콜더우드는 인색하고 말수가 적으며 나이가 쉰쯤 되는 북부 사람이었고, 늦장가를 들어 딸을 셋 두었다. 상점말고도 그는 읍내 안이나 주변에 부동산을 꽤 많이 소유했다. 재산이 얼마나 되는지는 아무도 몰랐다. 그는 돈의 무서움을 알았고, 속을 내보이지 않는 남자였다. 어제 그는 관심을 가질 만한 제안을 내놓을지도 모르니까 졸업식이 끝난 다음에 들러 달라고 루돌프에게 말했었다.

브래드는 상점의 입구 앞에다 차를 세웠다.

"곧 나올게." 차에서 내리며 루돌프가 말했다.

"급하게 굴 필요는 없어." 브래드가 말했다. "남아도는 게 시간이니까." 그는 옷깃을 늦추고, 드디어 자유가 되어, 넥타이를 풀었다. 차의 지붕을 내리고 그는 뒤로 누워서 햇살을 받으며 기분 좋게 눈을 감았다.

상점 안으로 들어가면서 루돌프는 사흘 전 밤에 자신이 진열했던 진열창을 쳐다보고 마음이 흡족했다. 진열창은 목수 도구들로만 가득 찼고, 루돌프는 그것들을 흐트러지지 않고 반짝거리게, 빈틈없는 추상적 무늬를 이루도록 늘어놓았었다. 가끔 루돌프는 뉴욕으로 내려가서, 콜더우드 상점에 써먹을 만한 면모를 찾아보려고 5번가 큰 상점 진열창들을 자세히 살펴보았다.

아래층에서 물건을 사는 여자들의 흐뭇한 웅성거림과 옷과 새 가죽이 풍기는 어렴풋하고 독특한 냄새, 그리고 여자들의 향기를 루돌프는 언제나 좋아했다. 콜더우드의 개인 사무실이 위치한 상점 뒤쪽으로 그가 걸어가는 사이에 점원들이 그에게 미소를 지었고 손을 흔들어 인사했다. 한두 점원이 "축하합니다" 소리를 했고, 그는 그들에게 손을 흔들어 주었다. 그는 남의 호감을, 특히 나이가 많은 사람들의 호감을 샀다. 그들은 그가 고용이나 해고에 대한 일의 자문을 맡았다는 사실을 몰랐다.

언제나 그러듯이 콜더우드는 문을 열어 놓았다. 그는 가게 안에서 벌어지는 모든 일을 항상 감시하고 싶어했다. 그는 책상에 앉아 만년필로 편지를 쓰던 중이었다. 사무실 옆방에는 비서를 두었지만, 그는 사업에 대한 어떤 사항들은 비서에게조차 비밀로 했다. 그는 하루에 네다섯 통씩 편지를 직접 손으로 써서 우표를 붙이고는 스스로 발송했다. 비서의 사무실로 통하는 문은 닫혔다.

루돌프가 문간에 서서 기다렸다. 문을 열어 놓기는 했어도 콜더우드는 일에 방해를 받기를 좋아하지 않았다.

콜더우드는 문장을 끝내고, 다시 읽어 본 다음에 머리를 들었다. 그는 얼굴이 야위고 매끄러웠으며, 콧날이 길었고, 검은머리는 대머리가 벗겨지기 시작했다. 그는 편지를 책상에 엎어 놓았다. 그는 손이 농부처럼 큼직했고 종이 같은 조심스러운 물건들을 미련하게 다루었다. 루돌프는 스스로 귀족적이라고 생각할 만큼 날씬한 자신의 손가락과 기다란 손이 자랑스러웠다.

"들어오게, 루디." 콜더우드가 말했다. 그의 목소리는 굴곡이 없고 딱딱했다.

"안녕하세요, 콜더우드 씨." 파란 고급 졸업 양복을 입은 루돌프가 썰렁한 방으로 들어섰다. 벽에는 상점을 찍은 천연색 사진이 담긴 선전용 콜더우드 달력이 걸렸다. 달력 이외에는 방 안에 장식품이라고는 책상에 놓인 콜더우드의 세 딸들이 어렸을 적 사진뿐이었다.

놀랍게도 콜더우드는 자리에서 일어나 책상을 한 바퀴 돌아 앞으로 나와서는 루돌프의 손을 잡고 악수를 했다. "어땠어?" 그가 물었다.

"생각했던 대로죠, 뭐."

"잘한 일이라고 생각하나?"

"대학에 간 것 말예요?" 루돌프가 물었다.

"그래. 앉게." 콜더우드는 책상 뒤로 돌아가서 등받이가 꼿꼿한 나무 의자에 앉았다. 2층의 가구 부에는 덮개를 씌워 놓은 가죽 의자가 열 개도 넘었지만, 그것들은 손님들만을 위한 상품이었다.

"잘했다는 생각예요." 루돌프가 말했다. "기분이 좋군요."

"이곳에서 큰 재산을 모았고, 지금도 모아들이는 사람들은 대부분 제대로 교육을 받지 못했어." 콜더우드가 말했다. "그건 자네도 아는 사실이지?"

"예." 루돌프가 말했다.

"그들은 학력을 고용해." 콜더우드가 말했다. 그것은 협박이나 마찬가지였다. 콜더우드 자신도 고등학교를 마치지 못했다.

"전 제가 받은 교육이 큰 재산을 모으는데 방해가 되지 않도록 조심하겠습니다." 루돌프가 말했다.

콜더우드는 멋없이 짤막하게 웃었다. "자네야 그러겠지, 루디." 그는 상냥하게 말했다. 그는 책상 서랍을 열더니, 벨벳 뚜껑에 상점의 이름을 금박으로 새겨 넣은 보석 상자를 꺼냈다. "받아." 상자를 책상에 놓으면서 그가 말했다. "자네한테 주는 선물이야."

루돌프가 상자를 열었다. 그 안에는 검정 스웨이드 끈이 달린 멋진 스위스 손목시계가 들어 있었다. "대단히 감사합니다. 선생님." 루돌프가 말했다. 그는 놀란 기색을 보이지 않으려고 애썼다.

"자네는 그걸 받을 자격이 충분해." 콜더우드가 말했다. 그는 당황한 표정으로, 빳빳한 흰 옷깃의 앞에 매듭을 진 좁다란 넥타이를 가다듬었다. 그는 너그러움에 익숙하지가 않았다. "자넨 이 상점을 위해서 훌륭한 일을 많이 했어, 루디. 자넨 머리가 좋고, 장사에도 소질이 뛰어나."

"감사합니다, 콜더우드 씨." 이것은 증가하는 군사력의 추세나 우리보다 불행한 형제들을 위한 지원 같은 워싱턴적인 얘기가 아니었고, 참된 졸업 연설이었다.

"자네한테 뭔가 제안하겠다고 내가 그랬지?"

"그렇습니다."

콜더우드는 머뭇거리더니, 목청을 가다듬고 자리에서 일어서서 벽에 걸린 달력 쪽으로 갔다. 마지막으로 엄청난 모험에 뛰어들기 전에 다시 한 번 숫자들을 검토하는 듯했다. 그는 어느 때나 그렇듯이 검은 양복에 조끼를 입었으며, 높직하고 검은 구두를 신었다. 그는 발목을 완전히 받쳐 주는 신발이 좋다고 그랬었다. "루디." 그는 말을 시작했다. "콜더우드에서 정규 직원으로 일할 생각은 없나?"

"그야 잘 따져 봐야 할 문제죠." 루돌프가 조심스럽게 말했다. 그는 이런 얘기가 나오리라고 예상했으며, 수락을 할 만한 조건을 미리 결정해 놓았다.

"뭘 따져 본다는 건가?" 콜더우드가 물었다. 그는 싸움을 하려는 듯한 말투였다.

"할 일이 무엇인가를요." 루돌프가 말했다.

"지금까지 자네가 하던 일들이지." 콜더우드가 말했다. "일을 좀더 해야 되겠지만. 모든 일을 조금씩 더 해야겠지. 직위를 바라나?"

"그것도 직위 나름이죠."

"나름이라니." 콜더우드가 말했다. 그러나 그는 웃었다. "젊은 사람들이 경솔하다는 소리를 누가 지어냈는지 모르겠군. 부지배인이라는 직책이면 어떨까? 그만하면 자네가 만족할 만한 직책인가?"

"시작으로는 괜찮죠." 루돌프가 말했다.

"내가 자넬 이 사무실에서 쫓아내야 될 모양이군." 콜더우드가 말했다. 맑은 눈이 잠깐 차가워졌다.

"배은망덕한 소리를 하고 싶지는 않습니다." 루돌프가 말했다. "하지만 전 어느 막다른 골목으로도 몰리고 싶지가 않아요. 전 다른 곳에서도 접촉을 받았고……."

"내 생각엔 자네도 다른 바보 같은 젊은 애들처럼 뉴욕으로 달려가고 싶어하는 모양이구만." 콜더우드가 말했다. "한 달 만에 온 도시를 주름잡고, 파티마다 초청을 받으리라고 기대하면서."

"꼭 그렇지는 않아요." 루돌프가 말했다. 사실 그는 아직 뉴욕으로 진출할 준비가 되지 않았다는 생각이 들었다. "전 이 읍내가 마음에 듭니다."

"그럴 만도 하지." 콜더우드가 말했다. 그는 한숨에 가까운 소리를 내면서 다시 책상 뒤에 앉았다. "들어 보게, 루디." 그가 말했다. "난 이제 다시 젊어질 수는 없어. 의사는 나더러 이젠 쉬엄쉬엄 하라더군. 대리 책임자를 구하라고 하면서. 쉬는 날도 즐기고 수명을 연장하라고 말야. 의사들의 흔한 장삿속 선전이지. 난 혈액 속에 콜레스테롤이 많다더군. 콜레스테롤 수치라는 거, 그거 사람들에게 겁을 주려고 새로 지어낸 얘기지. 아무튼 그 얘기에도 일리는 있어. 나한테는 아들이 없지……." 그는 세 차례나 자신을 배반한 세 딸의 사진을 흘겨보았다. "난 아버지가 돌아가신 다음부터 이곳 일을 혼자서 다 맡아 해 왔어. 누가 다 물려받고 날 도와줘야지. 하지만 난 무엇이나 다 제멋대로 뜯어고치려 들고, 처음 두 주일이 지나자마자 이 상점에 대한 이윤 배당을 내놓으라고 덤비는 상업학교 출신의 도도한 젊은 녀석들은 좋아하지 않아." 그는 고개를 떨어뜨리고 무성한 검은 눈썹 밑으로 루돌프를 살펴보았다. "자네 1주일에 100달러부터 시작하세. 1년 후에 다시 생각해 보기로 하고. 그만하면 공정한가, 모자라나?"

"공정합니다." 루돌프가 말했다. 그는 75달러를 예상했었다.

"자네한테 사무실을 주겠어." 콜더우드가 말했다. "포장을 하는데 쓰던 2층 방을 말야. 문에는 부지배인이라고 써 붙이고. 하지만 난 영업시간 중에는 자네가 밖에 나와서 일하기를 바라. 이러면 나와 손을 잡을 만한가?"

루돌프가 손을 내밀었다. 콜더우드의 악수는 콜레스테롤 수치가 높은 사람 같지가 않았다.

"자넨 우선 휴가 같은 걸 즐기고 싶겠지." 콜더우드가 말했다. "자넬 나무랄 생각은 없네. 어느 정도면 되겠나? 두 주일이나 한 달?"

"내일 아침 9시에 이리로 출근을 하겠습니다." 루돌프가 일어섰다.

별로 고급이 아닌 틀니를 내보이면서 콜더우드가 미소를 지었다. "내가 실수를 하지 않았기를 바라네." 그가 말했다. "내일 아침에 만나지."

루돌프가 사무실을 나서려니까 그는 벌써 커다랗고 모난 손으로 만년필을 집으며 쓰다 만 편지를 다시 뒤집었다.

매장을 지나갈 때 루돌프는 천천히 걸어가며 계산대와 점원들과 손님들을, 새롭고 비판적이며 주인다운 눈초리로 둘러보았다. 문간에서 그는 걸음을 멈추고, 자신의 싸구려 시계를 풀고 새 시계를 찼다.

브래드는 햇볕을 받으며 운전석에서 졸고 있었다. 루돌프가 차 안으로 들어가자 그는 일어나 앉았다. "새 소식이라도 생겼나?" 시동을 걸면서 그가 물었다.

"영감이 나한테 선물을 주었어." 루돌프는 시계를 보여 주려고 손을 쳐들었다.

"그 양반 마음씨가 곱구만." 길모퉁이를 벗어나며 브래드가 말했다.

"시계 상점에서 보니 115달러더군." 루돌프가 말했다. "도매 값은 50달러이고." 그는 내일 아침 9시에 출근해야 한다는 얘기는 하지 않았다. 콜더우드 상점은 풍요의 터전이 아니었다.

메어리 피즈 조르다슈는 루돌프를 기다리며 창가에 앉아 길거리를 내려다보았다. 그는 졸업식이 끝나면 그녀에게 학위서를 보여 주려 곧장 집으로 돌아오기로 약속했었다. 그에게 파티라도 열어 주었으면 좋았겠지만, 그녀는 그럴 기운이 없었다. 더구나 그녀는 아들의 친구들을 하나도 몰랐다. 아들이 인기가 없었다는 뜻은 아니다. 항상 전화가 걸려 왔고, "저 찰리인데요"라든지, "저 브래드인데요, 루디 있어요?" 하는 목소리가 울려 나왔다. 그러나 어찌된 일인지, 아들은 그들을 하나도 집으로 데리고 오지를 않았다. 그래도 상관은 없었다. 별로 보잘것도 없는 집이니까. 가로수도 없이 헐벗은 샛길에서 포목점 위 어둑어둑한 방이 두 개. 그녀는 평생을 상점 위에서 살아야 할 운명이었다. 그리고 길거리 바로 건너 코앞에는 흑인 가족이 살았다. 창문에서 그녀를 노려보는 검은 얼굴들. 깜둥이 아이들과 겁탈자들. 그녀는 고아원에서 그들에 대한 모든 것을 알게 되었다. 그녀는 떨리는 손으로 담배에 불을 붙이고는 피우던 담배를 비벼 끄다가 목도리에 재를 떨어뜨렸다. 따스한 6월이었지만 그녀는 목도리를 둘러야 좋았다.

그래, 만사를 제치고 루돌프는 해냈다. 누구 앞에서도 떳떳하게, 머리를 높이 들고 다녀도 되는 대학 졸업생. 티오도어 보일란에 대해서 하나님께 감사를 드려야지. 그녀는 그를 만나 본 적이 없지만, 루돌프는 그가 얼마나 이지적이고 너그러운 남자인지를 설명해 주었다. 그러나 루돌프에게는 그 정도의 보답은 당연한 일이었다. 그런 몸가짐에 그런 총명함. 사람들은 그를 돕고 싶어했다. 그래, 이제 그는 출세의 길에 들어섰다. 비록 대학을 나오면 무엇을 하겠느냐고 그녀가 물었을 때 어물어물하기는 했지만. 그래도 그의 마음속에는 계획이 섰으리라고 그녀는 확신했다. 루돌프는 항상 계획을 세우는 아이였다. 어떤 계집애에게 걸려들어서 결혼만 하지 않는다면. 메어리 피즈는 부르르 몸을 떨었다. 그는 훌륭한 아들이었고, 그보다 생각이 깊은 아들을 바랄 수도 없었으며, 만일 그가 없었더라면 악셀 조르다슈가 행방불명이 된 그날 밤부터 그녀가 어떻게 되었는지는 아무도 모를 일이었다. 그러나 한 번 여자가 끼어들기만 했다가는, 아무리 훌륭한 아이더라도 들짐승처럼 되어서, 부드러운 눈길과 치마 속의 약속을 위해서 가정이나 부모, 출세, 모든 것을 희생해 버린다. 메어리 피즈 조르다슈는 아들과 친한 줄리를 만난 적이 없지만, 그러나 그녀는 여자아이가 바나드로 진학했음을 알았고, 그녀는 루돌프가 일요일이면 그 먼 뉴욕까지 갔다가, 해쓱한 얼굴에 눈자위가 시꺼멓게 변하고 초조해서 말도 더듬으며, 밤늦게 돌아온다는 사실도 알았다. 그래도 줄리와의 관계는 벌써 5년이나 계속되었으니까, 그는 이제 다른 대상을 찾을 준비가 되었어야 했다. 그녀는 그와 얘기를 해 보고, 지금이 즐길 때라는 말을 해 주고, 그에게 몸을 던지는 일이 영광이라고 생각하는 여자들이 수두룩하게 생길 테니까 서두르지 말라고 알려 주어야 한다.

그녀는 정말 이 날을 위해서 무엇인가 특별한 행사를 마련했어야 한다. 케이크를 굽고 내려가서 포도주를 한 병 사 오고. 그러나 층계를 오르내리고 이웃 사람들 앞에 나서도 부끄럽지 않을 만큼 몸치장을 하는 번거로움은……. 루돌프는 이해를 하리라. 어쨌든 그는 이날 오후에 친구들을 만나러 뉴욕으로 갈 예정이었다. 늙은 어미야 혼자 창가에 앉아 지내게 내버려두고. 그녀는 갑자기 뼈아픈 생각이 들었다. 아무리 훌륭한 아들이라고 해도.

그녀는 너무 빨리 달려서 바퀴가 끼익 소리를 내며 모퉁이를 돌아 길거리로 접어드는 차를 보았다. 그는 검은머리를 바람에 나부끼는 루돌프를, 젊은 왕자님을 보았다. 그녀는 어느 때보다도 멀리 떨어진 사물은 잘 보았지만, 가까운 것은 얘기가 달랐다. 그녀는 너무 통증이 심했고, 시력이 자꾸만 달라졌으며, 눈이 늙어 어느 안경도 몇 주일 쓰면 도움이 되지 않아서, 독서를 포기했다. 그녀는 나이가 쉰도 되지 않았지만, 눈은 그녀보다 먼저 죽어 갔다.

차가 그녀 밑에서 멈추고 루돌프가 뛰어내렸다. 우아함, 우아함. 멋진 파란 양복을 입은 그는 어깨가 널찍하고 다리가 길어서, 옷차림에 어울리는 날씬한 몸매를 지녔다. 그녀는 창가에서 물러섰다. 그는 어떤 말도 한 적이 없었지만, 그러나 그녀는 자기가 창가에 앉아 하루 종일 바깥만 내다보면 아들이 싫어함을 알았다.

그녀는 힘들여 몸을 일으켜서, 목도리 자락으로 눈물을 닦고, 식사를 할 때 사용하는 탁자로 비틀비틀 걸어갔다. 그가 층계를 뛰어 올라오는 소리를 듣고 그녀는 담배를 문질러 껐다.

그는 문을 열고 안으로 들어왔다. "어때요." 그가 말했다. "이것 보세요." 그는 종이 꾸러미를 열어서 그녀 앞 탁자에 펴놓았다. "이건 라틴어예요." 그가 말했다.

그녀는 고딕체로 쓴 그의 이름을 읽었다. 다시 눈물이 솟았다. "아버지의 주소가 어딘지 알면 좋겠구나." 그녀가 말했다. "난 네 아버지가 이것을 보고, 아버지의 도움이 하나도 없이 네가 어떤 일을 해냈는지 보았으면 좋겠다."

"어머니." 루돌프가 부드럽게 말했다. "아버진 돌아가셨어요."

"네 아버지야 남들이 그렇게 믿어 주기를 바라겠지." 그녀는 말했다. "난 그 양반을 누구보다도 잘 알아. 그이는 죽지 않았고, 도망을 쳤어."

"어머니……." 루돌프가 다시 말했다.

"그이는 지금쯤 배가 터지라고 웃어 대겠지." 그녀는 말했다. "네 아버지의 시체는 결국 찾지 못했어. 안 그러냐?"

"마음대로 생각하세요." 루돌프가 말했다. "난 가방을 꾸려야겠어요. 난 오늘 밤은 뉴욕에서 지내겠어요." 그는 자기 방으로 가서 가방에다 면도 도구와 파자마 한 벌과 깨끗한 셔츠를 챙기기 시작했다. "필요한 건 다 있으시죠? 저녁은요?"

"깡통을 따서 먹겠다." 그녀가 말했다. "차에 탄 아이하고 같이 갈 생각이냐?"

"예." 그가 말했다. "브래드예요."

"오클라호마에서 온 아이냐? 서부에서 온 아이?"

"예."

"그애가 차를 운전한다니 마음에 안 든다. 조심성이 없어. 난 서부 사람들은 믿지 않아. 왜 기차를 타지 않니?"

"뭣 하러 기차 값을 들여요?"

"차 밑에 깔려서 죽으면 돈인들 무슨 소용이냐?"

"어머니……."

"그리고 이제 넌 돈을 많이 벌 텐데. 너 같은 아이라면 말이다. 이 것도 있으니까." 그녀는 라틴 글자가 적힌 빳빳한 종이를 쓰다듬었 다. "너한테 무슨 일이 생기면 내가 어떻게 될지 넌 생각해 봤니?"

"나한테는 아무 일도 생기지 않아요." 그는 가방을 잠갔다. 그는 시 간이 없었다. 그녀는 그가 바쁘다는 것을 알아챘다. 그녀를 창가에 남겨 두고.

"아마 사람들이 날 개처럼 쓰레기 더미에 던져 버리겠지." 그녀는 말했다.

"어머니." 그가 말했다. "오늘은 축하를 해야 하는 날예요. 기뻐해 야죠."

"내가 이걸 사진틀에 끼우마." 그녀가 말했다. "재미 보거라. 그럴 자격이 충분하니까. 너무 늦게까지 돌아다니지 말고. 뉴욕에서는 어 디에 묵을 작정이지? 급한 일이 터지면 연락할 전화번호라도 있어?"

"급한 일은 없을 거예요."

"혹시나 해서."

"그레첸의 집에 묵겠어요." 그가 말했다.

"그 매춘부." 그녀가 말했다. 그녀는 아들이 딸을 만난다는 사실을 알았지만, 그들은 그레첸에 대한 얘기를 입 밖에 꺼내는 일이 없었다.

"맙소사." 그가 말했다. 그녀는 말이 너무 심했고, 그것을 자신도 알았지만, 자신의 태도는 분명히 해야 했다.

그는 몸을 굽혀 그녀에게 작별 인사로 그리고 '맙소사'에 대한 사 과의 뜻으로 키스를 했다. 그녀는 그를 끌어안았다. 그녀는 그가 생 일 선물로 사 준 화장수를 흠뻑 뿌린 모양이었다. 그녀는 자기 몸에서 늙은 여자의 냄새가 나는 것이 싫었다. "네 계획이 무엇인지 넌 나한테 얘기를 하지 않았어." 그녀가 말했다. "이제 네 인생이 진짜로 시작되는 거야. 난 네가 시간을 좀 내서, 나하고 같이 앉아 나에게 무엇을 기대해도 좋은지 얘기를 해 줄 줄 알았어. 네가 좋아한다면 차를 한 잔 끓이고……."

"내일 하죠, 어머니. 내일 모두 말씀드리겠어요. 걱정 마세요." 그는 다시 그녀에게 키스했고, 그녀가 자신을 놓아주자 가벼운 발걸음으로 층계를 내려갔다. 그녀는 일어서서 창가로 비틀거리며 가서 흔들의자에 앉아 창가의 늙은 여자로 되돌아갔다. "내 꼴을 아들이 보게 해야지."

차가 멀어져 갔다. 그는 한 번도 그녀를 올려다보지 않았다.

모두들 떠난다. 하나도 남지 않고. 가장 훌륭한 아들조차.

셰브롤레 자동차가 끵끵대며 산을 올라 낯익은 돌문을 들어섰다. 집으로 뻗어 나간 길을 따라 늘어선 포플러 나무들은 6월의 햇살에도 불구하고 장례식 같은 그림자를 던졌다. 집은 지저분한 꽃 담장 뒤에서 썩어 갔다.

"어셔 가의 몰락(에드거 알란 포우의 단편—옮긴이) 같구만." 모퉁이를 돌아서 마당으로 차를 몰면서 브래드가 말했다. 루돌프는 이 집을 너무 자주 드나들어서 별다른 인상을 느끼지는 못했다. 여기는 테디 보일란의 집이었고, 그것으로 그만이었다. "누가 여기서 살지? 드라큘라?"

"친구가 살아." 루돌프가 말했다. 그는 브래드에게 보일란 얘기를 한 적이 없었다. 보일란은 그의 인생에서 또 다른 한 칸을 차지했다. "우리 집안하고 아는 친구야. 내 학업을 도와 주었어."

"돈을?" 차를 멈추고 비판적인 눈으로 돌더미 같은 집을 응시하면서 브래드가 말했다.

"약간." 루돌프가 말했다. "충분할 만큼."

"정원사를 쓸 돈은 없나?"

"관심이 없지. 들어가서 그 사람 만나 봐. 샴페인이 우리를 기다리니까." 루돌프가 차에서 내렸다.

"단추를 목까지 여며야 하나?" 브래드가 물었다.

"그래." 루돌프가 말했다. 그는 브래드가 옷깃과 씨름을 하고 넥타이를 끌어올리는 동안 서서 기다렸다. 브래드의 목이 두툼하고, 짧고 촌스럽다는 사실을 루돌프는 지금 처음 알았다.

그들은 자갈이 깔린 마당을 지나서 묵직한 참나무로 만든 앞문으로 갔다. 루돌프가 초인종을 울렸다. 그는 혼자가 아니어서 기뻤다. 그는 테디 보일란에게 소식을 알려 줄 때 혼자이기를 바라지 않았다. 초인종이 멀리서 둔탁하게, 무덤의 질문처럼 울렸다. 살아 계십니까?

문이 열렸다. 퍼킨스가 나타났다. "안녕하십니까, 선생님." 그가 말했다. 피아노를 치는 소리가 들려왔다. 루돌프는 그것이 슈베르트의 소나타임을 알았다. 테디 보일란은 그를 카네기 홀에 데리고 갔었으며, 그를 위해서 축음기로 음악을 많이 틀어 주었고, 루돌프가 음악에 대해서 배우기를 좋아했으며 좋은 연주와 나쁜 연주를, 위대함과 평범함을 가리는 능력을 빨리 익히는 모습을 지켜보고 즐거워했다. "자네가 나타나기 전에 난 음악을 포기하려고 했었지." 언젠가 보일란이 그에게 말했었다. "난 혼자 듣거나 흥미를 느끼는 체하면서 듣는 사람들과 함께 음악을 감상하기가 싫어."

퍼킨스가 두 젊은이를 거실 쪽으로 안내했다. 다섯 걸음을 걸어도 퍼킨스는 행진을 하는 듯했다. 브래드는 비척거리는 보통 때의 걸음걸이를 바로잡는 거대하고 침침한 복도에 질려서 보다 꼿꼿하게 걸었다.

퍼킨스가 거실로 들어가는 문을 열었다. "조르다슈 씨와 친구 분이 오셨습니다, 선생님." 그가 말했다.

보일란은 자신이 연주하던 부분만 마치고 중단했다. 얼음통에 샴페인이 담겼고 옆에는 세로 홈이 파인 유리잔이 두 개 놓였다.

보일란이 일어나서 미소를 지었다. "어서 오게." 루디에게 손을 내밀면서 그가 말했다. "다시 만나서 반갑네." 보일란은 두 달 동안 남부에 가서 지냈고, 무척 검게 탔으며, 머리와 곧은 눈썹은 햇빛에 절었다. 보일란과 악수를 하면서 루돌프는 잠깐 동안 그의 얼굴이 조금 달라진 데 대해서 의아한 기분을 느꼈다. "제 친구를 소개할까요." 루돌프가 말했다. "브래드포드 나이트입니다. 보일란 선생님이고. 저하고 동창생이에요."

"반갑네, 나이트 군." 보일란은 브래드와 악수를 했다.

"만나 뵙게 되어서 반갑습니다, 선생님." 보통 때보다도 더욱 오클라호마 말투가 심해진 브래드가 말했다.

"그러니까 오늘은 자네도 축하를 받아야겠구만." 보일란이 말했다.

"그런가 봅니다. 이론은 그런 셈이죠." 브래드가 히죽 웃었다.

"잔이 하나 더 필요하구만, 퍼킨스." 보일란은 샴페인 통으로 갔다.

"알겠습니다, 선생님." 퍼킨스는 평생 계속될 가공의 행진을 하며 방을 나갔다.

"그 민주당원이 쓸 만한 얘기 좀 하던가?" 얼음 속으로 병을 휘저으며 보일란이 말했다. "위대한 부유함의 저주에 대한 얘기도 하고?"

"폭탄 얘기를 하더군요." 루돌프가 말했다.

"민주당에서 지어낸 얘기 말이지." 보일란이 말했다. "다음엔 어디다 투하하겠다고 얘기하던가?"

"누구한테도 폭탄을 떨어뜨릴 생각은 없는 모양이던데요." 루돌프가 말했다. 어찌된 일인지 그는 국무위원을 옹호해야 옳다는 생각이 들었다. "사실 그 사람 얘기도 꽤 그럴듯한 데가 있었어요."

"그랬어?" 손가락 끝으로 다시 병을 돌리면서 보일란이 말했다. "그 사람 속으로는 공화당원인 모양이지."

갑자기 루돌프는 보일란의 얼굴이 어디가 달라졌는지를 깨달았다. 그의 눈 밑으로 처진 살이 없어졌다. 휴가 동안 잠을 무척 많이 잔 모양이구나, 루돌프는 생각했다.

"이 집은 꽤 쓸 만한 곳이군요, 보일란 씨." 브래드가 말했다. 그는 얘기가 오가는 동안 주위를 두리번거렸다.

"소비 성향이 대단했지." 보일란이 무관심하게 말했다. "우리 집안은 그런 경향이 두드러진다네. 자네, 남부 출신이군. 안 그런가, 나이트 군?"

"오클라호마요."

"그곳을 차를 타고 지나가 본 적이 한 번 있어." 보일란이 말했다. "답답하게 느껴지더군. 지금 다시 그곳으로 돌아갈 생각인가?"

"내일요." 브래드가 말했다. "루디더러 같이 가자고 설득하던 중이었죠."

"아, 그랬었나?" 보일란이 루돌프에게 얼굴을 돌렸다. "자네, 그곳으로 가나?"

루돌프가 머리를 흔들었다.

"그래." 보일란이 말했다. "오클라호마는 자네한테 별로 어울리는 것 같지가 않아."

퍼킨스가 잔을 하나 더 가지고 들어와서 자리에 놓았다.

"아." 보일란이 말했다. "됐어." 그는 재빠르게 손을 놀려서 병마개를 묶은 철사 줄을 풀었다. 그는 조심스럽게 돌려서 마개가 퐁 소리를 내고 빠지자 샴페인을 능숙하게 잔에다 따랐다. 보통 때면 그는 퍼킨스에게 병을 따도록 시켰다. 루돌프는 오늘 보일란이 특별하고 상징적인 예식을 치루고 있음을 깨달았다.

그는 루돌프와 브래드에게 잔을 하나씩 주고는 자기의 잔을 들었다. "미래를 위해서." 그가 말했다. "위태로운 시대를 위해서."

"이거 코카콜라는 저리 가라구만." 브래드가 말했다. 루돌프는 얼굴을 조금 찌푸렸다. 브래드는 보일란의 우아한 태도에 반발해서 일부러 촌티를 냈다.

"그래. 정말 그렇지?" 보일란이 태연하게 말했다. 그는 루돌프에게로 시선을 돌렸다. "정원으로 나가 햇볕에서 마저 마시면 어떨까? 바깥에서 술을 마시면 항상 축제 기분이 더 나니까."

"글쎄요." 루돌프가 말했다. "우린 사실 시간이 별로 없어서……."

"그래?" 보일란이 놀란 표정을 지었다. "난 같이 농부의 여관에서 저녁이나 들까 했는데. 물론 자네도 환영일세, 나이트 군."

"감사합니다, 선생님." 브래드가 말했다. "그거야 루돌프가 결정할 일이죠."

"뉴욕에서 우리를 기다리는 사람들이 좀 있어서요." 루돌프가 말했다.

"알겠어." 보일란이 말했다. "보나마나 파티겠지. 젊은 사람들이 모이고."

"뭐, 그런 거죠."

"당연하지." 보일란이 말했다. "이런 날이라면." 그는 세 사람이 마실 샴페인을 다시 부었다. "누이를 만날 건가?"

"누이 집에서 모이죠." 루돌프는 누구에게도 거짓말을 하지 않았다.

"내가 안부를 전하더라고 해 주게." 보일란이 말했다. "아이에게 잊지 말고 내가 선물을 보내야 할 텐데. 무어라고 했지?"

"아들요."

루돌프는 아이가 태어난 날 보일란에게 아들이라고 알려 주었었다.

"조그만 은식기를 보내지." 보일란이 말했다. "아기가 맛있게 죽을 먹으라고 말야." 보일란은 브래드에게 설명했다. "우리 집안에서는 새로 태어난 아기에게는 주식을 좀 주는 게 관습이야. 하지만 물론 그건 집안 식구들에게만이지. 내가 루돌프를 무척 좋아하기는 하지만 내가 루돌프의 조카에게 그런다면 어울리지가 않을 거야. 그리고 우린 몇 년 동안 만나지도 못했지만, 그래도 난 루돌프의 누이에게도 퍽 애착을 느끼지."

"내가 태어났을 땐 아버지가 유전을 하나 나한테 주었어요." 브래드가 말했다. "기름이 나오지 않는 놈으로요." 그는 유쾌하게 웃었다.

보일란은 겸손하게 미소를 지었다. "생각이 중요한 거니까."

"오클라호마에서는 그렇지가 않아요." 브래드가 말했다.

"루돌프." 보일란이 말했다. "저녁을 들면서 조용하게 여러 가지 일을 의논해 볼까 생각했었는데, 자네가 바쁘다고 그러니까, 오늘 같은 밤이면 자네 또래의 젊은이들과 지내고 싶다는 건 이해가 가고, 그러니까 지금 잠깐만 시간을 내 준다면……."

"원하신다면요." 브래드가 말했다. "전 잠깐 바람이나 쐬러 나가죠."

"자넨 눈치가 빠르구만, 나이트 군." 날카로운 조롱이 엿보이는 목소리로 보일란이 말했다. "하지만 루돌프와 나 사이에는 숨길 일이 하나도 없다네. 안 그런가, 루돌프?"

"모르겠어요." 루돌프가 무뚝뚝하게 말했다. 그는 보일란이 벌이려는 어떤 꿍꿍이속에도 말려들 생각이 아니었다.

"내가 무엇을 했는지 얘기하겠어." 이제는 딱딱한 말투로 보일란이 말했다. "난 자네를 위해서 퀸 메어리 호의 왕복 승선표를 끊었어. 항해는 두 주일 후에 시작되니까, 친구들을 만나고, 여권 수속을 밟고 필요한 준비를 할 시간이 충분하지. 난 런던이나 빠리나 로마 같은, 자네가 가 봐야 할 만한 곳들의 일정표를 짜 놓았네. 자네가 받은 교육에 조금이나마 보탬이 되라고. 진짜 교육은 대학을 나온 다음에 시작되니까. 안 그런가, 나이트 군?"

"전 떠날 수가 없어요." 루돌프가 말했다. 그는 술잔을 내려놓았다.

"왜 안 돼?" 보일란이 놀란 표정을 지었다. "자넨 항상 유럽에 가고 싶다는 얘기를 했잖아."

"내 힘으로 간다면요." 루돌프가 말했다.

"아, 이유는 그것뿐인가?" 보일란은 이해를 한다는 듯 조금 웃었다. "자네가 오해했군. 이건 선물이야. 내 생각엔 자네한테 도움이 될 것 같아서. 이런 말을 해서 뭣하지만, 촌티를 조금 벗고. 8월쯤 나도 가서 우리 프랑스 남부에서 만나지."

"고맙지만 안 되겠어요, 테디." 루돌프가 말했다. "난 그럴 수가 없어요."

"섭섭히군." 그 얘기를 끝내 버리지는 뜻으로 보일란이 어깨를 들먹였다. "현명한 사람은 선물을 받을 때와 거절할 때를 알지. 석유가 안 나오는 유전이더라도." 브래드에게 머리를 끄덕이고. "물론 자네한테 더 좋은 일이 있다면야……."

"난 할 일이 생겼어요." 루돌프가 말했다. 자, 나가신다, 그는 생각했다.

"그것이 뭔지 물어 봐도 될까?" 다른 사람들의 술잔은 그대로 두고 보일란은 자기 잔에다 샴페인을 더 부었다.

"난 내일부터 콜더우드 상점에서 정규 직원으로 근무합니다." 루돌프가 말했다.

"안 됐네." 보일란이 말했다. "정말 지겨운 여름이 자네를 기다리는군그래. 자네 취향이 참 별나다고 할 수밖에 없어. 남부 프랑스로 가기보다는 작은 읍내의 너저분한 아낙네들한테 냄비와 접시나 팔기가 더 좋다니. 아, 그래, 만일 그런 결정을 내렸다면, 그럴 만한 이유들이 있겠지. 그리고 여름이 지나면 - 내가 제안한 대로 법과로 갈지, 아니면 외교관 고시를 치를지, 그건 결심했나?"

벌써 1년 이상이나 보일란은 여러 차례 루돌프더러 두 가지 가운데 하나를 택하라고 은근히 재촉했는데, 보일란은 법과 쪽을 더 좋아했다. "배경은 없지만 개성과 머리를 갖춘 젊은이라면, 법이 권력과 성공의 길이지." 보일란이 그에게 편지를 썼었다. "여긴 법률가의 나라야. 훌륭한 법률가는 흔히 자신이 고용된 회사에서는 필수적인 인물이 되지. 그는 명령을 내리는 위치에 오르기가 쉬워. 법률가는, 훌륭한 법률가는 복잡한 상황을 풀어헤쳐 나갈 유일하고도 믿을 만한 안내자이고, 그래서 그는 그에 알맞은 대우를 받게 되지. 정치에서도…… 상원의원들 가운데서 법률가 출신의 비율을 보라구. 자네의 경력에 그런 권위를 부여해서 나쁠 일이 뭔가? 의사당에서 어물어물하며 지내는 정직하지 못한 광대들 대신에 자네처럼 총명하고 개성이 뚜렷한 사람을 국가에서 발탁해 쓰리라는 건 하나님도 다 아는 사실이야. 아니면 외교관 생활을 고려해 봐. 사람들이 좋아하건 어떻건 간에, 우리나라는 세계를 다스리고 또 그래야만 하지. 우린 우리의 행동과 우리의 우방이나 적들의 행동에 영향력을 줄 만큼 아주 훌륭한 사람들을 적재적소에 배치해야 해."

보일란은 애국자였다. 게으름이나 까다로움 때문이겠지만, 자신은 주류에서 밀려났어도, 그는 아직도 공직 생활의 처신에 대해 강렬하고 도덕적인 관념을 버리지 않았다. 루돌프가 듣는 데서 보일란이 칭찬한 워싱턴 사람은 오직 해군 장관이 제임스 포레스탈뿐이었다. "만일 자네가 내 아들이라고 해도 (보일란의 편지가 계속되었다) 난 똑같은 충고를 해 주었을 거야. 외교관 생활을 하면 보수는 많이 받지 못하겠지만, 그래도 자넨 신사들 중의 신사처럼 살아가고, 우리 모두가 자네 때문에 명예로움을 느끼지. 그리고 자네가 결혼을 잘해서 대사까지 올라가게 된다고 해도 막을 사람이 없을 거야. 내가 자네에게 도움이 될 일이 생긴다면, 난 기꺼이 자넬 돕겠어. 자네가 몇 달에 한 번씩 대사관으로 점심에 초대를 해 준다면 난 그것으로 충분히 보람을 느끼겠고 ─ 나도 조금은 힘이 되어 주었다고 스스로 자부심도 느끼겠지."

이런 내용을 모두 되새기면서, 바로 그날 오후에 세 딸의 사진을 보고 눈을 흘기던 콜더우드를 기억하면서, 루돌프는 갑갑한 기분을 느끼며, 모두들 아들을 구하는구나 하고 생각했다. 어떤 은밀하고, 독특하고, 불가능한 형태의 아들을.

"어때, 루돌프." 보일란이 말했다. "내 얘기에 대답을 해야지. 어느 쪽을 택하겠어?"

"둘 다 싫어요." 루돌프가 말했다. "난 그의 상점에서 적어도 1년 동안은 일하겠다고 콜더우드에게 약속했어요."

"알았어." 보일란이 딱딱하게 말했다. "자넨 바라는 바가 별로 대단치 않구만. 안 그래?"

"예, 그래요." 루돌프가 말했다. "이제 시작이니까요."

"유럽으로 가는 예약은 취소하겠어." 보일란이 말했다. "이젠 자네가 친구들을 만나러 가도록 보내 줘야 되겠군. 여길 방문해 줘서 대단히 고맙네, 나이트 군. 어쩌다가 또 오클라호마를 떠나게 되는 일이 있으면, 꼭 루돌프와 함께 날 찾아와 주게." 그는 샴페인을 다 마시고는, 티 하나 없는 트위드 저고리를 어깨에 걸치고, 목에 두른 비단 스카프의 눈부신 빛깔과 함께 방에서 나갔다.

"어이……." 브래드가 말했다. "그게 다 무슨 얘기였어?"

"저 사람, 한때 우리 누이와 어떤 관계가 있었어." 루돌프가 말했다. 그는 문 쪽으로 걸어가기 시작했다.

"으스스한 자식이구만, 안 그래?"

"아냐." 루돌프가 말했다. "절대로 그렇지가 않아. 여기서 나가지."

그들이 문간에서 차를 몰아 나올 때 브래드가 결국 입을 열었다. "그 친구 눈이 좀 괴상하더군. 도대체 왜 그렇지? 살갗을 보니까 꼬-꼭-" 그는 자기가 찾는 정확한 표현이 머리에 떠오르지 않아서 쩔쩔맸다. "옆에 모두 지퍼를 채워 올린 것 같아. 어이, 이거 확실히- 그 친구 얼마 전에 얼굴을 성형수술했어."

역시, 루돌프는 생각했다. 바로 그것이었구나. 남부에서 잠만 잤다고 해서 그렇게 될 리는 없다. "글쎄." 그는 말했다. "테디 보일란이라면 불가능한 것이 없으니까."

이 사람들은 다 누구일까? 거실을 둘러보면서 그녀는 생각했다. "술은 부엌에 준비해 놓았어요." 열린 문으로 막 들어서는 한 쌍에게 그녀는 유쾌하게 말했다. 그들의 이름을 알려면 윌리가 올 때까지 기다려야 한다. 그는 얼음을 더 가지러 한 쪽 구석에 만들어 놓은 바로 가고 없었다. 스카치나, 버본이나, 진이나, 반 갤런짜리 병에 담긴 적포도주는 언제나 넉넉했지만, 얼음은 항상 모자랐다.

방 안에는 사람이 적어도 서른 명은 되었는데, 그녀는 그들을 반쯤밖에 알지 못했고, 아직도 올 사람들이 더 많았다. 얼마나 더 올지 그녀는 전혀 몰랐다. 가끔 가다가 그녀는 윌리가 길거리에서 만나는 사람들을 아무나 붙잡고 초대하는 듯한 기분이 들었다. 메어리 제인은 부엌에서 술을 따라 주는 일을 맡았다. 메어리 제인은 두 번째 남편과 갈라서게 된 몸이어서, 그녀를 어디에나 다 초청해야 했다. 자기가 동정의 대상이라는 사실을 느끼면서 메어리 제인은 그에 대한 보답을 하기 위해 술을 따르는 일을 열심히 돕고, 술잔을 닦고, 재떨이를 비우고, 혼자 떨어진 낙오자들을 자기 집으로 데리고 가서 같이 잤다. 파티에는 그런 사람이 필요하게 마련이다.

그레첸은 브룩스 브라더스처럼 차린 사람이 마룻바닥에 재를 흘리고 잠시 후에 양탄자에다 발뒤꿈치로 담배꽁초를 짓이기는 모습을 보고는 질겁했다. 아무도 없을 때는 연분홍빛 벽과 책꽂이에 가지런히 늘어선 책, 말끔한 커튼과 깨끗하게 쓸어 낸 벽난로의 바닥, 그리고 부풀린 방석과 윤을 낸 나무 장식으로 방은 그토록 아름다웠다.

루돌프는 전혀 그런 내색을 하지 않았지만, 그가 이런 파티를 못마땅하게 생각하지 않을까 그녀는 걱정이었다. 조니 히드와 같은 방에서 어울릴 때면 언제나 그러듯이, 그들은 함께 한 쪽 구석으로 가서는 자리를 뜨지 않고, 조니는 주로 얘기를 하고, 루돌프는 주로 귀를 기울였다. 조니는 나이가 겨우 스물다섯 살밖에 안 되었어도, 벌써 월 스트리트에 위치한 브로커 사무실의 동업자였으며, 주식시장에서 자기 나름대로 큰 재산을 모았다고 소문이 났다. 그는 겸손하고 보수적인 얼굴에, 눈치가 빠르고, 작은 소리로 얘기를 하며 열중하는 그런 젊은이였다. 그녀는 가끔가다 한 번씩 루돌프가 조니와 저녁을 같이 먹거나 야구 구경을 가려고 뉴욕으로 내려온다는 사실을 알았다. 그들이 주고받는 얘기를 그녀가 우연히 지나치는 길에 들어 보면, 그것은 언제나 똑같은 주식거래와 합병 기업, 새 회사, 이윤, 면세 조처 따위여서, 그레첸에게는 한심할 정도로 흥미가 없었지만, 루돌프는 자기가 물론 주식을 거래한다든지, 누구와 합병을 한다든지, 또는 어떤 종류의 회사도 설립할 입장이 조금도 아니면서도 그런 얘기에 무척 매혹되는 눈치였다.

언젠가 그녀가 루돌프에게, 자신의 집에서 만난 하고많은 사람들 가운데 왜 하필이면 조니한테 그렇게 달라붙느냐고 묻자, 루돌프는 무척 진지하게 대답했다. "누이 친구 중에 내가 뭔가 배울 만한 사람이라고는 그밖에 없으니까."

제 동생이라고 해서 그 속을 누가 알겠는가? 아무튼 그녀는 루돌프가 졸업하는 날 밤 이런 종류의 파티를 열어 줄 생각은 아니었고, 윌리도 마찬가지였다. 하지만 어떻게 된 일인지 늘 똑같은 파티로 끝장이 났다. 등장인물은 조금 바뀌어서, 배우들과 여배우들, 젊은 감독들과 잡지 기자들, 모델들과 〈타임〉지 회사에서 일하는 여자들, 라디오 연출자들과 섣불리 모욕하기가 어려운 광고대행인들이 간혹 끼었고, 막 이혼을 하고는 만나는 사람에게마다 남편이 동성애를 하는 남자라고 말하는 메어리 제인 같은 여자들이나, 소설을 쓴다는 뉴욕 대학교나 콜롬비아의 선생들, 싸구려 생활을 하는 듯한 젊은 월 스트리트 사람들과 술을 석 잔쯤 마시고 나면 윌리에게 꼬리를 치던 눈부실 만큼 육감적인 여비서도 있었고 윌리가 전쟁 때 알았던, 조종사였으

72

며 런던 얘기를 하자고 그녀를 구석으로 몰아넣던 남자도 왔으며, 밤이 늦으면 그녀에게 수작을 걸었다가는 결국 메어리 제인과 끝판에 몰래 빠져나갈 누군가의 불만스러운 남편도 왔다.

등장인물은 달라졌어도 하는 행동은 거의 다 그대로였다. 러시아와 앨저 히쓰(미국의 법률가―옮긴이)와 조 매카티 상원의원에 대한 토론과 앞머리를 가지런히 자르고 트로츠키를 찬양하는 지성적인 여자들과……("술은 부엌에 준비해 놓았어요." 틀림없이 그날 바닷가에 나가서 햇볕에 탄 듯한 한 쌍이 새로 도착하자 그녀는 유쾌하게 말했다)……최근에 키에르케고르에 대해서 알게 되었거나, 얼마 전에 사르트르를 만났기 때문에 그 얘기를 하고 싶어하거나, 얼마 전에 이스라엘이나 탕헤르에 가 보아서 그런 얘기를 하고 싶어하는 사람. 한 달에 한 번쯤이라면 참을 만도 했다. 방 안에 온통 담뱃재를 떨어뜨리지만 않는다면 한 달에 두 번쯤까지도. 그들은 대부분 미남, 미녀에 고상한 젊은 사람들이었고, 모두들 무슨 재주를 타고났는지는 몰라도 옷을 잘 차려입고 서로 술을 사 주고 여름철 대부분을 햄튼에서 보냈다. 그녀가 소녀 시절 포트 필립에서 살 때 친구가 되어 보았으면 하고 꿈꾸었던 바로 그런 사람들. 그러나 이제 그녀는 거의 5년 동안 그들에게 둘러싸여 살아왔다. 술은 부엌에 준비해 놓았어요. 끝없는 파티.

꼭 해야 할 중요한 일이 생각났다는 듯 그녀는 사람들을 헤치고 층계로 가서 빌리가 자는 지붕 밑 방을 향해 올라가기 시작했다. 빌리가 태어난 다음, 그들은 서구 12번가에 있는 갈색 사암(砂岩)으로 지은 낡은 건물의 꼭대기 층으로 이사해서, 다락을 커다란 방으로 바꾸고 하늘창을 냈다. 빌리의 침대와 장난감들말고도 그 방에는 그레첸이 일을 하는 커다란 책상을 하나 들여놓았다. 그 위에는 타자기가 자리를 잡았고, 책과 종이가 수북했다. 그녀는 어린 빌리와 같은 방에서 일을 해서 즐거웠고, 그녀가 타자기를 두드리는 소리에 아기가 우는 일은 없었으며 그것은 오히려 토닥거리는 자장가 노릇을 했다. 레밍

턴(타자기의 이름—옮긴이)이 달래 주는, 기계의 시대에 사는 아이.

　탁자의 전깃불을 켠 그녀는 아기가 깨었음을 알았다. 잠옷을 입고 침대에 누운 아기의 베개 옆에는 헝겊으로 만든 기린이 놓였고, 마치 밑에서 피어 올라오는 담배 연기로 그림을 그리려는 듯 아기는 천천히 머리 위로 손을 저었다. 그레첸은 담배 연기 때문에 미안한 생각이 들었지만, 위층에서 지내는 네 살배기 사내아이가 싫어하니 담배를 피우시 말라고 사람들에게 요구할 수도 없는 노릇이었다. 그녀는 침대로 가서 몸을 굽히고 빌리의 이마에 키스했다. 목욕을 해서 깨끗한 비누 냄새와 아이의 살갗에서 나는 달콤한 향기가 났다.

　"난 어른 되면 사람 안 초청할래." 그가 말했다.

　제 아버지하고는 다르구나, 그레첸은 생각했다. 비록 금발에, 조용히 보조개가 들어가는 모습이 제 아버지를 꼭 닮긴 했지만. 조르다슈 네 집안의 흔적은 전혀 없었다. 아직은. 동생 토마스가 어렸을 때 저런 모습이 아니었는지 모르겠지만. 그녀는 침대 위로 몸을 낮게 숙이고는 다시 아이에게 키스했다. "자거라, 빌리야." 그녀가 말했다.

　그녀는 아래층의 시끄러움에서 빠져나와 즐거워진 마음으로 작업용 책상으로 가서 자리에 앉았다. 밤새도록 이곳에 앉아 지내더라도 자신이 없어졌음을 눈치 챌 사람은 아무도 없으리라고 그녀는 확신했다. 그녀는 책상 위에 놓인 책을 집어 들었다. 기초 심리학. 그녀는 맥없이 책을 펼쳤다. 로르샤크 검사(잉크의 얼룩 같은 그림을 해석해서 사람의 성격을 판단하는 실험—옮긴이)에 쓰이는 얼룩점을 위해 두 쪽을 몽땅 바치고. 너 자신을 알라. 그대의 적을 알라. 그녀는 오후 늦게 그리고 밤에 뉴욕 대학교에서 공개 강습을 받았다. 그것을 끈질기게 계속해 내면 2년 후에는 학위를 받게 된다. 윌리나 윌리의 고상한 친구들과 함께 지낼 때면 그녀는 자신이 어딘가 부족하다는 생각이 들어 자꾸 부끄러워졌다. 그런데다 그녀는 교실의 분위기를, 오직 돈이나 지위나 남의 앞에 띄는 일에만 관심을 두지는 않고 살아가는 사람들과 자리를 함께 하는 한가한 분위기를 좋아했다.

　빌리가 태어난 다음에 그녀는 극장에서 발을 뺐다. 내가 하루 종일 돌봐 주지 않아도 좋을 만큼 아이가 자라면 나중에 다시 하지, 그녀는 혼자 다짐했다. 요즈음에는 자기가 다시는 연극을 하지 않으리라는 사실을 그녀는 깨달았다. 손해를 볼 일은 없다. 그녀는 집에서 할 만한 일거리를 찾아 나섰어야 했고, 다행히도 그녀는 그것을 가장 단순한 방법으로 찾아냈다. 그녀는 그가 싫증을 느낄 때나 다른 일로 바쁘거나, 숙취에 시달릴 때면 윌리를 도와서 라디오나 텔레비전의 방송평을 써 주기 시작했다. 처음에 그는 원고 끝에다 자기 이름을 써서 보냈지만, 그러나 나중에 자신의 봉급이 인상되고 잡지사에서 간부직을 제안받게 되자, 원고에 그녀의 이름을 적어 넣기 시작했다. 편집자는 나중에 개인적으로 그녀더러 남편보다 훨씬 글을 잘 쓴다고 말했지만, 윌리의 글에 대해서 그녀는 나름대로 개인적인 평가를 했다. 그녀는 어느 날 트렁크를 닦아 내다가 그가 쓴 희곡의 1막을 우연히 발견했다. 그것은 형편없었다. 윌리의 대화에서 재미있고 기지에 찼던 내용들은 원고 속에 옮겨 놓으면 고루하게 여겨졌다. 그녀는 그에게 그의 글에 대한 얘기나 자기가 그의 원고를 읽었다는 말은 하지 않았다. 그러나 그녀는 잡지사의 간부직을 받아들이는 편이 좋겠다고 그에게 충고했다.

　그녀는 타자기에 꽂힌 노란 종이를 쳐다보았다. 그녀는 연필로 가제(假題)를 달아 두었다. 〈판매원의 노래〉. 그녀는 눈에 닿는 대로 밑으로 훑어 내려갔다. "이론적으로는 미국의 자산이요, 모든 미국인의 공통된 성품인 외적 결백성은 드디어 상인들에게도 전파되어서, 많은 사람들이 우리를 속이고 윽박질러 상품이 우리에게 쓸 만하건, 필요하건, 위험하건 간에 우리가 그들의 상품을 사게 만든다. 그들은 우리에게 웃음과 함께 세수 비누를, 폭력과 함께 저녁에 먹을 식품을, 〈햄리트〉와 함께 자동차를, 군침과 함께 하제(下劑)를 팔고……."

그녀는 얼굴을 찌푸렸다. 별로 좋지가 않다. 그리고 소용도 없고. 누가 귀를 기울이고, 누가 손을 써 보려고 하겠는가? 미국 사람들은 그들이 필요하다고 가정하는 대상을 찾는다. 아래층에 모인 그녀의 손님들 대부분은 주인이 그들의 머리 위에 올라앉아 비판하는 대상들에 의존해서 살아간다. 그들이 마시는 술은 판매원의 노래를 부르는 사람이 번 돈으로 구입했다. 그녀는 타자기에서 종이를 잡아 빼서 꾸깃꾸깃 구긴 다음에 쓰레기통으로 던져 버렸다. 그래 봤자 그녀의 글은 게재되지 않으리라. 윌리가 못 싣도록 틀림없이 손을 쓸 테니까.

그녀는 아이의 침대로 갔다. 아이는 기린을 움켜쥐고 잠이 들었다. 아이는 기적적으로 완전히 잠에 빠졌다. 너는 내 나이가 되면 무엇을 팔고, 무엇을 사겠느냐? 네 앞에서는 어떤 잘못들이 기다리는가? 얼마나 많은 사랑이 낭비되려는가?

층계를 밟는 소리가 났고 그녀는 아이의 이불을 여며 주듯 갑자기 몸을 수그렸다. 얼음을 조달하는 사람, 윌리가 문을 열었다. "어딜 갔나 했지." 그가 말했다.

"내 올바른 정신을 되찾으려고." 그녀가 말했다.

"그레첸." 그는 꾸짖는 투로 말했다. 그는 술을 마셔서 얼굴이 조금 붉어졌고, 윗입술에는 땀방울이 맺혔다. 그는 대머리가 벗겨지기 시작해서 이마는 더욱 베토벤스러웠지만, 그래도 어린 티는 그대로 남았다. "저 사람들은 내 친구이기도 하지만 당신 친구이기도 해."

"저 사람들은 어느 누구의 친구도 아냐." 그레첸이 말했다. "그저 술을 마시는 사람들일 따름이지." 그녀는 마음이 앙칼져졌다. 자기가 쓴 글을 읽고 나니 처음 자신을 위층으로 올라오게 했던 불만이 더욱 심해졌다. 그리고 갑자기 그녀는 아들이 그토록 윌리를 닮았다는 사실에 짜증스러워졌다. 나도 함께 만들었는데, 하고 그녀는 말하고 싶었다.

"나더러 어떻게 하라는 거야?" 윌리가 말했다. "모두들 가라고 그럴까?"

"그래. 모두 보내."

"내가 그럴 수 없단 걸 당신도 알면서." 윌리가 말했다. "여보, 내려갑시다. 당신이 어떻게 되었는지 사람들이 이상하게 생각할 거야."

"갑자기 내가 아이에게 젖을 먹이고 싶은 충동을 느꼈다고 그래." 그레첸이 말했다. "어떤 부족들은 아이들이 일곱 살이 될 때까지 젖을 먹인다잖아. 저 아래 모인 사람들은 모르는 게 없어. 그것도 아는지 가서 알아보라구."

"여보……." 그가 다가와서 그녀를 안았다. 그녀는 진(gin) 냄새를 맡았다. "조금만 너그러워지도록 해 봐. 부탁이야. 당신, 신경질이 대단해졌어."

"아, 알아채셨군."

"물론이지." 그는 그녀의 뺨에 입을 맞추었다. 그는 그녀에게 두 주일이나 성교를 해 주지 않았다. "무엇이 탈인지를 난 알아." 그가 말했다. "당신은 고생이 너무 많지. 아이를 돌보고, 일을 하고, 학교에 다니고, 공부하고……." 그는 그녀가 강의를 집어치우기를 벌써부터 원했다. "그래서 어쩌겠다는 거야?" 그는 물었다. "당신은 지금 그대로도 뉴욕에서 가장 똑똑한 여자인데."

"난 인생의 절반도 제대로 못 살고 있어." 그녀는 말했다. "밑으로 내려가서 그럴듯한 후보자나 하나 골라잡아 도망가서 연애나 해야 될지 모르겠어. 신경을 안정시키게."

윌리는 그녀의 허리에 감았던 손을 떨구고 마티니 냄새와 함께 뒤로 물러났다. "우습구만. 하하." 그는 차갑게 말했다.

"조종석으로 가야지." 책상 위의 불을 끄면서 그녀가 말했다. "술은 부엌에 준비해 놓았어요."

그는 어둠 속에서 그녀의 팔목을 움켜잡았다. "내가 뭘 잘못했다고 그러지?" 그가 물었다.

"잘못한 거 없어." 그녀는 말했다. "완벽한 여주인과 그녀의 짝이 이제 서구 12번가의 미녀들, 그리고 기사(騎士)들과 함께 어울리겠습니다." 그녀는 그의 손아귀에서 팔을 잡아 빼고는 층계를 내려갔다. 잠시 후에 윌리도 내려왔다. 그는 아들의 이마에 마티니가 가미된 키스를 해 주느라고 뒤에 잠깐 처졌었다.

그녀는 자신이 위층으로 올라간 사이에 도착한 듯싶은 줄리와 한쪽 구석에서 열심히 얘기를 주고받는 루돌프와 조니 히드의 모습을 보았다. 바비트(Babbitt, 싱클레어 루이스가 쓴 소설에 등장하는 주인공─옮긴이)의 성품을 지닌 오클라호마에서 온 루돌프의 친구는 어느 간부 직원이 한 얘기를 듣고 지나치게 요란히 웃어댔다. 줄리는 머리를 올렸고, 부드러운 검정 벨벳 드레스를 입었다. "난 항상 전투 중예요." 줄리가 그녀에게 언젠가 말했다. "고등학교 응원 단장 기질을 내 속에서 죽여 버리려고 말예요." 오늘 저녁에 그녀는 제대로 처신하는 듯싶었다. 지나칠 정도로. 젊은 여자치고는 너무 자신만만해 보였다. 그레첸은 줄리와 루돌프가 같이 잔 적이 없으리라고 자신했다. 5년이나 같이 사귀고도! 인간이 아니지. 여자나 루돌프나, 아니면 두 사람 다 어디가 분명히 이상했다.

그녀는 루돌프에게 손을 흔들었지만 그의 눈길을 끌지 못했고, 그래서 그에게로 가려는 그녀를 너무나 옷을 곱게 입었고 이발한 모습이 너무나 잘 어울리는 광고회사의 경리 간부가 가로막았다. "그대, 우리의 여주인이시여." 영국 배우처럼 야윈 그 남자가 말했다. 그의 이름은 알렉 리스터였다. 그는 CBS(미국의 콜롬비아 방송국─옮긴이)에서 사환으로 출발했지만, 그것은 올챙이 적 얘기였다. "참으로 찬란한 업적에 대해 축하를 드립니다."

"당신이 후보자로 나설래요?" 그를 노려보면서 그녀가 말했다.

"뭐라구요?" 리스터는 초조하게 안경을 이 손 저 손으로 바꿔 쥐었다. 그는 엉뚱한 질문에는 익숙하지 못했다.

"아무것도 아녜요." 그녀가 말했다. "그저 얼핏 생각이 났는데, 당신이 동물을 좋아한다니 반갑군요."

"아주 좋아하죠." 리스터는 모인 사람들을 옹호하는 시늉을 했다. "내가 좋아하는 것이 또 있는데요. 당신이 잡지에 쓰는 글입니다."

"난 라디오와 텔레비전에 새뮤얼 테일러 코울릿지로 이름이 날 거예요." 그녀는 말했다. 리스터는 모욕을 주어서는 안 되는 손님들 가운데 한 사람이었지만, 그녀는 오늘 밤에 누구라도 잡아먹고 싶은 심정이었다.

"뭐라고 그러셨죠?" 그는 30초 안에 두 번이나 당황했고, 얼굴을 찌푸리기 시작했다. "아, 예, 알겠어요." 그는 무슨 말인지 알아듣게 된 내용이 달갑지 않은 눈치였다. "한마디 하죠, 그레첸." 그는 월 스트리트에서 60번가에 이르는 어디에서나 자신이 마음대로 할 얘기를 해도 되는 인물이라고 믿으면서 말했다. "글은 훌륭하지만, 약간, 뭐라고 할까요, 물어뜯는 듯하다는 생각이 들더군요. 어딘가 잔혹한 요소가 보이고—그래서 글에 도움이 되는 예리한 면이 첨가되는 점은 수긍하지만—그래도 기업 전체에 반발하는 전반적인 감정이 밑에 깔려서⋯⋯."

"아." 그녀는 차분하게 말했다. "그걸 눈치채셨군요."

그는 파티에서 보여 주는 영국 배우의 너그러운 얼굴 대신 순식간에 공손함을 말끔히 지워 버린, 냉정하고 차갑고 사무적인 표정을 짓고는 그녀를 마주 노려보았다. "예, 느꼈죠." 그가 말했다. "그리고 그걸 눈치챈 사람은 나뿐이 아녜요. 모든 사람이 뒷조사를 받는가 하면, 광고주들이 동기가 의심스러운 사람들에게 많은 돈을 쓰지 않으려고 너무 몸을 도사리는 지금의 분위기(매카티 선풍을 뜻함—옮긴이)에서는⋯⋯."

"나한테 경고하시는 거예요?" 그레첸이 물었다.

"그렇게 생각하셔도 좋습니다." 남자가 말했다. "우정의 뜻에서."

"정말 고맙군요." 부드러운 미소를 지으면서 그녀는 그의 팔을 가볍게 건드렸다. "하지만 너무 늦은 감이 있어요. 난 헛소리만 하는 빨갱이 공산주의자이고, 모스크바에서 돈을 받고 NBC하고 MGM하고 랠스턴 시리얼 회사를 박살낼 음모를 추진시키는 중이니까요."

"아내는 오늘 모든 사람에게 시비를 걸고 싶어서 저래요, 알렉." 그녀의 옆에 서서 윌리는 그레첸의 팔꿈치를 움켜쥐었다. "오늘이 할로윈인 줄 아나 봐요. 부엌으로 갑시다. 술을 새로 따라 드리죠."

"고마워요, 윌리." 리스터가 말했다. "하지만 난 다른 곳으로 가야 합니다. 파티에 가서 얼굴을 내밀어야 할 곳이 두 군데나 더 있으니까요." 그는 그녀의 살갗에 붓으로 마취제를 바르듯이 가볍게 그레첸의 뺨에다 키스했다. "잘 있어요, 다정한 사람들이여. 내가 한 말을 잊지 말기를 바라요."

"돌에다 정으로 쪼아 두죠." 그녀가 말했다.

무표정하고 둔감한 눈으로 그는 나중에 동그란 자국이 남을 책장에 술잔을 놓고는 문 쪽으로 갔다.

"왜 이래?" 윌리가 나지막한 목소리로 말했다. "당신은 돈을 증오하기라도 하나?"

"난 저 사람이 미워." 그녀가 말했다. 그녀는 윌리에게서 팔을 잡아빼고는 환하게 미소를 지으며 손님들 사이를 헤치고 루돌프와 줄리가 얘기를 나누는 구석으로 갔다. 그들은 귓속말에 가까운 얘기를 주고받았다. 그들의 분위기는 무척 긴장해서 방 안의 웃음소리와 대화에서 그들을 단절시키는, 보이지 않는 벽이 그들 둘레를 막아 놓은 듯싶었다. 줄리는 울음을 터뜨리기 직전이었고 루돌프는 집요하고도 고집스러운 표정이었다.

"그건 너무 기가 막혀요." 줄리가 말했다. "난 그렇게 생각해요."

"오늘 밤엔 퍽 아름다워 보여, 줄리." 그레첸이 끼어들었다. "무척 요염해."

"글쎄요, 기분은 그렇지가 않아요." 줄리의 목소리가 떨렸다.

"왜 그래?" 그레첸이 물었다.

"누이한테 얘길 해요." 줄리가 루돌프에게 말했다.

"나중에 하지." 입술을 깨물며 루돌프가 말했다. "지금은 파티 중이니까."

"루디는 콜더우드 백화점에 영원히 눌러앉을 생각이래요." 줄리가 말했다. "내일 아침부터요."

"영원한 것은 하나도 없어." 루돌프가 말했다.

"평생 동안 카운터 뒤에 붙어 앉아서 썩겠죠." 줄리가 거침없이 말했다. "보잘것없는 읍내에서요. 하려는 일이 그것뿐이라면 대학에 갈 필요가 어디 있어요?"

"난 평생 동안 어디서고 썩겠다는 소린 하지 않았어." 루돌프가 말했다.

"나머지 얘기도 누이한테 해요." 줄리가 화를 내면서 말했다. "어서 겁내지 말고 다 얘기해요."

"나머지 얘기는 뭔데?" 그레첸이 물었다. 루돌프의 결심이 영광스럽지 못해서 그녀 또한 실망했다. 그러나 그녀는 마음이 놓이기도 했다. 콜더우드에서 일을 하게 되면 그는 계속해서 어머니를 돌보겠고 그러면 그녀는 자신이 부양 문제를 떠맡거나 윌리에게 도움을 청할 필요가 없었다. 안도감은 대단치 않은 정도였지만, 그래도 마음이 놓이는 것만은 사실이었다.

"여름을 유럽에서 보내라는 제안을 받았지." 루돌프가 밋밋하게 말했다. "선물로."

"누구한테서?" 대답을 알면서도 그레첸이 물었다.

"테디 보일란."

"나도 우리 부모님이 틀림없이 보내 주리라고 믿어요." 줄리가 말했다. "우리 평생에 가장 멋진 여름을 보낼 수가 있는데."

"우리 평생에 가장 멋진 여름을 보낼 시간이 나에게는 없어." 루돌프가 짜증스럽게 말했다.

"설득해 보시겠어요, 그레첸?" 줄리가 말했다.

"루디." 그레첸이 말했다. "넌 그만큼 많이 일을 했으면 이제는 재미도 좀 봐야겠다는 생각은 없니?"

"유럽이 도망가는 건 아냐." 그가 말했다. "준비가 되면 가겠어."

"네가 거절을 했으니 테디 보일란이 기분 좋았겠구나." 그레첸이 말했다.

"잊어버리겠지."

"누가 내게도 유럽에 가라고 해 봤으면 좋겠어." 그레첸이 말했다. "난 단숨에 배를 타고……."

"그레첸, 좀 도와 주실래요?" 젊은 남자 손님 하나가 그녀에게로 왔다. "전축을 틀고 싶은데 말을 듣지 않아요."

"너희들하고는 나중에 얘기 좀 하자." 그레첸이 루돌프와 줄리에게 말했다. "무슨 수가 나겠지." 그녀는 젊은 남자와 함께 전축으로 갔다. 그녀는 몸을 굽히고 전기 꽂이를 더듬어 찾았다. 흑인 하녀가 오늘 청소를 하러 왔었는데, 그 여자는 진공청소기를 쓰고는 꽂이를 항상 빼놓았다. 그레첸이 불평하자 하녀가 말했었다. "그러지 않아도 난 허리를 구부릴 일이 너무 많아요."

전축은 공허한 소리를 내며 달아오르더니 〈남태평양〉의 첫 음반을 틀기 시작했다. 달콤하고 미국적인, 어린애 같은 목소리들이, 머나먼 환상의 따스한 섬에서, 〈Dites-moi〉(남태평양의 주제곡인 〈말해 줘요〉-옮긴이)를 읊었다. 몸을 일으킨 그레첸은 루돌프와 줄리가 밖으로 나갔음을 알아챘다. 앞으로 한 해 동안 이런 파티는 여기서 열지 말아야지, 그녀는 결심했다. 그녀는 부엌으로 들어가서 메어리 제인더러 스카치 한 잔을 아무것도 타지 말고 따라 달라고 했다. 요즈음에 메어리 제인은 치렁치렁한 빨간 머리에, 눈에는 파란 칠을 하고 기다란 속눈썹을 달았다. 멀리서 보면 그녀는 미인이었지만, 가까이서 보면 어딘가 잘 어울리지 않는 화장이었다. 그래도 지금 파티가 세 시간에 접어든 이 시간에, 모든 남자들이 그녀의 영토를 드나들며 그녀에게 듣기 좋은 소리를 해서 그녀는 하루의 절정에 달했으며, 눈은 번뜩였고, 새빨간 입술은 탐욕스럽게 자극적으로 반쯤 벌어졌다. "찬란하구나." 그녀는 위스키로 쉰 목소리로 말했다. "이 파티 말야. 그리고 그 새로 온 사람, 이름이 알렉 뭐였더라……."

"리스터야." 부엌이 엉망진창이 되었음을 알고, 아침까지는 손 하나 까딱하지 않겠다고 작정하고는, 술을 마시면서 그레첸이 말했다. "알렉 리스터."

"정말 그 사람 눈부시지 않던?" 메어리 제인이 말했다. "그 사람한테 누가 붙었니?"

"오늘 밤은 그렇지 않아."

"그 남자에게 축복을." 메어리 제인이 말했다. "근사한 사람이야. 그 사람이 여기 들어오니까 부엌에 매력이 철철 흘러넘치더라. 그런데 그 사람에 대한 정말 무서운 얘기를 들었어. 여자들을 때린다고 윌리가 그러더라." 그녀는 낄낄거렸다. "신나지 않니? 혹시 그 사람이 술을 더 마시고 싶어하지 않던? 이 충성스러운 술잔을 나르는 여인, 메어리 제인 헤케트가 잔을 손에 받쳐 들고 그의 곁에 나타나려고 하는데."

"그 사람 5분 전에 나갔어." 메어리 제인에게 소식을 알려 주게 되어서 비열한 기쁨을 느끼면서, 그리고 동시에 알렉 리스터에게 매를 맞았다고 털어놓을 만큼 윌리와 친한 여자들이 누구일까 궁금해 하면서 그레첸이 말했다.

"아, 그래." 메어리 제인이 비관적으로 고개를 저었다. "바다에 고기가 한 마리뿐은 아니니까."

두 남자가 부엌으로 들어섰고, 메어리 제인은 빨간 머리를 휘둘러

넘기고는 그들에게 환한 미소를 지었다. "어서 와요." 그녀가 말했다. "바는 문을 절대로 닫지 않으니까요."

메어리 제인이 육체관계를 맺지 않고 두 주일을 보내는 일은 분명히 없었다. 거실로 돌아가면서 그레첸은 이혼이 뭐가 그렇게 나쁜가 하는 생각을 했다.

향그러운 6월 저녁의 바람을 쏘이며 루돌프와 줄리는 5번가 쪽으로 걸었다. 그는 그녀의 팔을 잡아 주지 않았다. "이곳은 심각한 얘기를 나눌 만한 장소가 아냐." 파티에서 그가 말했었다. "여기서 나가지."

그러나 길거리도 신통할 것이 없었다. 그에게 닿지 않으려고 조심하고, 작은 콧구멍은 긴장하고, 통통한 입술을 날카로운 상처가 날 만큼 깨물면서 줄리가 따라갔다. 어두운 길거리를 그녀와 함께 걸으면서 그는 지금 당장 그녀와 헤어지는 편이 좋지 않을까 생각했다. 결국은 언젠가 그럴 날이 올 것만 같았고, 차라리 빨리 헤어지면 더 좋을 듯싶었다. 그러나 다시는 그녀를 보지 못할 생각을 하니 그는 절망을 느꼈다. 그래도 그는 입을 열지 않았다. 그들 사이에서 벌어지는 싸움에서는 더 오래 침묵을 지키는 쪽이 유리하다는 사실을 그는 알았다.

"그곳에 여자가 생긴 모양이군요." 결국 그녀가 말했다. "그러니까 그런 형편없는 곳에 눌러앉으려는 거예요."

그는 웃었다.

"웃는다고 내가 속을 줄 알아요?" 그녀의 목소리는 그들이 같이 노래를 부르던 때나 그녀가, 난 당신을 사랑해요, 하는 말을 하던 때의 추억을 찾아 보기가 불가능할 만큼 냉혹했다. "당신은 리본을 파는 점원이나 어느 회계원이나 누구한테 흠뻑 빠졌어요. 여태껏 줄곧 거기서 근무하는 누구하고 같이 잤겠죠. 난 알아요."

자신의 순결에 대해서 자신만만했던 그는 다시 웃었다.

"아니면 당신은 어디가 이상한 남자예요." 그녀가 거칠게 말했다. "우린 5 년 동안이나 사귀었고, 날 사랑한다고 그러지만, 나한테 그러려고, 진짜 그걸 하려고 해 본 적도 없어요."

"난 요청을 받은 적이 없었어." 그가 말했다.

"좋아요." 그녀가 말했다. "내가 요청하죠. 지금요. 오늘 밤에. 난 세인트 모리츠 호텔의 923호실에 묵어요."

함정에 조심하고, 뭉개진 침대의 널브러진 상태를 두려워하며, "싫어"라고 그는 말했다.

"당신은 거짓말쟁이거나 병신예요." 그녀가 말했다.

"난 줄리하고 결혼하고 싶어." 그가 말했다. "다음 주라도 결혼이라면 하겠어."

"신혼여행은 어디로 가죠?" 그녀가 물었다. "콜더우드 백화점의 정원-가구 부로요? 난 당신한테 내 순수한 처녀의 몸을 제공하려고 그래요." 그녀는 조롱하듯 말했다. "공짜이고 깨끗하죠. 거치적거릴 일도 없어요. 누가 결혼이 필요하대요? 난 자유롭고, 해방되고, 욕정적이고, 대표적인 미국 여자예요. 난 막 10대 0으로 섹스의 혁명에서 승리했어요."

"그만 해." 그가 말했다. "그리고 우리 누이 같은 소리도 관둬."

"병신." 그녀는 말했다. "당신은 나를 당신과 나란히 그 음울하고 작은 읍내에 같이 파묻어 버리려고 해요. 그런데 난 여태까지 당신이 무척 똑똑하고, 장래가 무척 촉망된다고 믿었죠. 난 당신하고 결혼하겠어요. 난 당신하고 다음 주에 결혼하겠어요. 만일 당신이 유럽으로 떠나고 가을에 법과에 들어간다면 말예요. 아니면, 당신이 그러고 싶지 않다면, 그저 뉴욕으로 내려와 이곳에서라도 직장을 구한다면 말예요. 나도 직장을 가질 테니까 당신이 여기서 무슨 일을 하든지 상관 않겠어요. 난 일을 하고 싶어요. 휘트비에서 내가 무얼 하겠어요? 밤에 당신이 집으로 돌아올 때 어느 앞치마를 입을까 궁리하면서 나날을 보낼까요?"

"5 년만 기다리면 뉴욕이나, 당신이 원하는 어느 곳에서라도 살게 되리라고 내가 약속하지."

"약속한다구요." 그녀가 말했다. "약속을 하기는 쉽죠. 그리고 난 5 년 동안 썩을 생각도 없어요. 난 당신을 이해할 수가 없어요. 도대체 당신이 그래 봐야 무슨 소득이 생긴다고 생각해요?"

"난 우리 반의 어느 누구보다도 2 년은 앞서서 출발하는 셈이야." 루돌프가 말했다. "난 내가 하는 일을 알아. 콜더우드는 날 신임하지. 그 사람은 상점 말고도 손댄 일이 많아. 상점은 그저 시작이고, 기초 일 뿐이야. 그 사람은 아직 그걸 모르지만 난 알아. 내가 뉴욕으로 진출할 때는, 난 이름도 없는 대학을 졸업한 평범한 남자로서, 모자를 손에 들고, 모든 사람의 바깥 사무실에서 기다리는 처지가 아닐 거야. 내가 나타나면, 사람들은 문 앞까지 나와서 나에게 인사를 할 거야. 난 오랫동안 가난하게 살았어, 줄리." 그가 말했다. "그리고 난 다시는 가난해지지 않기 위해서 내가 해야 할 일을 하겠어."

"보일란의 아기로군요." 줄리가 말했다. "그 사람이 당신을 버려 놓았어요. 돈! 당신한테는 돈이 그렇게 중요한가요? 돈만이?"

"돈 많은 집 계집 같은 소리는 하지 말아." 그가 말했다.

"만일 그렇다고 해도, 만일 당신이 법조계에 투신하면……." 그녀가 말했다.

"난 기다리지 못해." 그가 말했다. "난 기다릴 만큼은 기다렸어. 난 학교도 다닐 만큼 다녔고. 만일 법의 도움이 필요하면 난 법률가를 고용하겠어." 머리가 굳은 남자, 던칸 콜더우드의 말. 그들은 교육받은 머리를 고용한다. "만일 줄리가 나하고 같이 가겠다면 그건 좋아. 만일 싫다면……." 그러나 그는 차마 말이 나오지가 않았다. "만일 싫다면." 그는 말을 되풀이했다. "아, 줄리, 난 모르겠어. 난 모르겠어. 난 다른 건 다 알 것 같은데, 그래도 난 당신은 모르겠어."

"난 아버지와 어머니한테 거짓말을 했어요……." 그녀는 이제 흐느끼기 시작했다. "당신하고 단 둘이 지내려고 그랬죠. 하지만 이건 당신이 아녜요. 이건 보일란의 인형이죠. 난 호텔로 돌아가겠어요. 난 이젠 당신하고 얘기도 하고 싶지 않아요." 걷잡을 수 없이 흐느끼면서 그녀는 택시를 불렀다. 택시가 끼익 소리를 내면서 멈추었고 그녀는 문을 열고 안으로 들어가서 문을 쾅 닫았다.

그는 꼼짝 않고 서서 요란한 소리를 내며 달아나는 택시를 지켜보았다. 그러다 그는 돌아서서 파티 장소로 걸어가기 시작했다. 그는 가방을 그곳에 두고 왔으며, 그레첸은 거실의 긴의자에 그를 위해 잠자리를 마련해 주기로 했었다. 호텔 방 번호 923을 그는 기억했다.

별거 수당을 받아서 메어리 제인은 혼자 넉넉하게 살았다. 루돌프는 이보다 더 넓거나 부드러운 침대에는 누워 본 적이 없었고 (메어리 제인이 불을 켜 두자고 고집해서) 화장대의 불빛 속에서, 따뜻하게 양탄자를 깔고, 진주처럼 회색빛인 비단을 벽에 바른 커다란 방은 실내장식가의 비싼 솜씨를 보여 주었다. 도시의 소음은 진한 초록빛 벨벳 커튼이 막아 주었다. 금박을 한 디렉투아르(18세기 프랑스의 혁명정부—옮긴이) 풍의 장식품으로 치장하고, 포옹하는 한 쌍이 희미한 금속성 투명함 속에 반사되는 커다랗고 황금빛을 입힌 거울이 달린, 천장이 높다란 거실에서 (짤막했던) 준비를 위한 애무가 벌어졌었다. "주요 행사는 안에서 거행되어야 하죠." 키스를 하다가 입술을 떼면서 메어리 제인은 그렇게 말하고는, 루돌프에게서 아무런 동의도 기다리지 않고 그를 침실로 이끌고 들어갔다. "난 목욕탕에서 준비를 하겠어요." 그녀가 말하고, 구두를 벗어 던지며 멋있게, 그리고 거의 비틀거리지 않는 걸음으로 옆에 붙은 화장실로 들어갔고, 곧 물이 쏟아지는 소리와 병들이 부딪히는 소리가 들려왔다.

사소한 수술을 받으려고 의사의 사무실에서 기다리는 듯한 기분이 든다고 씁쓸하게 생각하며, 루돌프는 옷을 벗기 전에 머뭇거렸다. 자정이 훨씬 넘어서 네다섯 손님만 남아 여기저기 널브러져 있는데 메어리 제인이 그에게 집까지 바래다달라고 했을 때, 그는 이런 일이 벌어지리라고는 전혀 생각지도 않았다. 그는 여태껏 마셨던 술 때문에 조금 어지러웠으며, 자리에 누우면 머리가 어떻게 느껴질까 걱정이 되었다. 그는 소리를 내지 않고 빠져나가서 문을 나설까 잠깐 동안 생각했지만, 신견지명이나 경험이 밝은 메어리 제인이 명랑하게 소리쳤다. "금방 나갈 거예요. 푹 쉬어요."

그래서 루돌프는 옷을 벗었고, 말짱한 정신으로 구두를 의자 밑에다 나란히 놓고, 의자 위에 옷을 깨끗하게 접어 두었다. 침대는 밤을 맞으려는 준비가 되었고 (그는 레이스가 가장자리에 달린 베개와 연한 푸른빛의 시트를 눈여겨보았고) 그는 조금 떨면서 이불 밑으로 들어갔다. 이렇게 함으로써 그는 그날 밤 호텔 방의 문을 두드리지 않을 자신이 생겼다. 923호실.

호기심을 느끼고 조금 두려워하며 담요를 덮고 누워서, 그는 눈을 감았다. 언젠가는 이 일을 치러야 한다. 그는 생각했다. 오늘보다 더 좋은 날이 언제 또 오겠는가?

눈을 감고 있으려니까 밤이 출렁이며 자신의 주위에서 맴을 도는 듯싶었고, 자신의 밑에서 침대가 항만 입구에 정박한 작은 배처럼 불안한 율동을 일으키며 움직이는 느낌이었다. 그가 눈을 떴을 때, 몰락에도 불구하고 상처를 입지 않았으며, 결혼 생활에도 닳지 않은 멋진 엉덩이와 허벅지에, 작고 동그란 젖가슴을 지닌, 키가 크고, 발가벗고, 훌륭하고, 갸름한 육체가, 메어리 제인이 방으로 들어섰다. 낙오자들을 쓸어 모으는 여인, 오랜 세월에 단련된 여인이 불빛에 어두운 윤곽을 드러내며, 두 눈을 덮은 붉은 머리카락을 그에게 내려뜨리고 서서, 그를 내려다보았다.

그의 발기는 빨랐고, 갑작스러웠고, 큼직했으며, 첨탑 같았고, 포신

(砲身) 같았다. 그는 자부심을 느끼면서도 당황해서, 메어리 제인더러 불을 꺼 달라는 말을 하려고 했다. 그러나 그가 입을 열기도 전에, 메어리 제인이 허리를 굽혀 단숨에 이불을 젖혔다.

그녀는 침대 옆에 서서, 그를 살펴보면서, 부드럽게 미소를 지었다. "어린 동생." 그녀가 속삭였다. "어리고 아름다운, 가난한 자의 동생." 그러더니 보드라운 손으로 그녀는 그를 만졌다. 그는 반사적으로 벌떡 일어났다.

"가만히 누워 있어요." 그녀가 명령했다. 그녀의 손은 다마스크 천의 털처럼, 작고 능숙한 동물처럼 그의 몸을 훑었다. 그는 떨었다. "가만히 누워 있으라고 했잖아요." 그녀는 거칠게 말했다.

그것은 곧, 부끄러울 만큼 빨리, 맹렬하고 뻣뻣한 분사와 함께 끝났고, 그는 흐느꼈다. 그녀는 침대 위에 무릎을 꿇고 앉아서, 그녀의 손은 이제 참지를 못하고, 머리카락과 담배 연기와 향수 냄새로 그를 질식시키면서, 그의 입에다 키스했다.

"미안해요." 그녀가 머리를 들자 그가 말했다. "난 제대로……."

그녀가 킬킬 웃었다. "미안해하지 말아요. 난 기분이 좋으니까. 그건 나에게 바치는 찬사로 생각되거든요." 느릿느릿하고 우아한 동작으로 그녀는 그의 옆자리로 미끄러져 들어와서, 이불을 같이 뒤집어쓰고, 자신의 비단 같은 다리를 그의 정액으로 적시면서 미끄러운 그의 가랑이 사이에다 끼고, 그를 자신에게로 꼭 죄었다. "그런 사소한 일로 걱정하지 말아요. 어린 동생." 그녀가 말했다. 그녀는 그의 귀를 핥았고, 전등을 만지다가 전기라도 오듯이 그는 다시 한 번 그녀의 혓바닥에서 시작되어 자신의 몸에 충격을 일으키고 발끝까지 전달되던 경련에 부르르 몸을 떨었다. "몇 분만 지나면 다시 시작할 만큼 말짱해질 테니까요. 어린 동생."

그는 그녀가 자기를 어린 동생이라고 하는 소리를 그만 했으면 하고 바랐다. 그는 그레첸이 머리에 떠오르는 것이 싫었다. 그가 메어리 제인과 집을 나설 때 그레첸은 묘한 눈으로 그를 쳐다보았었다.

자신의 전문 분야에서 메어리 제인이 예언하는 재능은 그녀를 저버리지 않았다. 몇 분도 지나지 않아서 그녀의 손은 그를 다시 깨웠고, 그는 메어리 제인이 그에게 시키려고 침대로 데려온 일을 다시 한 번 했다. 그는 여러 해 동안의 금욕으로 비축했던 모든 힘으로 그녀에게 빠져 들어갔다. "아, 제발, 그만하면 됐어요." 드디어 그녀는 소리쳤고, 그는 한 번 크게 밀어서, 두 사람을 다 해방시켰다.

병신, 그는 줄리의 뼈아픈 목소리가 귓전에 들려왔다. 병신, 그녀로 하여금 이 방에 와서 이 여자의 증언을 듣게 하라.

"누이가 그러는데 아직 동정이었다데요." 메어리 제인이 말했다.

"그 얘기는 하지 맙시다." 그가 짤막하게 말했다. 메어리 제인이 다리, 한쪽 다리만 그의 무릎 위에 가볍게 걸쳐 놓고, 이제 그들은 나란히 누웠다. 그녀는 연기를 깊숙이 들이마시며 담배를 피웠고, 그녀가 폐에서 내뿜은 연기가 천천히 위로 피어올랐다.

"경험이 없는 남자들을 더 찾아봐야 되겠어요." 그녀가 말했다. "그거 정말예요?"

"그 얘기는 그만두자고 했잖아요."

"정말이냐구요."

"아무튼 이젠 아니죠."

"그건 공평하지가 않아요." 그녀가 말했다. "왜죠?"

"뭐가 왜예요?"

"당신처럼 미남인 젊은 남자가 말예요." 그녀가 말했다. "여자들이 미친 듯이 달려들 텐데."

"그럭저럭 자제를 했겠죠. 다른 얘기나 해요."

"같이 어울려 다니는 그 귀여운 작은 여자아이 얘기나 할까요?" 923호실. "그 여자 이름 뭐죠?"

"줄리." 그는 이곳에서 줄리의 이름을 입에 담기가 싫었다.

"그 여자가 당신 뒤를 쫓아다녀요?"

"우린 결혼하기로 했었어요."

"했었다구요? 그럼 지금은?"

"모르겠어요." 그가 말했다.

"그 여잔 자기가 뭘 놓쳤는지 몰라요. 아마 집안이 그런가 봐요." 메어리 제인이 말했다.

"그건 무슨 소리죠?"

"윌리 말로는 당신 누이가 일을 치를 땐 완전히 정신이 나간대요."

"윌리는 입을 좀 다무는 버릇을 배워야 되겠어요." 루돌프는 윌리가 그런 얘기를 여자에게, 어느 여자에게라도, 어떤 사람에게라도 아내에 대해서 입에 올린다는 데 충격을 받았다. 그는 다시는 절대로 윌리를 믿지 않겠고, 완전히 그를 좋아하게 되지도 않으리라.

메어리 제인이 웃었다. "우린 지금 대도시에서 살아요." 그녀가 말했다. "모두들 재미 보느라고 바쁜 곳이에요. 윌리는 나하고 오래 알고 지내던 친구죠. 누이를 만나기 전에는 나하고 관계를 했었어요. 그리고 가끔, 기분이 언짢거나 기분 전환이 필요하면, 요즘도 찾아오죠."

"누이가 그런 사실을 알아요?" 루돌프는 갑작스런 자신의 분노를 목소리에서 드러내지 않으려고 애썼다. 윌리, 그 떠돌이에 변덕스러운 자식.

"그런 것 같진 않아요." 메어리 제인이 가볍게 말했다. "윌리는 뭔가 숨기는 재주라면 비상해요. 그리고 그런 진술서에 서명하는 사람은 없죠. 그 여자하고 해 봤어요 — 그레첸?"

"맙소사, 그레첸은 내 누이예요." 그의 목소리는 자신의 귀에 비명처럼 들렸다.

"고상하시군요." 메어리 제인이 말했다. "누이라. 윌리의 얘기를 들으니, 한 번 모험을 해 볼 만하던데요."

"날 놀리는군요." 그렇다. 그는 혼자 속으로 말했다. 나이 많고, 경험도 많은 여자가 시골에서 올라온 소년을 희롱하며 재미있어 한다.

"절대로 그렇지 않아요." 메어리 제인이 차분하게 말했다. "우리 오빠 내가 열다섯 살 때 나한테 그걸 했어요. 바닷가에 매 놓은 통나무 배에서요. 자기, 술 좀 갖다 주면 착하다고 할 텐데요. 부엌 탁자 위에 스카치가 있어요. 그냥 물만 타 와요. 얼음은 필요 없어요."

그는 침대에서 나왔다. 그는 자신의 속을 훤히 꿰뚫어 보며 감상을 하는, 즐거워하는 그녀의 앞에서 발가벗고 행진하며 돌아다니지 않으려고 잠옷이나 바지나 아무 옷이라도 걸치거나 수건으로 몸을 감싸고 싶은 생각이 들었다. 그러나 그는 만일 자신이 몸을 가리려고 무슨 짓을 하면 그녀가 웃으리라는 사실을 알았다. 염병할, 그는 절망적으로 생각했다. 어쩌다 내가 이런 꼴을 당하게 되었을까?

갑자기 그에게는 방이 싸늘하게 느껴졌고, 그는 온몸에 소름이 돋는 느낌이었다. 그는 문으로 가서 거실로 들어가며 떨지 않으려고 애썼다. 황금빛이고 음산한 쇠붙이 장식이 달린 거울에 모습을 비추면서 그는 두터운 양탄자를 밟고 소리 없이 부엌 쪽으로 갔다. 그는 스위치를 찾아서 불을 켰다. 조용하게 윙윙거리던 커다랗고 하얀 냉장고, 벽에 붙은 찜통, 섞는 기계, 즙을 짜는 기계, 하얀 벽에 걸린 놋쇠 냄비들, 접시 닦는 기계, 철로 만든 이중 조리대, 빨간 포마이카 탁자 한가운데 놓인 스카치 병, 하얀 네온 불빛으로 환한 미국 가정의 꿈. 그는 찬장에서 술잔을 두 개 꺼냈다. (골회자기, 꽃무늬를 그린 컵, 커피 주전자, 후추를 빻는 커다란 목제 기계, 다른 방의 침대에 누워서 기다리는, 가정주부가 아닌 여자를 위한 가정주부의 장비.) 그는 찬 물이 나올 때까지 수도를 틀어서 처음에는 양치질을 하고 밤의 실로폰인 철 조리대에 뱉은 다음에 물 두 잔을 한참 들이켰다. 다른 잔에 그는 스카치를 많이 부어넣고는 물을 반 잔쯤 채웠다. 긁어 대고 도망 다니는 희미한 소리가 들려왔다. 조리대 뒤에서 갑옷을 두른 통통하고 검은 곤충들이, 바퀴벌레들이 틈바구니로 사라졌다. 지저분하구나, 그는 생각했다. 부엌에 불을 켜 두고 그는 빈번히 사용하는 침대에 누워 기다리는 집의 안주인에게 술을 가지고 갔다. 우리는 열심히 봉사를 해야 한다.

"착해요." 길고 뾰족한 손톱이 진홍빛으로 반짝이는 손을 뻗어 잔을 받으면서 메어리 제인이 말했다. 그녀는 붉은 머리를 아무렇게나 베개의 엷은 푸른빛과 레이스에 늘어뜨리면서 몸을 기대고 일어나 꿀 꺽꿀꺽 마셨다. "한 잔 안 마실래요?"

"술은 실컷 마셨어요." 그는 속옷을 집어서 입기 시작했다.

"뭘 하는 거예요?" 그녀가 물었다.

"가야겠어요." 드디어 몸을 가리게 되어 안심을 하면서 그는 셔츠를 입었다. "아침 9시에 출근해야 돼요." 그는 새 손목시계를 찼다. 4시 15분 전.

"제발." 그녀는 어린애 같은 작은 목소리로 말했다. "제발. 그러지 말아요."

"미안해요." 그가 말했다. 그는 미안하지 않았다. 옷을 입고, 혼자 길거리로 나간다는 생각에 그는 환희를 느꼈다.

"난 밤에 혼자 남으면 견디기가 힘들어요." 이제 그녀는 애걸하다시피 했다.

"윌리를 불러요." 앉아서 양말을 끌어올리고 구두를 신으면서 그가 말했다.

"난 잠을 못 자요, 난 잘 수가 없어요." 그녀가 말했다.

그는 꼼꼼하게 구두끈을 맸다.

"모두들 날 버리죠." 그녀가 말했다. "개자식들이 모두 날 버려요. 난 뭐라도 하겠어요. 6시까지, 동이 틀 때까지, 5시까지 있어 줘요, 제발, 자기야, 내가 빨아 줄게요, 제발……." 그녀는 이제 울고 있었다.

밤새도록 눈물을 흘리는 여자들의 세계, 그는 차갑게 생각하면서 셔츠의 단추를 채우고, 넥타이의 매듭을 올렸다. 그가 거울 앞에 서자 흐느낌이 그의 뒤에서 울렸다. 그는 땀에 범벅이 되어 헝클어진 그녀의 머리카락을 보았다. 그는 화장실로 들어갔다. 향수병이 수십 개, 목욕 기름, 알카-셀저, 수면제. 그는 밤의 흔적을 지우려고 머리를 조심스럽게 빗었다.

그가 침실로 돌아갔더니 그녀는 울음을 그쳤다. 그녀는 눈을 가늘게 뜨고, 그를 차갑게 지켜보면서, 꼿꼿하게 일어나 앉았다. 그녀는 술을 다 마셨지만 잔은 그대로 들고 있었다.

"마지막 기회예요." 그녀가 거칠게 말했다.

그는 저고리를 입었다.

"잘 자요." 그가 말했다.

그녀는 그에게 술잔을 던졌다. 그는 몸을 피하지 않았다. 술잔은 그의 이마에 빗겨 맞고는 하얀 대리석 벽난로 위의 거울에 부딪쳐 산산조각으로 깨어졌다.

"풋내기 자식." 그녀가 말했다.

그는 방을 나가서 앞쪽 현관을 지난 뒤 문을 열었다. 그는 입구를 거쳐 밖으로 나가 소리 없이 문을 닫고는 엘리베이터를 불렀다.

엘리베이터 당번은 밤늦게 잠깐씩밖에 일을 못 하는 늙은이였다. 덜커덩거리며 내려가는 사이에 그는 생각에 잠겨 루돌프를 쳐다보았다. 이 사람은 손님들을 살펴 두었다가 새벽에 꼼꼼히 기록을 해 둘까? 루돌프는 생각했다.

엘리베이터가 멈추자 남자는 문을 열었다. "피가 흐르는구만, 젊은이." 그가 말했다. "머리에서."

"알겠습니다." 루돌프가 말했다.

루돌프가 복도를 지나서 어두운 거리로 나설 때까지 엘리베이터 당번은 아무 말도 하지 않았다. 일단 거리로 나와서 노인의 질퍽한 눈초리를 벗어나자마자 루돌프는 손수건을 꺼내서 이마에 댔다. 손수건에 피가 많이 묻어났다. 만나는 사람에게마다 상처를 받는구나. 그는 5

번가의 불빛을 향해서, 길바닥에 발소리를 울리며 혼자 걸었다. 길모퉁이에서 그는 머리를 들어 올려다보았다. 길거리 간판에는 '53번가'라고 적혔다. 그는 머뭇거렸다. 세인트 모리츠는 공원 옆 59번가였다. 923호실. 경쾌한 새벽 공기를 쏘이며 짤막한 산책을. 손수건으로 다시 이마를 찍어 내면서 그는 호텔을 향해서 걸었다.

그는 그곳에 다다르면 어떻게 해야 할지를 알지 못했다. 용서를 빌고, "당신이 하라는 대로 무엇이든지 하겠어"라고 맹세하고는 고백을 하고, 남을 탓하고, 자신을 깨끗하게 하고, 사랑한다며 소리치고, 추억을 향해 손을 뻗고, 욕정을 잊고, 부드러움을 되찾고, 잠을 자고, 잊고…….

로비는 텅 비었다. 잠든 도시를 방황하다가 밤늦게 혼자 들어오는 사람들에 익숙한 접수부의 야근 직원은 호기심도 보이지 않고 잠깐 그를 쳐다보았다.

"923호실 대 주세요." 그는 구내전화에다 대고 말했다.

그는 교환수가 신호를 보내는 소리를 들었다. 열 번쯤 울린 다음에 그는 전화를 끊었다. 로비에는 시계가 걸려 있었다. 4시 35분. 이 도시에서 가장 늦게 문을 닫는 술집들도 35분 전에 문을 닫았다. 그는 천천히 로비에서 걸어 나왔다. 그는 하루를 홀로 시작하고 끝냈다. 그래도 상관없는 일이었지만.

그는 돌아다니는 택시를 잡아탔다. 이 날 아침부터 그는 한 주일에 100달러씩 벌기 시작한다. 그는 택시를 탈 만한 처지였다. 그는 그레첸의 집으로 가자고 그랬다가, 택시가 남쪽으로 가는 사이에 마음을 고쳐먹었다. 그는 그레첸을 만나기 싫었고, 물론 윌리도 보기 싫었다. 가방은 그들이 나중에 보내 주리라. "미안해요, 운전사." 앞으로 몸을 숙이면서 그가 말했다. "그랜드 센트럴 스테이션으로 갑시다."

비록 스물네 시간 동안 잠을 자지 않았지만, 그는 9시에 던칸 콜더

우드의 사무실로 출근했을 때 말짱하게 깨어 있었다. 함에 꽂혀 있기
는 해도 그는 출근 카드에 시간을 찍어 넣지 않았다. 출근 카드를 찍
는 일은 이제 끝났다.

제3장

1950년

토마스는 맹꽁이자물쇠의 숫자를 돌린 다음에 옷 보관함을 활짝 열었다. 여러 달째 모든 보관함에는 맹꽁이자물쇠가 달렸고, 회원들이 규칙에 따라 지갑을 사무실에 맡겨 두면 그것들을 봉투에 넣어 사무실 금고에 보관했다. 그 결정은 토마스가 포트 필립으로 내려가고 없던 주말의 토요일 오후에 부적이나 마찬가지인 100달러짜리 돈을 잃어버린 브루스터 리드가 고집하는 바람에 이루어졌다. 도미니크는 토마스가 돌아온 월요일 오후에 이런 사태 진전에 대한 얘기를 하면서 기분이 좋아했다. "적어도 말야." 도미니크가 말했다. "이젠 자네 짓이 아니라는 걸 알게 되었고, 그 새끼들이 나더러 도둑놈을 고용했다는 소린 할 수가 없게 되었지." 도미니크는 또한 토마스의 봉급을 10달러 올려 주기로 해서, 그는 이제 한 주일에 45달러를 받았다.

토마스는 옷을 벗고 깨끗한 운동복으로 갈아입고는 권투용 신발을 신었다. 그는 도미니크에게서 5시 체조 시간을 인수받았고, 한두 회전 연습 시합을 하자고 요청해 오는 회원들이 보통 두엇씩은 나왔다. 그는 어떤 상처도 입히지 않으면서도 적극적으로 덤빈다는 인상을 주는 기술을 도미니크에게서 배웠고, 그가 회원들을 잘 가르친다는 인상을 주기 위해 도미니크로부터 전문적인 어휘도 충분히 익혔다.

그는 포트 필립의 은행 금고 속에 넣어둔 4천 9백 달러에는 손도 대지 않았고, 젊은 싱클레어를 탈의실에서 만나면 여전히 선생님이라고 불러 주었다.

그는 체조 시간이 즐거웠다. 구령만 부르던 도미니크와는 달리, 토마스는 그들과 함께 모든 운동, 엎드려 뻗히기와 윗몸 일으키기, 자전거 타기, 다리 벌리기, 무릎 굽히기, 무릎과 손바닥을 펴고 마룻바닥에 몸을 대기와 나머지 모든 체조를 같이 했다. 그러면 몸이 가뿐해지는 기분이 들었을 뿐 아니라, 모든 점잖으시고 잘난 체하시는 분들이 땀을 흘리고 씩씩거리는 꼴을 보는 일도 그에게는 즐거웠다. 그의 목소리도 또한 훈련이 잘 되어서 전보다는 어린 티가 덜 나는 명령조로 바뀌었다. 지금만큼은 그는 어떤 불가항력의 나쁜 일이 일어나리라는 불길한 예감을 느끼지 않으면서 아침에 잠자리에서 일어났다.

체조가 끝나고 토마스가 권투 연습장으로 들어갔을 때 도미니크와 그리닝이 커다란 장갑을 끼던 참이었다. 도미니크는 감기에 걸렸고 어젯밤에 술을 너무 마셨다. 그의 눈은 충혈되었고 몸이 제대로 움직이지를 않았다. 축 늘어지는 운동복을 입은 그의 모습이 흐물흐물했고, 머리카락이 헝클어져서 대머리가 벗겨진 부분은 방 안의 불빛에 반짝거렸다. 체중에 비해서 키가 컸던 그리닝은 매트 위에서 달려들 듯한 소리를 내며 권투화로 미끄럼질을 치며 초조하게 움직였다. 그의 눈은 강한 불빛에 표백된 듯싶었고, 짧게 깎은 금발이 거의 백금빛이었다. 그는 전쟁 동안 해병대의 대위였으며 큼직한 훈장도 탔다. 그는 코가 곧고, 턱이 단단하고, 뺨이 분홍빛이라서 무척 미남이었고 만일 집안이 그토록 훌륭하지만 않았더라도 그는 서부영화의 주인공으로도 꽤 성공했을지도 모른다. 자신의 옷 보관함에서 토마스가 10달러짜리 돈을 여러 번 훔쳤으리라고 도미니크에게 말을 한 다음부터 여태까지 그는 토마스에게 한 마디도 얘기를 한 적이 없었고, 자신과 연습시합을 하려고 만나기로 했던 어느 회원을 기다리려고 토마스가 권투장에 들어서도 그리닝은 토마스 쪽은 쳐다보지도 않았다.

"어이, 이것 좀 도와 줘." 장갑을 내밀면서 도미니크가 말했다. 토마스가 끈을 묶어 주었다. 그리닝의 장갑은 이미 도미니크가 매 준 다음이었다.

도미니크는 자기도 모르는 사이에 2분 이상을 쉬지 않고 권투를 계속하지는 않으려는 생각으로, 권투장에 걸린 커다란 시계를 올려다보고는 장갑을 위로 올리고 그리닝에게로 발을 끌며 다가와서 말했다. "자, 시작하죠, 선생님."

그리닝은 당장 그에게 달려들었다. 그는 몸을 꼿꼿하게 세운 자세여서 구식 고상한 권투선수라는 인상을 주었고, 긴 팔을 이용해서 도미니크의 머리를 짧게 때렸다. 감기와 숙취 때문에 도미니크는 곧 숨을 몰아쉬었다. 그는 짧은 주먹의 사정거리 안쪽으로 들어가 머리를 안전하게 피하려고 그리닝의 턱 밑으로 파고들면서 별로 열성이나 힘도 없이 상대방의 배를 쳤다. 갑자기 그리닝은 뒤로 물러서더니 오른쪽 손을 들고 있는 힘을 다해서 올려치기를 날렸고, 도미니크의 입에서 피가 터져 나왔다.

개새끼, 토마스는 생각했다. 그러나 그는 아무 말도 하지 않았고 얼굴 표정도 바꾸지 않았다.

커다란 장갑으로 피가 흐르는 입을 천천히 문지르면서 도미니크는 매트 위에 주저앉았다. 그리닝은 그를 일으켜 세우려는 생각은 하지도 않고 뒤로 물러서서 팔을 늘어뜨리고 빤히 쳐다보았다. 아직도 앉은 채로 도미니크는 토마스에게 장갑을 내밀었다.

"이봐, 이것 좀 벗겨 줘." 도미니크가 말했다. 그의 목소리는 울먹울먹했다. "오늘 연습은 이 정도면 충분하겠어."

토마스가 허리를 굽히고 장갑의 끈을 풀어 도미니크의 손에서 벗겨내는 동안 입을 여는 사람이 없었다. 그는 늙은 선수가 남의 팔을 잡고 일어서는 꼴을 남들에게 보여 주려고 하지 않으리라는 생각에 도우려고 하지를 않았다. 도미니크는 맥없이 일어서면서 팔목을 쥔 운동복의 소매로 입을 닦았다. "미안합니다, 선생님." 그는 그리닝에게 말했다. "오늘은 제가 아직 술이 덜 깬 모양이군요."

"뭐, 별로 뛰지도 않았잖아." 그리닝이 말했다. "몸이 나쁘면 그렇다고 나한테 얘기를 했어야지. 그랬다면 난 공연히 옷을 벗지도 않았을 텐데. 자네는 어떤가, 조르다슈?" 그가 말했다. "자넬 여기서 두어 번 봤지. 몇 분 동안 뛰어 보겠어?"

조르다슈라, 토마스는 생각했다. 내 이름을 아는구나. 그는 어째야 좋겠느냐는 듯 도미니크를 쳐다보았다. 도미니크가 흔히 톰과 짝을 지어 주던, 배가 나오고 열성적이며 형이하학적 교양에 열을 올리던 사람과 비교하면 그리닝은 생판 다른 상대였다.

도미니크의 퉁퉁한 검은 눈에서 순간적으로 시칠리아 사람의 증오가 불꽃처럼 타올랐다. 영주의 장원을 불태워 버릴 때가 온 것이다. "만일 그리닝 씨가 원하신다면, 톰." 피를 뱉으면서 도미니크가 말짱한 표정으로 말했다. "그러시다면 자네가 그 말에 따라야겠지."

토마스는 장갑을 끼었고, 도미니크는 머리를 숙이고 눈치를 살피면서, 아무 말도 없이 장갑의 끈을 매 주었다. 토마스는 옛 기분을, 두려움과 쾌감, 욕망, 팔다리에 찌르르 흐르는 짜릿한 맛과 가슴이 죄어드는 기분을 느꼈다. 그는 도미니크의 숙인 머리 너머로, 그를 차갑게 노려보던 그리닝에게 어린애 같은 순진한 미소를 지어 보였다.

도미니크가 옆으로 물러섰다. "시작해요." 그가 말했다.

그리닝은 오른쪽 손을 턱 밑에 대고 긴 왼손을 뽑으며 곧장 토마스에게 덤벼들었다. 대학까지 다닌 남자라면서, 토마스는 상대방의 짧은 주먹을 걷어 내고 오른손을 피해 빙빙 돌면서 경멸스럽게 생각했다. 그리닝은 자기보다 컸지만, 때리는 힘이 8이나 9 파운드 밖에 안 나갔다. 그래도 그는 토마스가 생각했던 것보다 훨씬 빨라서, 단단한 오른손 한 방이 토마스의 관자놀이 위를 쳤다. 토마스는 브룩라인의 자동차 정비공장에서 공장장과 싸운 이후로 진짜 싸움은 해 본 적이 없었고, 클럽 회원인 평화로운 신사와의 한 겸손한 연습만으로는 그리닝을 맞을 준비가 모자랐다. 그리닝은 원칙에도 없는 몸놀림을 쓰며 오른손을 구사하고는 왼쪽 주먹을 토마스의 머리로 날렸다. 이 개새끼 본격적이구나, 하고 생각하면서 토마스는 몸을 숙이고 들어가 그리닝의 옆구리에 왼손을 휘둘러 때리고 이어서 재빨리 그의 머리를 향해 오른손 주먹을 뻗었다. 그리닝은 그를 붙잡고 오른손으로 그의 갈빗대를 마구 때렸다. 그는 강했으며, 무척 강하다는 사실은 의심할 여지가 없었다.

토마스는 도미니크를 힐끗 보고는 혹시 그가 자신에게 무슨 신호를 보내지 않을까 하는 생각을 했다. 도미니크는 아무런 신호도 보내지 않고 침착하게 한쪽 옆에 서서 기다렸다.

좋아, 토마스가 즐거운 기분으로 생각했다. 자, 간다. 나중에 무슨 일이 벌어질지 알 게 뭐냐.

그들은 다른 때처럼 2분 후에 휴식을 취하지 않고 계속해서 싸웠다. 그리닝은 여유만만하고 잔인하게, 키와 체중을 이용해서 싸웠고 토마스는 지난 몇 달 동안 조심스럽게 억눌러 왔던 순발적인 포악함으로 싸웠다. 자, 맛 좀 봐라, 대위, 혼자 속으로 그런 말을 하면서 알았던 모든 기술을 동원해서, 찌르고, 쑤시고, 피하고, 맛 좀 봐라, 부잣집 아들아, 맛 좀 봐라. 경찰관 나으리야, 네가 잃어버린 10달러 여기 있다, 해 가면서 파고들었다.

토마스가 드디어, 끝의 시작이라고 생각하는 마지막 한 방을 먹였을 때, 그들은 둘 다 코와 입에서 피를 흘렸다. 그리닝은 뒷걸음질을 치면서, 아직도 손을 쳐들고, 바보처럼 웃으며 힘없이 허공을 쳤다. 토마스가 그의 주위를 돌면서 최후의 일격을 강타하려고 하자, 도미니크가 그들 사이에 끼어들었다.

"그 정도면 얼마 동안 충분하겠군요." 도미니크가 말했다. "그만하면 상당히 연습이 되었을 테니까요."

그리닝은 곧 회복이 되었다. 멍한 표정이 그의 눈에서 사라졌고, 그는 토마스를 차갑게 노려보았다. "이것 좀 벗겨 주게, 도미니크." 그가 한 말은 이것뿐이었다. 그는 얼굴의 피는 닦으려고도 하지 않았다. 도미니크는 장갑의 끈을 풀었고, 그리닝은 무척 꼿꼿한 자세로 권투장에서 걸어 나갔다.

"난 일자리를 잃게 되었군요." 토마스가 말했다.

"그렇겠지." 장갑의 끈을 풀어 주면서 도미니크가 말했다. "그래도 보람은 있었어. 나를 위해선." 그는 히죽 웃었다.

사흘 동안은 아무 일도 없었다. 도미니크와 그리닝, 토마스말고는 권투장에 아무도 없었고, 토마스와 도미니크는 어느 회원에게도 그 싸움 얘기를 꺼내지 않았다. 위원회에서 문제를 삼기 위해 자기보다 무척 작은 스무 살 난 아이에게 얻어맞았다는 얘기를 하기는 너무 난처하다고 그리닝이 여겼을 가능성도 충분했다.

밤마다 문을 닫을 때면 도미니크는 문을 두드리고 "아직 무사해" 소리를 했다.

그러다가 나흘째 되던 날, 탈의실 직원인 찰리가 그를 찾으러 왔다. "도미니크가 자기 사무실에서 자넬 보자더군." 찰리가 말했다. "지금 당장."

토마스는 곧장 도미니크의 사무실로 갔다. 도미니크는 책상 뒤에 앉아서 10달러짜리로 아홉 장을 헤아렸다. 그는 사무실로 들어서는 토마스를 구슬픈 눈으로 쳐다보았다. "이거 두 주일 치 봉급이야." 그가 말했다. "자넨 지금부터 그만둬야 해. 오늘 오후에 위원회의 모임이 열렸었어."

토마스는 돈을 호주머니에 넣었다. 그래도 난 적어도 1 년쯤은 버티어 보내려고 했지, 그는 생각했다.

"마지막 펀치를 먹이게 날 그냥 내버려뒀어야 하는 걸 그랬어요, 돔(도미니크의 에칭 ─ 옮긴이)." 그가 말했다.

"그래." 도미니크가 말했다. "내버려두는 건데."

"당신도 입장이 난처해질까요?"

"그렇겠지. 몸조심해." 도미니크가 말했다. "한 가지 꼭 기억해 둬. 부자는 절대로 믿지 말아."

그들은 악수를 했다. 그는 옷 보관함에 둔 자기의 사물을 가지러 사무실을 나갔고, 누구에게도 작별 인사를 하지 않고 건물을 떠났다.

제4장

그는 정확히 7시 15 분 전에 일어났다. 그는 괘종시계를 일어날 시간에 맞춰 놓는 일이 없었다. 그럴 필요가 없기 때문이다.

아침마다 일어나는 발기. 잊어버리지. 그는 1, 2 분쯤 조용히 침대에 누워 있었다. 어머니가 옆방에서 코를 골았다. 열린 창문에서는 커튼이 바람에 조금 날렸고, 방 안은 추웠다. 희미한 겨울 햇살이 커튼 사이로 흘러 들어와서, 침대 건너편 책장의 책들을 기다랗고 거무스레한 형상, 희미한 형상으로 바꾸어 놓았다.

오늘은 보통 날이 아니었다. 어젯밤 문을 닫을 시간에 그는 콜더우드의 사무실로 가서 두툼한 대각봉투를 콜더우드의 책상에 놓았다. "이것을 좀 봐 주시기 바랍니다." 그는 영감님에게 말했다. "시간이 나면 말입니다."

콜더우드는 수상한 눈초리로 봉투를 쳐다보았다. "안에 무엇이 들었나?" 뭉툭한 손가락으로 우물쭈물 봉투를 밀면서 그가 물었다.

"좀 복잡한 내용입니다." 루돌프가 말했다. "읽어 보시기 전에는 얘기하고 싶지 않습니다."

"이것도 또 자네가 생각해 낸 엉뚱한 무슨 계획이 아닌가?" 콜더우드가 물었다. 봉투의 부피에 그는 화가 난 눈치였다. "또 날 몰아세울 작정이야?"

"아녜요." 루돌프가 말하고 미소를 지었다.

"이것 보라고, 젊은이." 콜더우드가 말했다. "자넬 고용한 이후로 내 콜레스테롤 수치가 많이 올라갔어. 아주 많이."

"사모님께서는 사장님이 휴가를 가시도록 저더러 어떻게 해 보라고 부탁하시더군요."

"이런 판국에 말인가?" 콜더우드가 코웃음을 쳤다. "자넬 이 상점에 계속해서 10분 동안도 혼자 내버려 둘 수가 없는 내 심정을 아내는 몰라. 내가 휴가를 가도록 어떻게 해 보라고 또 그러면 그렇게 얘기해 줘." 그러나 그는 어젯밤 상점을 나갈 때, 두터운 봉투를 열지 않은 채 집으로 가지고 갔다. 안에 담긴 내용이 무엇인지를 일단 읽기 시작만 하면, 다 끝낼 때까지 그가 손을 놓지 못하리라고 루돌프는 확신했다.

그는 추운 방에서 이불을 쓰고 꼼짝 않고 누워서, 오늘 아침에는 당장 일어나지 말고 그냥 누워서, 자신이 출근을 하면 영감님이 무슨 소리를 할까 궁리나 해야 되겠다는 생각도 했다. 그러더니 그는 생각했다. 뭐 그까짓 것, 오늘 아침이라고 해서 뭐 별다른가 생각하고 느긋하게 굴어야지.

그는 이불을 젖히고 빠른 걸음으로 방을 건너가서 창문을 닫았다. 그는 파자마를 벗고 무거운 육상복을 입는 동안 떨지 않으려고 버티었다. 그는 털양말과 두터운 고무창을 댄 정구화를 신었다. 육상복 위에 격자무늬의 나사복을 껴입은 그는 아파트먼트를 나서면서 어머니가 깨지 않도록 살그머니 문을 닫았다.

아래층 집 앞에서는 쿠엔틴 맥거번이 그를 기다렸다. 쿠엔틴도 육상복을 입은 차림이었다. 그 위에다 그는 펑퍼짐한 스웨터를 걸쳤다. 털벙거지를 그는 귀를 가릴 만큼 눌러썼다. 열네 살 난 쿠엔틴은 길

건너 앞집에 사는 흑인 가족의 장남이었다. 그들은 아침마다 같이 뛰었다.

"안녕, 쿠엔틴." 루돌프가 말했다.

"안녕, 루디 형." 쿠엔틴이 말했다. "정말 춥군요. 이런 아침엔 우리가 미친 모양이라고 어머니는 생각하죠."

"네가 올림픽에서 금메달을 따오면 어머니도 생각이 달라지겠지."

"그렇겠죠." 쿠엔틴이 말했다. "어머니가 뭐라고 그럴지 벌써 귓전에 쟁쟁해요."

그들은 모퉁이를 돌아 빠른 걸음으로 걸어갔다. 루돌프는 세를 내어 일부를 사용하는 차고의 문을 열고 모터사이클로 갔다. 어느 다른 문, 어느 다른 어두운 곳, 어느 다른 기계. 창고의 작은 배, 강의 냄새, 근육이 불끈거리는 아버지의 팔.

그러다 그는 다시 육상복을 입은 소년에게로, 다른 곳으로, 강이 없는 휘트비로 돌아왔다. 그는 모터사이클을 끌어냈다. 그는 낡은 털을 두른 장갑을 끼고 모터사이클에 올라앉아서는 시동을 걸었다. 쿠엔틴은 뒷자리에 타고 앉아 그를 팔로 감아 안고, 그들은 눈이 따가울 만큼 차가운 바람을 맞으며 길을 달려 내려갔다.

대학교 육상 경기장까지는 몇 분이면 갈 만한 거리였다. 휘트비 대학은 이제 종합대학이 되었다. 운동장에는 담이 없었고, 한 쪽은 나무로 만든 관중석이었다. 루돌프는 모터사이클을 관중석의 한 쪽 옆에다 두고 작업복 저고리를 모터사이클의 안장에 걸쳐놓았다. "스웨터를 벗는 편이 좋아." 그가 말했다. "나중을 위해서. 집으로 가는 길에 공연히 감기 걸리지 말고."

쿠엔틴은 운동장을 둘러보았다. 잔디밭에서 엷고 차가운 안개가 피어올랐다. 그는 부르르 떨었다. "어머니 말이 맞는지도 모르겠어요." 그가 말했다. 그러나 그는 스웨터를 벗었고, 그들은 천천히 트랙을 돌기 시작했다.

대학에 다니는 동안 루돌프는 육상반에 들 만한 시간이 전혀 없었다. 젊고 바쁜 간부가 된 지금 오히려 한 주일에 엿새씩, 하루에 30분은 뛸 시간이 난다는 사실이 그는 신기하게 생각되었다. 그는 운동을 하고 몸을 튼튼히 유지하려고 뜀뛰기를 했지만, 그는 또한 이른 아침의 조용함과 잔디밭의 냄새, 그리고 계절이 바뀌는 감각과 발에 느껴지는 단단한 바닥도 즐겼다. 그는 혼자 뜀뛰기를 시작했지만, 어느 날 아침 육상복을 입고 집 밖에 서서 기다리던 쿠엔틴이 말을 걸어 왔다. "조르다슈 씨, 보니까 아침마다 운동을 하러 가시더군요. 따라 가도 될까요?" 루돌프는 싫다고 할까 생각했다. 그는 하루 종일 백화점에서 사람들에 둘러싸여 살았기 때문에 아침 시간에는 혼자 지내고 싶었다. 그러나 쿠엔틴이 말했다. "난 고등학교 팀에 들어갔어요. 4백 미터반에요. 만일 내가 아침마다 진지하게 달리기를 해야 한다고 마음만 먹는다면, 내 기록이 분명히 좋아지겠죠. 나한테 아무것도 가르쳐주실 필요는 없어요, 조르다슈 씨. 그저 형하고 같이 뛰게만 해 주세요." 그는 비결을 알려 달라는 얘기가 아니었고, 부끄럼을 타며 조용조용히 말해서, 루돌프는 그가 생전 자기에게 한두 번 밖에는 인사도 하지 않은 백인 어른에게 그런 요청을 하기 위해서는 흑인 소년이 무척이나 용기가 필요했으리라는 사실을 알았다. 그리고 쿠엔틴의 아버지는 백화점의 배달 짐차에서 일했다. 노사관계라고 루돌프는 생각했다. 노동자를 즐겁게 해 주자. 모든 민주주의자들이 다 함께. "좋아." 그는 말했다. "따라와."

소년은 불안하게 미소를 짓고 루돌프를 따라 차고로 갔다.

그들은 운동장을 두 바퀴 돌아 몸에 열이 올랐고, 다음에는 백 미터 단거리 경주를 하고, 다시 운동장을 돌고, 그리고는 2백 미터를 빨리 달리고, 그리고 운동장을 두 바퀴 돌고는 거의 전속력으로 4백 미터를 달렸다. 다리가 길고 깡마른 쿠엔틴은, 멋지고 부드럽게 몸을 놀리는 가냘픈 소년이었다. 루돌프는 자신이 혼자였다면 그러지 않았을 만큼 더 열심히 달려야 했으니까, 그를 데리고 오기는 잘한 일이었다. 그들은 마지막으로 운동장을 두 바퀴 더 돌고 난 다음에, 땀을 흘리며 겉옷을 걸치고는, 잠에서 깨어나는 시내를 지나 자신들이 사는 길거리로 돌아왔다.

"아침에 만나자, 쿠엔틴." 길 모서리에 모터사이클을 세우면서 루돌프가 말했다.

"고마워요." 쿠엔틴이 말했다. "내일 만나요."

루돌프는 손을 흔들어 주고, 소년이 마음에 든다고 느끼며 집으로 들어갔다. 그들은 함께 추운 겨울 아침에 인간의 정상적인 나태함을 정복했고, 함께 날씨와 속력과 시간을 스스로 시험했다. 여름 휴가철이 오면 그는 소년을 위해 백화점에 일자리라도 하나 구해 줘야 되겠다고 작정했다. 그는 그 돈이 쿠엔틴의 식구들에게 도움이 되리라고 확신했다.

그가 아파트먼트로 들어서니 어머니는 깨어 있었다. "바깥은 어떠냐?" 그녀가 소리쳤다.

"추워요." 그가 말했다. "집 안에 가만히 계셔도 오늘은 손해 볼 일이 하나도 없어요." 그들은 어머니가 다른 어떤 여자나 마찬가지로 날마다 정상적으로 외출을 나갈 수 있다는 듯이 행동했다.

그는 목욕탕으로 들어가서 김이 나는 뜨거운 물로 샤워를 한 후, 잠깐 서서 얼음처럼 차가운 물을 받다가, 몸이 얼얼해지자 밖으로 나왔다. 그는 수건으로 몸을 말리면서, 부엌 마룻바닥에서 무거운 자루를 끌고 가는 사람처럼 움직이며 어머니가 오렌지 주스를 짜고 커피를 준비하는 소리를 들었다. 그는 자신이 얼어붙은 운동장에서 오랫동안 뛰었음을 기억하고는, 만일 내가 저 꼴이 된다면, 난 누구더러 죽여 달래야지, 하고 생각했다.

그는 목욕탕 저울에 몸무게를 달아보았다. 72킬로그램. 만족스러웠다. 그는 뚱뚱한 사람들을 경멸했다. 백화점에서 그는 콜더우드에게 참된 이유는 말하지 않으면서, 체중이 너무 많이 나가는 점원들을 해고시키려고 했다.

그는 옷을 입기 전에 겨드랑이에 악취 제거약을 발랐다. 오늘은 힘든 하루가 예상되었고, 백화점은 겨울이면 항상 너무 더웠다. 그는 회색 플란넬 슬랙스와 엷은 푸른 셔츠에 검붉은 넥타이를 매고, 어깨에 봉을 넣지 않은 갈색 트위드 스포츠 재킷을 입었다. 부지배인으로 지낸 첫 해에 그는 점잖고 검은 양복을 입었지만, 회사에서 점점 더 위치가 높아지자 그는 보다 자유로운 옷차림으로 바꾸었다. 그는 나이에 어울리지 않을 만큼 중책을 맡았고, 그래서 건방진 티가 나타나지 않도록 조심했다. 같은 이유에서 그는 모터사이클을 샀다. 부지배인이 맨머리에 항상 모터사이클을 타고 시끄러운 소리를 내며 출근하면, 그런 젊은이가 자신을 너무 대단하게 생각한다고 믿을 사람이 하나도 없었다. 시기심의 정도는 최소로 줄이도록 신경을 써야 한다. 그는 당장 자동차를 사도 될 만큼 넉넉했지만, 어쨌든 그는 모터사이클을 더 좋아하기도 했다. 모터사이클은 혈색을 더 좋게 해 주었고 야외 활동을 많이 하는 인상을 주었다. 햇볕에 얼굴이 검게 타면, 특히 겨울에는, 창백하고 병든 듯한 얼굴의 주변 사람들에 대해 미묘한 우월감을 느끼게 해 주었다. 그는 이제야 왜 보일란이 항상 태양등을 사용했는지 이해가 갔다. 그는 태양등에 의존하는 일은 없을 터였다. 그것은 거짓되고 조잡한 짓이라고 그는 생각했고, 태양등에 대해서 알고 술책을 꿰뚫어 보는 사람들에게 흠을 잡히는 약점처럼, 일종의 남성용 화장품처럼 여겨졌다.

그는 부엌으로 들어가서 어머니에게 아침 인사로 키스를 했다. 그녀는 소녀처럼 미소를 지었다. 만일 그가 어머니에게 잊어버리고 키스를 하지 않으면, 아침 식탁에서 어머니는 잠을 무척이나 불편하게 잤다는 둥, 의사가 처방을 해 준 약은 헛돈만 버리는 셈이라는 둥, 긴

독백을 읊었다. 그는 자기가 돈을 얼마나 많이 버는지를, 그리고 훨씬 훌륭한 아파트먼트로 그들이 이사를 갈 능력이 자신에게 있다는 따위의 얘기는 어머니에게 하지 않았다. 그는 집안에서 흥을 돋우는 데 돈을 쓰지는 않았고, 돈의 용도는 다른 곳에 있었다.

그는 부엌에서 식탁에 앉아 오렌지 주스와 커피를 마시고 토스트를 좀 먹었다. 그녀의 머리카락은 힘이 없었으며, 눈 밑에는 놀랄 만큼 거다랗게, 시기멓게 눈 밑 살이 늘어졌다. 아무리 그렇다고 해도 그의 눈에는 그녀가 지난 3 년 동안의 모습보다 조금도 나빠진 곳이 없어 보였다. 그녀는 아흔 살까지는 살 것 같았다. 그는 그녀의 장수에 불만을 느끼지는 않았다. 어머니 때문에 그는 징집을 면했다. 불구 어머니의 유일한 부양자. 마지막으로 어머니가 준 소중한 선물— 그는 얼음에 덮인 한국(韓國)의 참호를 겪지 않아도 되었다.

"나 어젯밤에 꿈을 꾸었어." 그녀는 말했다. "네 동생 토마스에 대해서 말이다. 그애는 여덟 살 때의 모습 그대로더구나. 부활절의 성가대 소년처럼. 그애가 내 방으로 들어오더니, 용서해 주세요, 용서해 주세요, 그러더라……." 그녀는 울적하게 커피를 마셨다. "톰을 꿈에서 본 적이 없었는데. 그애한테서 너 무슨 소식이라도 듣니?"

"아뇨." 루돌프가 말했다.

"나한테 뭐 숨기는 건 없겠지, 어떠냐?" 그녀가 물었다.

"아뇨. 내가 뭣 하러 그래요?"

"난 죽기 전에 그애를 한 번 보고 싶어." 그녀가 말했다. "결국 그애는 내 피와 살이니까."

"어머니는 곧 돌아가시지 않아요."

"그럴지도 모르지." 그녀는 말했다. "어쩐지 봄이 오면 훨씬 나아질 듯한 생각도 들어. 우린 다시 산책을 나가게 되겠지."

"반가운 얘기군요." 커피를 다 마시고 일어서면서 루돌프가 말했다. 그는 어머니에게 작별 인사로 키스를 했다. "오늘 저녁은 내가 짓겠어요." 그가 말했다. "집으로 오는 길에 장을 봐 오죠."

"저녁으로 무얼 장만할지 얘기하지 마라." 그녀는 애교 있게 말했다. "깜짝 놀라고 싶으니까."

"좋아요." 그가 말했다. "깜짝 놀래드리죠."

가던 길에 산 아침 신문을 들고 루돌프가 백화점에 도착했을 때, 숙직 경비원은 직원들이 드나드는 입구에서 아직도 근무 중이었다.

"안녕, 샘." 루돌프가 말했다.

"안녕하세요, 루디." 숙직 경비원이 말했다. 루돌프는 자신이 상점에서 처음 근무하던 때부터 자신을 아는 모든 사람이 자기에게 성 대신 이름을 부르도록 길을 들였다.

"정말 부지런하기도 하군요." 숙직 경비원이 말했다. "난 당신 나이 땐 이런 날 아침이면 잡아 끌어내도 침대에서 나오지를 않았죠."

그러니까 그 나이에 숙직 경비원이나 하죠, 샘, 루돌프는 생각했다. 그러나 그는 미소만 짓고 희미한 불을 켜 놓은 채 잠들어 있는 백화점을 지나 사무실로 올라갔다.

그의 사무실은 깨끗하고 썰렁했으며, 그가 쓰는 책상과 능률적인 중년 노처녀 비서인 미스 가일스의 책상 둘뿐이었다. 백화점의 갖가지 부서를 위해 참작하려고 그가 샅샅이 뒤져보는 잡지 〈보그〉, 〈프렌치 보그〉, 〈세븐틴〉, 〈글래머〉, 〈하퍼스 바자〉, 〈에스콰이어〉, 〈하우스 앤드 가든〉이 넓은 선반에 반듯하게 진열되었다. 읍내 사람들의 질적인 생활수준이 급격히 변했으며, 도시에서 새로 온 사람들은 돈이 많아서 펑펑 썼다. 본디 읍내에 살던 사람들은 어느 때보다도 더 번창해서, 그들보다 나중에 이주해 온 격식을 차리는 사람들의 취향을 흉내내기 시작했다. 콜더우드 사장은 자신의 백화점이 견실한 하중류층을 상대하는 업체에서, 자신이 번지르르한 장난감과 변덕스러운 유행의 보물찾기 주머니라고 이름 지은 형태로 변화하는 데 반대하며 고집스러운 후방군으로서의 싸움을 벌였지만, 그러나 루돌프가 하나씩 하나씩 밀고 나간 변혁에 따른 수지계산에 대해 왈가왈부할 근거가 없게 되자, 매달 루돌프가 계획을 실천에 옮기기는 점점 더 쉬워졌다. 콜더우드는 심지어, 거의 한 해 동안 반대를 하다가, 결국은 쓸모없이 면적만 넓은 배달실의 벽을 헐어 주류 상점으로 바꾸는 데 찬성했으며, 루돌프는 여러 해에 걸쳐 보일란이 자신에게 가르쳐 준 요령들을 기억해 내서 스스로 좋은 프랑스 포도주를 선택하는 솜씨를 보였다.

그는 졸업식 이후로 보일란을 만나지 못했다. 그해 여름에 그는 두 번이나 보일란에게 저녁을 같이 먹을 시간이 없겠느냐고 전화를 걸었었지만, 보일란은 그때마다 "싫어"라고 잘라 말했다. 매달 루돌프는 4천 달러를 갚기 위해서 보일란에게 100달러짜리 수표를 보냈다. 보일란은 그 수표들을 현금으로 바꾼 적이 없었지만 루돌프는 언제라도 보일란이 돈을 모두 한꺼번에 찾아가더라도 충분할 만큼 저축을 틀림없이 했다. 루돌프는 보일란 생각을 자주 하지는 않았지만, 그러나 그를 생각하게 되면 그는 그 나이 많은 사람에 대한 자기의 감정이 경멸과 고마움으로 뒤엉켰음을 깨닫게 되었다. 그 많은 돈에, 그만한 자유를 누릴 여유를 지닌 보일란은 지금처럼 불행해질 권리가 없다고 루돌프는 생각했다. 그것은 보일란의 기본적인 약점의 징후였으며, 자신의 약점을 보여 주는 면모를 모두 제거하려던 루돌프는 다른 사람이 지닌 그런 요소에 대해서 결코 관대하지 않았다. 윌리 애보트와 테디 보일란, 그들은 짝이 잘 맞는다고 루돌프는 생각했다.

루돌프는 책상 위에 놓인 신문을 펼쳤다. 휘트비에서 발간되는 〈레코드〉와 아침 첫 기차로 배달되는 〈뉴욕 타임스〉였다. 〈타임스〉의 1면에는 38선 지역의 치열한 전투 그리고 반역과 침략에 대해 워싱턴의 매카티 상원의원이 평한 새로운 비난에 관한 기사들이 실렸다. 〈레코드〉의 1면에는 (통과가 되지 않은) 학교 운영회를 위한 새로운 세금에 대한 투표와 제철이 시작된 이래 근처의 새 스키장을 이용한 손님의 숫자가 보도되었다.

루돌프는 〈레코드〉의 속 페이지를 폈다. 새로 유행되는 양모 드레스와 스웨터를 선전하는 반쪽짜리 2도 광고는 엉망으로 나와서 감광판과 핀트글라스가 어긋나 색깔이 번졌고, 그래서 루돌프는 아침에 신문사로 전화를 걸어 그 얘기를 해야겠다고 책상의 비망록에 적어 두었다.

그런 다음에 그는 〈타임스〉의 주식거래 란을 펴고는 15분 동안 숫자들을 검토했다. 1천 달러가 모였을 때 그는 조니 히드를 찾아가서 자기를 위해 그 돈을 선심 삼아 투자를 해 달라고 맡겼었다. 수백만 달러가 오가는 계정들을 가끔 다루던 조니는 엄숙하게 동의하고서, 자신의 회사에서는 가장 중요한 고객들 가운데 한 사람이기라도 한 듯 루돌프의 거래에 대해서 신경을 썼다. 루돌프의 몫은 아직 작았지만, 그래도 꾸준히 늘어 갔다. 주식 거래 면을 훑어보면서 그는 어제 아침보다 오늘 아침에 거의 3백 달러나 재산이 늘었음을 알고 기분이 좋아졌다. 그는 친구 조니 히드에게 감사의 기도를 조용히 웅얼거리고는 글자맞히기를 펴고 만년필을 꺼내 칸을 메우기 시작했다. 하루의 가장 즐거운 순간들 가운데 하나가 이때였다. 백화점이 문을 여는 9시 전에 글자맞히기를 끝내게 되면, 그는 은근한 승리감을 느끼면서 하루의 일과를 시작했다.

14번 가로. HEEP. URIAH. 그는 깨끗하게 적어 넣었다.

글자맞히기를 거의 끝내 가는데 전화가 울렸다. 그는 시계를 보았다. 교환대가 일찍 일을 시작했구나, 그는 만족하게 생각했다. 그는 왼손으로 전화를 집어 들었다. "여보세요." 세로 칸 하나에 '편재하는'이라는 단어를 써 넣으면서 그가 말했다.

"조르다슈? 자넨가?"

"예. 누구시죠?"

"덴튼이야. 덴튼 교수."

"아, 안녕하세요, 선생님." 루돌프가 말했다. 그는 셋째 글자가 A인 '말짱한'이라는 뜻의 단어를 찾아내려고 끙끙댔다.

"귀찮게 할 생각은 없네." 덴튼이 말했다. 그의 목소리는 남이 엿들을까 봐 두려워 귓속말이라도 하는 듯 묘하게 들렸다. "오늘, 짬 좀 내 주겠나?"

"물론이죠." 루돌프가 말했다. 그는 맨 밑줄에다 'STAID(침착한―옮긴이)'라고 써 넣었다. 기업 경영이나 경제학에 대한 책을 대학에서 빌려 오려고 그는 덴튼을 꽤 자주 만났다. "전 하루 종일 백화점에 있을 겁니다."

전화기에서 덴튼의 목소리가 우스꽝스럽게 미끄러지는 듯한 소리를 냈다. "백화점이 아니고 어디 다른 곳에서 만난다면 더 좋겠는데. 점심때는 시간이 나나?"

"점심은 꼭 45분 동안……."

"그럼 됐어. 거기서 가까운 곳 어디로 하지." 덴튼의 목소리는 급해서 헐떡이는 듯 들렸다. 교실에서 그는 느리고 낭랑한 목소리로 말을 했다. "리플리 식당이 어떤가? 자네 근무처에서 길모퉁이 하나만 돌면 될 텐데. 안 그런가?"

"그러죠." 덴튼이 고른 식당에 놀라면서 루돌프가 말했다. 리플리 식당은 레스토랑이라기보다는 술집에 가까웠으며, 훌륭한 식사를 하려는 사람들 대신에 목이 컬컬한 노동자들이 찾는 곳이었다. 역사와 경제학을 가르치는 늙은 교수가 선택하리라고는 상상도 못 할 장소였다. "12시 15분이면 괜찮을까요?"

"그리로 가겠어, 조르다슈. 고마워, 고마워. 무척 고맙네. 그럼 12시 15분에 만나지." 덴튼이 무척 빠른 말투로 얘기했다. "얼마나 고마운지 모르겠……." 그는 마지막 말을 하다 말고 전화를 끊었다. 덴튼이 무엇 때문에 걱정일까 궁금해 하면서 루돌프는 얼굴을 찌푸리고 수화기를 놓았다. 그는 시계를 보았다. 9시. 문이 열렸다. 비서가 사무실로 들어오면서 말했다. "안녕하세요, 조르다슈 씨."

"안녕하세요, 미스 가일스." 그는 인사를 하고 짜증이 나서 〈타임스〉를 쓰레기통으로 던져 넣었다. 덴튼 때문에 그는 글자맞히기를 9시까지 끝마치지 못했다.

그는 오늘의 백화점 첫 순시를 하느라고 천천히 걸어가며, 점원들에게 미소를 짓고, 잘못된 점이 눈에 띄더라도 못 본 체하고 걸음을 멈추지 않았다. 나중에 오전 중으로 그는 사무실에서, 할인 판매를 하려고 카운터에 내놓은 넥타이가 제대로 진열되지 않았다든지, 화장품 부의 미스 케이트가 눈 화장이 너무 심하다든지, 분수대와 찻집의 통풍이 부족하다고 해당 부서장에게 보낼 겸손한 메모를 받아쓰게 할 생각이었다. 그는 콜더우드더러 증설하도록 설득할 때까지는 전에 없었던 부서인, 싸구려 보석과 이탈리아제 스웨터, 프랑스제 스카프, 털모자를 팔아 놀랄 만큼 수지를 맞추는 작은 양품점과 (여자들이 놀랄 정도로 하루 종일 끊임없이 먹어 대어) 견실한 이익을 거두어들일 뿐 아니라 읍내의 많은 여자들이 점심 약속을 하고 모이는 장소여서 그들이 백화점을 그냥 나가는 일이 없으니까 다른 곳에서도 매상을 올리게 하는 분수대 찻집, 겨울철 일요일이면 근처의 스키장에서 시골 아가씨에게 인기가 대단하여 한 주일에 한 번씩 언덕을 미끄러져 내리기만 함으로써 백화점의 거래에 얼마나 도움이 되는가 하는 사실에 비추어 보면 말도 안 되게 월급을 적게 받는 운동선수 같은 몸집의 라슨이 운영하는 오래된 운동구 부의 한쪽 구석에 자리잡은 스키 상점을 특별한 관심을 가지고 눈여겨보았다. 그 젊은이는 루돌프에게 스키 타는 법을 가르쳐 주겠다고 나섰지만, 루돌프는 미소를 지으며 거절했다. 그는 다리를 분지르고 싶지는 않다고 말했다.

레코드 상점 역시 그가 제안한 점포였으며, 그곳은 무서울 정도로 엄청난 용돈을 쓰는 젊은 층을 끌어들였다. (자신의 세 딸들 가운데 둘은 이제 젊은 숙녀였고 셋째 딸은 겁에 질린 빅토리아 시대의 장식품처럼 처신하는 창백한 십대 소녀인) 콜더우드는 시끄러운 소음을 싫어하고 젊은애들의 행동을 못마땅하게 여겨서 레코드 상점에 대해서는 맹렬히 반대했다. "난 거지같은 딴따라 가게를 운영하고 싶지는 않아." 그는 말했었다. "요즈음 음악이라고 통하는 야만적인 소음으로 미국의 청년을 퇴폐시키다니. 날 좀 가만히 내버려 둬, 조르다슈. 이 불쌍한 구식 장사꾼을 가만히 내버려 둬." 그러나 루돌프는 미국의 십대가 레코드에 해마다 얼마나 돈을 쓰는지를 보여 주는 통계를 제시하고, 방음장치가 된 상점을 만들겠다고 약속했으며, 콜더우드는 여느 때처럼 항복했다. 그는 자주 루돌프 때문에 화를 내고는 했지만, 그러나 루돌프는 영감님에게 빈틈없이 공손하고 참을성 있는 태도를 보여 주었고, 그는 대부분의 경우 어떻게 그를 다루어야 하는지 알아냈다. 콜더우드는 은근히 부지배인의 벼락출세를 자랑으로 삼았고, 수많은 사람들 가운데 이 젊은이를 선택한 자신의 현명함을 뽐내었다. 그는 또한 루돌프가 요구하지 않았어도 그의 봉급을 두 배로 올려 주었고, 성탄절에는 보너스를 3천 달러나 주었다. "그 사람은 내 백화점을 현대화하는 데서 끝나지를 않아." 루돌프는 그 자리에 없었지만 그가 이런 말을 했다는 얘기도 들었다. "그 망할 자식이 나까지도 현대화시킨다니까. 사실 솔직히 얘기하자면, 내가 젊은 사람을 고용한 목적은 그것이었지."

한 달에 한 번씩 루돌프는, 딸들은 누가 말을 먼저 걸어야 대답이나 하고 사과 주스보다 독한 음료는 나오지 않는 청교도적인 음울한 행사인 콜더우드 가족의 만찬에 초대를 받았다. 제일 예쁜 맏딸 프루덴스는 루돌프에게 컨트리 클럽의 댄스 파티에 데리고 가 달라고 몇 번 요구했고, 루돌프는 그 말을 들어주었다. 일단 아버지가 없는 곳에 가면 프루덴스는 빅토리아 시대의 장식품처럼 행동하지는 않았지만, 루돌프는 그녀에게 손을 대지 않도록 조심했다. 그는 사장 딸과의 결혼 같은 진부하고 위험한 짓은 하지 않을 작정이었다.

그는 누구와도 결혼하지 않기로 마음먹었다. 석 달 전에 그는 줄리의 결혼식에 초대를 받았다. 그녀는 뉴욕에서 피츠제럴드라는 사람과 결혼하기로 했다. 그는 결혼식에 가지 않았고, 축하한다는 전보를 쓰면서 눈물을 글썽였다. 그는 자신의 나약함을 경멸했고 더욱 완전히 일에 몰두해서 거의 그녀를 잊게 되었다.

그는 다른 모든 여자들에 대해서 경계했다. 그는 백화점을 돌아다니면서, 양품점에서 일하는 검은 머리의 미스 설리번이나, 청소년 부의 키가 크고 나긋나긋한 미스 브랜디와인, 자신이 지나가면 구슬프게 미소를 짓고 음악 소리에 맞춰 몸을 흔드는 키가 작고 금발 머리에 유방이 큼직한 미스 솜스나 그 이외에도 자신에게 꼬리를 치는 눈길을 보내는 예닐곱 다른 여자들이 기꺼이 자신과 외출을 나가리라는 사실을 알았다. 그는 물론 유혹을 느꼈지만, 그런 유혹을 억누르고 모든 사람을 공적으로 완벽하고 정중하게 대했다. 콜더우드의 집에서는 파티가 열리는 일이 없었고, 따라서 술이나 축하 분위기를 핑계 삼아 접근을 할 기회가 없었다.

뉴욕에서 메어리 제인과 지낸 밤과 세인트 모리츠 호텔의 썰렁한 로비에서의 버림받은 전화는 그가 자신의 욕망을 억누르게 했다.

그에게 한 가지 분명했던 사실은, 자신을 분명히 받아들이리라는 확신이 서기 전에는 어느 여자에게도 청혼하지 않겠다는 것이었다.

레코드 상점을 다시 지나가면서 그는 백화점의 나이 든 어떤 여자를 통해 미스 솜스에게 스웨터 속에 브래지어를 꼭 착용해야 한다고 귀띔해 줘야 되겠다고 마음속으로 다짐했다.

진열을 담당한 젊은 남자, 버그슨과 3월을 위한 진열창 그림들을 그가 검토하는 사이에 전화가 울렸다.

"루디." 콜더우드였다. "잠깐 내 사무실로 내려와 주겠어?" 아무 감정도 드러내지 않는 밋밋한 목소리였다.

"곧 가겠습니다, 콜더우드 씨." 루돌프가 말했다. 그는 전화를 끊었다. "이건 좀 뒤로 미루어야 되겠군요." 그는 버그슨에게 말했다. 버그슨은 뜻밖에 얻은 사람이었다. 그는 휘트비 여름 극장에서 무대장치를 맡았었다. 그 무대장치가 루돌프의 마음에 들었고, 그래서 겨울 동안에는 콜더우드 백화점의 진열창을 장식하는 일자리를 맡지 않겠느냐고 접근했다. 버그슨이 오기 전에는 진열창마다 제멋대로 장식을 해서 각 판매부는 자리를 더 차지하려고 서로 다투었고, 옆 판매부가 진열한 물건들에는 전혀 신경도 쓰지 않으면서 자기들 것만 마구 늘어놓았다. 버그슨이 그 모든 습성을 바꾸어 놓았다. 그는 뉴욕의 무대장치가 조합에 들지 못한, 키가 작고 우울한 젊은이였다. 그는 겨울 일자리를 고맙게 여겨서 자신의 재능을 모두 거기에 쏟아부었다. 값싼 여름 극장 공연에 익숙했던 그는 생각지도 못할 만큼 비용이 안 드는 온갖 재료를 사용했으며, 미술 작업은 자기가 직접 했다.

루돌프의 책상에 펼쳐 놓은 설계들은 시골의 봄을 소재로 삼았고, 루돌프는 이미 버그슨에게 이것은 콜더우드 백화점의 역사상 가장 훌륭한 진열창이 되리라고 말했었다. 버그슨이 뚱한 사람이기는 했어도 루돌프는 판매부처의 관리자들이나 지출 경리 담당자들보다는 그와 같이 일하는 시간이 훨씬 즐거웠다. 어떤 이상적인 계획을 실현하려면 대차대조표나 월말 재고품 목록을 염두에 둘 필요는 없다고 그는 생각했다.

콜더우드의 사무실 문이 열리자 콜더우드는 그를 쳐다보려고 얼른 얼굴을 들고는 말했다. "들어오게, 루디. 그리고 문을 닫아." 대각봉투 속에 담겼던 종이 뭉치가 이제는 콜더우드의 책상에 펼쳐져 있었다.

루돌프는 노인을 마주보고 앉아서 기다렸다.

"루디." 콜더우드가 상냥하게 말했다. "자넨 여태까지 내가 만난 사람들 가운데 가장 놀라운 젊은이일세."

루돌프는 아무 말도 하지 않았다.

"이걸 나 말고 누가 또 보았지?" 콜더우드는 책상 위에 놓인 종이 쪽으로 손을 저었다.

"아무도 안 봤습니다."

"타자는 누가 쳤어? 미스 가일스?"

"제가 쳤죠. 집에서요."

"정말 자넨 용의주도하구만, 안 그래?" 그것은 꾸짖음이 아니었지만, 그렇다고 해서 칭찬도 아니었다.

루돌프는 입을 다물었다.

"내가 호수 근처에 땅을 30 에이커나 소유하고 있다는 얘긴 누가 해주던가?" 콜더우드가 무뚝뚝하게 물었다.

그 땅은 뉴욕에 주소를 둔 회사의 소유로 등기에 올랐다. 그 회사의 진짜 경영자가 던칸 콜더우드라는 사실을 밝혀내는 데는 조니 히드의 온갖 지혜가 다 필요했었다. "그건 말씀드리지 않겠습니다, 사장님." 루돌프가 말했다.

"말을 못 하겠다, 말을 못 하겠다, 이거지." 화를 내면서도 콜더우드는 그것을 받아들였다. "차마 말씀을 못 하시겠다. 〈타임〉지에 나온 표현을 쓰자면, '침묵의 세대'인 모양이군. 루디, 내가 처음 자네를 봤을 때부터 자넨 단 한 번도 나한테 거짓말을 한 적이 없는데, 지금도 거짓말은 하지 않기를 바라네."

"전 거짓말은 하지 않습니다. 사장님."

콜더우드는 책상 위에 놓인 종이를 밀었다. "이건 내 자리를 빼앗기 위해서 벌이려는 무슨 술책이 아닌가?"

"아닙니다, 사장님." 루돌프가 말했다. "이건 지금 사장님이 소유한 자산과 위치를 어떻게 최대한으로 활용할 것인지에 대한 제안이죠. 사회와 더불어 성장하면서 사장님의 이득을 다양화하자는 겁니다. 세법을 이용해서 덕을 보고, 동시에 사장님이 돌아가신 다음에도 사모님과 자제분들을 위해 재산을 보호하려고요."

"이 안에 몇 장이나 들었지?" 콜더우드가 말했다. "50 장, 60 장?"

"53 쪽요."

"굉장한 계획서구만." 콜더우드가 코웃음을 쳤다. "이걸 모두 자네 혼자서 생각해 냈나?"

"예." 루돌프는 지난 몇 달 동안 자신이 조니 히드의 두뇌를 조직적으로 동원했고 전체 계획에서 보나 복잡한 부분은 조니가 맡았었다는 얘기를 콜더우드에게 해야 한다고는 생각하지 않았다.

"알겠어, 알겠어." 콜더우드가 투덜거렸다. "내 한 번 검토해 보지."

"한 가지 제안을 하고 싶은데요, 사장님." 루돌프가 말했다. "제 생각엔 사장님이 뉴욕의 법률 고문들과 은행가들을 만나 이것을 의논해 보면 좋겠습니다."

"뉴욕의 내 변호사들에 대해서 자넨 뭘 알고 있나?" 콜더우드가 수상하다는 듯이 말했다.

"콜더우드 사장님." 루돌프가 말했다. "전 오랫동안 사장님을 위해서 일해 왔어요."

"좋아. 이걸 좀더 자세히 검토하고, 만일 내가 동의를 하고, 자네가 계획을 세운 대로 전부 그대로 추진해서 기업 공개를 하고, 주식을 발행하고, 은행에서 대부를 받고, 그 망할 놈의 상가를 호숫가에 세우고, 극장도 짓고, 멍청이처럼 내가 그걸 다 한다면, 자넨 무슨 덕을 보지?"

"전 이사회의 회장으로 추대를 받고, 사장님은 적절한 봉급을 받는 사장이 되죠." 루돌프가 말했다. "그리고 앞으로 5 년 동안 일정한 양의 주식을 살 혜택도 받고 싶습니다." 조니 히드는 착하기도 하지. 옹졸하게 굴지 마라. 크게 생각하라. "제가 다른 일로 바쁠 때는 일을 대신 맡아 처리해 줄 사람도 하나 써야 하고요." 그는 이미 그 일자리를 맡아 달라고 오클라호마의 브래드 나이트에게 편지를 보냈다.

"정말 치밀하게도 생각해 두었군그래, 루디." 이제 콜더우드는 드러내 놓고 악의를 표시했다.

"전 1 년 이상이나 이 계획을 놓고 연구했어요." 루돌프가 침착하게 말했다. "전 가능한 모든 문제점을 다 찾아보려고 노력했습니다."

"그리고 만일 내가 싫다고 한다면." 콜더우드가 말했다 "만일 이 서류 더미를 몽땅 서랍에 넣고 다 잊어버린다면, 자넨 어떻게 하겠나?"

"그러면 금년 말에 이곳을 그만두어야 되겠다는 말을 해 두고 싶습니다, 콜더우드 사장님." 루돌프가 말했다. "전 제 장래를 위해서 보다 보람찬 일을 찾아내야 되니까요."

"난 자네가 없이도 오랫동안 잘 꾸려 왔어." 콜더우드가 말했다. "지금도 자네가 없이 해 나갈 수가 있지."

"물론 그러시겠죠." 루돌프가 말했다. 콜더우드는 멍하니 그의 책상을 내려다보고, 무더기에서 종이 한 장을 획 뽑아 들더니 무척 역겨운 표정으로 그것을 노려보았다.

"극장이라니." 그는 화가 나서 말했다. "읍내에는 벌써 극장이 하나 있어."

"그건 내년에 철거됩니다." 루돌프가 말했다.

"정말 숙제는 열심히 했구먼그래." 콜더우드가 말했다. "그건 7월까진 발표가 되지 않을 텐데."

"불고 다니는 사람은 항상 있게 마련입니다." 루돌프가 말했다.

"그런 모양이구만. 그리고 누군 항상 엿듣고만 다니고, 안 그런가, 루디?"

"그렇죠." 루돌프는 미소를 지었다.

결국 콜더우드도 미소를 지었다. "루디는 무엇 때문에 그렇게 열심히 뛰지?(루디처럼 주인공이 출세를 위해 온갖 노력을 다하는 Budd Schulberg의 소설 〈What Makes Sammy Run?〉을 비유해서 한 말―옮긴이)"

"전 그런 식은 전혀 아니죠." 루돌프가 차분하게 말했다. "그건 아시잖아요."

"그래, 알지." 콜더우드는 시인했다. "그런 소리를 해서 미안하네. 좋아. 가서 일 보게. 결정하고 나면 알려 줄 테니까."

루돌프가 사무실을 나서는 사이에 콜더우드는 책상에 놓인 서류 더미를 내려다보았다. 루돌프는 활기차게, 그리고 언제나처럼 인자하게 미소를 지으며 천천히 매장들 사이로 걸어갔다.

콜더우드에게 제출한 계획서는 모든 문제점을 자세히 따져 본 복잡한 내용이었다. 읍내는 호수 쪽으로 팽창하는 추세였다. 더구나 15 킬로미터쯤 떨어진 이웃마을 세다튼은 새 도로를 통해 휘트비와 연결이 되었으며, 그곳도 역시 호수 쪽으로 뻗어 나가는 중이었다. 교외 상가는 미국 전역에서 형성되고 있었으며, 사람들은 온갖 물건을 대부분 그곳에서 사도록 길이 들었다. 콜더우드의 땅 30에이커는 요충지에 위치해서, 두 읍내의 거래와 호숫가에 산재한 상류 및 중류층 가정을 모두 흡수하기가 좋았다. 만일 콜더우드가 행동을 취하지 않는다면, 다른 사람이나 다른 회사가 내년이나 후년에 그 기회를 분명히 타겠고, 새 기업은 거기에서 그치지 않고 휘트비 백화점에서 콜더우드가 장악한 거래선을 대폭적으로 파고들 터였다. 경쟁자가 자신을 과소평가하게 내버려두느니보다, 적어도 부분적으로나마 경쟁에 뛰어드는 편이 콜더우드에게 유리했다.

계획서에서 루돌프는 적절한 장소에 식당과 극장도 마련해서 저녁 손님도 유치하자고 제안했다. 여름에는 연극을 공연하게 될 극장은 1년의 나머지 기간에는 영화를 상영할 계획이었다. 그는 또한 호숫가를 따라 보통 가격의 주택단지도 마련하도록 제안했고, 늪지대여서 지금까지는 쓸모가 없었던 콜더우드의 땅 한쪽 끄트머리 토지에는 경공업을 유치하자고 했다.

조니 히드의 도움을 받아서 루돌프는 이런 종류의 기업에 부여될 모든 법적 혜택도 철저하게 캐내어 정리했다.

그는 새로운 콜더우드 회사를 공개하자는 자신의 이론이 노인을 매혹하리라고 자신했다. 처음에는 백화점이, 그리고 다음에는 상가가 보유할 동산과 판매력은 주가의 상승을 보장하리라. 콜더우드가 죽으면 상속자인 아내와 세 딸은 상속세를 물려고 기업 자체를 헐값으로 팔아야 하는 처지를 면하게 되겠고, 법인의 주력은 유지하면서 주식만 팔면 충분했다.

루돌프가 법인과 세금과 부동산 법을 파고들면서 이 계획에 몰두했던 1년 동안에 그는 미국의 체제 안에서 돈이 어떻게 스스로 보호를 받는가 하는 방법을 알아내고 묘한 즐거움을 느꼈다. 그는 법을 자신의 이득을 위해 이용한다는 데 대해서 도덕적인 감정을 조금도 느끼지 않았다. 경기에는 규칙이 있다. 규칙을 알게 되면 그것에 의존하게 된다. 만일 다른 종류의 규칙이 보인다면, 거기에 의존해도 된다.

대학 근처에는 가 본 적도 없어 보이는 다른 손님들과는 전혀 어울리지 않는 덴튼 교수가 바에서 그를 기다렸다.

"고맙군." 나지막하고 서두르는 목소리로 덴튼이 말했다. "와 줘서 고마워, 조르다슈. 난 버본을 마셨어. 자네한테도 한 잔 시켜 줄까?"

"전 낮에는 술을 마시지 않습니다." 루돌프는 그 말을 하고는, 12시 15분에 술을 마신 덴튼을 비난한 듯한 기분이 들어서 미안하게 생각했다.

"그래야지." 덴튼이 말했다. "그래야지. 머리가 항상 말짱해야지. 보통 때는 나도 하루의 일이 끝날 때까지 기다리지만……." 그는 루돌프의 팔을 잡았다. "우리 어디 자리에 앉는 게 어떨까." 그는 바의 맞은편에 줄지어 막아 놓은 마지막 칸 쪽을 손으로 가리켰다. "자네가 곧 돌아가야 한다는 건 알지만." 그는 조심스럽게 세어서 술값으로 잔돈을 조금 바에 놓고는 아직도 손으로 루돌프의 팔을 잡고 칸막이 쪽으로 그를 이끌었다. 그들은 서로 마주보고 앉았다. 식탁에는 때에 찌든 차림표가 두 개 놓였고 그들은 그것을 자세히 훑어보았다.

"난 수프와 햄버거를 들겠어요." 덴튼이 여종업원에게 말했다. "그리고 커피 한 잔. 자네는 어떤가, 조르다슈?"

"같은 걸로 하죠." 루돌프가 말했다.

집안에서 대대로 물려받은 문맹 때문에 힘을 들여가며 여종업원이 주문받은 내용을 받아 적었다. 그녀는 나이가 예순쯤 되는 여자였으며, 머리는 백발에 몸매는 망가졌고, 젊은 미국의 이상을 억지로 따르기 위해 어울리지도 않게 속살을 드러내는 건방진 오렌지빛 제복에다 깜찍하고 작은 레이스 앞치마를 둘렀다. 발목이 부어오른 그녀는 다리를 비척거리며 부엌 쪽으로 되돌아갔다. 루돌프는 자신의 어머니와 결국엔 실현하지 못했던 촛불을 밝힌 작고 깨끗한 식당에 대한 그녀의 꿈을 생각했다. 그래도 어머니는 오렌지빛 제복을 걸쳐야 하는 수모만큼은 면했지.

"형편이 좋아 보이는군, 조르다슈." 두터운 쇠테 안경 뒤에서 근심이 어린 눈을 휘둥그렇게 뜨고 식탁 위로 몸을 굽히면서 덴튼이 말했다. 그는 그렇지 않다는 대답을 막으려고 신경질적으로 손을 저었다. "난 소문을 듣고 왔어, 얘기를 들었지." 그가 말했다. "난 여러 군데서 소식을 들어. 예를 들면 내 아내한테서. 단골 고객이야. 한 주일에 적어도 세 번은 백화점에 가. 가끔 자네도 내 아내를 볼 거야."

"지난 주에도 만났습니다." 루돌프가 말했다.

"아내가 그러는데, 백화점은 호경기를 누리고, 호경기를 누려서, 점점 더 번창한다고 그랬어. 무척 큰 도시에서처럼. 온갖 새로운 물건이 들어오고. 어쨌든 사람들은 이것저것 사들이기를 좋아하지. 그리고 요샌 모두들 돈이 많은 모양이야. 대학교수들만 빼 놓고 말일세." 잠깐 동안 빈곤함에 대한 생각으로 덴튼의 이마에 주름이 졌다. "상관없어. 난 불평을 늘어놓으려고 찾아온 건 아니니까. 사학과에서 주겠다던 일자리를 자네가 거절한 것이 잘한 일이라는 건 의심할 여지가 없어, 조르다슈. 학구적인 세계라구." 그는 씁쓸히 말했다. "시기심과 작당, 모함과 배은망덕으로 넘쳐흘러서, 달걀을 밟고 걷는 듯 살아야지. 사업을 하는 편이 훨씬 좋아. 주는 것만큼 받고, 개가 개를 잡아먹고. 솔직하게. 자꾸만 자꾸만 위로 올라가고."

"꼭 그렇지는 않아요." 루돌프가 차분하게 말했다. "사업 말예요."

"그래, 물론 그렇지 않겠지." 덴튼이 말했다. "모두가 인격에 따라 달라지니까. 너무 원리원칙만 따지면 보람이 없어져서, 현실 감각을 잊고 형태만 살아남아. 아무튼 난 자네가 성공해서 고맙고, 어떤 형태로든 간에 신념이 야합을 하지는 않았으리라고 믿어."

여종업원이 수프를 가지고 나타났다. 덴튼이 숟가락으로 떠서 마셨다. "그래." 그가 말했다. "만일 내가 처음부터 다시 시작할 기회만 주어진다면, 난 담쟁이가 덮인 담들은 질병이기라도 한 듯 피하겠어. 그것이 오늘날 자네가 보는 이 꼴로 나를 만들었어. 편협한 인간, 악의에 찬 인간, 실패자, 겁쟁이로……."

"전 선생님이 그렇다고는 생각하지 않아요." 덴튼이 자신을 표현하는 말에 놀란 루돌프가 말했다. 루돌프의 눈에는 덴튼이 항상 자신에 대해서 만족하고, 매료되어 귀를 기울이는 젊은이들 앞에서 경제적 죄악에 대한 자신의 견해를 보여 주는 일을 즐기는 듯 보였다.

"나는 공포에 질려 떨면서 살지." 덴튼은 수프를 마시면서 말했다. "겁에 질려 떨면서."

"제가 도울 길이 있다면." 루돌프가 말을 시작했다. "제 힘으로……."

"자넨 착한 사람이야, 조르다슈, 착한 사람이지." 덴튼이 말했다. "난 한눈에 자네를 알아봤어. 변덕스러운 자들 가운데서 진지한 자네를. 무정한 자들 가운데서 자비로운 자네를. 다른 자들이 그저 출세만 추구하는 가운데 자네는 지식을 추구했지. 아, 난 여러 해 동안 자네를 자세히 관찰했어, 조르다슈. 자넨 크게 성공할 거야. 내 말을 귀담아 두게. 난 20여 년 동안 수천 명을 가르쳐 왔는데, 그들은 나에게 아무것도 숨길 수가 없었고 나는 그들의 장래를 훤히 내다봤어. 내 말을 귀담아 두게, 조르다슈."

덴튼은 수프를 다 마셨고, 여종업원이 와서 그들 앞에 햄버거 스테이크와 커피를 늘어놓았다.

"그리고 자넨 동료들의 곤경을 무시하면서 목적을 달성하지는 않을 거야." 포크로 햄버거를 재빨리 쑤시면서 덴튼이 말을 계속했다. "난 자네 마음을 알고, 자네 성품을 알고, 난 여러 해 동안 자넬 관찰했어. 자넨 신조가 뚜렷하고, 명예 의식이 분명하고, 육체와 영혼이 강인하지. 교실 안에서나 밖에서나 내 눈은 별로 놓치지 않고 다 본다네, 조르다슈." 요구를 하기 전에 그토록 감정의 노출이 심한 것을 보니 꽤 중대한 부탁을 덴튼이 하리라고 눈치챈 루돌프는 칭찬의 홍수가 멎기를 기다리며 말없이 식사를 했다.

"전쟁 전에는 말야." 덴튼은 음식을 씹으면서 말했다. "자네 같은 틀을 지니고, 시야가 밝고, 믿음직하고, 명예로운 젊은이들이 더 많았지. 그들은 대부분 우리가 지명조차 거의 다 잊어버린 곳에서 죽었어. 이 세대는……." 그는 절망적으로 고개를 저었다. "간사하고, 몸을 사리고, 공짜만 찾고, 위선으로 가득 찼어. 학기말 논문이나 시험 때마다 내가 찾아내는 부정행위의 양을 알면 자넨 놀라겠지. 아, 만일 나한테 돈만 넉넉하다면, 난 그 모든 것을 떠나 어느 섬으로 가서 살겠어." 그는 초조하게 시계를 쳐다보았다. "항상 날아가듯 빠른 시간." 그가 말했다. 그는 은밀한 눈초리로 어둑어둑한 바를 둘러보았다. 그들의 옆 칸은 비었고 문간 가까이 바에서 몸을 숙이고 있는 남자 네댓 명은 그들의 얘기를 들을 수가 없었다. "요점을 얘기하는 것이 좋겠구만." 덴튼은 목소리를 낮추고 탁자 위로 몸을 숙였다. "나한테 문제가 생겼어, 조르다슈."

126

낙태 수술을 하는 사람의 이름을 대 달라고 그러려는구나, 루돌프는 엉뚱한 생각을 했다. 학원의 사랑. 그는 기사 제목이 눈에 선했다. 〈역사 선생이 여학생과 달빛 속에서 역사를 이루다. 철창에 갇힌 박사님〉. 루돌프는 태연한 표정을 유지하려고 하면서 식사를 계속했다. 햄버거는 잿빛에 물기가 많았고, 감자는 기름투성이였다.

"내 말 들었지?" 덴튼이 속삭였다.

"문제가 생겼다고 그러셨죠."

"맞아." 학생이 경청한다는 데 대해서 직업적인 만족감을 느끼는 말투였다. "아주 곤란한 문제야." 덴튼은 커피를 마셨다. 소크라테스와 독약. "사람들이 나를 노린다네."

"누가 노려요?"

"내 적들이." 맥주를 마시는 노동자로 변장한 적들을 찾아내려고 덴튼의 눈이 바를 살펴보았다.

"제가 학교를 다닐 땐 어디를 가나 인기가 좋으셨던 것 같던데요." 루돌프가 말했다.

"물살이나 마찬가지야, 물살." 덴튼이 말했다. "대학생들은 전혀 눈치도 못 채는 소용돌이와 회오리가 있어. 교수실 안에, 권력의 사무실 안에. 총장실 안에. 난 너무 솔직해서 탈이지. 난 어수룩하고, 난 학원의 자유라는 신화를 믿었어. 적들이 호시탐탐 노리는 줄도 모르고. 형편없는 학자인 과의 부과장을 오래 전에 쫓아냈어야 하는 건데, 난 한심한 내 약점인 동정심 때문에 자제했지. 내가 얘기했듯이, 내 자리를 노리던 부과장은 술좌석에서 나온 헛소문이나 얘기도 안 되는 말, 빗대고 하는 소리를 수집해서 보고서를 만들었지. 그들은 날 제물로 삼으려고 준비를 하는 중이야, 조르다슈."

"무슨 일인지 구체적으로 설명해 주시면 좋겠는데요." 루돌프가 말했다. "그러면 제가 혹시 도울 만한 일인지 어쩔지 판단이 가겠죠."

"아, 물론 자네가 도울 만한 일이야. 틀림없어." 덴튼은 반쯤 먹다만 햄버거를 앞으로 밀어 놓았다. "그들은 처형할 마녀를 찾아냈어." 그가 말했다. "나를."

"이해가 잘 안 가는데요……."

"마녀 사냥이지." 덴튼이 말했다. "자네도 남들처럼 신문을 읽겠지. 빨갱이들을 학교에서 몰아내자."

루돌프가 웃었다. "교수님은 빨갱이가 아녜요. 아시면서 그래요." 그가 말했다.

"목소리 좀 낮춰." 덴튼이 걱정스레 주위를 둘러보았다. "이런 걸 방송하고 다녀선 안 돼."

"걱정할 일도 없을 텐데요, 교수님." 루돌프가 말했다. 그는 농담으로 넘겨 버리기로 작정했다. "전 또 무슨 심각한 문제인 줄 알았어요. 어떤 여학생을 임신이라도 시킨 줄 알았죠."

"웃어도 좋아." 덴튼이 말했다. "자네 나이라면 말야. 이젠 대학에서는 웃는 사람이 없어. 당치도 않는 죄목들이지. 1938년에 이름도 없는 자선 기관에 5달러를 기부하거나, 교실에서 칼 마르크스 얘기를 꺼내도 문제가 되니, 세상에, 칼 마르크스 얘기를 언급하지 않으면서 어떻게 19세기의 경제 이론을 가르치겠어! 만연한 경제적 행위에 대해서 비꼬는 농담을 한 마디 하면, 미국사 시간에 어떤 석기시대의 명청이가 교실에서 그 얘기를 듣고, 지역 군단 사령관인 멍텅구리의 아버지에게 그 얘기를 전하지. 아, 자네는 몰라, 자네는 모르지. 그리고 휘트비는 해마다 주에서 보조금을 받게 돼. 농과대학을 위해서. 그래서 주 의회의 어떤 떠버리 의원이 연설을 하고, 위원회가 구성되고, 조사를 요구하고, 그래서 그 친구 이름이 신문에 나지. 애국자요, 신념의 수호자라고. 아무한테도 이 얘기를 하면 안 되는데, 조르다슈, 여러 교수들에 대한 혐의를 조사하기 위해서 특별 조사단이 총장을 필두로 해서 대학교 안에 구성되었어. 그들은 주에선 주는 보조금을 놓치지 않으려고 나를 위시한 몇 명의 모가지를 베어 그 시체를 주에 보내려고 해. 이제 좀 알 만한가, 조르다슈."

"세상에." 루돌프가 말했다.

"그래, 세상에, 라고나 해야지. 난 자네의 정치 이념을 모르겠지만⋯⋯."

"전 아무런 정치 이념도 없어요." 루돌프가 말했다. "전 아무 구애도 받지 않고 투표를 하죠."

"훌륭해, 훌륭해." 덴튼이 말했다. "자네가 공화당에 적을 두었다면 더 좋겠지만. 그리고 내가 아이젠하워를 찍었다는 걸 생각해 보면." 그는 공허하게 웃었다. "내 아들은 한국전쟁에 참전했었고, 전쟁을 끝내겠다고 했었지. 하지만 어떻게 그것을 증명하나. 투표 제도에는 문제가 많아."

"제가 어떻게 해 드렸으면 좋겠어요, 교수님." 루돌프가 말했다. "구체적으로 말예요."

"그럼 요점을 얘기하지." 덴튼이 말했다. 그는 커피를 다 마셨다. "지금부터 한 주일만 지나면 조사단이 내 문제를 검토하려고 모이네. 화요일 오후 2시에. 시간을 알아 둬. 나한테는 내가 받은 혐의의 윤곽만 대충 알려줄 거야. 1930년대에 공산주의의 앞잡이 기관에 기부금을 냈고, 교실에서 과격하고 무신론적인 발언을 했고, 과외 독서로 의심스러운 종류의 어떤 책들을 읽으라고 권장했다는 혐의를 말야. 모두 너무나 빤한 학원의 도끼질이지, 조르다슈. 덜레스라는 그 양반 온통 시끄럽게 떠들어 대며, 핵무기에 의한 파멸에 대해 설교나 하고, 워싱턴에서는 가장 유능한 사람들이 급사들처럼 중상모략을 받아 쫓겨나는 현재의 국내 실정으로 미루어 보면, 초라한 교수쯤이야 귓속말 하나로, 아무것도 아닌 귓속말 하나로 파멸을 당하지. 내 생각엔 앞으로 1년도 못 갈 듯싶지만 그나마 대학교에는 다행히도 수치라는 의식이 아직 남아 있고, 난 나를 위해 변호할 증인들을 불러서 내 입장을 밝힐 기회를 갖게 되는데⋯⋯."

"내가 무슨 얘기를 해 드리기를 바라시나요?"

"그건 자네 마음대로야." 울먹이는 목소리로 덴튼이 말했다. "난 자네한테 연습을 시킬 생각은 없어. 나에 대해서 생각하고 있는 바를 그대로 말해 줘. 자넨 내 강의를 셋이나 들었고, 우린 교실 밖에서도 교육적인 시간을 많이 가졌고, 자넨 우리 집에도 왔었지. 자넨 총명한 젊은이라서 쉽게 넘어가지는 않을 거야. 자넨 이 읍내의 어느 누구만큼이나 날 잘 알아. 하고 싶은 얘기를 해. 자네 명성이 대단하고, 대학교에서의 자네 기록은 티 하나 흠잡을 데가 없고, 자넨 때 묻지 않은 성공의 길을 달리는 젊은 사업가니까. 자네 증언은 가장 소중하게 받아들여질 거야."

"그렇겠죠." 루돌프가 말했다. 말썽이 닥쳐올 듯한 전조(前兆). 공격. 콜더우드의 태도. 공산주의라는 문제에 말려들어가게 될 백화점. "물론 전 증언을 하겠어요." 그가 말했다. 하필이면 이런 날 이따위 문제에 걸려들다니, 그는 짜증스럽게 생각했다. 그는 갑자기 그리고 처음으로 비겁한 사람들이 즐기는 오묘한 쾌감을 이해하게 되었다.

"자네가 그렇게 얘기할 줄 알았어, 조르다슈." 덴튼은 감정이 벅차올라서 탁자 위로 그의 손을 움켜잡았다. "자넨 2 년 동안 내 친구였던 자들이, 박쥐같은 자들이, 소심한 자들이 거절했다는 얘기를 들으면 놀라겠지. 이 나라는 매를 맞을까 봐 무서워 덜덜 떠는 개들로 우글거려, 조르다슈. 내가 절대로 공산주의자가 아니었다는 사실을 자네한테 맹세해 주기를 바라나?"

"말도 안 되는 얘기는 마세요, 교수님." 루돌프가 말했다. 그는 시계를 쳐다보았다. "백화점으로 돌아갈 시간이 되었군요. 다음 주 화요일에 조사단이 모일 때 제가 그리로 가죠." 그는 돈을 꺼내려고 호주머니에 손을 넣었다. "제 몫은 제가 지불하겠어요."

덴튼은 그를 말리는 시늉을 했다. "초청은 내가 했어. 자넨 내 손님이야. 가 봐, 어서 가 봐. 붙잡아 두지는 않을 테니까." 그는 자리에서 일어나, 누가 그들을 감시하지나 않는지 확인하기 위해서 마지막으로 주위를 둘러보고는 안심하고 손을 내밀어서 루돌프의 손을 열심히 흔들며 악수했다.

루돌프는 외투를 찾고는 밖으로 나갔다. 희뿌연 창문을 통해서 그는 바에서 술을 시키는 덴튼을 보았다.

바람이 날카롭고 날씨가 썰렁했지만 외투를 여미지도 않고 그는 천천히 백화점을 향해서 걸었다. 길거리는 변함이 없었고 옆을 지나치는 사람들은 매질을 당한 개들 같지가 않았다. 불쌍한 덴튼. 성공적으로 자본주의자가 되는 방법을 자신이 처음으로 배운 곳이 덴튼의 강의실이었음을 그는 기억했다. 그는 속으로 웃었다. 불쌍한 인간, 덴튼은 웃을 만한 여유가 없었다.

그는 난처한 식사를 끝내고 난 다음에 여전히 배가 고팠고, 백화점으로 돌아온 다음에 그는 지하실의 분수대로 가서 맥아 우유를 시켜서, 주위에서 우글거리는 여자 고객들의 소프라노 지저귐 속에서 마셨다. 그들의 세계는 안전했다. 그들은 그날 오후에 50달러를 내고 드레스를, 그리고 휴대용 라디오와 텔레비전 탁자와 튀김 냄비와 거실 가구와 피부에 바를 크림을 샀고, 이익은 증가하고, 그리고 그들은 샌드위치와 아이스크림 소다를 놓고 즐거워했다.

그는 차분하고, 먹어 대고, 입술연지를 바르고, 돈을 쓰고, 물건을 사들이는 얼굴들을 둘러보고, 어머니와 신부, 처녀와 노처녀, 첩들을 넘겨다보고, 여러 목소리에 귀를 기울이고, 뒤섞인 향수의 꽃다발 냄새를 들이마시고, 자기가 결혼을 하지 않았으며 아무도 사랑하지 않는다는 사실을 축하했다. 나는 이런 값비싼 여자들의 뒷바라지를 하느라고 인생을 보내지는 않겠다고 그는 생각했으며, 그는 맥아 우유 값을 내고, 사무실로 올라갔다.

그의 책상 위에는 편지가 한 통 기다렸다. 그것은 짤막했다. "뉴욕으로 곧 와 주었으면 좋겠다. 난처한 처지여서, 너하고 의논하고 싶다. 그레첸.”

그는 편지를 쓰레기통에 던지고는 ‘맙소사’ 소리를 한 시간 안에 두 번째로 했다.

그가 6시 15분에 백화점을 나섰을 때는 비가 내렸다. 콜더우드는 아침에 얘기를 나눈 다음에 아무 소식이 없었다. 줄을 지어 달려가는 모터사이클의 행렬 사이를 헤치고 나가면서, 오늘 같아서는 비가 와야 어울리겠구나 하고 그는 궁상맞게 생각했다. 그는 집에 거의 다 와서야 아침에 어머니에게 저녁거리 장을 봐 오겠다고 약속했던 일이 생각났다. 그는 투덜거리면서 모터사이클을 돌려 상점들이 7시까지 문을 여는 상가로 향했다. 깜짝 놀라게 해 달라던 어머니의 말이 머리에 떠올랐다. 당신의 사랑하는 아드님께서 두 주일 후에 쫓겨나기라도 한다면, 어머니, 그만하면 깜짝 놀라시겠어요?

그는 바삐 장을 보아서, 자그마한 닭과 감자와 콩 통조림, 그리고 디저트로 먹을 애플파이 반 조각을 샀다. 주부들 사이를 비집고 돌아다니던 루돌프는 콜더우드를 만나던 일이 생각나서 혼자 씁쓰름하게 미소를 지었다. 흠모하는 미녀들에게 둘러싸이고, 저택에 우아하게 준비된 진수성찬을 먹으러 가는, 〈라이프〉나 〈하우스 앤드 가든〉에 자주 사진이 실리는 경이적인 젊은 기업인. 마지막으로 그는 스카치를 한 병 샀다. 오늘 밤은 위스키를 마시기에 어울릴 듯싶었다.

그는 조금 취해서, 일찍 잠자리에 들었고, 잠에 떨어지기 전에 잠깐 생각했다. 하루 종일 한 일 가운데 마음이 흡족했던 일이라고는 아침에 쿠엔틴 맥거번과 달리기를 했다는 것뿐이었다.

이번 주일은 판에 박은 듯했다. 백화점에서 만났을 때, 콜더우드는 루돌프의 계획에 대해서 아무런 언급도 없었고, 평상시처럼 조금 날카롭고 화가 난 듯한 목소리로 백화점의 평범한 사무에 대해서만 얘기했다. 그의 태도나 얘기하는 내용에는 마지막 결정에 대한 귀띔이 하나도 엿보이지 않았다. 루돌프는 (백화점 전화로 개인적인 용무를 보는 행위를 콜더우드가 너그럽게 보아 넘기지를 않았기 때문에 공중전화로 가서) 뉴욕으로 그레첸에게 전화를 걸었는데, 이번 주일에는 그곳으로 내려가기가 힘들어서 다음 주말에나 짬을 내도록 해 보겠다는 얘기를 했고, 그레첸은 실망한 투였다. 그녀는 무슨 문제가 생겼는지를 얘기하지 않겠다고 했다. 나중에 해도 된다고 그녀는 말했다. 나중에 해도 될 일이라면 별로 심각한 일은 아니겠거니 하고 그는 생각했다.

덴튼은 다시 전화를 걸지 않았다. 아마도 그는 다시 얘기할 기회를 주면 루돌프가 다음 화요일 오후에 조사단 앞에 서서 자신을 위해 하겠다던 증언을 취소할지도 모른다고 겁이 났던 모양이었다. 루돌프는 조사단 앞에 나설 일이 은근히 걱정이었다. 덴튼이 모르거나 숨겼을지도 모를 내용, 덴튼에게 불리한 증거가 제시될 가능성은 항상 존재하게 마련이어서, 루돌프가 한 패이거나, 거짓말쟁이거나, 멍텅구리였다는 인상을 줄지도 모를 일이었다. 더욱 걱정스러웠던 사실은 조사단이 덴튼을 제거하기로 아예 작정해서, 몰인정하게 몰아세우면서, 중간에 나서는 자에게도 누구에게나 적대심을 보여 주리라는 가능성이었다. 여태껏 살아오는 동안에 루돌프는 사람들이, 특히 결정권을 쥔 윗사람들이 자기를 좋아하게 만들려고 노력해 왔다. 방 안에 가득 찬, 반감을 드러내는 학구적인 얼굴들을 대해야 한다는 생각에 그는 불안해졌다.

한 주일 동안 그는 무자비한 얼굴들에게 자신이 연설하는 장면을, 덴튼의 명예를 변호하면서 동시에 재판관들을 매혹시키는 연설을 하는 장면을 상상했다. 곰곰이 따져 보니 자신이 준비한 연설은 하나도 쓸 만한 내용이 없었다. 그는 가능하다면 느긋한 마음으로 조사단 앞에 나가서, 방의 분위기를 살펴보고, 덴튼과 자기 자신을 위한 최선의 방법을 즉석에서 찾아내야 한다. 그가 하려는 일을 만일 콜더우드가 알면 어떻게 될지…….

주말이 되자 그는 잠자리가 뒤숭숭해졌고, 음탕하면서도 불만스러운 꿈을 꾸어서, 물가에서 발가벗고 춤추는 줄리와 통나무배에서 널브러진 그레첸, 침대에서 다리를 벌렸다가 나중에는 젖가슴을 그대로 드러내고 얼굴은 뒤틀린 채 일어나 앉아서 자신에게 욕설을 퍼붓는 메어리 제인의 모습을 보았다. 부둣가에서 배가 떠나가고, 바람에 치맛자락을 날리며 어느 아가씨가 자신에게 미소를 짓는 동안 그는 그 배를 따라잡으려고 결사적으로 달렸지만, 그는 보이지 않는 손에 잡혔고, 배는 넓은 바다로 흘러 나가…….

교회의 종들이 울리던 일요일 아침에 그는, 콜더우드에게 준 계획서의 사본을 전부 검토하고 지난 주 동안 머리에 떠오른 수정이나 첨가 사항을 좀 정리해야 되겠다고 마음을 먹었지만, 하루 종일 집에 틀어박혀 지내고 싶지가 않다는 생각이 들었다. 그러나 일요일이면 어머니가 골칫거리였다. 종소리를 들으면 어머니는 잃어버린 종교에 대해서 슬픔을 느꼈고, 만일 루돌프만 함께 가 준다면 미사에 참석해 고해를 하고, 영성체를 받겠다고 걸핏하면 말했다. "지옥의 불이 날 기다려." 아침을 먹으면서 그녀는 말했다. "성당과 구원이 세 골목만 가면 있는데 말이다."

"다음 어느 일요일에 가죠, 어머니." 루돌프가 말했다. "난 오늘 바빠요."

"다음 어느 일요일이면 난 죽어서 지옥으로 갔을지도 몰라." 그녀는 말했다.

"그 정도의 모험은 해야만 될 입장예요." 식탁에서 일어서며 그가 말했다. 그는 훌쩍거리고 우는 어머니를 남겨 두고 나갔다.

춥고 맑은 날이었으며, 창백한 겨울 하늘에는 밝은 빛깔의 성병(聖

餠) 같은 태양이 떴다. 그는 따뜻하게 옷을 입고, 양털로 테를 두른 공
군 재킷을 걸치고, 털실로 짠 모자와 동글안경을 쓰고 차고에서 모터
사이클을 끌어냈다. 그는 어느 쪽으로 갈까 잠깐 망설였다. 이날 그
가 만나고 싶었던 사람은 아무도 없었고, 재미있는 일이 기다릴 만한
목적지도 없었다.

　그는 모터사이클에 올라앉아 시동을 걸고는 주저했다. 지붕에 스키
를 얹은 자동차가 길거리를 달려 내려갔고, 그렇지, 다른 곳이라고
해서 더 좋을 것도 없지, 하고 생각하면서 그는 자동차를 따라갔다.
그는 스키 상점에서 일하는 젊은이 라슨이, 주말에 스키를 빌려주는
가게로 개조할 만한 창고가 리프트 아래쪽 부근에 하나 났다고 했던
얘기가 생각났다. 라슨은 거기서 꽤 많은 돈을 벌리라고 말했다. 루
돌프는 스키를 얹고 달리는 자동차를 따라가면서 기분이 좋았다. 그
는 이제 목적지가 생겼다.

　언덕에 도착했을 때 그는 거의 꽁꽁 얼다시피 했다. 눈에 반사되는
햇빛에 눈이 부셔 얼굴을 찡그리면서, 그는 알록달록한 모습들이 자
신을 향해서 언덕을 줄달음쳐 내려오는 것을 보았다. 모든 사람이 젊
고, 기운이 넘치고, 즐거운 시간을 보내는 것 같았고, 날씬한 둥근 엉
덩이에 꼭 끼는 바지를 입은 여자들은 일요일 아침 야외에서 느끼는
건전한 욕정을 불러일으켰다.

　그는 얼마 동안 재미있게 구경을 하면서 둘러보다가 나중에는 우울
해졌다. 그는 고독했고, 무언가 박탈당한 기분이 들었다. 그가 모터
사이클을 타고 시내로 들어가려고 돌아서려는데 라슨이 언덕을 미끄
러져 내려와서 눈으로 구름을 일으키며 그의 앞에서 갑작스럽고도 멋
지게 멈추었다.

　"안녕하세요, 조르다슈 씨." 라슨이 말했다. 그는 하얗게 반짝이는
훌륭한 이빨을 드러내며 활짝 미소를 지었다. 그를 따라오던 두 여자

가 그의 뒤에서 멈추었다.

"안녕, 라슨." 루돌프가 말했다. "당신이 나한테 얘기하던 창고를 한번 볼까 하고 왔죠."

"그러시죠." 라슨이 말했다. 그는 간단하게 한 번 몸을 움직이며 유연하게 허리를 굽히고 스키를 풀었다. 그는 모자를 쓰지 않아서, 몸을 숙이자 길고 보드라운 금발 머리가 눈 위로 쏟아져 내렸다. 두 여자를 뒤에 세워 놓은 그를 쳐다보면서, 빨간 스웨터를 입은 라슨은 어젯밤에 부두에서 멀어져 가는 배를 절대로 꿈꾸지 않았으리라고 루돌프는 확신했다.

"안녕하세요, 조르다슈 씨." 한 여자가 말했다. "스키를 타시는 줄은 몰랐어요."

그는 그녀에게 눈을 돌렸고, 그녀는 웃었다. 그녀는 초록빛 알을 박은 커다란 스키 안경으로 작은 얼굴을 거의 다 가리다시피 했다. 그녀는 빨갛고 파란 털모자 위로 안경을 밀어 올렸다. "난 변장을 했어요." 그녀가 말했다.

이제야 루돌프는 그녀를 알아보았다. 레코드 부의 미스 솜스였다. 음악을 만끽하고 흔들어 대던 통통한 금발 여인.

"안녕하세요, 안녕하세요." 미스 솜스의 허리가 얼마나 가늘고, 그녀의 허벅지와 엉덩이가 얼마나 탐스러운지를 새삼스럽게 느끼면서 조금쯤 당황한 루돌프가 말했다. "아뇨. 난 스키를 타지 않아요. 난 곁눈질이나 하고 다니는 염탐꾼이죠."

미스 솜스가 웃었다. "여기 올라오니 곁눈질할 것이 꽤 많아요. 안 그래요?"

"조르다슈 씨······." 이때쯤 라슨은 스키를 벗어 버린 후였다. "제 약혼녀를 소개할까요? 미스 패커드죠."

미스 패커드도 안경을 벗고는, 미스 솜스만큼이나 아름답고 나이도 비슷한 모습을 드러냈다. "반갑습니다." 그녀가 말했다. 약혼녀라. 그래도 사람들은 결혼을 하는구나.

"30 분쯤 어디들 갔다가 오지그래." 라슨이 말했다. "조르다슈 씨하고 나하고는 볼 일이 좀 생겼으니까." 그는 스키와 장대를 일으켜 세워 눈에 꽂았고 여자들은 손을 흔들더니 승강기의 아래쪽으로 스키를 타고 내려갔다.

"여자들이 스키를 무척 잘 타는군요." 라슨과 나란히 길 쪽으로 되돌아 걸어가면서 루돌프가 말했다.

"뭐, 별로죠." 라슨이 무관심하게 말했다. "하지만 다른 매력들은 지닌 여자들예요." 검게 탄 얼굴에서 눈부신 이빨을 내보이며 그가 웃었다. 그가 한 주일에 65달러를 번다는 사실을 루돌프는 알았다. 한 주일에 65달러를 벌면서 어쩌면 일요일 아침에 저토록 행복할 수가 있을까?

창고는 2백 미터쯤 덜어진 곳 길가에 위치했으며, 웬만한 날씨를 견디어 낼 만큼 커다랗고 단단한 건물이었다. "커다란 쇠 난로 하나만 들여놓으면 상당히 따뜻할 겁니다." 라슨이 말했다. "여기다 상점을 차리면 스키 1천 벌하고 스키화 2, 3백 켤레쯤은 주말마다 세를 주게 되리라고 장담하겠고, 거기다가 성탄절이나 부활절이나 다른 휴가철에는 대목을 보겠죠. 그리고 푼돈을 벌려는 대학생 두 명에게 가게를 맡겨 둬도 되고요. 금광이나 마찬가집니다. 우리가 이걸 운영하지 않으면 틀림없이 다른 사람이 해먹을 거예요. 이곳이 개장된 지가 이제 2년째인데, 사람이 자꾸 꼬이는 걸 보면, 누군가가 이 기회를 포착하게 될 겁니다."

루돌프는 그의 주장이 자기가 이번 주일에 콜더우드에게 했던 제안과 너무나 비슷하다는 사실을 깨닫고 미소를 지었다. 사업에서는 압력을 주기만 하지는 않고, 받기도 한다. 난 일요일에 압력을 받는 사람이로구나, 그는 생각했다. 만일 우리가 이 일에 손을 대면, 내가 라슨의 봉급을 꽤 많이 올려 줘야겠다.

"이건 누구 소유죠?" 루돌프가 물었다.

"몰라요." 라슨이 말했다. "하지만 알아내는 건 간단하죠."

가엾은 라슨, 루돌프는 생각했다. 사업에는 소질이 없어. 내가 세운 계획이라면, 누구한테도 말을 꺼내기 전에 구입 조건을 알아보았으리라. "당신이 할 일이 생겼군요, 라슨." 루돌프가 말했다. "창고의 주인이 누구인지 알아보고, 이곳을 세놓을 생각이 있는지, 세를 준다면 얼마를 받을 건지, 아니면 일마에 팔려는지 알아보세요. 그리고 백화점에 대한 얘기는 하지 말아요. 당신 혼자 운영할 생각이라고 하세."

"알겠어요, 알겠어요." 진지하게 머리를 끄덕이며 라슨이 말했다. "너무 돈을 많이 달라는 소리를 못 하게 해야 한다 이거죠."

"힘은 써 봐야죠." 루돌프가 말했다. "여기서 나갑시다. 굉장히 춥군요. 이 근처에 커피를 마실 만한 곳은 없나요?"

"점심을 먹을 때가 되었네요. 1 킬로미터쯤 길을 내려가면 괜찮은 곳이 나옵니다. 나하고 여자들하고 같이 점심을 드시지그래요, 조르다슈 씨?"

반사적으로 루돌프는 싫다는 소리를 할 뻔했다. 그는 어쩌다 구매자나 부서장과 만날 때를 말고는 직원들을 백화점 밖, 남들이 보는 곳에서 만나는 일이 없었다. 그는 부르르 몸을 떨었다. 무척 추웠다. 그는 어딘가 안으로 들어가야 했다. 춤을 잘 추고, 깔끔한 미스 솜스. 손해 볼 일이 뭐가 있겠는가? "고마워요, 라슨." 그가 말했다. "그러면 참 좋겠군요."

그들은 스키장으로 되돌아 걸어갔다. 라슨은 고무창이 달린 묵직한 스키화를 신고, 곧장 자신만만하게 밀고 나가는 걸음걸이로 걸었다. 루돌프의 구두창은 가죽이었고, 길은 얼어붙어서, 루돌프는 미끄러지지 않으려고 점잔을 빼듯이 조심스럽게 걸었다. 그는 여자들이 자기를 지켜보지 않기를 바랐다.

여자들은 스키를 벗고 기다렸으며, 라슨이 무슨 말을 꺼내기도 전에 미스 솜스가 말했다. "우린 굶어 죽는 줄 알았어요. 고아들을 누가 먹여 줄 건가요?"

"알았어요, 알았어요, 아가씨들." 라슨이 명령조로 말했다. "우리가 밥을 먹여 주죠. 우는 소리 그만해요."

"아, 조르다슈 씨." 미스 솜스가 말했다. "우리하고 식사를 같이 하실 생각이신가요? 정말 영광입니다." 그녀는 드러내 놓고 조롱을 하면서, 주근깨 위로 거짓 얌전을 빼며 속눈썹을 내리깔았다.

"난 아침을 일찍 먹었거든요." 루돌프가 말했다. 어리숙한 핑계, 그는 씁쓰름하게 생각했다. "식사와 술을 조금 해도 탈은 나지 않겠죠." 그는 라슨에게로 돌아섰다. "모터사이클을 타고 따라가죠."

"저 멋진 물건이 당신 거예요, 조르다슈 씨?" 미스 솜스는 모터사이클을 세워 둔 곳을 손으로 가리켰다.

"예." 루돌프가 말했다.

"정말 한 번 타 보고 싶군요." 미스 솜스가 말했다. 마치 자신감이 자기도 모르게 솟아나는 듯 그녀는 말투가 거침이 없고 분명했다. "내가 매달려 타도 괜찮다는 선심을 당신의 마음속에서 찾아보시면 안 되겠어요?"

"무척 추울 텐데요." 루돌프가 뻣뻣하게 말했다.

"난 깃털 옷을 속에 두 벌이나 입었어요." 미스 솜스가 말했다. "난 뜨끈뜨끈하리라고 장담해요, 베니." 결정이 나기라도 한 듯 그녀는 라슨을 불렀다. "친구답게 내 스키를 차 위에다 얹어 줘요. 난 조르다슈 씨하고 같이 가겠어요."

라슨이 최신형 포드 차의 짐칸에 스키 세 벌을 잡아 매는 동안 루돌프는 어쩔 수가 없이 모터사이클을 세워 둔 곳으로 앞장을 서서 갔다. 저 친구는 한 주일에 65달러를 받아서 어떻게 이런 생활을 누릴까? 루돌프는 생각했다. 잠깐 동안 그는 라슨이 스키 부에서 계산을 정직하게 하는지 쓸데없는 의심을 했다.

루돌프는 모터사이클에 올라앉았고 미스 솜스는 가볍게 그의 뒤로 올라와서 그의 허리에 팔을 감고 꼭 끌어안았다. 루돌프는 안경을 쓰고는 라슨의 포드 차를 따라 주차장에서 나왔다. 라슨은 차를 빨리 몰았고 루돌프는 그를 따라가려고 속력을 올려야 했다. 아까보다 훨씬 추웠고 바람이 얼굴을 에이는 것 같았지만, 미스 솜스는 더욱 꼭 껴안으면서 그의 귀에다 대고 소리쳤다. "이거 정말 황홀하지 않아요?"

식당은 크고 깨끗했으며 스키 손님들로 시끄러웠다. 그들은 창가에 탁자를 하나 잡았고 다른 사람들이 파카를 벗는 동안 루돌프는 공군 재킷을 벗었다. 미스 솜스는 작고 단단한 가슴의 윤곽을 섬세하게 드러내는 엷은 청색 캐시미어 스웨터를 입었다. 루돌프는 털 셔츠 위에 스웨터를 입었고, 목에는 비단 목도리를 조심스럽게 감았다. 너무 고상해, 그는 생각했다, 테디 보일란처럼. 그러고는 식당 안이 덥다는 체하면서 그것을 풀었다.

여자들은 콜라를, 라슨은 맥주를 주문했다. 루돌프는 보다 그럴듯한 무엇을 시켜야 될 듯싶은 생각이 들어서 올드 패션을 주문했다. 술이 오자 미스 솜스는 잔을 들어 루돌프의 술잔을 부딪치고는 축배를 들었다. "일요일을 위해서." 그녀가 말했다. "일요일이 없다면 우리는 그냥 죽어 버릴 테니까." 그녀는 창 밑 자리 루돌프의 옆에 앉았고, 그는 자기의 무릎을 끊임없이 눌러 대는 그녀의 무릎을 느꼈다. 그는 무의식적으로 그러는 듯이 천천히 자신의 무릎을 떼었지만, 맑고 차갑도록 파란 여자의 눈은 눈치를 챘다는 듯 재미있어 하며 술잔 위로 그를 쳐다보았다.

그들은 모두 스테이크를 주문했다. 미스 솜스는 주크 박스에 넣을 10센트짜리 동전을 달라고 했으며, 라슨은 루돌프보다 더 재빨리 호주머니에서 돈을 꺼냈다. 그녀는 그에게서 동전을 받고는 그의 어깨를 손으로 짚으면서 루돌프 위로 일어서서는 기계로 가려고, 우스꽝스러운 스키화를 발에 신었어도 팽팽하고 풍만한 엉덩이를 흔들며 우아하게 방을 가로질러 걸어갔다.

음악이 흘러나왔고 미스 솜스는 장난스럽게 조금씩 춤을 추며 식탁으로 돌아왔다. 이번에는 루돌프를 타고 넘어가서 그녀는 제자리로 갔고, 그녀의 행동이 무엇을 뜻하는지는 빤했으며, 다시 자리에 앉은 그녀는 아까보다 루돌프에게 더 바싹 붙어 앉아서 그의 무릎이 자신의 무릎에서 벗어나지 못하게 했다. 만일 그가 지금 몸을 멀리한다면 남들이 모두 눈치를 챌 듯해서 그는 그대로 있었다.

그는 스테이크에 포도주를 곁들여 먹고 싶었지만, 다른 사람들이 잘난 체하거나 으스댄다고 생각할까 봐 한 병을 주문하기가 거북했다. 그는 메뉴를 보았다. 뒷장에는 캘리포니아 적포도주와 캘리포니아 백포도주가 적혀 있었다. "포도주 마실 사람 없어요?" 그는 다른 사람에게 결정을 맡기려고 물었다.

"난 마시겠어요." 미스 솜스가 말했다.

"당신은……?" 라슨이 미스 패커드에게 얼굴을 돌렸다.

"모두들 마신다면……." 기분을 맞추려는 듯 그녀가 말했다.

식사가 끝날 때까지 그들은 적포도주 세 병을 마셔 치웠다. 라슨이 가장 많이 마셨지만 다른 사람들도 제 몫은 제대로 처분했다.

"내일 백화점에 가면 다른 애들한테 해 줄 굉장한 얘깃거리가 생겼네요." 루돌프의 다리에 자신의 무릎과 허벅지를 은근히 비벼 대면서, 얼굴이 발그레해진 미스 솜스가 말했다. "난 일요일에 위대하고 접근 불가의 불감증 선생에게 이끌려 길을 잃고……."

"이거 왜 이러는 거야, 베시." 라슨은 '불감증 선생'이라는 말을 어떻게 받아들였는지 보려고 루돌프의 눈치를 살피면서 초조하게 말했다. "말조심해."

미스 솜스는 그의 말을 무시하면서, 작고 통통하고 푹신한 손으로 이마에서 자신의 금발을 아무렇게나 쓸어 넘겼다. "대도시의 예절과

더러운 캘리포니아 포도주를 가지고 황태자께서 나를 유혹하여, 남들 앞에서 취해 허튼소리를 하게 했죠. 아, 우리 조르다슈 씨는 약은 사람예요." 그녀는 눈가에 손가락을 대고 눈을 찡긋했다. "이 분을 쳐다보고 있으면, 눈으로 한 번 쳐다보기만 해도 맥주 한 상자를 꽁꽁 얼게 만들 사람 같다는 생각이 들어요. 하지만 일요일이 오면, 아하, 진짜 조르다슈 씨가 본색을 드러내죠. 병마개가 튀고, 포도주가 넘치고 이 분은 웨이터의 시중을 받아 가녀 술을 마시고, 벤 라슨의 돼믹지 않은 낡은 농담에 웃고, 1층에서 일하는 가난하고 작은 여점원과 발장난을 벌이죠. 어마나, 조르다슈 씨, 무릎이 뼈만 앙상하군요."

루돌프는 웃음을 참기가 어려웠고, 다른 사람들도 따라 웃었다. "당신 무릎은 안 그렇군요, 미스 솜스." 그가 말했다. "그건 맹세하겠어요."

그들은 모두 다시 웃었다.

"조르다슈 씨, 모터사이클을 타는 용감무쌍한 사람, 죽음의 절벽께서는 모든 것을 보고, 모든 것을 알고, 모든 것을 느끼죠." 미스 솜스가 말했다. "이걸 어쩌면 좋지, 난 당신을 조르다슈 씨라고 부르기가 거북하군요. 젊은 나으리라고 부를까요? 아니면 루디라고 불러도 될까요?"

"루디라고 해요." 그가 말했다.

만일 다른 사람들이 그곳에 없었다면, 그는 그녀를 움켜잡고, 자그마하고 유혹적이고 달아오른 그 얼굴에, 반짝이고 반쯤 조롱하고 반쯤 손짓해 부르는 입술에 키스를 했으리라.

"그럼 루디라고 하겠어요." 그녀가 말했다. "이 사람을 루디라고 불러, 소니아."

"안녕, 루디." 미스 패커드가 말했다. 그것은 그녀에게는 아무 의미도 없었다. 그녀는 백화점의 점원이 아니었다.

"베니." 미스 솜스가 명령조로 말했다.

라슨은 애원하는 눈초리로 루돌프를 쳐다보았다. "저 여잔 많이 취했어요." 그가 말을 시작했다.

"바보 같은 소리 말아요, 베니." 루돌프가 말했다.

"루디." 라슨이 거북스럽게 말했다.

"루디, 신비의 사나이." 술잔을 빨면서 미스 솜스가 말을 계속했다. "문 닫는 시간에 그는 숨어 버리죠. 아무도, 남자나 여자나 어린아이도, 아무도 그를 근무시간 외에는 본 적이 없답니다. 특히 여자들은요. 다른 부서의 여자들은 말할 것도 없고, 1층에만 해도 밤마다 그를 생각하며 베개에 얼굴을 파묻고 우는 여자들이 스무 명이나 되지만 그 사람은 차갑고 무정한 미소만 지으며 그들을 그냥 지나친답니다."

"도대체 그런 표현은 어디서 배웠나요?" 당황하고, 재미나고, 그리고 동시에 기분이 좋아져서 루돌프가 물었다.

"저애는 책벌레예요." 미스 패커드가 말했다. "저애는 날마다 책을 한 권씩 읽어요."

미스 솜스는 그녀의 말을 못들은 체했다.

"처칠 선생이 언젠가 그런 말을 했지만, 이 분은 불가사의에 쌓인 신비죠. 소문을 들으면 새벽에 어린 흑인 소년을 데리고 달리기를 한답니다. 무엇으로부터 달아나려고 그럴까요? 흑인 소년은 그에게 어떤 존재일까요? 소문을 들어보니 그는 뉴욕에서, 점잖지 못한 곳에서 남의 눈에 띄었답니다. 그 대도시에서 그는 무슨 죄들을 범했을까요? 왜 그는 고향에서 그런 죄를 저지르지 않을까요?"

"베시." 라슨이 힘없이 말했다. "스키나 타러 가지."

"다음 일요일에 본 방송을 들으시면 모든 해답을 다 말씀드리겠습니다." 미스 솜스가 말했다. "그럼 이제 제 손에 키스를 하셔도 좋습니다." 그녀는 손목을 굽히고 손을 내밀었고, 루돌프는 조금 얼굴을 붉히며 그 손에 키스했다.

"난 이제 시내로 돌아가야 되겠어요." 그가 말했다. 식사 요금 청구서는 탁자에 놓여 있었고, 그는 돈을 내려놓았다. 팁까지 포함해서 15 달러였다.

그들이 밖으로 나오니까 눈이 조금 내리기 시작했다. 눈발이 가볍게 흩날리는 속에 윤곽만 드러 낸 산은 음울하고 위험스러워 보였다.

"점심 잘 먹었어요, 조르다슈 씨." 라슨이 말했다. 루디 같은 사람은 한 주일에 한 번만 만나도 그에겐 충분했다. "식사가 훌륭했어요."

"정말 재미있었어요, 조르다슈 씨." 라슨의 아내가 되는 연습을 삼아 미스 패커드가 말했다. "진심으로 하는 얘기예요."

"가지, 베시." 라슨이 말했다. "산등성이로 가서 술이 좀 깨도록 해봐야지."

"난 훌륭하고 오랜 친구인 루디와 함께, 죽음에 도전하는 그의 모터사이클을 타고 시내로 돌아갈래요." 미스 솜스가 말했다. "그래도 되죠, 루디?"

"타고 가기엔 무척 추울 텐데요." 루돌프가 말했다. 너무 큰 스키 안경을 어울리지 않게 모자 위에 걸쳐 쓰고 파커를 입은 그녀의 자그마한 몸은 무너질 듯한 모습이었다. 그녀의 머리는, 특히 스키 안경 때문에, 작고 요염한 얼굴에 비해서 너무 크고 무거워 보였다.

"난 오늘은 스키를 그만 타겠어요." 미스 솜스가 점잖게 말했다. "난 다른 운동을 하고 싶은 기분을 느끼니까요." 그녀는 모터사이클로 갔다. "탑시다." 그녀가 말했다.

"싫으시다면 데리고 가지 않으셔도 좋아요." 책임을 느끼며 라슨이 걱정스럽게 말했다.

"아, 따라오게 내버려둬요." 루돌프가 말했다. "천천히 몰아서 이 여자가 떨어지지 않게 조심하죠."

"좀 웃기는 여자예요." 아직도 걱정이 되어 라슨이 말했다. "술을 마실 줄 모르죠. 하지만 골탕을 먹이려고 그러는 건 아닙니다."

"골탕을 먹인 건 없어요, 베니." 루돌프는 스웨터를 입은 두툼한 라슨의 어깨를 두드렸다. "걱정 말아요. 그리고 창고에 대해서 알아볼 건 좀 알아봐요." 다시 사업의 안전한 세계로 돌아가서.

"물론이죠, 조르다슈 씨." 라슨이 말했다. 미스 솜스가 그의 허리에 팔을 감고 뒤에 매달린 채로, 식당의 주차장에 쏜살같이 루돌프가 모터사이클을 몰고 나오자 그는 미스 패커드와 나란히 손을 흔들어 주었다.

눈이 펑펑 쏟아지지는 않았어도, 그래도 천천히 몰아야 할 만큼은 심했다. 그를 껴안은 미스 솜스의 팔은 몸집이 그토록 가벼운 여자치고는 놀랄 만큼 힘이 세었으며, 혀가 멋대로 돌아갈 만큼 술을 많이 마시기는 했어도 그녀가 몸의 균형을 유지하는 데에는 영향이 없었고, 길의 모퉁이를 휩쓸며 돌아갈 때면 그녀는 힘을 들이지 않고 그에게 몸을 기댔다. 그녀는 레코드 부에서 하루 종일 들었던 노래들을 가끔 하나씩 불렀지만, 스치는 바람소리가 쌩쌩거려서 루돌프는 멀리서 들려오는 목소리가 부르는 곡조의 소절처럼 조금씩 토막진 소리만 들었다. 그녀의 목소리는 멀리 떨어진 방에서 어린 계집아이 혼자 미친 듯이 부르는 듯 들렸다.

그는 운전이 즐거웠다. 사실은 오늘 하루가 몽땅. 그는 자기를 집 밖으로 쫓아냈던 어머니의 성당 얘기가 고마웠다.

휘트비 교외에 위치한 대학교를 지나가면서 그는 어디 사느냐고 미스 솜스에게 물으려고 속력을 늦추었다. 집은 학교에서 별로 멀지 않았고 그는 낯익은 길거리를 쏜살같이 내달았다. 아직도 상당히 이른 오후였지만, 머리 위의 구름은 시커멓고, 그들이 지나친 어떤 집들은 창문에 불빛을 밝혔다. 그는 신호등에서 속력을 늦추어야 했고, 그러는 사이에 그는 허리를 붙잡았던 미스 솜스의 손이 사타구니로 미끄러져 내려가는 것을 느꼈다. 그녀는 그곳을 부드럽게 쓰다듬었고, 그는 그녀의 웃음소리를 귓전에서 들었다

"운전을 방해하면 안 돼요." 그가 말했다. "주(州)의 법이죠."

그러나 그녀는 웃기만 하고 하던 일을 계속했다.

그들은 개를 데리고 산책을 나온 노인 앞을 지나쳤는데, 루돌프는 그 늙은 사람이 놀란 표정을 지었으리라고 확신했다. 그는 모터사이클의 속력을 올렸고, 그래서 효과가 나타났다. 미스 솜스는 쓰다듬던 곳을 가만히 쥐고만 있었다.

그는 그녀가 알려 준 주소에 도착했다. 누렇게 말라죽은 잔디밭 위에 미늘판으로 지은, 한 가족만 사는 낡은 집이었다. 집에는 불을 켜놓지 않았다.

"집예요." 미스 솜스가 말했다. 그녀는 뒷자리에서 뛰어내렸다. "재미있게 타고 왔어요, 루디. 특히 마지막 2분 동안은요." 그녀는 스키 안경과 모자를 벗고, 머리를 한 쪽으로 숙여서 머리카락을 어깨 위로 늘어뜨렸다. "안으로 들어오실래요?" 그녀가 물었다. "집에는 아무도 없어요. 어머니와 아버지는 누굴 찾아뵙는다고 외출하셨고 오빠는 영화구경을 갔어요, 우린 하던 일을 계속할 수 있어요."

그는 머뭇머뭇하고, 집을 쳐다보고, 안이 어떨까 상상해 보았다. 엄마와 오빠는 마실을 갔지만 일찍 돌아오시겠지. 오빠는 영화가 재미없어서 생각했던 것보다 한 시간 일찍 투덜대며 돌아오고. 미스 솜스는 한 손을 엉덩이에 올려놓고, 다른 손으로는 안경과 스키 모자를 흔들면서, 미소를 짓고 그의 앞에 서서 기다렸다.

"어때요?" 그녀가 물었다.

"나중으로 미루지." 그가 말했다.

"겁이 났군요." 그녀는 낄낄 웃으면서 말했다. 그러더니 그녀는 앞쪽 계단을 뛰어 올라갔다. 문에서 그녀는 돌아서더니 그에게 혀를 내밀었다. 어두운 건물이 그녀를 삼켰다.

생각에 잠겨 그는 모터사이클의 시동을 걸고 어두워지는 길거리를 따라 천천히 시내 한가운데를 향해 몰았다. 그는 집으로 가기가 싫었고, 그래서 모터사이클을 세워 두고 영화구경을 하러 들어갔다. 그는 영화를 거의 보지 않아서, 밖으로 나왔을 때는 줄거리조차 제대로 파악하지 못할 지경이었다.

그는 미스 솜스에 대해서 자꾸만 생각했다. 바보 같은 값싼 어린 계집애, 약을 올리고, 약을 올리고, 그를 놀리고. 그는 내일 아침에 백화점에서 그녀를 볼 일이 마음에 내키지 않았다. 만일 가능하다면 그는 그녀를 해고하리라. 그러나 그녀는 노동조합을 찾아가서 불평을 할 테고, 그는 왜 그녀를 해고했는지 이유를 설명해야만 한다. "그 여자는 날 불감증 선생이라고 불렀고, 그러더니 날 루디라고 불렀고, 나중에는 길거리에서 내 자지를 만졌습니다."

그는 미스 솜스를 해고하려던 생각을 포기했다. 이런 모든 사건이 증명한 한 가지 사실은, 백화점의 어느 누구와도 관계를 맺지 않으려고 했던 그의 생각은 항상 옳았다는 점이었다.

그는 식당에서 혼자 저녁을 먹었고, 포도주 한 병을 혼자서 마신 뒤, 집으로 가던 길에 가로등에 부딪힐 뻔했다.

그는 잠을 편히 자지 못했고, 자리에서 일어나 쿠엔틴 맥거번과 달리기를 하러 갈 시간인 월요일 아침 7시 15분 전에 신음을 했다. 그러나 그는 일어났고, 달리기를 했다.

아침에 백화점 순시를 하면서 그는 레코드 부에 가까이 가지 않으려고 조심했다. 그는 스키 부의 라슨에게 손을 흔들어 주었고, 빨간 스웨터를 입은 라슨은 마치 그들이 일요일을 같이 지낸 적이 없다는 듯이 말했다. "안녕하세요, 조르다슈 씨."

오후에 콜더우드가 그를 사무실로 호출했다. "좋아, 루디." 그가 말했다. "난 자네 계획서에 대해서 생각해 보았고 뉴욕에 있는 몇 사람하고도 얘기를 나누었어. 우린 내일 그리로 내려가서, 월 스트리트의 변호사 사무실에서 2시에 만나기로 약속이 되었어. 자네한테 물어 보고 싶은 점들이 많다더군. 우린 11시 5분에 내려가는 기차를 탈 거야. 난 아무 약속도 하지 않겠지만, 내 사람들은 자네 계획이 좀 쓸 만하다고 생각하지." 콜더우드가 그에게 곁눈질을 했다. "자넨 별로 즐거운 표정이 아니구만, 루디." 그는 꾸짖는 투로 말했다.

"아, 기쁩니다, 사장님. 무척 기쁩니다." 그는 억지로 미소를 지었다. 화요일 2시라, 루돌프는 생각했다. 화요일 2시면 조사단 앞에 나서기로 덴튼에게 약속한 시간인데. "아주 반가운 소식입니다, 사장님." 그는 어린애처럼 순진한 인상을 주려고 애쓰면서 다시 미소를 지었다. "아마 전 그런 소식을 들으리라고는 기대하지 못했는가 봅니다. 이렇게 빨리 말예요."

"우리, 점심은 기차에서 먹기로 하지." 그를 내보내면서 콜더우드가 말했다.

영감님과 기차에서 점심을 먹는다. 그러면 술은 없겠구나. 사무실을 나서면서 루돌프는 생각했다. 그는 그것이 덴튼 교수에 대한 일보다도 더 기분이 좋지 않았다.

오후 늦게 그의 사무실 전화가 울렸고 미스 가일스가 전화를 받았다. "안에 계신가 보겠습니다." 그녀가 말했다. "어느 분이시라고 말씀드릴까요?" 그녀는 수화기를 손으로 가리고 말했다. "덴튼 교수님이시라는데요."

루돌프는 머뭇거리다가 전화를 받겠다고 손을 내밀었다. "안녕하세요, 교수님." 그는 큰 소리로 말했다. "어떻게 지내십니까?"

"조르다슈." 거친 목소리로 덴튼이 말했다. "나 리플리 식당에 있네. 잠깐 이리로 나와 주겠나? 자네하고 할 얘기가 있어."

나중보다야 지금이 낫지. "그럼요, 교수님." 그가 말했다. "당장 그리로 가겠습니다." 그는 책상에서 일어섰다. "누가 날 찾으면 한 시간 후에 돌아온다고 그래요." 그는 미스 가일스에게 말했다.

바에 들어선 그는 덴튼을 찾으려고 두리번거려야 했다. 덴튼은 모자를 쓰고 외투를 입은 채로, 탁자 위로 몸을 수그리고, 술잔을 손으로 움켜쥐고, 이번에도 맨 끝 칸에 자리를 잡았다. 그는 면도를 하지 못했고, 옷은 구겨진 채였으며, 안경은 뿌옇게 얼룩이 졌다. 그는 덴튼이 겨울 날씨에 공원의 긴의자에 초라하게 앉아서 경찰이 와서 끌고 가기를 기다리는 술주정뱅이 같다는 생각이 들었다. 루돌프의 강의실에서 즐거워하고 남들을 즐겁게 만들던, 자신만만하고, 요란하게 빈정거리던 남자는 사라졌다.

"안녕하세요. 교수님." 루돌프는 덴튼의 맞은편으로 들어섰다. 그는 백화점에서 잠깐이면 오는 거리라서 외투를 입는 번거로움을 피했다. "이렇게 뵈어서 반갑군요." 그는 그가 자주 만나며 지내는 사람이라서 꾸밈새 없이 인사를 한다고 덴튼에게 안심시켜 주려는 듯이 미소를 지었다.

덴튼은 멍청하게 올려다보았다. 그는 악수를 청하지 않았다. 보통 때는 불그레하던 그의 얼굴이 잿빛이었다. 피까지도 포기 상태구나, 루돌프는 생각했다.

"술 들지." 덴튼의 목소리는 꽉 잠겼다. 그는 보나마나 벌써 술을 한 잔 마신 모양이었다. 여러 잔을. "아가씨." 그는 바의 한 쪽 끝에 굴레를 씌운 늙은 할멈처럼 기대고 선, 오렌지빛 제복을 입은 여자를 큰 소리로 불렀다. "뭘 들겠나?" 그가 루돌프에게 물었다.

"스카치 부탁합니다."

"내 친구는 스카치에 소다를 타서 줘, 아가씨." 덴튼이 말했다. "그리고 난 버본 하나 더."

그런 다음에 그는 손에 쥔 술잔을 노려보며 잠깐 동안 말이 없었다. 백화점에서 오던 길에, 루돌프는 자기가 어떻게 할지를 미리 마음속으로 작정했었다. 그는 다음 날 조사단 앞에 출두하기가 불가능하다고 덴튼에게 말하겠지만, 만일 조사단이 연기만 해 준다면 언제라도 선뜻 출두하겠다고 다짐할 생각이었다. 그것이 제대로 안 된다면 그는 직접 총장을 찾아가 할 얘기를 하겠다. 그러나 덴튼이 반대한다면, 그는 오늘 밤으로 덴튼에 대한 변호를 글로 적어서, 그에 대한 심의가 벌어질 모임에서 대신 낭독을 시키겠다. 이런 제안을 덴튼에게 해야만 할 순간이 두렵기는 했지만, 내일 아침 11시 5분에 뉴욕행 기차를 타고 콜더우드와 함께 내려간다는 사실은 피할 길이 없는 일이었다. 그는 덴튼이 잠깐이나마 침묵을 지켜 줘서 고마웠으며, 술이 오자 그것을 열심히 저었고, 술을 젓는 소리가 얼마 동안 그들의 대화를 막아 주는 음악적 장벽을 마련했다.

"일하는 자넬 이렇게 끌어내어서 미안하네, 조르다슈." 눈을 들지 않고 입안에서 우물거리며 덴튼이 말했다. "입장이 곤란해지면 인간은 이기적이 되지. 난 영화관을 지나가면서 희극을 보고 웃어 대려고 줄을 지어 안으로 들어가는 사람을 보면 이런 생각을 한다네. '이 사람들은 내가 무슨 일을 당하는지도 모르고 어쩌면 저렇게 영화구경을 할까?'" 그는 역겹다는 듯이 미소를 지었다. "가당치가 않아." 그가 말했다. "1939년에서 1945년 사이에 유럽에서는 5천만 명의 사람들이 죽었는데, 그 동안에 나는 한 주일에 두 번씩 영화구경을 했어." 그는 탁자 위로 몸을 수그리고 두 손으로 술잔을 잡고는 목이 마르다는 듯이 술을 꿀꺽 마셨다. 그가 내려놓은 술잔이 떨렸다.

"무슨 일인지 말씀하세요." 루돌프가 위로하듯 말했다.

"아무 일도 없어." 덴튼이 말했다. "아니, 꼭 그렇지도 않지. 큰 일이었지. 다 끝났어."

"무슨 말씀인가요?" 루돌프는 침착하게 얘기했지만, 그의 목소리에서 흥분을 감추기 어려웠다. 그러니까 아무 일도 없구나, 그는 생각했다. 찻잔 속의 태풍, 따지고 보면 사람들이란 그렇게까지 멍청하지는 않지. "그들이 이 사건을 포기했단 얘긴가요?"

"포기한 사람은 나야." 머리를 들고 찌그러진 갈색 펠트 모자의 챙

밑으로 루돌프를 바라보면서 덴튼이 멋없이 얘기했다. "난 오늘 사임했어."

"아니, 이런." 루돌프가 말했다.

"아, 그래." 덴튼이 말했다. "12년이나 근무를 했는데, 내가 사표를 내면 조사는 모두 잊어버리겠다고 제안하더군. 난 내일 벌어질 일을 감당할 수가 없어. 난 너무 늙었어. 너무 늙었지. 내가 좀더 젊었더라면 몰라도. 나이가 젊을 때라면, 비논리적인 일에 맞설 용기가 나겠지. 정의를 되찾게 될지도 모르니까. 내 아내는 한 주일 동안 줄곧 울었어. 이런 수치심으로 인해서 자기는 죽을 심정이라더군. 물론 상징적으로 한 얘기지만, 7일 밤과 7일 낮을 울어대는 여자를 보면 의지력이 침식당하지. 그래서 끝난 거야. 난 그저 자네한테 고맙다는 말을 하고 내일 오후 2시에 올 필요가 없다는 얘기를 하고 싶었어."

루돌프는 침을 삼켰다. 조심스럽게 그는 목소리에 안도감이 나타나지 않게 하려고 애를 썼다. "전 기꺼이 나서서 얘기를 하고 싶었는데요." 그는 말했다. 그는 기꺼이 그러지는 못했겠지만, 아무튼 그 일을 해낼 각오는 했었고, 지금 자신의 감정을 솔직하게 얘기해서 득을 볼 일은 없었다. "이제 어떻게 하시겠어요?" 그가 물었다.

"나에게 생명줄을 던진 사람이 있기는 하지." 덴튼이 멍청하게 말했다. "내 친구 하나가 제네바에 있는 외국인학교 선생인데, 나에게 자리를 하나 주겠다는군. 수입은 적지만, 일자리는 일자리지. 제네바에선 여기처럼 미친 사람들 같지는 않은가 봐. 그 도시가 아름답다는 얘기들을 하더군."

"하지만 거긴 고등학교 아녜요." 루돌프가 항의했다. "교수님은 평생을 대학에서 보내셨는데."

"하지만 거긴 제네바야." 덴튼이 말했다. "난 이 망할 놈의 나라를 벗어나고 싶어."

루돌프는 아메리카를 망할 놈의 나라라고 말하는 사람을 본 적이 없었고, 덴튼의 악담에 충격을 받았다. 학교를 다닐 때 그는 교실에 있는 남녀 학생 40명과 그의 조국을 위해 〈신께서 그대에게 은총을 베푸니〉를 노래 불렀고, 그리고 지금 그는 자기가 어려서 불렀던 노래를 어른이 되어서도 그대로 믿고 있다는 사실을 깨달았다. "이 나라는 생각하시는 만큼 그렇게 나쁘지는 않은데요." 그가 말했다.

"내가 생각했던 것보다 훨씬 더 나빠." 덴튼이 말했다.

"다 잊혀질 날이 오겠죠. 다시 부름을 받으실 겁니다."

"절대로 안 그래." 덴튼이 말했다. "무릎을 꿇고 그들이 애걸한다고 해도 난 돌아오지 않겠어."

초등학교 시절에 읽었던 《조국이 없는 사람》(성직자이며 정치인이었던 Edward Everett Hale, 1784~1863,의 유명한 단편소설—옮긴이)의 주인공이 이 배에서 저 배로 전전하며, 자기가 태어난 땅의 해안을 영원히 보지 못하고, 눈물 없이는 조국의 깃발을 보지 못하던 가난한 망명자가 루돌프의 머리에 떠올랐다. 제네바, 깃발이 없는 배. 그는 이미 리플리 술집의 뒤칸으로 망명을 당한 덴튼을 쳐다보고는 동정과 경멸이 엇갈리는 감정을 맛보았다. "제가 도와 드릴 일은 없을까요?" 그가 물었다. "돈은요?"

덴튼이 고개를 저었다. "우린 걱정 없어. 당분간은. 우린 집을 팔기로 했지. 내가 그 집을 산 이후로 부동산 경기가 올랐어. 이 나라는 호황을 누리는 중이니까." 그는 텅 빈 웃음을 웃었다. 그는 벌떡 일어섰다. "난 이제 집으로 가야겠어." 그가 말했다. "난 오후마다 아내에게 프랑스 말을 가르치지."

그는 루돌프가 술값을 내도록 허락했다. 밖으로 나와 길거리에서 그는 옷깃을 세우고, 더욱 술주정뱅이 같은 모습으로 루돌프의 손을 힘없이 잡고 흔들었다. "제네바에 가면 자네한테 편지를 쓰겠어." 그가 말했다. "걸려들지 않을 만한 편지를. 요새는 누가 편지를 뜯어볼는지 알 수도 없는 세상이니까."

허리가 굽은 학자의 모습을 지닌 그는 망할 놈의 나라 시민들 사이로 터벅터벅 걸어갔다. 루돌프는 얼마 동안 그를 지켜보다가 백화점을 향해서 걸었다. 그는 심호흡을 하면서, 자신은 젊고, 재수가 좋고, 정말 재수가 좋다고 생각했다.

그는 고통을 받는 사람들이 다리를 질질 끌고 지나다니는 사이에, 옷을 차례를 기다리는 사람들의 편에 섰다. 5천 만이 죽어도, 영화관은 언제나 문을 연다.

그는 덴튼이 불쌍하게 생각되었지만, 그래도 기뻤다. 이제부터는 모든 일이 제대로 풀리겠고, 모든 일이 자신의 뜻대로 되리라. 이날 오후에 그런 징후가 나타났고, 그런 전조는 뚜렷했다.

그는 차분하고 낙관적인 마음으로, 이튿날 아침에 콜더우드와 11시 5분 기차를 탔다. 점심을 먹으러 식당차로 들어갔을 때, 그는 술을 마시지 못하더라도 별로 마음에 걸리지를 않았다.

제5장

"뭣 하러 와서 날 기다리는 거예요?" 그들이 집을 향해서 걸어가는 동안 빌리가 불평했다. "내가 뭐 어린앤가요?"

"조금 있으면 너 혼자 돌아다니게 내버려둘게." 길을 건너면서 자동적으로 그의 손을 잡고 그녀는 말했다.

"언제요?"

"곧."

"언제요?"

"네가 열 살이 되면."

"염병할."

"그런 소리는 하지 말라고 그랬잖아."

"아빠는 그런 소릴 하던데요."

"넌 아빠가 아냐."

"엄마도 가끔 그러잖아요."

"넌 내가 아냐. 그리고 나도 그런 소릴 하면 안 되지."

"그러면 왜 그런 소리를 해요?"

"화가 나니까 그렇지."

"나도 지금 화가 나요. 다른 아이들은 아무도 애기처럼 엄마가 문간에서 기다리지는 않아요. 저희들끼리 집으로 돌아가죠."

그레첸은 그것이 정말이고, 자기는 신경질적인 어머니이며, 스포크 박사의 말을 따르지 않았고, 그래서 자신이나 빌리 또는 두 사람이 그 대가를 나중에 치러야 할지도 모른다는 생각은 했지만, 그래도 그녀는 아이가 그리니치 빌리지의 못미더운 차량들 사이를 돌아다니게 내버려둔다는 것은 상상도 할 수가 없었다. 몇 번이나 그녀는 아들을 위해서 교외로 이사를 가자고 제안했지만, 윌리는 항상 반대했다. "난 스카스데일 타입이 아냐." 그가 말했다.

그녀는 스카스데일 타입이 무엇인지를 알지 못했다. 그녀는 스카스데일이나 스카스데일과 무척 비슷한 곳에 사는 사람들을 많이 알았지만, 그들은 어느 곳에 사는 사람들이나 마찬가지여서, 주정뱅이와 아내를 바꿔 자는 사람들과 교회 신자들과 정치가들과 자살하는 사람들과 온갖 사람들로 이루어졌다.

"언제요?" 그녀의 손에서 팔목을 빼내며 빌리는 고집스럽게 다시 물었다.

"네가 열 살이 되면." 그녀는 말을 되풀이했다.

"그럼 일 년을 기다려야 하네요." 그는 투정을 부렸다.

"그게 얼마나 빨리 지나가 버리는지 알게 되면 놀랄 거야." 그녀가 말했다. "자, 저고리에 단추를 채워라. 감기 들겠어." 그는 운동장에서 농구를 해서 아직도 땀을 흘렸다. 시월의 늦은 오후라서 쌀쌀했고 허드슨 강에서는 바람이 불어왔다.

"일 년이라니." 빌리가 말했다. "그건 비인간적예요."

그녀는 웃고 허리를 굽혀 그의 이마 꼭대기에다 키스를 했지만 그는 몸을 비켰다. "남들이 보는 데서 나한테 키스하지 말아요." 그가 말했다.

커다란 개 한 마리가 그들을 향해서 터벅거리며 왔고, 그녀는 빌리더러 개를 쓰다듬어 주지 말라는 소리를 하고 싶은 마음을 억지로 참아야 했다. "착한 개야." 빌리가 말했다. "착한 개야." 그는 동물의 왕국에 있는 집에서처럼 개의 머리를 쓰다듬고, 귀를 잡아당겼다. 살아 숨쉬는 모든 동물은 자신을 해치지 않을 거라 생각하는구나, 그레첸은 생각했다. 자신의 어머니만 빼고는.

개는 꼬리를 흔들면서 갈 길을 갔다.

그들은 이제 안전하게, 그들이 사는 거리에 도착했다. 그레첸은 길가의 깨어진 모서리 위에서 균형을 잡으려고 자신의 뒤로 처지려는 빌리를 그대로 내버려두었다. 그들이 사는 갈색 사암(砂岩) 건물의 앞문으로 올라간 그녀는 현관 계단에 기댄 채 집 앞에서 기다리는 루돌프와 조니 히드를 보았다. 그들은 술병을 담은 봉투를 하나씩 들고 있었다. 그녀는 머리에 목도리를 두르고 낡은 외투를 걸쳤으며, 빌리를 데리러 나서면서도 집에서 입는 슬랙스를 다른 옷으로 갈아입을 생각은 하지도 않았었다. 그녀는 말끔한 젊은 사업가들처럼 차려 입고 모자까지 쓴 루돌프와 조니에게 가까이 가면서 초라한 기분이 들었다.

그녀는 루돌프를 뉴욕에서 자주 보아 왔다. 지난 여섯 달쯤 되는 기간에 그는 젊은 사업가의 옷차림으로 한 주일에 두세 번씩 뉴욕을 다녀갔다. 콜더우드와 조니 히드의 브로커 사무실이 관련된 어떤 거래가 이루어지는 중이었는데, 그것에 대해서 그녀가 물어 봐서 그가 설명을 해 주었지만, 그녀는 내용을 전혀 파악할 수가 없었다. 그것은 던칸(Duncan) 콜더우드(Calderwood)의 이름에서 머리글자를 따서 DC라는 회사를 세우려는 어떤 계획이었다. 그 결과로 루돌프는 부자가 되고, 반 년 동안 백화점에서, 적어도 휘트비에서 벗어나게 될 예정이었다. 그는 자기가 쓸 만한 가구를 들여놓은 자그마한 아파트먼트를 구해 달라고 그녀에게 부탁했다.

루돌프와 조니는 두 사람 다 벌써 술을 좀 마시기라도 한 듯 어쩐지 들떠 보였다. 갈색 봉투에서 삐져 나온 금박 종이를 보고 그녀는 그들이 가지고 온 술이 샴페인이라고 짐작했다. "잘 지냈니?" 그녀가 말했다. "왜 온다는 얘길 미리 하지 않았니?"

"우린 이리로 올 생각은 하지 않았었어." 루돌프가 말했다. "이건 즉흥 축하식이야." 그는 그녀의 뺨에 키스했다. 그는 술을 마시지 않았다.

"안녕, 빌리." 그는 아이에게 말했다.

"안녕하세요." 빌리가 형식적으로 말했다. 외삼촌과 조카의 관계는 깊지가 않았다. 빌리는 외삼촌을 루디라고 불렀다. 가끔가다가 그레첸은 아들더러 좀더 겸손하게 굴고 루돌프 외삼촌이라고 부르게 하려고 했지만, 윌리는 아들 편을 들어서 이런 말을 했다. "고리타분해, 고리타분해. 아이를 위선자로 키우지 마."

"위로 올라가자." 그레첸이 말했다. "술병을 따야지."

거실은 엉망이었다. 그녀는 요즈음 위층 방을 빌리에게 완전히 빼앗겨 버리고 이곳에서 일을 했기에, 이달 1일까지 써 주기로 했던 기사 두 건의 조각들과 종이들이 방에 흩어져 있었다. 책과 쪽지와 종잇조각들은 책상과 탁자 위에 잔뜩 쌓여 있었다. 소파까지도 온전하지가 않았다. 그녀는 계획적으로 작업하는 성품은 아니었고, 어쩌다가 정리를 하려고 하다가는 오히려 전보다 더 지저분한 꼴이 되었다. 그녀는 일을 하는 동안 줄담배를 피우는 버릇이 있어서, 담배꽁초가 가득한 재떨이들이 사방에 널렸다. 자기도 전혀 깨끗한 사람은 아니었던 윌리조차 가끔가다가 불평했다. "이건 가정이 아냐." 그가 말했다. "이건 옛날 신문사의 지저분한 사회부 꼴이야."

그녀는 루돌프가 못마땅한 눈으로 재빨리 방을 둘러보는 것을 눈치챘다. 그는 자기가 열아홉 살 때 알았던 깔끔한 여자와 비교해 자기를 비판하는 것일까? 그녀는 티 하나 없고 옷을 잘 다려 입은 동생에 대해서 문득 갑작스러운 분노를 느꼈다. 난 집안을 꾸려 가고, 밥벌이도 하는 여자니까, 그걸 잊지 말아라, 동생아.

"빌리." 그녀는 방의 상태에 대한 빚을 갚기라도 하려는 듯 외투와 목도리를 깔끔하게 걸면서 말했다. "위층으로 올라가서 숙제를 해."

"아아······." 어른들과 어울리고 싶은 욕망 때문이라기보다는 그저 형식적으로 빌리가 말했다.

"어서 가, 빌리."

그는 기분이 언짢은 체하면서 기분이 좋아 위층으로 올라갔다.

그레첸은 술잔을 세 개 꺼냈다. "무슨 경사라도 났니?" 그녀는 샴페인 병을 열려고 애를 쓰는 루돌프에게 물었다.

"우리 성공했어." 루돌프가 말했다. "우린 오늘 마지막 합의를 보았지. 우린 이제 죽을 때까지 아침, 점심, 저녁으로 샴페인을 마셔도 된다구." 그는 마개를 따고 거품이 손에 넘치도록 술을 부었다.

"잘됐구나." 그레첸이 기계적으로 말했다. 그녀로서는 루돌프가 사업에만 몰입하는 생활이 이해가 가지 않았다.

그들은 술잔을 부딪쳤다.

"DC 기업과 회장님을 위해서 축배를." 조니가 말했다. "가장 최근에 탄생한 재벌을 위해서."

아직도 흥분이 풀리지 않은 두 남자가 함께 웃었다. 그레첸에게는 그들이 몸을 겨우 피했다고 신경질적으로 자축하는 교통사고의 생존자들 같았다. 시내의 사무실에서 벌어지는 일들이 어떤 내용인지 그레첸은 궁금했다. 루돌프는 가만히 앉아 있지를 못했다. 그는 방 안을 서성거리면서 술잔을 손에 든 채 책을 들춰보고, 그녀의 책상에 지저분하게 흩어진 것들을 둘러보고, 신문을 부스럭거리면서 뒤졌다. 그는 운동을 해서 체중을 줄였고, 신경이 날카로워 보였으며, 눈은 무척 파랗고, 뺨이 움푹 들어갔다.

그와 대조적으로 조니는 토실토실하고, 보드랍고, 매끄럽고, 모가 나지 않았으며, 지금 손에 술잔을 든 모습은 차분하고 졸린 듯했다. 그는 돈과 그 쓸모에 대해서는 루돌프보다 훨씬 익숙해서, 갑작스러운 행운과 불운을 맞을 각오를 갖춘 사람이었다.

루돌프가 라디오를 틀자, 〈황제〉 콘체르토의 1악장이 중간부터 울려 나왔다. "우리의 노래가 나오는군." 그는 조니에게 말했다. "백만장자를 위한 음악이지."

"시끄러워." 그레첸이 말했다. "너희 얘기를 들으니 난 거지라도 된 기분이야."

"만일 윌리가 조금이라도 머리가 돌아간다면 말이죠." 조니가 말했다. "그 양반 구걸하고, 꾸고, 훔쳐서라도 쇳가루를 좀 모아서 DC 회사의 1층에 들어와야 해요. 정말입니다. 이 사업이 어느 정도 번창할지는 상상도 못 할 정도니까요."

"윌리는 구걸을 하기엔 자존심이 너무 강하고, 꾸기에는 너무 소문이 많이 났고, 훔칠 만한 용기는 없어요."

"내 친구에게 그런 소리를 하면 어떡해요." 놀란 체하면서 조니가 말했다.

"그전에는 내 친구이기도 했어요." 그레첸이 말했다.

"샴페인 더 들어요." 조니가 말하고 술을 부었다. 루돌프는 책상에서 종이 한 장을 집어 들었다. "〈난쟁이들의 시대〉라." 그가 읽었다. "무슨 제목이 이래?"

"이번에 새로 시작된 텔레비전 프로그램에 대한 기사의 제목이야." 그레첸이 말했다. "하지만 써 나가다 보니 그 제목에서 얘기가 빗나갔어. 작년에 공연된 연극들, 금년의 연극들, 여러 소설, 아이젠하워의 내각, 건축, 공중도덕, 교육 같은 얘기로……. 난 빌리가 교육을 받는 과정이 한심하게 느껴졌고, 아마 그래서 이 기사를 쓰지 시작하게 되었는지도 몰라."

루돌프가 첫 구절을 읽었다. "상당히 거세구만." 그가 말했다.

"난 대중적인 꾸짖음으로 밥벌이를 해." 그레첸이 말했다. "그게 내 천직이야."

"이 글처럼 누이 마음속이 음산한가?" 루돌프가 말했다.

"그래." 그녀가 말했다. 그녀는 조니에게로 술잔을 내밀었다.

전화가 울렸다. "저녁식사 시간까지 집에 못 온다고 윌리가 거는 전화겠지." 그레첸이 말했다. 그녀는 일어서서 전화가 놓인 책상으로 갔다. "여보세요." 미리부터 처량해진 목소리로 그녀가 말했다. 그녀는 어안이 벙벙해서 귀를 기울였다. "잠깐만 기다려 주세요." 그녀는 루돌프에게 전화를 넘겨주었다. "너한테 온 거야." 그녀가 말했다.

"나한테?" 루돌프가 머리를 갸우뚱했다. "내가 여기 온 줄은 아무도 모르는데."

"조르다슈 씨를 찾더라."

"여보세요?" 루돌프가 전화에 대고 말했다.

"조르다슈?" 그 목소리는 거칠고 은밀했다.

"예."

"나 알예요. 오늘 밤 당신을 위해서 5백을 걸었소. 괜찮은 액수죠. 7 대 5로 말예요."

"잠깐만요." 루돌프가 말했지만 전화가 끊어졌다. 루돌프는 손에 든 수화기를 응시했다. "별 희한한 일도 다 많구만. 알이라는 남자야. 오늘 밤 7대 5로 나를 위해서 5백을 걸었다는군. 그레첸, 혹시 무슨 비밀 도박이라도 하는 거 아냐?"

"난 알이라는 사람 하나도 몰라." 그녀가 말했다. "그리고 나한테는 5백 달러도 없고. 더구나 그 사람은 미스터 조르다슈를 찾았지, 미스 조르다슈를 찾지는 않았어." 그녀는 처녀적 이름으로 글을 썼고, 맨해튼 전화번호에는 G. 조르다슈라고 이름이 올랐다.

"정말 묘한 일이구만." 루돌프가 말했다. "나한테 이 전화번호로 연락하라고 내가 누구한테 말한 적이 있었나?" 그는 조니에게 물었다.

"내가 알기로는 없는데." 조니가 말했다.

"번호를 혼동했을 거야." 그레첸이 말했다.

"그건 얘기가 안 돼." 루돌프가 말했다. "뉴욕에 조르다슈라는 사람이 몇이나 되겠어? 어디서 우리 말고 만난 적 있어?"

그레첸이 고개를 저었다.

"맨해튼 전화번호부 어디 있어?"

그레첸이 손가락으로 가리키자 루돌프는 그것을 집어서 J항을 열었다. "T. 조르다슈." 그가 읽었다. "서구 93번가." 그는 천천히 전화번호부를 덮고 내려놓았다. "T. 조르다슈." 그는 그레첸에게 말했다. "이럴 수가 있을까?"

"아니겠지." 그레첸이 말했다.

"왜들 그래?" 조니가 물었다.

"우리에게는 토마스라는 동생이 있어." 루돌프가 말했다.

"집안의 막내둥이지." 그레첸이 말했다. "꽹장한 막내둥이야."

"우린 그애를 10년 동안 만나지도 못 했고 소식도 못 들었어." 루돌프가 말했다.

"조르다슈 일가는 유난히도 유대가 깊은 가족이죠." 그레첸이 말했다. 하루의 고된 일을 끝낸 몸이라 샴페인이 오르기 시작했고, 그녀는 긴의자에 기대고 축 늘어졌다. 그녀는 점심을 걸렀다는 사실이 생각났다.

"뭘 하는데?" 조니가 말했다. "자네 동생 말야."

"짐작도 못 하겠어." 루돌프가 말했다.

"옛날의 징조로 미루어 보면 경찰에게 쫓기는 몸이겠지." 그레첸이 말했다.

"알아봐야 되겠어." 루돌프는 다시 전화번호를 펼치고 서구 93번가 T. 조르다슈의 번호를 찾았다. 그는 다이얼을 돌렸다. 목소리로 미루어 보아 나이가 젊은 어떤 여자가 전화를 받았다.

"여보세요." 개인적인 감정이 없는, 판에 박힌 목소리로 루돌프가 말했다. "토마스 조르다슈 씨하고 통화를 할 수 있을까요?"

"아뇨, 안 돼요." 여자가 말했다. 그녀의 목소리는 높고 가느다란 소프라노였다. "누구시죠?" 이제 그녀의 목소리에는 의심이 비쳤다.

"친구예요." 루돌프가 말했다. "조르다슈 씨 거기 있나요?"

"주무시고 계세요." 여자는 화가 나서 말했다. "오늘 밤 시합을 해야 해요. 누구하고도 통화할 시간이 없어요."

수화기를 쾅 내려놓는 소리가 났다.

루돌프는 수화기를 귀에서 멀리 떼고 통화했으며, 여자가 큰 소리로 얘기를 해서 그레첸과 조니 두 사람 다 대화 내용을 들었다.

"뜨내기 시합장에서 오늘 밤 시합을 하신다." 그레첸이 말했다. "우리 토미가 맞는 것 같구나."

루돌프는 책상 옆 의자에 놓인 〈뉴욕 타임스〉를 집어서 체육 면을 펼쳤다. "여기 있어." 그가 말했다. "본 시합. 10회전 미들급 시합, 토미 조르다슈 대 버질 월터스. 장소, 서니사이드 가든('양지 바른 정원'이라는 뜻 - 옮긴이)."

"목가적이구만." 그레첸이 말했다.

"난 찾아가 봐야겠어." 루돌프가 말했다.

"왜?" 그레첸이 말했다.

"누가 뭐라고 해도 톰은 내 동생이야."

"그애 없이 난 10 년을 살았어." 그레첸이 말했다. "20 년 동안은 그렇게 지내고 싶구만."

"가겠어, 조니?" 루돌프가 히드에게로 몸을 돌렸다.

"미안해." 조니가 말했다. "난 만찬에 초대를 받았어. 결과나 나중에 얘기해 줘."

전화가 다시 울렸다. 루돌프는 선뜻 전화를 받았지만, 윌리였다. "안녕, 루디." 윌리가 말했다. 그의 주변에서는 술집의 소음이 들렸다. "아냐, 누이를 바꿔 줄 필요는 없어." 윌리가 말했다. "그저 난 오늘 밤 사업상 식사를 같이 할 일이 생겨, 집에는 일찍 들어갈 수 없으니까 미안하다는 말이나 전해 줘. 날 기다리지 말고 그냥 자라고 해."

긴의자에 누우면서 그레첸이 미소를 지었다. "뭐라고 그랬는지 내가 맞혀 보지."

"저녁은 집에서 들지 못하겠대."

"그리고 나더러 기다리지 말고 그냥 자라고."

"비슷한 얘기지."

"조니." 그레첸이 말했다. "두 번째 병을 열 때가 되었다고 생각하지 않아요?"

두 번째 병을 다 마셨을 때쯤에 그레첸은 아이를 볼 사람을 전화로 불렀고, 그들은 서니사이드 가든이 어디인지를 알아냈다. 그녀는 안으로 들어가서 샤워를 하고, 머리를 손질하고, 검은 모직 드레스를 입고는 그것이 권투 시합과 잘 어울릴지 궁금했다. 그녀는 그 동안 몸이 야위었고 드레스는 좀 헐렁해졌지만, 자신의 모습이 두 남자의 마음에 들었음을 그들의 눈빛에서 알아채고 기분이 좋아졌다. 난 너저분한 꼴을 보이지는 않겠어, 그녀는 생각했다. 절대로.

아이를 보아줄 여자가 도착하자 그레첸은 그녀에게 지시를 하고 루돌프와 조니와 함께 아파트먼트를 나섰다. 그들은 근처의 스테이크 집으로 갔다.

조니가 그들과 함께 술을 한 잔 마시고 "술 잘 마셨어"라고 말한 다음 헤어질 준비를 하자 루돌프가 말했다. "조니, 나 돈이 5달러밖에 없어." 그는 웃었다. "조니, 나한테 오늘 밤 은행 노릇 좀 해."

조니는 지갑을 꺼내어 10달러짜리 돈을 다섯 장 내놓았다. "됐어?" 그가 말했다.

"고마워." 루돌프는 돈을 아무렇게나 호주머니에 넣었다. 그는 다시 웃었다.

"뭐가 그렇게 우스워?" 그레첸이 물었다.

"난 이런 날이 오리라고는 꿈에도 생각하지 않았어." 루돌프가 말했다. "내 호주머니에 돈이 얼마나 남았는지도 정확히 모르게 될 날 말야."

"자넨 부자들의 건전하고 자유분방한 습관을 익히게 된 거야." 조니가 엄숙하게 말했다. "축하해. 내일 사무실에서 만나지, 루디. 그리고 동생이 이기길 바라."

"난 그애 골통이 깨지기를 바라요." 그레첸이 말했다.

그들이 안내원을 따라서 링사이드 셋째 줄 자리를 찾아갔을 때는 다른 시합이 진행되던 중이었다. 그레첸은 여자들을 몇 사람 보았지만 검은 모직 드레스를 입은 사람은 하나도 없었다. 그녀는 지금까지 권투 시합에 가 본 적이 없었고, 텔레비전으로만 구경했다. 돈을 벌려고 공연히 남자들이 치고받는다는 행위가 그녀에게는 야비하게 생각되었고, 그녀의 주위에 둘러앉은 남자들의 얼굴은 이런 오락에서나 만날 만한 그런 부류였다. 그녀는 한 곳에 이토록 많고 추악한 사람들이 모인 광경은 정말로 본 적이 없었다.

링 위의 남자들은 서로 별로 상처를 주는 것 같지는 않아 보였지만 그녀는 부둥켜안고 씨름을 하며 주먹을 피하는 그들을 소극적인 역겨움을 느끼면서 지켜보았다. 담배 연기의 안개 속에 모인 군중은 무관심했고, 어쩌다가 한 번씩 묵직한 펀치가 터지는 둔탁한 소리가 나면 날카롭고, 신음하는 듯한 동물적인 소음이 경기장을 가득 채웠다.

루돌프가 가끔 권투 구경을 간다는 사실을 그녀는 알았고, 그녀는 레이 로빈슨 같은 어떤 권투선수들에 대해서 그가 열을 올리며 윌리와 나누는 얘기도 들었다. 그녀는 몰래 동생을 넘겨다보았다. 그는 링 위의 광경에 흥미를 느끼는 것 같았다. 주먹을 맞은 흰 살에 붉은 얼룩이 지고 땀 냄새가 코를 찌르는 진짜 시합을 구경하는 지금, 루돌프가 늘 보여 주던 고상하고 우월한 자의 섬세하고 조심스러운 분위기와 비투쟁적인 몸가짐이, 그의 성격 전체가 그녀에게는 갑자기 거짓으로 느껴졌다. 그는 링 위의 야수들, 그리고 그녀 둘레에 줄지어 앉은 야수들과 하나로 연결되었다.

다음 시합에서는 한 남자의 한 쪽 눈 위가 찢어졌고, 상처에서 뿜어 나온 피가 그와 상대방을 온통 피투성이로 만들었다. 피를 본 군중의 함성에 그녀는 구역질이 났고, 그녀는 자기가 그대로 앉아서 기다리다가 동생이 로프 사이로 기어 올라가서 비슷한 잔혹성에 당하는 꼴을 참고 끝까지 보게 될지 의문이 갔다.

본 시합이 시작될 때쯤에 그녀는 얼굴이 창백해지고 속이 울렁거렸으며, 희뿌연 눈물과 연기의 안개를 통해서 그녀는 빨간 욕의를 걸친 커다란 남자가 로프 사이로 가벼운 동작으로 올라가는 모습을 보았고, 그가 토마스임을 깨달았다.

토마스의 훈련 조수들이 욕의를 벗겨 그의 어깨에 걸쳐 놓고 붕대를 감은 손에 장갑을 끼워 주는 모습을 보고 루돌프가 제일 먼저, 조금쯤 질투를 느끼면서, 의식하게 된 사실은 토마스의 몸에 거의 털이 나지 않았다는 점이었다. 루돌프는 상당히 털보가 되어서, 가슴팍은 검고 곱실거리는 털로 두툼하게 덮였고, 어깨에도 털이 나는 중이었다. 다리도 검은 털로 뒤덮였는데, 그것은 자신에 대해서 그가 간직해 온 인상과는 어울리지가 않았다. 여름에 수영을 하러 가면 그는 털이 많이 나서 난처한 느낌이었고, 사람들이 자기를 비웃는 듯한 기분이 들었다. 그런 까닭에 그는 일광욕을 하는 일이 거의 없었으며 물에서 나오자마자 셔츠를 입었다. 몸집이 포악하고 근육이 발달했으며, 훈련을 너무 많이 했다는 흔적 말고는 놀랍게도 토마스는 조금도 변하지 않았다. 얼굴에는 상처가 없었고 표정은 아직도 어린애처럼 귀여웠다. 시합이 시작되기 전의 예식이 거행되는 동안 토마스는 미소를 지었지만, 루돌프는 그가 초조하게 혀끝으로 입가를 핥는 모습을 놓치지 않았다. 링 한가운데서 두 남자에게 심판이 마지막 주의 사항을 알려 주는 사이에 그의 다리 근육은 빛나는 보랏빛 하의 밑에서 움 찔거렸다. (이쪽에는 체중 72.3 킬로그램인 토미 조르다슈라고) 소개를 받고 장갑 낀 손을 들며 군중을 잠깐 쳐다보았을 때를 말고는 토마스는 항상 눈을 내리깔았다. 루돌프와 그레첸을 보았는지 어쨌는지 그는 신호도 보내지 않았다.

그의 상대자는 토미보다 훨씬 키가 크고, 팔도 훨씬 길며, 후리후리한 흑인이었고, 조금 떨어진 자리에서 그는 위험스럽게 서성거리면서, 훈련 조수들이 자신의 귀에 대고 속삭이는 충고를 들으며 머리를 끄덕였다.

그레첸은 딱딱하고 고통스럽게 얼굴을 찌푸리며 연기를 통해 동생의 힘차고, 파괴적이며 벌거벗은 몸을 곁눈질해 보았다. 그녀는 털이 안 난 사내의 육체는 싫어했으며 (윌리는 푹신하고 불그스름한 털로 덮였고) 울퉁불퉁 훈련된 근육은 그녀로 하여금 원시적인 반감에 떨게 했다. 같은 자궁에서 태어난 형제. 그 생각에 그녀는 아찔한 기분이 들었다. 그녀는 토마스의 순진한 미소 뒤에 숨은 약아빠진 악의와 남을 해치려는 욕망, 그리고 고통을 주는 데 대한 쾌감을, 그들이 같은 집에 살 때 그녀가 거리감을 느꼈던 그 감정을 다시 보게 되었다. 이렇게 무시무시한 예식에서 눈부신 불빛에 노출된 그가 그녀의 혈육이라는 생각이 그녀에게는 견디기가 힘들었다. 난 물론 이렇게 되리라고 짐작했었지, 그녀는 생각했다. 그는 이렇게 끝장을 보리라. 살기 위해 싸우면서.

그들은 호적수였고 둘 다 빨랐으며, 흑인은 덜 적극적이었어도 팔이 더 길어서 방어를 쉽게 했다. 토마스는 계속해서 파고들면서, 한 번 때리기 위해 두 번씩 맞으며 복부를 때려서 흑인이 물러서게 했고, 가끔 그를 구석으로 몰아넣고 무시무시하게 두들겨 팼다.

"깜둥이 새끼 죽여라." 토마스가 한바탕 두드려 팰 때마다 경기장

뒤쪽에서 누가 소리를 질렀다. 그녀는 이곳에 왔다는 사실이 수치스럽고, 그곳에 모인 모든 남녀 때문에 수치를 느껴서, 몸을 움츠렸다. 오, 아놀드 심스, 다리를 절며, 적갈색 욕의를 입고, "발이 예쁘군요, 미스 조르다슈"라고 말하며 콘월을 꿈꾸던 흑인. 오, 아놀드 심스, 오늘 밤의 나를 용서해 줘요.

시합은 8회전에서 끝장을 보았다. 토마스는 코와 눈 위의 찢어진 상처에서 피를 흘렸지만 절대로 물러서지를 않았고, 기계 같은 힘으로 앞뒤를 가리지 않고, 물불을 가리지 않으며 자꾸만 달라붙어서 상대의 기운을 뺏다. 8회전에서 흑인은 거의 손을 쳐들 힘도 없었고, 토마스는 길게 오른손을 휘둘러 흑인의 이마 위쪽을 때려 마룻바닥에 쓰러뜨렸다. 흑인은 여덟을 센 다음에 거의 방어도 하지 못할 정도로 비틀거리며 일어섰고, 토마스는 얼굴이 피투성이가 되었어도 미소를 지으며 무자비하게 그에게 덤벼들어서는, 그레첸의 생각에, 몇 초 사이에 쉰 번은 주먹을 휘둘렀다. 흑인은 앞으로 고꾸라졌고 군중은 그녀 주위에서 귀청이 터질 만큼 요란하게 소리를 질렀다. 흑인은 일어나려고 애를 쓰고, 거의 한 쪽 무릎을 세우기까지 했다. 중립 코너에서 토마스는 피투성이로 지칠 줄 모르면서 긴장해서 몸을 도사렸다. 그는 상대가 일어서서 시합이 계속되기를 원하는 눈치였고, 흑인이 힘없이 넘어지고 카운트가 끝나자 그레첸은 토마스의 얻어맞은 얼굴에서 재빨리 스치는 실망의 표정을 분명히 보았다.

그녀는 토하고 싶었지만, 겨우 헛구역질만 하느라고 얼굴에 손수건을 가져갔다가, 경기장의 썩은 악취와 섞여 손수건에서 나는 향수 냄새에 놀랐다. 그녀는 자리에 쭈그리고 앉아, 이제는 더 구경할 엄두가 나지 않아서 눈을 내리깔았고, 자기가 혹시 기절이라도 해서 링 위에서 승리를 한 짐승과 자신의 숙명적인 관계를 온 세상에 노출시키게 될까 봐 겁이 났다.

루돌프는 멋이나 우아함이 없는 싸움의 어설픈 잔인성이 조금 못마땅하다는 듯 입술을 비틀며, 아무 말도 없이 시합을 지켜보았다.

수건과 욕의로 몸을 감싼 흑인은 시합 보조들의 도움을 받으며 로프 사이로 빠져나갔고, 토마스는 히죽 웃고 승리에 들떠 손을 흔들면서 사람들의 박수를 뒤로하고 링을 떠났다. 그는 탈의실로 가는 길에 형과 누이를 만나지 않으려고 반대쪽으로 내려갔다.

구경꾼들이 흩어져 나가기 시작했지만 그레첸과 루돌프는, 그런 광경을 목격하고 난 다음 의견을 나누기가 두려운 듯, 나란히 앉아 서로 아무 말도 주고받지 않았다. 마침내 그레첸이 아직도 눈을 내리깐 채 볼멘소리로 말했다. "여기서 나가자."

"찾아가 봐야지." 루돌프가 말했다.

"무슨 소리야?" 놀란 그레첸이 동생을 쳐다보았다.

"왔노라." 루돌프가 말했다. "보았노라. 그를 만나야 하노라."

"그앤 우리하고는 아무 관계가 없어." 이 말을 하면서 그녀는 자기가 거짓말을 한다고 깨달았다.

"이리 와." 루돌프가 일어서서 그녀의 팔꿈치를 잡아 일으켜 세웠다. 루돌프, 냉정하고 무척 완벽하시며 점잖으신 서니사이드 가든의 기사(騎士)께서는, 어떤 도전에 직면해서도 물러서지를 않는다.

"난 싫어, 난 싫어……." 이렇게 종알거리면서도 그녀는 자기가 루돌프에게 이끌려서 피투성이에, 승리감에 젖은, 잔인하고, 원한이 맺힌 토마스를 꼼짝없이 만나게 되리라는 사실을 알았다.

탈의실 문 앞에는 남자들이 몇 명 서 있었지만, 문을 밀어 여는 루돌프를 막는 사람은 없었다. 그레첸은 뒤로 처졌다. "난 밖에서 기다리겠어." 그녀가 말했다. "옷을 벗었을지 모르니까."

루돌프는 그녀의 말에 신경을 쓰지 않고, 그녀의 손목을 잡고 방으로 끌고 들어갔다. 토마스는 허리에 수건을 두르고 얼룩진 안마용 탁자에 앉았고, 의사가 그의 눈 위에 찢어진 상처를 꿰매는 중이었다. "아무것도 아냐." 의사가 말했다. "한 바늘만 더 꿰매면 괜찮아."

토마스는 의사가 치료하기에 쉽도록 눈을 감았다. 눈썹 위에는 오렌지빛 방부제 얼룩이 묻어서 그는 광대처럼 불균형한 인상을 주었다. 그는 이미 샤워를 한 모양이어서, 검은 머리카락이 물에 젖어 머리에 달라붙어서, 옛날에 장갑을 끼지 않고 싸우던 권투가의 그림 같아 보였다. 안마 탁자 둘레에는 시합 중에 토마스의 주변에서 보았던 몇 사람이 모였다. 의사의 바늘이 살을 찌를 때마다 몸에 꼭 끼는 드레스를 입어 몸의 곡선을 드러내는 젊은 여자가 자그마한 한숨 소리를 냈다. 그녀는 머리가 놀랄 만큼 까만 빛깔이었고, 이국적으로 날씬한 다리에는 까만 나일론 스타킹을 신었다. 연필로 그린 듯이 가느다란 선을 이루며 족집게로 뽑은 그녀의 눈썹은 놀란 인형의 인상을 주었다. 방에서는 찌들은 땀과 연고, 그리고 담배 연기와 탈의실에서 나가는 열린 문으로 내다보이는 변소에 풍기는 오줌 냄새가 났다. 더러운 마룻바닥에는 토마스가 시합 때 입었던, 땀에 흠뻑 젖은 보랏빛 하의와 신발과 양말과 박대(縛帶) 무더기와 함께, 핏자국으로 얼룩진 수건이 흩어졌다. 방안은 속이 뒤집힐 만큼 더웠다.

이런 곳에는 내가 뭣 하러 왔을까, 그레첸은 생각했다. 내가 어떻게 이곳으로 왔을까?

"자, 됐어." 한 쪽으로 머리를 갸우뚱하고 자신의 솜씨에 스스로 감탄하며 뒤로 물러서면서 의사가 말했다. "열흘만 지나면 다시 시합에 나가도 좋아."

"고마워요, 선생님." 토마스가 말하고 눈을 떴다. 그는 루돌프와 그레첸을 보았다. "이건 또 웬일이야." 그가 말했다. 그는 심술궂은 미소를 지었다. "여긴 도대체 무슨 볼일이 생겼지?"

"너한테 전해 줄 말이 생겨서." 루돌프가 말했다. "알이라고 하는 남자가 오늘 오후에 나한테 전화를 걸고는 오늘 밤을 위해서 7대 5로 너한테 5백을 걸겠다고 했어."

"알은 좋은 친구야." 토마스가 말했다. 그러나 그는 이 얘기를 그녀에게만큼은 비밀로 해 두고 싶기라도 한 듯 검은머리의 날씬한 젊은 여자를 거북살스럽게 쳐다보았다.

"시합에서 이긴 걸 축하한다." 루돌프가 말했다. 그는 한 발자국 앞으로 나서서 손을 내밀었다. 토마스는 잠깐 머뭇거리더니, 다시 미소를 짓고는, 퉁퉁 붓고 빨개진 손을 내밀었다.

그레첸은 동생에게 축하를 해 줄 마음이 내키지 않았다. "네가 이겨서 기쁘구나, 톰." 그녀는 말했다.

"그래. 고마워." 그는 재미있다는 듯 그녀를 쳐다보았다. "내가 모두 소개를 하지." 그가 말했다. "우리 형 루돌프, 누이 그레첸이야. 내아내 테레사, 매니저 슐츠 씨, 트레이너 패디, 그리고 나머지 사람들……." 그는 소개하느라고 신경을 쓰지 않은 나머지 사람들을 막연히 손으로 가리켰다.

"만나 뵙게 되어서 반가워요." 테레사가 말했다. 그날 오후에 전화에서 들었던 의심 많은 목소리였다.

"자네한테 가족이 달린 줄은 몰랐는데." 슐츠가 말했다. 가족을 두었다는 사실이 무슨 위태로운 짓이거나 법에 저촉이라도 된다는 듯그도 역시 의심하는 눈치였다.

"나도 잘 모르고 살았어요." 토마스가 말했다. "흔히들 말하듯이 우린 제 갈 길로 뿔뿔이 흩어져 갔으니까요. 이봐요, 슐츠, 우리 형과누이까지도 입장권을 산 걸 보면, 난 꽤 수입을 올리는 모양예요."

"오늘 밤부턴 그렇겠지." 슐츠 씨가 말했다. "난 자네를 가든(뉴욕의 매디슨 스퀘어 가든을 뜻함—옮긴이)으로 진출시킬 희망도 갖게 되었어. 멋지게 이겼지." 그는 초록빛 스웨터 밑에 농구공처럼 배가 나온 자그마한 남자였다. "보아하니 당신들 할 얘기도 많고, 주고받을소식도 많은 듯싶으니까, 자리를 비켜 드리죠. 난 내일 짬을 내서 눈상태를 보러 오겠어, 토미." 그는 저고리를 걸치고 똥배 위에다 겨우단추를 채웠다. 트레이너는 마룻바닥에서 장비를 모아 가방에 넣었다. "아주 잘했어, 토미." 그는 의사와 매니저, 그리고 다른 사람들과 나가면서 말했다.

"자, 됐구만." 토마스가 말했다. "멋진 가족의 재회야. 기분을 좀 내야 하지 않을까, 테레사?"

"형과 누이에 대해선 나한테 한 마디 얘기도 없었잖아요." 테레사는 높고 애처로운 목소리로 말했다.

"몇 년 동안 내 머릿속을 떠났었기 때문이야." 토마스가 말했다. 그는 안마대에서 뛰어내렸다. "자, 여자들이 자리를 비켜 준다면, 난 옷을 좀 입어야겠어."

그레첸은 동생의 아내와 함께 복도로 나갔다. 이제 복도는 텅 비었고, 그녀는 탈의실의 악취와 무더움에서 벗어나게 되어 안도감을 느꼈다. 테레사는 화를 내며 어깨와 팔을 움직여 털이 긴 빨간 여우 외투를 입었다. "여자들이 자리를 비켜 준다면이라니." 그녀가 말했다. "발가벗은 자기 몸을 내가 아직 한 번도 본 적이 없기라도 한 것처럼 그러네." 그레첸의 검은 모직 드레스와 굽이 낮은 구두, 평범하고 허리띠가 달린 폴로 저고리를 눈여겨보고, 그런 면모들을 그녀 자신의 생활 방식과 염색한 머리와 팽팽한 드레스와 지나치게 음탕한 다리에 대한 노골적인 공격으로 간주하면서, 그녀는 악의를 공공연히 드러내며 그레첸을 쳐다보았다. "난 토미가 이렇게 고상한 집안 출신인 줄은 몰랐지 뭐예요." 그녀가 말했다.

"우린 뭐 그리 고상하지 않아요." 그레첸이 말했다. "걱정할 필요는 조금도 없어요."

"오늘 밤까지는 그가 시합하는 걸 보려고 신경조차 썼던 적도 없었겠죠." 테레사가 도전적으로 말했다. "안 그런가요?"

"난 오늘까지 그애가 권투선수인 줄도 몰랐어요." 그레첸이 말했다. "좀 앉아도 되겠죠? 난 무척 피곤해요." 복도 건너편에 의자가 하나 있었고, 그녀는 얘기를 끝내려는 마음으로 여자에게서 멀찌감치 떨어진 자리에 앉았다. 테레사는 빨간 여우 옷 안으로 손을 넣어 초조하게 어깨를 긁은 다음, 굵고 높다란 칼날 같은 구두 뒤축으로 복도의 콘크리트 바닥에 신경질적인 소리를 내며 짜증스럽게 오락가락 했다.

탈의실 안에서 토마스는 샤워를 하고도 몸이 완전히 식지를 않아서 가끔 수건으로 얼굴을 닦으면서, 속옷을 입어야 할 때는 점잖게 몸을 돌리고, 천천히 옷을 입었다. 가끔 그는 루돌프를 넘겨다보고, 미소를 짓고, 머리를 흔들고는 말했다. "염병할."

"기분이 어때, 토미?"

"괜찮아. 하지만 내일은 소변을 보면 피가 나오겠지." 토마스가 조용히 말했다. "그 개새끼 하복부를 두어 번 제대로 때렸어. 하지만 시합은 꽤 괜찮았지. 안 그래?"

"그래." 루돌프가 말했다. 자신이 보기에는 그저 평범하고, 우아하지 못한 2류 시합에 지나지 않는다는 얘기를 할 용기가 루돌프에게는 없었다.

"내가 이길 줄 알았어." 토마스가 말했다. "내기에서는 불리했지만 말야. 7대 5였지. 해 볼 만한 내기였어. 난 그 내기에서 7백 달러를 벌었고." 그는 자랑을 늘어놓는 어린애 같았다. "형이 테레사 앞에서 그런 얘길 다 불어 놓아서 좀 난처하게 되긴 했지만. 이젠 나한테 돈이 생겼다는 걸 아니까, 그 돈을 빼앗으려고 사냥개처럼 달려들겠지."

"결혼은 언제 했어?" 루돌프가 물었다.

"2년 전에. 법적으로는. 어쩌다 만난 여잔데, 자빠트려 놓은 다음엔, 될 대로 되라는 심정이었지." 토마스가 고개를 저었다. "쓸 만해, 테레사 말야, 좀 멍청하지만, 괜찮아. 아이도 그런대로 쓸 만하지. 아들이야." 그는 사납게 루돌프를 쳐다보았다. "그애를 큰아빠 루디에게 보내서, 이 애비처럼 가난한 권투장이가 되지 않고 신사로 자라도록 가르침을 받게 해야 할지도 모르겠군."

"언젠가 한번 애를 보고 싶어." 루돌프가 뻣뻣하게 말했다.

"언제라도 좋아. 집으로 와." 토마스가 목까지 올라오는 검은 스웨터를 입느라고 머리를 집어넣자 잠깐 목소리가 죽었다. "결혼했어?"

"아니."

"아직도 집안의 촉망되는 아들 노릇을 하는군." 토마스가 말했다. "그레첸은 어때?"

"오래 전에 했지. 아들이 아홉 살이야."

토마스가 머리를 끄덕였다. "누이는 오래 버티지는 않으리라고 생각했어. 세상에, 정말 화끈한 여자가 되었더군. 어느 때보다도 더 좋아 보여. 안 그래?"

"그래."

"누이는 옛날과 마찬가지로 너저분한 여잔가?"

"그런 소리 하지 마, 톰." 루돌프가 말했다. "누이는 무척 훌륭한 소녀였고, 이젠 훌륭한 여자가 되었어."

"형의 말을 믿어야 되겠지, 루디." 토마스가 유쾌하게 말했다. 그는 벽에 걸린 깨진 거울 앞에서 조심스럽게 머리를 빗었다. "이렇게 밀려나서 굴러다녔으니 알 길이 없으니까."

"넌 밀려나지 않았어."

"누굴 바보 취급하는 거야, 형?" 토마스가 빈정거렸다. 그는 빗을 호주머니에 넣고, 상처가 난 눈 위에 하얀 반창고를 비스듬히 붙인 푸석푸석한 얼굴을 마지막으로 한 번 더 자세히 살펴보았다. "오늘 밤 내 꼴은 정말 볼 만하군." 그가 말했다. "형이 오는 줄 알았더라면 면도를 해 두는 건데." 그는 돌아서서 목까지 올라오는 스웨터 위에다 환한 트위드 저고리를 걸쳤다. "신수가 훤해 보이는데, 루디." 그가 말했다. "은행의 부총재라도 되는 것 같아."

"듣기 싫지는 않은데." 부총재라는 말을 달갑지 않게 여기면서 루돌프가 말했다.

"형은 아직도 모르겠지만 말야." 토마스가 말했다. "난 몇 년 전에 포트 필립으로 찾아갔었어. 옛날 생각을 해서. 아버지는 돌아가셨다고 그러데."

"자살하셨어." 루돌프가 말했다.

"그래. 과일 파는 여자가 그런 말을 했지." 토마스는 지갑이 제자리에 들었는지 확인하려고 저고리 호주머니를 만져 보았다. "옛 집은 없어졌어. 돌아온 탕아를 기다리는 지하실 창문의 불빛도 없어지고." 그는 비꼬는 투로 말했다. "슈퍼마켓뿐이었지. 그날의 특별 요리가 아직도 생각나. 양고기 어깨살이었어. 어머니는 살아 계셔?"

"그래. 나하고 같이 살지."

"복도 많군." 토마스가 히죽 웃었다. "아직도 포트 필립에서 살아?"

"휘트비에서."

"별로 돌아다니지를 않는구만. 안 그래?"

"아직 시간은 많아." 루돌프는 동생이 대화를 통해 자신에게 약을 올리고, 자신을 헐뜯고, 죄의식을 느끼게 하려는 속셈을 눈치채고는 거북한 기분이 들었다. 대화를 이끌어 가는 데 익숙했던 그는 불안감을 나타내지 않으려고 애썼다. 그는 옷을 입는 동생이, 멋지고도 위압적인 몸에 상처를 입어 천천히 움직이는 모습을 보았다, 그래서 그는 어쩐지 묵직하고, 용감하며 복수에 불타는 소년처럼 보이는 동생을 자신이 조금 아까 지켜보았던 그런 수많은 다른 밤들로부터, 한심한 아내로부터, 아우성을 치는 군중으로부터, 유쾌하게 꿰매는 의사로부터, 그를 돌봐 주면서 그에게 붙어 사는 떠돌이 인간들로부터 구해 주고 싶은 혼란한 욕망과 사랑, 연민을 강하게 느꼈다. 그는 토마스의 조롱 때문에, 그리고 벌써 오래 전에 사라졌어야 할 옛날의 질투와 악감의 후유증 때문에 그런 감정이 흔들리기를 바라지 않았다.

"나 말야." 토마스가 말했다. "난 꽤 여러 군데 돌아다녔어. 시카고, 클리블랜드, 보스턴, 뉴 올리언스, 필라델피아, 샌프란시스코, 할리우드, 티아 후아나. 어디고 안 가 본 곳이 없지. 난 여행으로 견문을 넓힌 사람이야."

문이 벌컥 열리더니 화장을 떡칠한 얼굴을 찌푸리며 테레사가 들이닥쳤다. "밤새도록 여기서 얘기들만 할 작정예요?" 그녀가 다그쳤다.

"알았어, 알았어, 여보." 토마스가 말했다. "우린 막 나가려던 참이었어. 형하고 그레첸, 우리하고 같이 식사하러 가겠어?" 그가 루돌프에게 물었다.

"우린 중국 음식을 먹으러 가야 해요." 테레사가 말했다. "난 중국 음식을 먹고 싶어서 죽을 지경이에요."

"오늘 밤엔 어렵겠어, 톰." 루돌프가 말했다. "그레첸은 집으로 돌아가야 해. 애 보는 여자를 보내 줘야 하니까." 그는 토마스의 눈길이 재빨리 그의 아내를 향했다가 다시 자신을 쳐다보자, 토마스가 형은 내 아내하고 남들 앞에 나타나기를 꺼리는구나, 하는 생각을 한다고 깨달았다.

그러나 토마스는 어깨를 추스르더니 친근하게 말했다. "그럼 나중으로 미루지. 우리가 모두 살았다는 건 이제 알았으니까." 그는 별안간 무언가 머리에 떠올랐다는 듯 갑자기 문가에서 멈추었다. "참." 그가 말했다. "내일 5시 경에 시내에 나올 거야?"

"토미." 그의 아내가 큰 소리로 말했다. "우린 식사를 하러 가는 거예요, 마는 거예요?"

"시끄러." 토마스가 그녀에게 말했다. "루디?"

"나올 거야." 그는 건축가들과 변호사들을 만나기 위해서 하루 온종일 시내에서 지낼 예정이었다.

"어디서 만날까?" 토마스가 물었다.

"난 호텔에 있겠어. 워위크 호텔이라는 곳인데……."

"어딘지 알아." 토마스가 말했다. "내가 그리로 가지."

그레첸은 복도에서 그들과 어울렸다. 그녀의 얼굴은 긴장하고 창백했으며, 루돌프는 그녀를 데리고 와서 미안하다는 생각이 들었다. 그러나 그런 기분은 잠깐뿐이었다. 누이도 다 자란 여자이고, 모든 일을 다 피하기만 할 수는 없는 노릇이지, 그는 생각했다. 그토록 깨끗하게 어머니로부터 10 년 동안 벗어난 것만 해도 충분하다.

다른 탈의실 문 앞을 지나치다가 토마스는 다시 걸음을 멈추었다. "잠깐 여길 들러야 되겠어." 그가 말했다. "버질한테 인사를 해야지. 나하고 같이 들어가서, 루디, 나한테 형 되는 사람인데, 잘 싸웠다고 한마디 해 주면, 그 친구 기분이 훨씬 좋아질 텐데."

"이 거지같은 곳에서 우린 오늘 밤 벗어나지를 못하겠군요." 테레사가 말했다.

토마스는 그녀의 말을 무시하고 문을 열더니 루돌프더러 먼저 들어가라고 손짓했다. 흑인 선수는 아직 옷을 벗은 채였다. 그는 안마대에 앉아, 어깨가 축 처진 채, 다리 사이로 두 손을 맥없이 늘어뜨렸다. 그의 누이동생이나 아내처럼 보이는 젊고 예쁜 흑인 여자가 안마대 발치의 접는 의자에 말없이 앉았고, 백인 보조원이 선수의 이마에서 커다랗게 부어 오른 곳에 조심스럽게 얼음찜질을 했다. 부어오른 이마 밑으로는, 눈이 감겼다. 방의 한 쪽 구석에는 선수의 아버지처럼 보이는, 피부 빛깔이 엷은 백발의 흑인이 비단 욕의와 하의, 신발을 꼼꼼히 꾸렸다. 토마스와 루돌프가 방으로 들어서자 흑인은 성한 한 쪽 눈을 천천히 들어 쳐다보았다.

토마스는 상대의 어깨를 부드럽게 팔로 안았다.

"기분은 어때, 버질?" 그가 물었다.

"좋아." 선수가 말했다. 이제야 루돌프는 그가 스무 살이 넘지 않았음을 알게 되었다.

"형을 소개하지. 루디, 버질이야." 토마스가 말했다. "자네가 시합을 잘했다는 얘기를 하려고 형이 찾아왔어."

루돌프는 선수와 악수를 했고, 흑인이 말했다. "만나 뵈어서 반갑습니다, 선생님."

"정말 훌륭한 시합이었어요." 비록 그가 하고 싶은 말은, '가엾은 젊은이, 다시는 권투 장갑을 끼지 말게'였지만, 그래도 루돌프는 그렇게 말했다.

"그래요." 선수가 말했다. "저 친구, 당신 동생, 무척 강해요."

"난 재수가 좋았어." 토마스가 말했다. "정말 재수가 좋아서 겨우 이겼지. 난 눈 위를 다섯 바늘이나 꿰맸어."

"들이받지는 않았어, 토미." 버질이 말했다. "받지는 않았다고 맹세하겠어."

"그야 물론이지, 버질." 토마스가 말했다. "그렇게 생각할 사람은 아무도 없어. 난 그저 인사나 하고 자네가 괜찮은가 보려고 들렀을 뿐이야." 그는 다시 청년의 어깨를 끌어안았다.

"들러 줘서 고마워." 버질이 말했다. "자넨 좋은 사람이야."

"성공을 빌어." 토마스가 말했다. 그런 다음에 그와 루돌프는 방안의 모든 사람과 엄숙하게 악수를 나누고 나왔다.

"시간이 다 됐어요." 그들이 복도에 나타나자 테레사가 말했다.

이 결혼은 여섯 달을 가기가 힘들겠구나, 출구로 가면서 루돌프는 생각했다.

"그 아이에게 너무 요구가 심했어." 나란히 서서 걸으면서 토마스가 루돌프에게 말했다. "그 친구 쉽게 계속해서 이겨 대니까 너무 빨리 본 시합에 내보냈지. 두어 번 그 친구 시합을 보았는데, 내가 이기겠단 자신이 생겼지. 매니저가 거지같아. 그 새끼들 나타나지도 않았다는 거 형도 눈치챘겠지만. 버질이 병원으로 갈지 집으로 갈지도 기다려서 보지도 않았어. 더러운 직업이야." 그는 그레첸이 어떤 반발이라도 하지 않을까 곁눈질을 했지만, 그레첸은 얘기를 듣지도 않고, 눈에 아무것도 보이지 않는 듯이 자기대로 무슨 생각엔가 잠겼다.

밖으로 나온 그들은 택시를 불렀는데 그레첸은 앞자리에 앉겠다고 고집을 부렸다. 테레사는 뒷자리에서 루돌프와 토마스의 사이에 앉았다. 그녀는 코를 찌를 만큼 향수를 많이 뿌렸기에, 루돌프가 창문을 내리자 그녀는 "그러지 말아요. 바람에 머리카락이 날려요"라고 말했고, 그는 "미안합니다"라고 한 다음에 다시 창문을 올렸다.

그들은 말없이 맨해튼으로 차를 타고 돌아갔으며, 테레사는 토마스의 손을 잡고 가끔 자신의 소유임을 확인이라도 하려는 듯 그의 손을 자신의 입술로 끌어당겨 키스했다.

다리를 벗어나자 루돌프가 말했다. "우린 여기서 내리겠어."

"정말 우리하고 같이 가지 않겠어?" 토마스가 말했다.

"시내에서 가장 이름난 중국 음식점으로 갈 건데요." 테레사가 말했다. 차를 타고 오는 동안에는 분위기가 중립적이어서, 그녀는 공격당할 위험을 이제는 느끼지 않았고, 그래서 그녀는 혹시 나중에 자신에게 이득이 돌아올지도 모를 일이라는 계산에 따라 너그러운 태도를 보여 주기도 했다. "정말 큰 손해를 보는 거나 마찬가지예요."

"난 집으로 가야 해." 그레첸이 말했다. 그녀의 목소리는 당장 비명이라도 지를 듯 떨렸다. "난 꼭 집으로 가야만 되겠어."

그레첸만 아니었다면 루돌프는 토마스를 따라갔으리라. 밤의 소음과 떠들썩한 승리와 주먹질 다음에, 토마스는 밤 속에 망각되고, 축하나 경의도 받지 못하면서 쫑알대는 아내와 저녁이나 먹으러 가려면 쓸쓸하고 구슬픈 기분이 들 것이 뻔했다. 그는 이 미안함에 대해서 나중에라도 어떻게 해서든지 빚을 갚겠다고 생각했다.

운전사가 차를 세웠고 루돌프와 그레첸이 내렸다.

"안녕히들 가세요, 시집 식구들." 테레사가 말하고는 웃었다.

"내일 5시야, 루디." 토마스가 말했고 루돌프는 머리를 끄덕였다.

"잘 가." 그레첸이 속삭였다. "몸조심해."

택시가 떠나갔고, 그레첸은 몸을 지탱하기 위해서인지 루돌프의 팔을 꽉 움켜잡았다. 루돌프는 지나가는 택시를 잡고는 운전사에게 그레첸의 주소를 알려 주었다. 컴컴한 택시 안으로 들어가자 그레첸은 울음을 터뜨렸다. 그녀는 루돌프의 품에 몸을 던지고는, 어깨를 들먹이면서 주체할 수 없이 흐느껴 울었다. 루돌프의 눈에도 눈물이 괴었고 그는 머리를 쓰다듬으면서 누이를 꼭 껴안아 주었다. 어두운 택시의 뒷좌석에서, 도시의 진열창 장식등들이 떼를 지어 스쳐 지나가는 사이에, 알록달록하게 쏟아지는 듯 눈속임을 일으키며 비추는 네온 불빛 속에서, 눈물에 젖어 일그러진 사랑스러운 그녀의 얼굴을 보고, 그는 어느 때보다도 더욱 깊은 사랑을, 더 가까운 감정을 그레첸에게서 느꼈다.

결국 눈물이 멈추었다. 그레첸은 몸을 일으켜 앉아서 손수건으로 눈물을 찍어냈다. "미안해." 그녀가 말했다. "난 정말 꼴불견 속물인가 봐. 그애가 불쌍해서, 그애가 불쌍해서, 그애가 불쌍해서⋯⋯."

그들이 아파트먼트에 들어서니 아이를 보던 여자는 거실의 긴의자에서 잠이 들었다. 윌리는 아직 집으로 돌아오지를 않았다. 전화도 없었다고 아이 보는 여자가 말했다. 빌리는 책을 읽다가 슬그머니 잠이 들었고, 그녀는 위층으로 올라가서 아이를 깨우지 않고 불을 껐다. 아이 보는 여자는 예쁘고 약간 들창코였으며, 목양말을 신은, 부끄럼을 타는 열일곱 살 난 여고생이었는데, 잠을 자다가 들켜서 당황한 눈치였다. 그레첸은 스카치 소다를 두 잔 따랐다. 아이 보는 여자가 방안 정리를 해 놓아서 사방에 흩어졌던 신문들은 깨끗하게 창턱에 쌓였고 방석도 털어 두었다.

그들은 불은 하나만 켜고 어두운 곳에 자리를 잡았는데, 그레첸은 다리를 꼬고 긴의자에, 루돌프는 커다란 안락의자에 앉았다. 지친 그들은 침묵을 음미하며 천천히 술을 마셨다. 그들은 잔을 비웠고, 루돌프는 소리 없이 의자에서 일어나 잔을 채우고는 다시 자리에 앉았다.

구급차의 사이렌이 먼 곳에서 울었다. 다른 사람의 사고.

"톰은 그것을 즐겼어." 결국 그레첸이 말을 꺼냈다. "그 아이가 사실상 꼼짝도 못하게 되었는데도 그토록 여러 번 때렸어. 난 항상, 권투라는 걸 생각만 하게 되면, 좀 묘한 방법이긴 하지만, 다 먹고살려고 하는 일이라고만 믿었어. 그런데 오늘 밤엔 그런 것 같지만은 않았어. 안 그래?"

"묘한 직업이긴 해." 루돌프가 말했다. "링 위에 올라가면 사람의 머릿속에서 정말로 무슨 생각들이 오가는지 알 길이 없어."

"부끄러운 생각 안 들었어?"

"이런 식으로 얘길 하지." 루돌프가 말했다. "난 즐겁지는 않았어. 미국에는 권투선수가 적어도 만 명은 될 거야. 그 사람들에겐 다 누군가 가족이 있게 마련이지."

"난 너하곤 생각이 달라." 그레첸이 차갑게 말했다.

"그렇겠지. 다를 거야."

"그 천박한 보랏빛 하의 말야." 마치 그녀는 공격할 대상을 찾아낸 듯, 밤새껏 일어난 복합적인 공포를 그것으로 몰아내기라도 하려는 듯 말했다. 그녀는 기억을 떨쳐 버리려고 머리를 흔들었다. "어쩐지 난 그것이 너하고, 나하고, 부모들, 우리의 탓이라는 생각이 들었어. 그 흉악한 곳에 톰이 올라서게 된 까닭이 말야."

루돌프는 말없이 술을 마셨다. 그렇게 밀려나서 굴러다녔으니 알 길이 없었노라고 토마스가 탈의실에서 말했었다. 배척을 받았던 그는 아이였을 때 가장 단순하고 야비한 방법으로, 주먹으로 반격을 했었다. 나이를 먹자 그는 그대로 계속했다. 그들에게는 모두 아버지의 피가 흘렀고, 악셀 조르다슈는 두 사람을 죽였다고 했었다. 루돌프가 알기로는, 톰은 아직 아무도 죽이지를 않았다. 본성이 개량되는 과정에 들어섰는지도 모른다.

"아, 이게 다 무슨 꼴이람." 그레첸이 말했다. "우리 모두 다 말야.

그래, 너도. 넌 도대체 인생에서 즐기는 대상이 하나라도 있기나 하니, 루디?"

"난 그런 식으로 사물을 따지지는 않아." 그가 말했다.

"상업적인 성직자로군." 그레첸이 거칠게 말했다. "가난의 맹세를 한 대신에 부유함의 맹세를 하기는 했지만. 먼 앞날을 내다보고 생각하면 어느 쪽이 더 좋을까?"

"바보 같은 소리는 하지 마, 그레첸." 어느새 그는 그녀와 같이 위층으로 올라온 행동을 후회했다.

"그리고 다른 두 가지 맹세는 무엇일까?" 그녀는 말을 계속했다. "순결과 복종이지. 성모 마리아에게 바치는 순결? 그거야? 휘트비 상공회의소의 교황인 던칸 콜더우드에 대한 복종하고?"

"그건 머지않아 모두 달라져." 루돌프가 말했지만, 그는 더 이상 자신을 변호할 마음이 생기지 않았다.

"넌 담을 넘어갈 생각이야, 루돌프 신부? 넌 결혼하겠고, 육체의 수렁에 빠지고, 그러고는 넌 던칸 콜더우드더러 좆이나 빨라고 그럴 셈이야?"

루돌프가 일어서서, 분노를 씹어 삼키며, 술잔에다 소다수를 더 부으러 갔다. "다 바보 같은 짓이야, 그레첸." 그는 최대한 침착하게 말했다. "오늘 밤 일을 내 탓으로 돌리려는 거 말야."

"미안해." 그녀는 말했지만, 목소리는 아직도 거칠었다. "아— 그중에서도 내가 제일 나쁘지. 난 내가 경멸하는 남자하고 같이 살고, 썩어빠진 정신으로 쓸데없는 시시한 일이나 하고, 뉴욕에서 가장 쉽사리 아무나 같이 데리고 잘 수 있는 여자이고…… 나 때문에 놀랐어, 루디?" 그녀는 비꼬아 말했다.

"내 생각엔 누이는 쓸데없이 자신을 비하시키는 것 같아." 루돌프가 말했다.

"농담이라구." 그레첸이 말했다. "명단을 알려줄까? 조니 히드부터 시작해서? 그 사람이 네 빛나는 밝은 눈 때문에 너한테 그렇게 잘해 준다고 생각하니?"

"이런 얘길 다 들으면 윌리가 뭐라고 생각하겠어?" 힐뜯는 소리를 무시하며 루돌프가 물었다. 어떻게 무슨 이유 때문에 그런 인연이 시작이 되었다고 하더라도, 조니 히드는 이제 그의 친구였다.

"윌리는 아무 생각도 하지 않고, 기껏해야 너저분한 술집이나, 어쩌다가 술 취한 계집을 건드리거나, 가능하다면 최소한의 일과 명예만 유지하면서 살아가겠다는 생각뿐이지. 만일 어쩌다가 그가 십계명의 돌조각 원본을 받게 되었다면, 처음 머리에 떠오르는 생각은 어떤 고객에게 그것을 가장 비싼 값에 팔아서 시나이 산으로의 휴가 여행을 갈까 하는 정도였겠지."

루돌프는 자기도 모르는 사이에 웃음이 나왔고, 그레첸도 웃었다. "언변이 좋아지는 데에는 결혼의 실패처럼 훌륭한 방법도 없어." 그녀는 말했다.

루돌프의 웃음은 마음이 놓여서 흘러나온 것이기도 했다. 그레첸은 목표를 바꾸었고, 그는 더 이상 공격을 받지 않았다.

"누이가 자기를 어떻게 생각하는지 윌리가 알아?" 그가 물었다.

"그래." 그레첸이 말했다. "그 말에 자기도 동의하지. 그이는 그것이 제일 나쁜 점이야. 이 세상에는 자기가 존경하는 남자나 여자, 사물이 하나도 없다는데, 자신이 특히 그렇다고 하더구나. 그는 자신이 실패자가 아니었다면, 자신에 대해서 깊은 불만을 느끼게 되었으리라고 나한테 얘기했어. 낭만적인 남자들을 조심해야지."

"왜 그 남자하고 살아?" 루돌프가 불쑥 물었다.

"입장이 난처하게 되었으니까 널 만나고 싶다고 했던, 내가 보냈던 편지 기억해?"

"그래." 루돌프는 그것을 무척 생생하게 기억했고, 그날 일어났던 모든 일을 생생하게 기억했다. 다음 주에 그가 뉴욕으로 내려와서 그레첸에게 무슨 일이냐고 물었더니 그녀가 말했다. "아무것도 아냐. 다 해결이 났어."

"난 윌리더러 이혼을 해 달랄까 어쩔까 작정을 해야 되겠다고 생각하던 참이었고, 네 충고가 필요했지." 그레첸이 말했다.

"왜 마음이 달라졌지?"

그레첸이 모리를 설레설레 흔들었다. "빌리가 병이 났어. 별것 아니었지. 첫날은 의사가 맹장염이라고 생각했는데, 그렇지 않았어. 어쨌든 윌리하고 나하고는 밤새도록 잠을 못 잤고, 빌리가 아파서 하얘진 얼굴로 침대에 누워 앓고, 윌리가 그를 그토록 눈에 드러날 만큼 사랑하면서 서성거리는 모습을 보고는, 나는 우리 아이가 가엾게도 버림받은 자들의 통계 숫자 가운데 하나가 되어, 영원히 정을 그리워하고 정신과 의사의 치료를 받으려고 줄서서 기다리는 아이로, 결혼 파탄에 희생된 아이로 만들고 싶은 마음이 없어졌지. 그런데……." 그녀의 목소리가 굳어졌다. "모성애라는 그토록 매혹적인 발작도 이제는 사라졌어. 내가 아홉 살 때 우리 부모들이 이혼했다면, 난 지금보다는 훌륭한 여자가 되었으리라고 생각해."

"그럼 이제는 이혼하고 싶다는 얘기야?"

"만일 내가 빌리의 양육권만 가지게 된다면." 그녀가 말했다. "그런데 그것만은 그가 양보를 안 하겠지."

루돌프는 머뭇거리다가 위스키를 길게 들이켰다. "내가 만나서 어떻게 설득해 줬으면 하고 바라?" 만일 택시 안에서 눈물만 보지 않았더라면, 그는 중간에 나서겠다고 하지를 않았으리라.

"성공할 가능성만 보인다면야." 그레첸이 말했다. "난 열 명이 아니라 한 남자하고만 자고 싶고, 난 정직하고, 마지막으로 뭔가 좋은 일을 하고 싶어. 내가 〈세 자매〉(안톤 체호프의 희곡으로서, 주인공 세 자매는 무료한 시골의 삶을 벗어나기 위해 모스크바로 진출할 꿈에 매달림―옮긴이)를 좋아할 수밖에 없지. 나에겐 이혼이 모스크바야. 술 한 잔 더 줘." 그녀는 술잔을 내밀었다.

루돌프는 바로 가서 그들의 잔을 둘 다 채웠다. "스카치가 얼마 안 남았어." 그가 말했다.

"그렇기를 바라." 그녀가 말했다.

구급차의 사이렌 소리가 가까워 올 때는 경고처럼, 멀어질 때는 탄식처럼 울리다가 다시 들려왔다. 도플러 현상(도플러 원리에 의하면 관찰자와 빛이나 음향의 지속적인 진동이 거리가 달라짐에 따라 그 본디 가치가 달라진다고 함—옮긴이). 그것은 아까의 사고 지점으로 갔다가 돌아오는 바로 그 소리였나? 아니면 도시의 길거리에 한없이 피를 흘리는, 끝없는 연쇄작용의 하나일까?

루돌프는 그녀에게 술을 주었고, 그녀는 술잔을 노려보면서 긴의자에 쪼그리고 앉았다. 어디선가 시계가 울렸다. 1시.

"그래." 그레첸이 말했다. "토미하고 그 여자, 지금쯤 중국 요리를 다 먹었겠지. 조르다슈 가문의 역사상 유일하게 톰만은 행복한 결혼을 했을까? 그들이 중국 요리를 먹고, 포근한 결혼의 잠자리를 덥히면서, 그들은 서로를 사랑하고 존경하고 아끼면서 살아갈까?"

앞문에서 열쇠 소리가 들려왔다. "아." 그레첸이 말했다. "고참병이 훈장을 달고 고향으로 돌아오시는구나."

윌리는 성큼성큼 걸어서 방안으로 들어왔다. "여보." 그는 그레첸에게로 가서 뺨에 키스했다. 얼마 동안 윌리를 만나지 못하면 언제나 그렇듯이, 루돌프는 그가 얼마나 몸집이 작은지를 깨닫고 다시 한 번 놀랐다. 아마도 그것이 그의 진짜 결점인지도 모른다. 크기가. 그는 루돌프에게 손을 흔들어 주었다. "사업가 군주님은 오늘 밤 재미가 어떤가?" 그가 말했다.

"축하를 해 줘." 그레첸이 말했다. "오늘 타협에 성공했대."

"축하해." 윌리가 말했다. 그는 곁눈질로 방안을 둘러보았다. "이거 정말 어둡구만. 둘이서 무슨 얘기를 했어? 죽음, 무덤, 밤에 벌어지는 못된 짓?" 그는 바로 가서는 마지막 위스키를 따랐다. "여보." 그가 말했다. "새 병을 하나 따야 되겠어."

그레첸은 기계적으로 몸을 일으켜 부엌으로 갔다. 윌리는 불안하게 그녀의 뒷모습을 쳐다보았다. "루디." 그가 속삭였다. "내가 저녁을 집에 와서 먹지 않았다고 누이가 핏대를 내던가?"

"아뇨. 그런 것 같지 않아요."

"자네가 와서 기쁘구만." 윌리가 말했다. "그렇지 않았다면 난 725번 강연을 듣게 되었을 테니까. 고마워, 여보." 그레첸이 술병을 들고 방으로 들어서자 그가 말했다. 그는 그녀에게서 병을 받고, 그것을 따서 술잔을 채웠다. "오늘 밤엔 뭣들을 하고 지냈어?" 그가 물었다.

"가족의 재회를 가졌어." 긴의자의 자기 자리로 돌아간 그레첸이 말했다. "우린 권투 시합 구경을 갔었지."

"뭐라구?" 윌리가 영문을 몰라서 말했다. "누이가 무슨 소리를 하는 거야, 루디?"

"나중에 얘기를 해 드릴 거예요." 마지막 위스키를 거의 마시지도 않은 채 남겨 두고 그는 자리에서 일어났다. "나도 이젠 가 봐야 되겠어요. 날이 밝자마자 일어나야 하니까요." 그는 오늘 밤이 다른 밤들이나 마찬가지인 체하면서, 그레첸이 자신과 그녀 자신에 대해서 한 얘기들을 듣지 않았던 체하면서 윌리와 자리를 함께 하기는 거북했다. 그는 허리를 굽혀 그레첸에게 키스했고 윌리가 그를 문까지 바래다주었다.

"찾아와서 누이의 말동무를 해 줘서 고마워." 윌리가 말했다. "누이를 혼자 두면 난 기분이 정말 언짢아지지. 하지만 불가피한 일이었어."

들이받지는 않았어, 토미, 루돌프는 기억했다. 받지는 않았다고 맹세하겠어. "내게 어떤 변명도 할 필요가 없어요, 윌리." 그가 말했다.

"이봐." 윌리가 말했다. "누이가 농담으로 그랬겠지, 안 그래? 권투 시합 얘기 말야. 뭐야, 무슨 수수께끼나 뭐 그런 거야?"

"아뇨. 우린 권투 시합을 구경 갔었어요."

"그 여잔 도무지 이해를 못 하겠어." 윌리가 말했다. "난 텔레비전에서 권투 시합을 보고 싶으면 남의 집으로 가야 하지. 아, 좋아, 누이가 나한테 얘길 하겠지." 그는 루돌프의 손을 다정하게 잡아 주었고, 루돌프는 문을 나섰다. 그는 윌리가 문을 잠그고 도둑 방지용 쇠사슬을 거는 소리를 들었다. 위험은 집 안에서 기다린답니다, 윌리, 루돌프는 그렇게 말해 주고 싶었다. 당신은 위험과 함께 자신을 가두는 셈예요. 그는 천천히 층계를 내려갔다. 그는 만일 1950년의 그날 밤 세인트 모리츠 호텔의 923호실에서 전화를 받아 주었다면, 자기가 오늘 밤 어디에서 무엇을 하며, 어떤 핑계를 대고, 어떤 부정과 불만이 주위에서 맴돌고 있을지 궁금했다.

어두운 밤거리로 나서면서 그는 생각했다. 만일 내가 종교를 가진 남자였다면, 신이 나를 오늘 밤 지켜본다고 믿었으리라.

그는 그레첸이 유리한 조건으로 이혼 승낙을 받아 내도록 힘을 써 보겠다고 자신이 했던 약속이 생각났다. 첫 단계는 합리적으로 시작해야 하는데, 그는 합리적인 남자였다. 그는 어디서 믿을 만한 사립 탐정을 찾아낼까 궁리했다. 조니 히드는 알리라. 조니 히드는 뉴욕 시에 어울리는 사람이었다. 루돌프는 사랑의 파멸과 종말에 대해서 한 주일 안에 몽땅 염탐질을 하려고 준비하게 될, 아직 자신에게는 낯선 탐정을 미워하면서, 그의 사무실에 들어서야 하는 순간을, 앞으로 닥칠 순간을 증오하면서, 한숨을 지었다.

루돌프는 돌아서서, 자기가 지금 막 나왔고, 공모를 하기로 맹세한 집을 마지막으로 한 번 더 쳐다보았다. 그는 자기가 다시는 저 층계를 오르지 않겠으며, 키가 작고 절망적인 남자와 악수를 하는 일도 없으리라는 사실을 알았다. 불성실에도 한계가 있는 법이다.

제6장

1

아침에 소변을 보니 피가 나왔지만 심하지는 않았고, 고통도 없었다. 굴을 지나는 동안 기차의 창문에 비친 자신의 얼굴은 눈 위에 반창고 조각을 붙여서 음험해 보였지만, 은행을 찾아가는 어느 사람과도 자기는 다를 바가 없다고 그는 혼자 생각했다. 시월의 태양 아래 허드슨 강은 쌀쌀한 푸른빛이었고, 기차가 싱 싱을 지나가는 동안 그는 자유롭게 바다로 흘러가는 넓은 강을 내다보는 죄수들을 생각하고는 "처량한 새끼들" 하고 큰소리로 말했다.

그는 저고리 속의 두툼한 지갑을 손으로 만져 보았다. 그는 시내로 나가는 길에 권투 시합 도박사에게서 700 달러를 받아 냈다. 테레사에게는 200 달러, 잔소리가 심하면 250 달러쯤 주면 탈이 없으리라.

그는 지갑을 꺼냈다. 그는 100달러짜리 돈으로 지불을 받았다. 그는 돈을 한 장 뽑아 자세히 살펴보았다. 개국공신인 벤저민 프랭클린이 누군가의 늙은 어머니 같은 표정으로 돈에서 그를 노려보았다. 연으로 전기를 일으켰지, 그는 희미하게 기억이 났다. 밤에는 모든 사람이 음울해진다. 이 정도의 돈에 초상화가 실릴 정도라면, 그는 보기보다 훨씬 대단한 사람이었음이 분명하다. 여러분 우리는 뭉치거나 아니면 흩어져야 합니다, 하고 그 사람이 말했던가? 난 적어도 고등학교는 마쳤어야 하는데, 토마스는 100달러어치의 역사를 마주하며 막연히 생각했다. 이 지폐는 공적이거나 사적인 모든 부채를 위한 합법적인 지불 수단이고, 미합중국 재무성 출납국이나 어느 연방의 금준비 은행에서 법화(法貨)로 상환이 가능하다. 만일 이것이 법화가 아니라면, 무엇이 법적인 화폐라는 얘길까? 거기에는 미합중국 재무성 출납국장인 아이비 베이커 프리스트(Ivy Baker Priest, '담쟁이 빵장수 성직자'라는 뜻도 됨-옮긴이)라는 사람의 멋진 서명이 박혔다. 그런 이름을 가진 사람이라면 부채나 화폐에 대해 모호한 얘기를 늘어놓고도 아무런 말썽을 당하지 않을 만도 하다.

토마스는 돈을 깨끗하게 접어서, 지금 같은 이런 시기를 위해 어두운 금고에 숨겨 둔 다른 100달러짜리 돈에 보태려고 옆 주머니에 밀어 넣었다.

앞자리에 앉은 남자는 체육 면을 펼쳐 들고 신문을 읽었다. 토마스는 그가 어젯밤의 권투 시합에 대한 기사를 읽고 있음을 알았다. 그는 만일 자기가 그 남자의 어깨를 툭툭 치고는 "여보슈, 그 시합에 내가 나갔었는데, 링 한가운데서 겪은 대로 그 시합에 대한 얘기를 들어 보면 어떻겠소?"라고 말한다면 저 사람이 무엇이라고 말할지 궁금했다. 사실 그 시합에 대해서 신문에 실린 기사들은 상당히 내용이 훌륭했으며, 〈뉴스〉 지의 뒷면에는 마지막으로 몸을 일으키려는 버질과 중립 코너에 서서 기다리는 톰의 사진이 실렸다. 어떤 기자는 심지어 그 시합으로 그를 선수권 도전자의 위치로 끌어올리기까지 했으며, 그가 막 집을 나서려고 할 때는 슐치가 잔뜩 흥분해서 찾아와서는 영국에서 온 어느 후원자가 시합을 보고는 여섯 주일 후에 런던에서 시합을 개최하자는 제안을 했다고 알려 주었다. 우린 국제적인 인물이 되는 거야, 슐치가 흥분해서 말했다. "우린 유럽 각지에서 시합을 하게 돼. 그리고 자네 체급에선 영국을 다 뒤져도 버질 월터스의 반만큼 따라

갈 만한 인물도 없으니까, 자넨 그 친구들을 모두 때려눕혀 뻗게 만들겠지. 그리고 그 친구 우리에게 뒷구멍으로도 돈을 좀 내겠다면서, 거지같은 소득세 신고를 하지 않아도 된다지 뭐야."

그래서 이것저것 다 따지고 보면, 자기보다 굉장히 똑똑하고 이런 일 저런 일에서 자기보다 죄가 적은 작자들로 우글거리는 형무소를 뒤로하며 기차에 몸을 싣고 멀어져 가는 지금, 그는 기분이 무척 좋았어야 마땅하다. 그러나 그는 기분이 좋지 않았다. 테레사는 내기를 걸었다는 사실과 그녀의 표현을 빌면 '되게 뻐기는 집안 식구들'에 대한 얘기를 자기에게 해 주지 않았다고 잔뜩 푸념을 늘어놓았다. 그녀는 마치 그가 무슨 좆같은 보물이라도 숨기듯이 그들에 대해서 아무 얘기도 하지를 않았다며 핏대를 올렸다.

"당신 누이라는 그 여자는, 뭐 내가 몸에 낀 때라도 되는 듯한 눈초리로 날 쳐다봤어요." 테레사가 말했다. "그리고 당신의 멋쟁이 형님께선 나한테서 말똥 냄새라도 난다는 듯 창문을 열고는, 내 몸에 닿기만 하면 임질이라도 걸린다는 듯 택시 안에서 몸을 비키더군요. 그리고 어떻게 된 노릇인지, 10년 동안이나 만나지 못했던 동생인데도, 당신들이 너무들 고상하셔서 커피 한 잔 같이 못 마신다 이거죠. 그리고 당신은, 위대한 권투선수께서는, 짹 소리도 못 하고 끝까지 당하기만 했어요."

이런 얘기는 심술이 나서 침묵을 지키며 식당에서 식사를 끝낸 다음, 잠자리에 들었을 때에야 나왔다. 그는 시합을 앞두고는 그녀를 몇 주일 동안 건드리지도 않았기 때문에 시합이 끝나면 으레 그러듯이 그녀에게 한 차례 해 주고 싶었으며, 그의 물건이 어찌나 뻣뻣하게 섰는지 그것으로 야구공을 치면 외야까지 날아갈 정도였지만, 그녀는 돌처럼 몸을 도사리고 그가 손도 대지 못하게 했다. 원, 세상에, 난 대화를 나누기 위해서 이 여자하고 결혼하지는 않았어, 그는 생각했다. 그리고 가장 좋은 순간에도 테레사는 침대에서 별로 대단치가 않은 편이었다. 망치나 몽둥이처럼 열이 올라서 그녀의 머리카락을 움 켜쥐어도, 그녀는 지독하게 불평을 하고는 항상 무슨 핑계를 대면서 내일이나 다음 주나 내년으로 연기를 하려고 피했으며, 드디어 다리 를 벌리는 날에도 가짜 동전을 넣은 유료도로나 마찬가지였다. 그녀 는 자기가 종교적인 집안 출신이라고 말했으며, 그는 마치 모든 천주 교 보지들을 그의 자지로 경호하는 미카엘 천사라도 된 듯한 꼴이었 다. 그는 머리카락이 치렁치렁하고, 화장을 안 하고, 검정 드레스를 입고, 숙녀처럼 "감히 내 옷자락에는 손조차 대지 말아"라는 표정을 지은 자신의 누이 그레첸이 차라리 한 차례의 잠자리에서, 테레사가 10 분씩 20회전에서 남자에게 해 주는 것보다 훨씬 신나는 재미를 맛 보게 해 주리라는 쪽에다 다음 시합에서 받게 될 돈을 몽땅 걸고 내기 라도 하고 싶었다.

그래서 그는 아내의 얘기가 귓속에 앵앵거리는 가운데 잠을 제대로 자지도 못했다. 가장 기분 나빴던 점은 그녀가 한 말이 옳다는 사실 이었다. 이제 그는 성숙한 어른인데, 형과 누이가 한 것이라고는 방 으로 들어와서, 어렸을 때처럼 자신이 더럽고, 어리석고, 쓸모없고, 믿지 못할 인물이라는 기분만 느끼게 했다.

가서 시합마다 이기고, 신문에 사진이 실리고, 사람들이 응원을 보 내고 등을 두드려 주면서 런던에 납시라고 떠들어 봤자 무슨 소용인 가. 다시는 만나거나 얘기를 나누지 못할 줄 알았던 두 망나니들이 나 타나서 인사를 하고, 겨우 인사만 하고 가 버리니, 넌 결국 하찮은 위 인일 따름이다. 좋다. 거지같은 형, 엄마의 귀염둥이, 아빠의 귀염둥 이, 황금 나팔이나 불어 대고, 택시의 창문이나 열어 대는 형은 시시 한 권투장이 동생으로부터 오늘 놀라운 꼴을 보게 되리라.

잠깐, 한순간 그는 차라리 기차에서 내리지 않고, 곧장 올버니로 가 서 옷을 갈아입고 오하이오의 엘리지움에 도착해서, 자신이 겨우 열 여섯 난 아이였을 때 자신을 완전한 남자처럼 느끼게 해 주었고, 자신을 사랑하며 만져 주던, 온 세상에 하나밖에 없는 사람을 만나러 갈까 하는 묘한 생각이 들기도 했다. 클로틸드, 침대에서 작은아버지를 섬기는 하녀. 목욕탕의 성 세바스찬.

그러나 기차가 포트 필립으로 들어서자 그는 내려서 계획했던 대로 은행을 향했다.

2

빌리가 점심을 놓고 깐작거리는 꼴을 보고 그녀는 화를 내지 않으려고 억지로 참았다. (아이들은 세월을 초월한 사물들을 저절로 깨닫는다는) 미신적인 믿음으로 인해서 그녀는, 아직 앞으로 다가올 오후를 위해 옷을 차려입지 않고 일할 때 입은 슬랙스와 스웨터 차림으로, 그와 함께 앉아서 버티었다. 아들이 양고기 조각과 상치를 접시에서 밀어내는 동안 그녀는 아이를 꾸짖지 않으려고 자제하면서, 아무런 입맛을 느끼지 않고, 음식을 쑤셔 대기만 했다.

"왜 난 자연과학 박물관엘 가야 하나요?" 빌리가 물었다.

"놀러." 그녀가 말했다. "모처럼 즐기러 간다구."

"난 안 즐거워요. 왜 가야 해요?"

"너희 반 아이들이 다 가니까."

"걔들은 바보예요. 콘래드 프랭클린만 말고는 모두들 멍청이예요."

빌리는 양고기 한 점을 입에 넣고 벌써 적어도 5 분은 보냈다. 가끔 그는 시늉만 하느라고 그것을 입 안 이쪽에서 저쪽으로 굴리기만 했다. 그레첸은 결국 그를 때려 줘야만 하나 하고 생각했다. 부엌의 시계가 갑자기 점점 더 큰 소리로 똑딱거렸고, 그녀는 시계를 쳐다보지 않으려고 했지만, 마음대로 되지를 않았다. 1시 20 분 전. 그녀는 2시 15 분 전에 주택지구로 가야 한다. 그리고 그녀는 빌리를 학교에 데려다 주고 서둘러 돌아와서 조심스럽게, 조심스럽게 목욕하고 옷을 차려 입은 다음에, 마치 막 마라톤을 끝낸 사람처럼 숨을 헐떡이지 않고 도착해야 한다.

"식사를 끝내." 조금도 모성적인 기분만큼은 느끼지 않는 오늘 오후였지만, 그녀의 목소리에서 풍기는 모성적인 침착성에 스스로 놀라면서 그레첸이 말했다. "디저트로는 젤로를 줄게."

"난 젤로가 싫어요."

"언제부터 싫어하지?"

"오늘부터요. 그리고 낡은 박제 동물을 잔뜩 봐서 뭘 어쩐다는 얘기예요? 적어도 동물을 보여 주고 싶다면 산 놈들을 보여 줘야죠."

"일요일에 보여 주지." 그레첸이 말했다. "내가 널 동물원에 데리고 가마."

"난 일요일에 콘래드 프랭클린네 집에 가겠다고 약속했어요." 빌리가 말했다. 그는 손을 입으로 가져가서 양고기 조각을 꺼내 접시에 놓았다. "그러면 못써." 시계가 똑딱거리는 사이에 그녀는 말했다.

"질겨요."

"좋아." 그의 접시로 손을 뻗으며 그녀가 말했다. "다 끝났다면, 끝난 거지."

빌리가 접시를 붙잡았다. "난 아직 샐러드를 덜 먹었어요." 그는 포크로 상추 잎을 꼼꼼히 기하학적인 모양으로 잘랐다.

제 성미를 드러내려고 하는구나, 그를 때리지 않으려고 참으면서 그녀는 생각을 돌렸다. 아들의 장래가 눈에 훤히 보이는 듯하다.

상치를 놓고 아들이 꼼지락거리는 꼴을 참을 수가 없어서 그녀는 자리에서 일어나 냉장고에서 젤로를 한 컵 꺼냈다.

"오늘 왜 그렇게 초조해요?" 빌리가 물었다. "가만히 앉아 있지를 못하구요."

아이들이 습득하는 망할 놈의 육감, 그레첸은 생각했다. 완전히 노출된 상태가 아니라 전파탐지기의 흔적 속에서 우리는 모습을 드러내노라. 그녀는 젤로를 식탁에 놓았다. "디저트를 먹어." 그녀가 말했다. "시간이 없어."

빌리는 팔짱을 끼고 몸을 뒤로 젖혔다. "난 젤로를 싫어한다고 그랬잖아요."

그녀는 그가 젤로를 먹든지, 싫다면 하루 종일 그대로 자리에 앉아서 버티라는 말을 하고 싶은 충동을 느꼈다. 그러자 그녀는 그것이 바로 빌리가 기다리는 말인지도 모른다는 생각이 들었다. 사랑과 증오와 육감과 탐욕을 품은 아들이 지닌 신비한 감정의 웅덩이 속에서, 그녀가 주택지구에서 하려는 일이 무엇인지를 어쩌다가 그가 알아챘고, 그래서 그는 자기 나름의 본능적인 방법으로 자기 자신을 보호하고, 자신의 아버지를 보호하고, 어린애다운 제멋대로의 교만함에서 자신이 중심을 이루는 가정의 유대를 수호하려고 하는지도 모른다는 주장이 가능할까?

"좋아." 그녀는 말했다. "젤로는 그만두자. 가지."

빌리는 훌륭한 승리자였다. 승리의 미소가 그의 얼굴에서는 빛나지는 않았다. 대신 그는 말했다. "난 뭣 하러 박제된 낡은 동물들만 잔뜩 봐야 되나요?"

문을 열면서 그녀는 더워서 숨을 몰아쉬었다. 빌리를 학교로 밀어넣은 다음에 그녀는 교문에서부터 줄곧 뛰다시피 왔다. 전화가 울렸지만 그녀는 그대로 울리게 내버려두고는 옷을 벗어 던지며 목욕탕으로 서둘러 들어갔다. 그녀는 더운 물로 샤워를 하고 수건으로 몸을 닦기 전에 기다란 거울 앞에 서서, 물에 젖어 반짝이는 자신의 몸을 찬찬히 뜯어보았다. 난 뚱뚱해지거나 깡마르거나, 어느 쪽이 될 수도 있었지, 그녀는 생각했다. 하나님 덕분에 난 말랐어. 너무 마르지는 않았지만. 내 육체와 내 영혼을 담은, 유혹적이고 촉촉한 집. 그녀는 웃고, 발가벗은 채로 침실로 들어가서는 스카프 더미 밑에다 숨겨 두었던 피임 기구를 꺼냈다. 오, 잘도 사용되는 도구. 그녀는 죄악을 범하려고 그것을 조심스럽게 몸 속에 넣었다. 언젠가는 이런 도구보다 좋은 무엇인가를 발명해 내겠지.

자기의 몸을 만지면서 그녀는 드디어 처음으로 육체관계를 하던 전날 밤 자신을 사로잡던 오묘한 욕망의 발산이 생각났다. 권투 시합장에서 그녀가 역겨움을 느꼈던 백인과 흑인 선수들의 영상은 갑자기, 그녀의 곁에서 뒹구는 멋지고 거친 육체로, 욕정을 불러일으키는 사람들로 변했다. 여자에게는 섹스가, 한 사람이 다른 사람을 때리는 행위처럼 은밀함으로의 심오한 몰입이요 침입이었다. 어수선한 밤을 보낸 다음 초조한 이른 아침 침대에서, 선(線)들을 넘어가서, 주먹질은 애무가 되었고, 애무는 주먹질이 되었고, 그리고 그녀는 몸을 뒤채고, 이불 밑에서 발기했다. 만일 윌리가 침대로 기어들었다면 그녀는 열렬히 그를 환영했으리라. 그러나 윌리는 조용히 누워 가끔 코를 골기만 했다.

그녀는 일어나서 잠이 들려고 수면제를 먹었다.

아침 동안 그녀는 영상을 모두 머릿속에서 지워 버렸고, 밤의 수치는 낮의 순진한 가면으로 덮어 버렸다.

그녀는 머리를 흔들고, 팬티와 브래지어로 가득 찬 서랍을 열었다. 가만히 생각해 보니 그토록 결사적인 곳을 가리기에는 '팬티'가 위선적일 만큼 자극이 없고 거짓된 어린애 같은 단어(영어로 'pant'는 헐떡거린다는 뜻임—옮긴이)라는 기분이 들었다. 비록 언어의, 보다 음악적인 시대의 산물이었지만 거들이라는 말이 더 좋은 듯싶었는데, 그녀는 거들을 걸치지는 않았다. 보일란의 가르침.

전화가 고집스럽게 울렸지만 그녀는 못 들은 체하고 옷을 입었다. 그녀는 옷장에 걸린 옷들을 잠깐 동안 응시하고는, 간단하고 수수한 파란빛을 골랐다. 무엇을 하려는지 요란하게 선전까지 할 필요야 없지. 드러나는 발그레한 육체가 나중에 더욱 감사하게 여겨지는 까닭은 감추어 두어야 하기 때문에. 그녀는 어깨까지 곧장 길게 늘어진 검은 머리에 빗질을 했으며, 말끔하고, 차분하고, 주름이 없고, 넓고, 낮은 이마는 모든 배반과 모든 의심을 숨겼다.

그녀는 택시를 잡기가 힘들었고, 그래서 그녀는 53번가에서 이스트 사이드로 넘어가는 퀸스 전철을 타면 된다는 생각이 나서, 주택지구로 가는 8번가의 지하철을 탔다. 화창한 사랑의 계절에 지하에서 올라오는 페르세포네(Persephone, 지옥의 여왕-옮긴이).

그녀는 5번가의 출구에서 내려 새침한 푸른빛 몸매를 상점들의 반짝이는 진열장에 비춰 보면서 바람 부는 가을 햇살 속을 걸었다. 그녀는 길거리에서 지나친 다른 여자들 가운데 자신처럼 피임 기구를 착용한 채로 교활하게 삭스 백화점을 거쳐 잠깐 길거리를 활개치고 지나가는 사람이 얼마나 많을까 궁금했다.

그녀는 55번가에서 동쪽으로 방향을 바꿔, 세인트 레지스 호텔 입구를 지나가면서, 여름날 저녁의 결혼식과 하얀 면사포, 젊은 소위가 생각났다. 도시에는 고정된 숫자의 길거리 밖에는 없다. 그것을 모두 피할 길은 없다. 판에 박은 듯한 도시의 지도.

그녀는 시계를 보았다. 2시 20분 전. 천천히 걸으며 차분하게 숨을 가다듬는 시간이 5분.

콜린 버크는 매디슨과 공원 사이 56번가에서 살았다. 또 하나의 메아리. 그 길거리에서는 그녀가 마다했던 파티가 벌어졌었다. 아파트먼트를 구할 때, 첫 달 방세를 내기 전에, 미래의 여인이 간직한 온갖 추억을 확인해 보지 않는다고 해서 사람을 탓할 수는 없다.

그녀는 낯익은 하얀 현관으로 들어서서 초인종을 눌렀다. 얼마나 여러 번, 얼마나 많은 오후에, 그녀는 이 초인종을 울렸던가? 스무 번? 서른 번? 예순 번? 언젠가 그녀는 그 숫자를 헤아려 볼 생각이었다.

버저가 문의 자물쇠에서 삐익 울렸고, 그녀는 안으로 들어가서 작은 엘리베이터를 타고 4층으로 올라갔다.

그는 맨발로 파자마와 욕의를 걸치고, 문간에 서서 기다렸다. 그들은 서두르지 않고, 서두르지 않고, 짤막하게 키스했다.

지저분하고 넓은 거실에는 커피 탁자에 아침 먹은 그릇들이 그대로였고, 가죽으로 제본한 대본들 무더기 사이에는 마시다 만 커피 잔이 놓였다. 그는 연극 연출자였고, 연극에 맞춰 시간을 짜서 살았으며 새벽 5시 전에는 잠자리에 들지를 않았다.

"커피 한 잔 줄까?" 그가 물었다.

"싫어." 그녀가 말했다. "난 막 점심을 들었어."

"아, 질서정연한 생활." 그가 말했다. "부러워할 만하지." 비꼬는 말이 부드러웠다.

"내일 우리 집에 와서 빌리에게 양고기를 먹여 봐." 그녀가 말했다. "부러워하기는 너무 일러."

버크는 빌리를 본 적이 없었고, 그녀의 남편을 만난 적도 없었으며 그들의 집에도 온 적이 없었다. 그녀는 가끔 기사를 써 주는 잡지의 어느 편집자와 함께 점심을 들려고 그를 처음 만났다. 그가 연출했던 연극을 그녀가 칭찬해 준 적이 있어서, 그에 대한 기사를 그녀에게 부탁하기 위한 자리였다. 점심을 먹으면서 그녀는 그가 싫어졌고, 그가 건방지고 너무 이론만 밝히며 너무 자신만만하다고 생각했었다. 그녀는 기사를 쓰지 않았지만, 그러나 가끔 만나면서 석 달이 지난 다음에 그녀는 욕정과 복수심, 신경질, 무관심, 우연 때문에 그와 같이 잤고…… 그녀는 더 이상 이유를 찾으려고 하지 않았다.

그는 일어선 채로 커피를 천천히 마시면서, 무성한 검은 눈썹 밑의 부드러운 짙은 회색 눈으로 커피 잔 너머의 그녀를 지켜보았다. 그는 나이가 서른다섯에 키가 작은 남자였고, (난 평생 작은 남자들만 만날 운명인가?) 그녀보다도 키가 작았지만, 그의 얼굴은 감정이 풍부하고, 이제는 거무스레하게 수염이 돋아서, 긴장된 지적인 활력과 솔직함과 힘을 나타내는 표정 때문에 그의 몸집을 사람들이 의식하지 못하게 만들었다. 직업이 직업인지라 복잡하고 까다로운 사람들에게 명령을 내리는 데 습관이 잘 들어서 그는 명령적인 표정으로 얼굴이 굳어졌다. 그는 침울했고, 자신과 다른 사람들의 재능이 실패하면 괴로움을 느껴서 가끔, 심지어는 그녀에게도 거친 말을 했으며, 때로는 아무 말도 남기지 않고 몇 주일씩 행방불명이 되기도 했다. 그는 이혼한 몸이었고, 여자들에게 인기가 좋다고 소문이 났으며, 작년에 만났을 때 처음 그녀는 그가 자기를 가장 단순하고 빤한 이유로 이용하려 한다는 생각이 들었지만, 그러나 이제는 방 안에 그와 마주 서서 맨발에 부드럽고 (즐겁게도 오후의 빛깔과 어울리는) 푸른색인 욕의를 걸친 날씬하고 작은 그 남자를 지켜보면서, 그녀는 자기가 그를 사랑하고, 자신이 원하는 대상은 그 남자뿐이어서 평생 그의 곁에 머물기 위해서는 어떠한 희생이라도 감수하겠다고 생각했다.

어젯밤 그녀가 열 명이 아니라 한 남자하고만 자고 싶다는 애기를 루돌프에게 했을 때 그녀는 버크를 염두에 두고 있었다. 그리고 사실 그녀는 그들이 정사를 시작한 이후로는, 다정함의 향수를 느껴서 윌리가 그녀의 침대로 어쩌다가 한 번씩, 불행하고 덧없는 화해를 위해서, 그리고 거의 잊혀진 결혼의 타성 때문에 기어들 때말고는 이 남자밖에는 어느 누구하고도 육체관계를 가지지 않았다.

버크는 그녀가 요즈음도 남편과 같이 자느냐고 물었었고, 그녀는 사실대로 말했다. 그녀는 또한 성관계가 자신에게 쾌감을 준다는 애기도 했다. 그녀는 그에게 거짓말을 해야 할 필요성을 느끼지 않았고 그녀가 머리에 떠오르는 생각을 무엇이나 다 말해도 된다고 여겼던 남자는 버크뿐이었다. 그는 그녀를 알게 된 다음부터는 다른 여자들과는 한 번도 잔 적이 없다고 말했으며, 그녀는 그것이 사실이라고 믿었다.

"아름다운 그레첸." 그는 입술에서 컵을 떼면서 말했다. "고마운 그레첸, 영광스러운 그레첸. 오, 아침식사와 함께 그대가 날마다 내 앞에 나타나 준다면 얼마나 좋을까."

"이런." 그녀가 말했다. "오늘은 아주 기분이 좋으신가 봐."

"꼭 그렇지도 않아." 그가 말했다. 그는 잔을 놓고 그녀에게로 왔고, 그들은 서로 팔을 감아 안았다. "재앙의 오후가 날 기다리지. 한 시간 전에 내 대리인이 전화를 걸어 왔는데, 난 2시 30분까지 콜롬비아 사무실로 가야 해. 나더러 서부로 가서 영화를 만들라는 거야. 당신한테 두어 번 전화를 걸었는데 받지를 않더군."

그녀가 아파트먼트에 들어섰을 때, 그리고 다시 옷을 입는 동안에 전화가 울렸다. 오늘이 아니라 내일 날 사랑해 줘요. 아메리칸 전화 회사의 전갈. 그러나 내일이라면 빌리의 학급은 박물관에 가지를 않겠고 그녀는 5시까지 자유로운 몸이 되지 못한다. 그녀는 3시까지 학교 교문 앞에 나타나야 한다. 아이들의 공부 시간 동안의 정열.

"전화가 울리는 소린 들었어." 그에게서 떨어지며 그녀가 말했다. "하지만 난 받지를 않았지." 멍하니 그녀는 담배에 불을 붙였다. "금년엔 당신이 연극 일을 할 줄 알았는데." 그녀가 말했다.

"담배를 치워." 버크가 말했다. "실력 없는 연출자는 두 등장인물 간에 침묵의 긴장을 나타내려고 할 때면, 그들이 담배에 불을 당기게 하지."

그녀는 담배를 비벼 끄면서 웃었다.

"연극은 공연 준비가 되지 않았어." 버크가 말했다. "그리고 각색자가 일하는 솜씨를 보니 일 년은 더 기다려야 하겠어. 그리고 나더러 해 달라는 다른 일들은 모두 허접스레기뿐이야. 그렇게 슬픈 표정은 짓지 마."

"난 슬프지 않아." 그녀가 말했다. "난 화가 났고, 그걸 못 하게 되어서, 실망했어."

이번에는 그가 웃을 차례였다. "그레첸의 말이라면." 그가 말했다.

"항상 믿어 줘야지. 오늘 저녁엔 안 되겠어?"

"저녁엔 안 돼. 알면서 그래. 그건 정력의 과시가 필요하지. 난 그런 정력 없어." 윌리는 종잡을 수 없는 남자였다. 그는 두 주일 동안 계속해서, 유쾌하게 휘파람을 불며 저녁을 먹으러 집으로 돌아올지도 모른다. "좋은 영화야?"

"그럴지도 모르지." 그는 까무잡잡하고 꺼끌꺼끌한 수염을 만지면서 머리를 갸우뚱했다. "갈보의 절규." 그가 말했다. "그런 영화일지도 몰라. 솔직히 얘기하면, 난 돈이 필요해."

"작년에 재미를 봤잖아." 그에게 강요하면 안 된다는 사실을 알면서도 강요하느라고 그녀가 말했다.

"세금과 별거 수당 틈바구니에서 내 은행 잔고는 아우성을 치지." 그는 얼굴을 찌푸렸다. "링컨은 1863년에 노예를 해방시켰지만, 결혼한 남자들은 구제하지 않았어."

요즈음에는 다른 모든 것처럼 사랑도 국세청이 쥐고 흔드는 한 가지 기능이다. 사람들은 세금 고지서 사이에서 포옹한다. "난 당신을 조니 히드하고 내 동생에게 소개를 해 줘야 할까 봐." 그녀가 말했다. "그애들은 공제액 사이를 물고기처럼 헤엄쳐 잘도 빠져 다니는데."

"사업가들이야 그렇지." 그가 말했다. "그들은 마술을 부려. 세리사가 내 기록을 보면 손에 얼굴을 파묻고 흐느껴 울겠지. 엎질러진 돈을 놓고 울어 봐야 소용없지만. 할리우드로의 진출. 사실 난 그날을 목 빠지게 기다려 왔어. 요새는 연출자들이 연극뿐 아니라 영화에도 손대는 일이 많아. 연극이 어딘가 신성하다고 생각하며 영화를 줄기차게 깔보는 낡은 생각도 속물주의에서 나온 산물이며 데이비드 벨라스코(미국의 극작가이며 연출가─옮긴이)처럼 죽어 버린 사상이지. 만일 지금 생존하는 가장 위대한 연극 예술가가 누구냐고 묻는다면 난 페데리코 펠리니라고 말하겠어. 그리고 내 시대에 무대에서 공연된 작품 중에서는 어느 누구도 완전히 할리우드의 산물인 〈시민 케인〉을 따라오지 못해. 누가 알아— 내가 1950년대의 오손 웰스가 될지 말야."

버크는 얘기를 하면서 왔다 갔다 바장였고, 그레첸은 그가 한 말이 모두, 적어도 대부분은 진심이었으며, 그가 인생에서의 새로운 도전에 임하기를 목마르게 기다리고 있음을 알았다. "그래, 할리우드에는 갈보 같은 짓을 하는 사람이 많지만, 슈버트 앨리가 수도원이라고 심각하게 주장할 사람은 없어. 난 분명히 돈이 필요하고, 난 돈이라면 꼴도 보기 싫어하지는 않지만, 그래도 난 그것을 쫓아다니지는 않아. 아직은. 앞으로도 그러지 않기를 바라고. 지금까지 난 콜롬비아 영화사와 한 달 이상이나 교섭을 해 왔는데, 그들은 나에게 절대적인 자유를 주겠대. 내가 원하는 작품, 내가 원하는 작가, 감시는 없고, 전부 현지 촬영을 하고, 마지막 편집에, 모든 일에 대해서, 예산만 초과하지 않는다면. 그리고 예산은 푸짐한 편이야. 만일 그것이 내가 브로드웨이에서 한 어느 일보다도 훌륭한 결과를 가져오지 못한다면, 그건 어느 누구도 아닌 내 탓일 뿐이지. 시사회에 와 봐. 당신이 만세를 부르게 되리라고 믿어."

그녀는 미소를 지었지만, 그것은 억지웃음이었다. "그렇게 오랫동안 추진해 왔다는 얘긴 하지 않았잖아. 한 달 이상이나……."

"난 비밀을 좋아하는 놈이지." 그가 말했다. "그리고 난 확정이 될 때까지는 얘기를 하고 싶지가 않았어."

그녀는 손과 얼굴을 어떻게 해야 할지를 몰라서 담배에 불을 붙였다. 긴장에 대한 연출자들의 상투적인 말들은 다 뭐 말라 비틀어 죽은 건지. "난 어떡하지? 여기 남아서?" 그렇게 물으면 안 된다는 사실을 알면서도 다시 그녀는 담배 연기를 뿜으며 말했다.

"당신이 어째서?" 그는 생각에 잠겨 그녀를 쳐다보았다. "비행기는 언제라도 뜨는데."

"어느 쪽으로 가는 비행기?"

"양쪽으로 다."

"우리가 얼마나 오랫동안 가리라고 생각해?"

"두 주일." 그는 커피 탁자의 유리잔을 손가락으로 건드렸고, 잔은 애매한 순간을 알리는 작은 종소리처럼 은은하게 울렸다. "아니면 영원히."

"만일 내가 빌리와 함께 서부로 찾아간다면 말야." 그녀가 차분하게 말했다. "우린 당신하고 살아도 될까?"

그는 그녀에게로 와서 두 손으로 그녀의 머리를 잡고 이마에 키스해 주었다. 그녀는 키스를 받으려고 몸을 조금 숙여야 했다. 그의 수염이 그녀의 살갗을 조금 스쳤다. "아, 맙소사." 그는 부드럽게 말하고 물러섰다. "난 면도를 하고, 샤워를 하고, 옷을 입어야 해." 그는 말했다. "그렇지 않아도 늦었는데."

그녀는 그가 면도를 하고, 샤워를 하고 옷을 입는 동안 지켜보고는 택시로 그를 약속 장소인 5번가로 데려다 주었다. 그는 그녀의 질문에 대답을 하지 않았지만, 콜롬비아 측에서 무슨 얘기를 했는지 알려줄 터이니 나중에 전화를 하라고 했다.

그녀는 그와 택시에서 내려서, 둘 다 한 주일 안에 물러 달라고 할 것이 분명한 드레스와 스웨터를 사고, 한가하게 쇼핑을 하면서 오후를 보냈다.

다시 슬랙스를 입고 낡은 트위드 코트를 걸치고, 5시에 그녀는 피임 기구를 빼고, 빌리의 학교 교문에서 아이들이 자연과학 박물관에서 돌아오기를 기다렸다.

3

오후가 다 지날 무렵이어서 그는 지쳤다. 아침에는 변호사들을 만났는데, 그는 세상에서 변호사들이 가장 사람을 지치게 만드는 자들이라는 사실을 깨달았다. 적어도 자신에게는. 심지어는 자신을 위해 일하는 사람들까지도 마찬가지였다. 잇속을 챙기려는 끝없는 투쟁, 모호하고 속기 쉽고 소화가 안 되는 말, 상대방의 허점이나 자신에게 이로운 근거와 유리한 타협점을 찾아내려는 악착같은 집요함, 부끄러 움을 모르는 돈에 대한 욕심, 이런 요소들로부터 이득을 보기는 해도 그는 그 모두가 혐오스러웠다. 변호사들과의 접촉에서 그가 깨달은 바라고는 자기를 법과에 진학시킬 학자금을 대 주겠다던 테디 보일란 의 요청을 거절하기를 백 번 잘 했다는 확신이었다.

그런 다음 오후에는 건축가들을 만났는데, 그들도 사람을 지치게 만들었다. 그는 상가 계획을 추진 중이었으며, 그의 호텔 방은 설계 도로 지저분했다. 조니 히드의 충고에 따라서, 그는 이미 몇 가지 중 요한 상을 받기는 했어도 아직 배를 굶주리는 젊은 건축가들로 이루 어진 회사를 골랐다. 그들은 의심할 여지가 없이 열심이고 재능이 뛰 어났지만, 줄곧 도시에서 일을 했던 터라 유리와 철근 쪽으로만 생각 이 돌아갔는데, 루돌프는 그들이 자기를 보수적이요 구식이라고 생각 하더라도 개의치 않고, 전통적인 형태와 전통적인 재료를 쓰도록 고 집했다. 자신의 취향이 꼭 그렇지는 않았지만, 그는 그것이 상가를 찾게 될 사람들의 취향과 가장 잘 어울리리라 생각했다. 그리고 콜더 우드가 승낙할 만한 양식도 그것뿐이었다. "난 옛 뉴 잉글랜드 지방 의 시골 길거리 분위기로 건물을 꾸미기를 바랍니다." 건축가들이 투 덜거려도 아랑곳하지 않고 루돌프는 자꾸만 말했다. "하얀 미늘판 집 을 짓고 극장 뒤로 탑을 올려 얼핏 보면 교회당으로 착각하게 만들자 고요. 보수적인 농촌 지역이니까, 우리는 시골 분위기로 보수적인 사 람들의 비위를 맞춰 그들로 하여금 즐겁고 아늑한 기분으로 마음 놓 고 돈을 쓰게 해야 합니다."

여러 번, 건축가들이 일을 그만두려고까지 작정했지만 그는 물러서 지 않았다. "이번만큼은 이런 식으로 해 보고, 그러면 다음엔 당신들의견을 더 많이 참작하겠어요. 이것은 여러 계획 가운데 첫 번째이고, 좀더 대담한 시도는 일을 해 나가면서 나중에 해도 됩니다."

그들이 제시한 여러 설계도는 아직도 그가 바라던 바와는 거리가 멀었지만, 오늘 내놓은 최근의 그림을 보고 그는 머지않아 그들이 항복하리라고 판단했다.

그는 눈이 아팠고, 계획서를 검토하면서 이러다가는 머지않아 안경을 써야 될 모양이라고 생각했다. 거울이 달린 장롱 위에서 위스키 병을 꺼낸 그는 술을 한 잔 따르고는 목욕탕의 수도꼭지에서 물을 조금 받아 섞었다. 그는 책상 위에다 빳빳한 설계도를 펼치면서 술을 마셨다. 상가의 입구에 건축가들이 그려 놓은 '콜더우드 상가'라는 간판을 보고 그는 질겁했다. 밤에는 번쩍거리는 네온 불빛으로 테를 두르도록 해 놓았기 때문이었다. 늙어 버린 콜더우드는 여러 빛깔로 깜박이는 유리 대롱의 화려함을 통해서 명성과 불멸성을 찾으려는 모양이었고, 기분을 상하게 하지 않으려고 조심해 가면서 루돌프가 점잖은 글자체 한 가지만 쓰자고 했던 모든 암시에 대해서는 귀라도 먹은 듯싶었다.

전화가 울렸고 루돌프는 시계를 쳐다보았다. 토마스가 5시 경에 오겠다고 했는데, 이제 보니 시간이 다 되었다. 그는 전화를 받았지만, 톰이 아니었다. 그는 전화에서 울려 나오는 목소리가 조니 히드의 비서임을 알았다. "조르다슈 씨세요? 히드 씨의 전화인데요."

조니가 전화를 받으러 오기를 기다리던 그는 기분이 나빠졌다. 자신의 조직에서는 어떤 사람이 전화를 걸더라도, 지위가 무엇이건 간에 상대방이 전화를 받으면 당장 얘기를 시작할 준비를 갖추고 대기하도록 길을 들이겠다고 그는 결심했다. 미국에서는 날마다 이렇게 예고하는 비서의 지저귐에 얼마나 많은 의뢰인과 고객이 화가 발끈나서 전화를 끊어 버리고, 그래서 얼마나 많은 거래가 깨지고, 얼마나 많은 초대가 거절을 당하고, 그런 짤막한 기다림 동안에 얼마나 많은 여자들이 "그만두세요"라고 말하겠다는 결심을 했을까?

드디어 조니 히드가 "어이, 루디"라고 말을 했을 때, 루돌프는 자신의 짜증을 감추었다.

"나한테 부탁했던 정보를 알아냈어." 조니가 말했다. "연필하고 종이 준비됐나?"

"그래."

조니는 그에게 탐정 사무소의 이름과 주소를 대 주었다. "꽤 믿을만한 사람이라고들 그러더군." 조니가 말했다. 무언가 짐작이 가기는 했을 텐데도 그는 루돌프가 왜 사립 탐정이 필요한지를 물어 보지 않았다.

"고마워, 조니." 이름과 주소를 적은 다음에 루돌프가 말했다. "애를 써 줘서 고마워."

"천만에." 조니가 말했다. "오늘 밤, 저녁 같이 할 시간 내겠나?"

"미안해." 루돌프가 말했다. 그는 저녁에 할 일이 없었기에, 만일 조니의 비서가 그를 기다리게 하지만 않았다면 그는 그러자고 말했으리라.

전화를 끊은 다음에 그는 더욱 피로를 느껴서, 탐정 사무소에 전화를 거는 일은 내일로 미루기로 했다. 그는 자기가 피로를 느낀다는 데 대해서 놀랐다. 그는 오후 5시에 피로를 느꼈던 적이 기억에 없었다.

그러나 지금 그는 분명히 피곤하다고 느꼈다. 나이 탓일까? 그는 웃었다. 그는 스물일곱 살이었다. 그는 자신의 얼굴을 거울에 비춰보았다. 매끄럽고 부드러운 검은머리에는 흰 가닥이 없었다. 눈 밑에 늘어진 살도 없고. 말끔한 올리브빛 살갗에는 숨은 질병이나 방탕의 흔적이 보이지 않았다. 비록 그가 과로는 했지만, 젊고 참을성 있고 주름이 지지 않은 그의 얼굴에서는 그런 기미가 나타나지 않았다.

그래도 그는 피곤했다. 그는 톰이 도착하기 전에 몇 분이나마 잠을 자려는 생각에, 옷을 입은 채로 침대에 누웠다. 그러나 그는 잠이 오지 않았다. 어젯밤 누이가 내뱉던 모욕적인 말들이 하루 종일, 심지어는 그가 변호사들이나 건축가들과 아옹다옹하는 사이에도, 그의 머릿속을 떠나지 않았다. "넌 도대체 인생에서 즐기는 대상이 하나라도 있기나 하니?" 자신을 변호하지는 않았지만 그는 자기가 일을 즐기고 음악회에 가기를 즐기며, 책을 무척 많이 읽고, 연극 구경과 권투 시합을 좋아하며 미술관에도 열심히 찾아다니고, 아침에는 달리기를 하거나 모터사이클 타기를 좋아한다는 대답을 하고 싶었으며, 그리고 그는, 그렇다, 자신이 돌봐 드리는 덕택에 아직 살아서 무덤에도 묻히지 않고 극빈자들의 병원 침대 신세를 지지도 않은 어머니, 식탁을 사이에 두고 자신과 마주 앉은 어머니, 사랑하지도 않고 사랑스럽지도 않은 어머니의 모습을 보면 즐겁다는 말을 한마디 해 주고 싶기도 했다.

그레첸은 그녀가 살아가는 시대의 질병으로 인해서 병이 들었다. 세상만사는 섹스에서 비롯한다. 성스러운 오르가즘의 추구, 그녀는 그것이 사랑이라고 우기려 하겠지만, 그의 생각에는 사랑보다 섹스라는 표현이 더 정확했다. 그가 지금까지 경험한 바로는, 그것이 가져다주는 행복이란 다른 모든 행복을 더럽히며, 너무 많은 값을 치르고서야 얻어진다. 지저분한 여자가 새벽 4시에 자신을 끌어안고 소유하려고 애쓰다가, 비록 그것이 애초부터 은밀한 거래에 지나지 않았음에도, 자신이 두 시간 만에 그녀에 대해 신물이 나서 자리를 뜨려고 했다는 이유로 술잔을 집어던지던 살인적인 분노. 그녀의 친구들과 합석한 자리에서 한심한 아가씨에게 놀림을 당하고는 무슨 불감증 내시라도 된 기분을 느끼게 하고, 그러고는 대낮에 건방지게도 자신의 자지를 움켜쥐던 여자. 어머니와 아버지를 처음 서로 연결시켜 준 끈이 섹스였는지 아니면 사랑이었는지 알 길이 없지만, 그들은 서로를 파멸시키면서, 동물원 우리 안에 갇힌 두 마리의 발광한 짐승 같은 끝장을 보았다. 그러고는 2세대의 결혼 생활. 톰부터 생각해 보자. 징징

거리고, 탐욕스럽고, 멍청하고, 한심한 인형 같은 여자에게 포로가 된 그의 앞에는 어떤 미래가 기다릴까? 그리고 또 잘난 체하면서도 주체하기 힘든 관능적인 본능에 발버둥치는 그레첸, 형편없는 남편을 배반하고는 떨어져 나와 방황하면서, 자신이 몸을 던졌던 침대들 때문에 스스로를 증오하는 그레첸. 탐정과 열쇠 구멍으로 엿보기, 변호사와 이혼의 추잡함 속으로 빠져드는 사람은 남편과 그녀, 그들 가운데 누구일까?

모두들 좆이나 빨라지, 그는 생각했다. 그러더니 그는 혼자 웃었다. 욕치고는 내용을 잘못 골랐기 때문이었다.

전화가 울렸다. "동생 되시는 분이 로비에 와 계신데요, 조르다슈 씨." 직원이 말했다.

"미안하지만 위로 올려 보내 주시겠어요?" 루돌프는 몸을 돌려 침대에서 일어나고는 이부자리를 정돈했다. 어찌된 일인지 그는 사치스러움과 태만함의 뜻이 담긴 듯한 증거, 자기가 누워 있었다는 흔적을 톰이 보기를 원하지 않았다. 황급히 그는 건축가들의 도면을 모두 옷장에 쓸어 넣었다. 그는 방 안이 아무런 정보도 제공하지 않을 만큼 썰렁하기를 바랐다. 그는 동생이 나타날 때 자기가 퍽 대단하고 거대한 일에 종사한다는 인상을 주고 싶지 않았다.

문을 두드리는 소리가 났고, 루돌프가 문을 열어 주었다. 로비의 종업원들이나 벨보이들에게 업신여김을 받지 않으려고 그나마 넥타이는 매었구나, 루돌프가 못된 생각을 했다. 그는 토마스와 악수를 하고 말했다. "들어와. 앉아라. 술 한 잔 마실래? 스카치가 한 병 있는데, 다른 술을 원한다면 밑에 전화를 걸면 돼."

"스카치로 하겠어." 손마디가 울퉁불퉁한 손을 늘어뜨리고, 양복은 큼직한 어깨에 실려 붕싯 솟은 채로, 토마스는 안락의자에 뻣뻣하게 앉았다.

"물을 탈까?" 루돌프가 말했다. "만일 소다수를 원한다면 밑에다 전화 걸어⋯⋯."

"물이면 돼."

목욕탕으로 가서 수도꼭지를 틀어 토마스의 술잔에 물을 타면서 루돌프는 생각했다. 내 말투는 파티를 열어 놓고 당황한 여주인 같구나.

루돌프가 술잔을 들었다. "위하여."

"그래." 토마스가 말했다. 그는 꿀꺽꿀꺽 마셨다.

"오늘 아침에 잘 써 준 기사들이 좀 실렸더구나." 루돌프가 말했다.

"그래." 토마스가 말했다. "나도 신문 읽었어. 이봐, 시간을 낭비할 필요는 조금도 없어, 루디." 그는 주머니에 손을 넣어서 두툼한 봉투를 꺼냈다. 그는 일어서서 침대로 가더니 봉투 덮개를 젖히고 거꾸로 들었다. 돈이 침대 위로 쏟아졌다.

"도대체 뭘 하는 거야, 톰?" 루돌프가 물었다. 그는 현금 거래를 하는 일이 없었고, 호주머니에는 50 달러 이상의 돈은 넣고 다니지 않아서, 호텔 침대에 돈을 쏟아 대는 광경을 보니 조폭 영화에서 훔친 것을 분배하기라도 하는 듯 나쁜 짓처럼 여겨져서, 막연한 불안감을 느꼈다.

"100달러짜리들이야." 토마스가 빈 봉투를 구겨서 쓰레기통에 정확하게 던져 넣었다. "전부 해서 5천 달러. 형 가져."

"무슨 얘기를 하는지 모르겠구나." 루돌프가 말했다. "넌 나한테 빚진 돈이 없어."

"나 때문에 형이 대학 공부를 못 하게 되었었지." 토마스가 말했다. "오하이오의 잡놈들에게 돈을 먹이느라고 말야. 이 돈을 아버지에게 드리려고 했지만, 집으로 찾아가 보니 돌아가셨더군. 그러니까 형이 가져."

"넌 돈을 벌려고 그렇게 고생하잖아." 어젯밤의 피를 기억하며 루돌프가 말했다. "이렇게 그런 돈을 내 버릴 수야 없지."

"이 돈은 일을 해서 벌지 않았어." 토마스가 말했다. "쉽게 얻었지.

아버지가 돈을 빼앗겼을 때처럼. 협박으로. 무척 오래 전 일이었어. 그 돈은 몇 년 동안 지하 금고에서 기다렸어. 거북하게 생각하지 마, 형. 그런 짓을 했다고 내가 변을 당한 적도 없으니까."

"바보 같은 짓은 하지 마." 루돌프가 말했다.

"난 원래 바보 같은 사람이야." 토마스가 말했다. "난 바보 같은 짓을 하지. 받아. 이제 형한테는 빚이 없어." 그는 침대에서 돌아서더니 한 모금에 나머지 술을 다 마셨다. "이제 난 가야겠어."

"잠깐만. 앉아." 루돌프는 동생의 팔을 잡았고, 그렇게 황망한 순간에도 톰의 팔에서 불끈대는 힘을 의식했다. "난 그 돈 필요 없어. 난 잘 버니까. 난 막 계약을 끝내서 이제 부자가 될 처지이고, 나는……."

"그 소리 들으니까 기쁘기는 하지만, 그건 이 얘기하곤 관계가 없어." 토마스는 그대로 뻣뻣하게 서서 버티었다. "난 우리 씹할 놈의 가족에게 빚을 모조리 갚아 버리고 싶고, 그래서 이러는 거야."

"난 받지 않겠어, 톰. 네 아들을 위해 은행에 넣어 두기라도 해."

"내 아들은 내가 알아서 돌볼 테니까 그런 걱정은 하지 마." 이제 그의 말투는 험악했다.

"이건 내 돈이 아냐." 루돌프가 난처한 표정으로 말했다. "이걸 나더러 도대체 어떻게 하라는 거야?"

"그 돈에다 오줌이나 깔겨. 계집년들에게 날려 버리든지. 형이 가장 좋아하는 자선 기관에 주든지." 토마스가 말했다. "난 그 돈을 가지고 이 방을 나가지는 않을 테니까."

"정말 이러지 말고 좀 앉아." 언제 날아올지 모를 주먹을 무릅쓰면서 루돌프가 이번에는 동생을 안락의자 쪽으로 힘껏 떼밀었다. "너하고 얘기를 하고 싶어."

루돌프는 토마스와 자기의 술잔을 다시 채우고는 등받이가 곧은 나무 의자에 앉아 동생을 마주보았다. 열린 창문으로 도시의 바람이 조금씩 들어왔다. 침대 위에 쏟아진 돈이, 발발 떠는 작고 복잡한 동물처럼 조금 펄럭였다. 마치 자기도 모르는 사이에 우연히 돈에 손이 조금 닿기라도 했다가는 그 돈을 모두 갖게 될까 봐 걱정이라도 되는 듯 토마스와 루돌프는 둘 다 침대에서 멀리 떨어져 앉았다.

"내 얘기 들어봐, 톰." 루돌프가 얘기를 시작했다. "이제 우리는 같은 침대에서 자고, 서로 비위를 건드리고, 의식적이건 무의식적이건 간에 서로 경쟁하는 아이들은 아냐. 우리는 어른이고, 형제간이지."

"형, 그럼 10년 동안 형하고 그레첸 공주님은 어디에 가서 살았지?" 토마스가 말했다. "엽서라도 한 장 보낸 적이 있어?"

"용서해 줘." 루돌프가 말했다. "그리고 네가 그레첸에게 이런 얘기를 하면, 누이도 너더러 용서를 해 달라고 할 거야."

"만일 누이가 내 눈에 먼저 띄게 된다면 말야." 토마스가 말했다. "누이는 나에게 인사를 할 만큼 가까이 올 기회가 없겠지."

"어젯밤 네가 시합하는 모습을 보고 우리는 깨달았지." 루돌프가 말을 계속했다. "우리는 한 가족이고, 우리는 서로 빚진 것이……."

"난 가족에게 5천 달러 빚을 졌었어. 그건 저 침대 위에 갖다 놓았지. 이제는 누구도, 아무에게 아무 빚도 없어." 토마스는 턱이 가슴에 닿을 만큼 머리를 떨구었다.

"네가 무슨 말을 하건, 그 동안의 내 행동에 대해서 네가 무슨 생각을 하든지 간에 말야." 루돌프가 말했다. "이젠 난 널 돕고 싶어."

"난 아무 도움도 필요 없어." 토마스는 위스키를 거의 다 마셨다.

"아냐, 넌 도움이 필요해. 이봐, 톰." 루돌프가 말했다. "난 전문가는 아니지만, 권투선수라면 어느 정도 실력이 되어야 하는지를 판단할 만큼은 나도 권투를 많이 보았어. 넌 다치게 될 거야. 심하게. 넌 술집의 싸움꾼이나 마찬가지야. 동네에서 왕초가 된다는 건 쉬울지 모르지만, 훈련을 잘 받고, 소질이 뛰어난 데다 야심만만한 젊은이들과 맞서다 보면, 넌 아직 밑에서부터 올라가는 중이니까, 이제부터는 점점 더 훌륭한 상대들을 만나게 되고, 넌 갈기갈기 찢어지고 말아.

뇌진탕이니, 찰과상이니, 신장병이니 하는 부상 따위는 제쳐두고라
도……."

"난 한 쪽 귀가 반쯤 밖에는 들리지 않아." 놀랍게도 토마스가 먼저
자기 입으로 털어놓았다. 전문적인 얘기를 듣게 되자 그는 껍질 속에
서 얼굴을 내밀기로 한 모양이었다. "벌써 그런 지가 일 년도 넘어.
그러면 어때. 난 음악가도 아닌데."

"부상을 당하는 건 제쳐놓더라도 말야, 톰." 루돌프가 말을 계속했
다. "이기기보다 패배를 더 많이 당하게 되는 날이 오고, 그러다가 넌
갑자기 지쳐 빠져서, 어떤 젊은애에게 나가떨어지게 되지. 넌 그런
경우를 수십 번은 보았겠지. 그리고 거기서 끝장이야. 그때 넌 벌어
놓은 돈이 얼마나 될까? 서른이나, 심지어는 서른다섯이 되어서 새
출발을 해야 한다면, 넌 어떻게 돈을 벌어서 먹고살겠어?"

"형이 뭔데 누굴 겁주려고 이래?" 토마스가 말했다.

"난 현실적인 얘기를 하려는 거야." 루돌프는 그를 방에 붙잡아 앉
혀 두려고 자리에서 일어나 토마스의 술잔을 다시 채웠다.

"형은 여전하구만." 토마스가 빈정거렸다. "언제나 동생에게 즐거
운 현실적인 얘기나 들려주고." 그러나 그는 술잔을 받았다.

"난 이제 커다란 회사의 대표야." 루돌프가 말했다. "일을 맡길 자
리가 앞으로 많이 생긴다구. 난 너를 위한 고정된 일자리를 마련할 수
있을 테니까……."

"무슨 일을 하라고? 한 주일에 50달러 받고 짐차나 끌까?"

"그 정도가 아니지." 루돌프가 말했다. "넌 바보가 아냐. 넌 어느
부서나 지점의 지배인이 될 자격을 갖추었어." 그 말이 맞는지 궁금
하게 생각하면서 루돌프가 말했다. "약간의 기초 지식과 배우려는 성
의만 보이면 돼."

"난 기초 지식도 없고 배우고 싶은 성의도 없어." 토마스가 말했다.
"그걸 몰라서 그래?" 그는 일어섰다. "난 이제 가야 되겠어. 나에게도

기다리는 가족이 있으니까."

루돌프는 고개를 젓고는 침대 위에서 얌전히 펄럭이는 돈을 건너다 보았다. 그는 몸을 일으켰다. "네 마음대로 하게 내버려 두겠어." 그가 말했다. "지금으로서는 말야."

"지금이고 뭐고가 없어." 토마스는 문 쪽으로 갔다.

"널 찾아가서 네 아이를 만나 보겠어." 루돌프가 말했다. "오늘 밤 괜찮아? 너하고 네 아내를 저녁에 초대하지. 어때?"

"집어치우시지." 토마스는 문을 열고 걸음을 멈추었다. "틈나면 내 시합 구경이나 와. 그레첸을 데리고. 팬들이라면 환영이니까. 하지만 탈의실을 찾아올 생각은 그만둬."

"다시 한 번 잘 생각해 봐. 나한테 어떻게 연락이 닿는지는 알겠지." 루돌프가 힘없이 말했다. 그는 실패에 익숙하지 않았고, 그래서 피곤했다. "아무튼 휘트비로 찾아와서 어머니한테 안부나 물어 보고. 네 얘기를 궁금해 하시니까."

"뭐가 궁금해? 내가 교수형을 아직 안 받았나 해서?" 토마스가 흉측하게 미소를 지었다.

"어머니는 돌아가시기 전에 한 번만이라도 널 보고 싶다시더라."

"지휘자여." 토마스가 말했다. "바이올린을 울려라."

루돌프는 휘트비의 주소와 전화번호를 써 주었다. "생각이 달라지면, 이곳으로 찾아와."

토마스는 머뭇거리더니 종이쪽지를 받아서 아무렇게나 호주머니에 쑤셔 넣었다. "10년 후에나 만나지, 형." 그가 말했다. "재수 좋으면." 그는 밖으로 나가서 문을 닫았다. 그가 나가고 나니까 방이 훨씬 더 넓어진 기분이었다.

루돌프는 문을 노려보았다. 증오는 얼마나 오래 계속되려는가? 집 안 식구끼리라면 영원히 가겠지, 그는 생각했다. 이제는 슈퍼마켓이 된 조르다슈 댁의 비극. 그는 침대로 가서 돈을 주워 모아 조심스럽게 봉투에 넣고는 봉했다. 돈을 은행에 넣기에는 시간이 너무 늦었다. 그는 그것을 호텔 금고에 아침까지 보관해야 한다.

한 가지 사실은 분명했다. 그는 그 돈을 자신을 위해서 쓰지는 않으리라. 내일 그는 그 돈을 가지고 동생의 이름으로 DC 회사의 주식을 사기로 작정했다. 그 돈이 토마스에게 보탬이 될 날이 꼭 오리라고 그는 확신했다. 그리고 그런 때가 되면 돈은 5천 달러보다 훨씬 늘어나리라. 돈을 주고 용서를 사기는 어렵겠지만, 언젠가 옛 상처를 아물게 하는 데는 도움이 되겠지.

그는 기진맥진 피곤했지만 잠을 자기란 어림도 없는 일이었다. 그는 건축가의 설계도를, 불완전하게 실현된 웅대한 상상력의 산물이요, 종이 위에 펼쳐진 꿈이요, 오랜 세월의 희망인 설계도를 다시 꺼냈다. 그는 여섯 달 후에, 북극광을 배경으로 삼아, 콜더우드의 이름을 네온 불빛으로 바꿔 놓으려 하는 연필 그림을 응시했다. 그는 불쾌해서 얼굴을 찌푸렸다.

전화가 울렸다. 윌리였는데, 들뜬 기분이었지만 정신은 말짱했다. "기업가 군주님." 윌리가 말했다. "내려 오셔서 나하고 마님과 함께 저녁식사나 들지 않겠어? 그 근처의 어느 집으로 갈까 하는데."

"미안해요, 윌리." 루돌프가 말했다. "난 오늘 밤 바빠요. 약속이 생겨서요."

"나한테도 기회를 좀 줘, 군주 나으리." 윌리가 유쾌하게 말했다. "또 보세."

루돌프는 천천히 수화기를 내려놓았다. 그는 윌리를 곧 만날 일은 없겠으며, 적어도 저녁을 같이 먹는 만남은 이루어지지 않으리라.

문을 드나들 때마다 뒤를 잘 살피라구요, 윌리.

제7장

1

"내 아들아." 여학생처럼 동글동글한 글씨를 그는 읽어 내려갔다. "네 형 루돌프가 착하게도 뉴욕의 네 주소를 나한테 알려 주었고, 그래서 난 이 오랜 세월 동안 잃어버렸던 내 아들과 다시 연락을 취할 기회를 얻게 되었단다."

아, 맙소사, 다른 곳에서도 소식이 왔구나, 그는 생각했다. 그는 방금 들어와서, 현관의 탁자 위에서 자신을 기다리던 편지를 발견했다. 부엌에서는 테레사가 냄비를 딸그락거리는 소리와 아들이 마구 먹어대는 소리가 들려왔다.

"나 왔어." 그는 소리치고 거실로 들어가서, 장난감 불자동차를 밀어 놓고 긴의자에 앉았다. 그는 편지를 달랑 손에 들고, 그것을 당장 던져 버릴까 말까 궁리하면서, 테레사가 사자고 우겼던 오렌지빛 공단 긴의자에 앉았다. 앞치마를 두르고, 화장한 얼굴에 땀이 조금 비치는 테레사가 들어왔고, 아이가 기어서 그녀의 뒤를 따라 들어왔다.

"편지가 왔군요." 그녀가 말했다. 자기만 남겨 두고 그가 런던으로 떠나겠다는 얘기를 들은 다음부터 그녀는 요즈음 그에게 퍽 우호적인 편은 아니었다.

"그래."

"여자 글씨잖아요."

"이건 어머니가 보낸 편지란 말야."

"내가 그걸 믿을 줄 알아요?"

"봐." 그는 편지를 그녀의 코앞으로 내밀었다.

그녀는 눈을 찌푸리면서 읽어 보려고 했다. 그녀는 근시였지만 안경은 쓰기가 싫다고 했다. "어머니치고는 글씨가 무척 젊은 사람 같아요." 마지못해 물러서면서 그녀가 말했다. "이제는 어머니라. 당신의 가족이 급격히 늘어나네요."

그녀는 안 가겠다고 소리를 질러 대는 아들을 집어 들고 부엌으로 되돌아갔다.

테레사에 대한 분풀이로 그는 편지를 읽기로 했고, 늙은 년이 뭐가 할 말이 남았는지 봐야겠다고 작정했다.

"루돌프는 너희들이 만난 상황을 설명해 주었단다." (그는 읽었다.) "그리고 네가 그런 직업을 선택했다는 데 대해서 난 상당히 충격을 받았어. 하지만 네 아버지의 천성과 언제나 뒷마당에 매달아 두었던 무시무시한 펀칭 백을 가지고 너에게 보여준 본보기를 생각해 보면 놀랄 일이 아닌지도 모르겠구나. 아무튼 내 생각엔 그나마 그것이 정직한 생활이고, 네 형 얘기를 들으니까 넌 아내와 아이까지 두고 정착했다니 행복하게 살기를 바란다.

루돌프는 네 아내에 대한 얘기는 나한테 해 주지 않았지만 너희들 가정생활이 아버지하고 내가 살았던 인생보다는 행복하기를 바란다. 형이 너한테 얘기했는지 모르겠다만, 아버지는 어느 날 밤 고양이를 데리고 행방불명이 되었어.

난 건강이 좋지 않고 죽을 날도 며칠 안 남은 기분이야. 난 뉴욕으로 가서 내 아들과 손자를 만나 보고 싶지만, 나한테는 여행이 너무 벅차단다. 만일 루돌프가 시내를 싸돌아다니느라고 모터사이클을 사는 대신에 자동차를 마련했다면 나도 어떻게 여행을 나서 보겠지. 네 아버지가 나에게 강요했던 여러 해 동안의 이교도 생활에 대한 짐을 내가 덜도록 일요일에 나를 성당까지 태워 줄 수도 있었을 테고. 하지만 난 불평해서는 안 되겠지. 루돌프는 퍽 자상해서 나를 잘 보살펴 주고, 텔레비전도 사 주어서 기나긴 날들이 그나마 참을 만하단다. 그애는 자기 일로 어찌나 바쁜지 집에 와서 자는 일이 별로 없어. 내가 보기에는, 적어도 그애가 입고 다니는 옷차림을 보면, 일이 꽤 잘 되어 가나 보더라. 하기야 그애는 언제나 옷을 잘 입었고, 항상 돈을 어떻게든 마련해서 주머니에서는 돈이 떨어지지가 않았지만 말이다.

그럴 만한 이유가 충분해서 나는 이미 네 누이를 가슴 속에서 지워 버렸으니까, 솔직히 얘기해서 온 집안 식구가 다시 다 만나게 되기를 바라지는 않지만, 그래도 내 두 아들이나마 함께 보게만 된다면 난 기뻐서 눈물을 흘릴 것 같다.

난 언제나 너무 지쳤고, 과로를 했고, 네 아버지의 술 취한 요구를 들어주느라고 너에 대해서 내가 느꼈던 사랑을 보여 줄 겨를이 없었다만, 그러나 지금은 얼마 안 남은 내 마지막 여생 동안이나마 우린 평화롭게 같이 살 수가 있겠지.

루돌프의 말투를 미루어 짐작하건대 넌 형한테 퍽 고분고분하지는 않았던 모양이구나. 아마 너한테도 그럴 만한 까닭이 많았겠지. 그애는 생각이 깊기는 해도 냉정한 사람이 되었어. 만일 네가 그애를 만나고 싶지 않다면, 요새는 며칠씩 계속해서 점점 더 빈번히 그러하듯이, 언제 그애가 집에 없을지를 내가 너한테 알려 주겠고, 그러면 너하고 나하고는 방해를 받지 않고 만날 기회가 생기겠지. 내 손자에게 내 대신 키스를 해 주어라. 네 사랑하는 어미가."

하나님 맙소사, 마치 무덤 속에서 들려오는 목소리 같구나, 그는 생각했다.

그가 그대로 앉아서 편지를 손에 들고 허공을 응시하는 동안은 부얽에서 아들을 야단치는 아내의 소리가 귀에 들리지를 않았고, 그는 빵 가게에서 보낸 세월을, 다시는 낯짝을 보이지도 말라는 소리를 듣고 쫓겨난 다음보다도 더 완전히 소외된 가운데 같은 집에서 함께 살던 시절을 생각했다. 늙은 어머니를 찾아가서, 그토록 늦게나마 털어놓는, 귀여운 금발의 아들 루돌프에 대한 그녀의 불평을 들어 주어야 할지도 모르겠다.

그는 슐치에게서 자동차를 빌어서 그녀를 성당으로 데려다 주어야 겠다고 생각했다. 염병할 식구들이 자신에 대해서 얼마나 잘못 알았는지를 보여 주어야 한다.

2

상냥한 마을 유지 같은 풍채에, 지금은 연금 생활을 하는 전직 경관으로서 개인적인 범죄의 추적에 종사하는 매케너 씨는 깨끗하고 검은 수달피 가방에서 보고서를 꺼내 루돌프의 책상에 내놓았다. "이 정도면 문제의 인물에 대해서 당신이 필요로 할 만한 모든 자료가 다 포함되었다는 생각인데요." 챙이 깨끗하고 점잖은 잿빛 펠트 모자를 옆 책상에 놓고, 몸집이 큰 매케너 씨는 대머리를 문지르면서 친절하게 말했다. "사실은 수사가 비교적 간단했고, 그토록 완전한 결과를 얻었기는 해도 시간이 별로 안 걸렸어요." 수사를 하는 데 시간이 그토록 조금 밖에 안 걸리고, 전문적인 교활함이 거의 필요가 없을 만큼 재주가 없는 윌리의 어리숙한 몸가짐에 대한 서운함이 매케너 씨의 목소리에 역력했다. "부인께서는 유능한 변호사라면 누구를 고용해서라도 간통에 관한 뉴욕 주의 법에 따라 별로 어렵지 않게 이혼을 인정받으리라고 믿습니다. 부인께서는 분명히 피해를 받은 분이요, 분명한 피해자입니다."

루돌프는 역겨운 기분으로 깨끗하게 타자를 친 보고서를 쳐다보았다. 전화 통화를 도청하기란 빵을 사기만큼이나 쉬운 듯싶었다. 5달러만 주면 호텔 종업원들은 벽에다 마이크로폰을 설치하게 허락해 주었다. 저녁 값을 벌기 위해서 여비서들은 쓰레기통을 뒤져 찢어 버린 연애편지들을 찾아내어 조각들을 조심스럽게 꿰맞추었다. 버림을 받은 옛날 애인들은 성경 구절을 읊기도 했다. 경찰 서류함은 공개되었고, 위원회에서의 비밀 증언도 얻어내기가 어렵지 않았고, 믿지 못할 만큼 불쾌한 내용도 없었다. 요즈음 시인들의 주장에도 불구하고, 의사 전달은 어디에서나 이루어졌다.

그는 수화기를 들고 그레첸의 전화번호를 댔다. 교환수가 다이얼을 돌리는 동안 그는 귀를 기울였다. 통화 중이라는 신호, 그 짖어 대는 소리가 줄을 타고 들려왔다. 그는 수화기를 놓고 창가로 가서 커튼을 열고 밖을 내다보았다. 춥고 음울한 오후였다. 저 아래 길에서 지나다니는 사람들은 옷깃을 세우고 바람에 몸을 숙이고 안식처를 향해 발걸음을 서둘렀다. 전직 경찰관에게 알맞은 그런 날이었다.

그는 전화기로 가서 다시 그레첸의 번호를 댔다. 다시 통화 중 신호가 들려왔다. 그는 짜증이 나서 수화기를 쾅 내려놓았다. 그는 어서 빨리 이 지저분한 일을 끝내 버리고 싶었다. 그는 이름을 대지 않으면서 변호사인 친구와 의논했었는데, 변호사는 당장 남편으로 하여금 아파트먼트에 들어가지 못하게 완전히 막을 무슨 확실한 방법이 없는 한, 어떠한 소송도 제기하기 전에, 피해자가 아들을 데리고 동거지(同居地)에서 우선 나와야 한다고 충고했다. 어떤 조건 하에서도 피해자는 피고가 될 사람과 하룻밤이라도 같이 자서는 안 되었다.

월리에게 전화를 걸어서 탐정의 보고서를 내놓기 전에 그는 그레첸에게 그런 얘기를 해 주고, 자기가 당장 월리를 만날 계획이라는 말도 해 주어야 했다. 그러나 전화는 아직도 통화 중이었다. 피해자는 오늘 오후 꽤 수다스러워진 모양이다. 누구하고의 통화일까? 자주 찾아오는 조용하고 무난한 애인 조니 히드인가, 아니면 이제는 더 이상 같이 자고 싶지가 않다고 누이가 말하던 열 명 가운데 한 남자일까? 뉴욕에서 가장 손쉽게 데리고 잘 수 있는 여자, 나의 누이.

그는 시계를 보았다. 4시 5분 전이다. 윌리는 틀림없이 지금쯤 사무실로 돌아가서, 점심식사 전에 마신 마티니 기운으로 기분 좋게 꾸벅꾸벅 졸겠지.

루돌프는 전화를 집어 들고 윌리의 번호에 신호를 보냈다. 윌리의 사무실에서 일하는 두 여비서가 홍보 선전의 매력을 튕기며 허공에 뜬 달콤한 목소리로 그를 황홀케 했다. "웬일이야, 기업가 군주님." 전화를 받아 든 윌리가 말했다. "어쩐 일로 나에게 이런 영광을 베푸시는지?" 오늘 오후에는 마티니 석 잔을 마신 목소리이다.

"윌리." 루돌프가 말했다. "지금 당장 여기 내가 묵는 호텔로 와야 되겠는데요."

"이것 봐, 난 여기 일로 좀 바쁜 몸이고……."

"윌리, 경고하겠는데, 지금 당장 이리로 오는 편이 좋습니다."

"좋아." 풀이 죽은 목소리로 윌리가 말했다. "내가 마실 술이나 한 잔 주문해 둬."

술은 마시지도 않고, 윌리는 아까 전직 경찰관이 앉았던 의자에 앉아서 조심스럽게 보고서를 읽었다. 루돌프는 창가에 서서 밖을 내다보았다. 그는 윌리가 보고서를 내려놓느라고 바스락거리는 종이 소리를 들었다.

"그래." 윌리가 말했다. "보아하니 나도 꽤 바쁜 몸이었군. 이제 이걸 가지고 어떻게 하겠단 생각이야?" 그는 보고서를 톡톡 두드렸다.

루돌프는 손을 뻗어서 클립으로 묶은 종잇장들을 집어 갈기갈기 찢어서는 쓰레기통에 넣었다.

"그건 무슨 뜻이지?" 윌리가 물었다.

"난 보고서를 끝까지 다 읽어 낼 수가 없다는 뜻이죠." 루돌프가 말했다. "아무도 그것을 보지 못하고, 아무도 그것에 대해서 알지 못하게 될 겁니다. 만일 누이가 이혼을 바란다면, 뭔가 다른 수를 써 봐야 되겠죠."

"저런." 윌리가 말했다. "그레첸이 생각해 낸 일이었나?"

"꼭 그렇지도 않아요. 당신과 헤어지고 싶은데 아이를 맡아야 되겠다고 누이가 그러기에 내가 도와주겠다고 나섰죠."

"피는 결혼보다 진하다. 그거야?"

"비슷한 얘기죠. 내 피는 그렇지 않지만요. 이번에는."

"자넨 까딱했다가는 정말 형편없는 위인이 될 뻔 했어, 기업가 군주님." 윌리가 말했다. "안 그래?"

"그랬죠."

"자네가 지금 내게 하는 얘기를 내 사랑하는 아내가 알기는 하나?"

"아뇨. 그리고 이 얘기는 앞으로도 누이한테 하지 않겠어요."

"이제부터는 말야." 윌리가 말했다. "난 내 찬란한 처남에 대한 찬양의 노래를 부르겠어. 이봐, 난 아들에게 이런 말을 하겠어. 네 고상한 삼촌을 잘 보거라. 그러면 그의 후광이 반짝이는 광채를 보게 될 테니까. 이거 이 호텔에는 어딘가 술이 있을 만도 한데."

루돌프는 술병을 꺼냈다. 그렇게 농담을 해 가면서도 이 순간의 윌리는 자신에게 정말로 술 한 잔이 필요하다는 인상을 주었다. 그는 술을 반 잔쯤 마셨다.

"이 연구에 대한 요금 청구서는 누구 부담이지?" 그가 물었다.

"나요."

"얼마나 돼?"

"550달러요."

"나한테 부탁하지 그랬어." 윌리가 말했다. "나 같으면 반값에 이 정보를 다 주었을 텐데. 내가 비용을 물어 주기를 바라나?"

"그만두세요." 루돌프가 말했다. "난 여태껏 결혼 선물도 드리지 못했는데요. 이것이 내 결혼 선물이라고 생각하세요."

"은쟁반보다 훌륭한 선물이야. 고마워, 처남. 병에 술 남았나?"

루돌프가 부었다. "술에 취하지 않는 편이 좋겠는데요." 그가 말했다. "이제 심각한 얘기가 기다리니까요."

"그래." 윌리가 머리를 끄덕였다.

"알곤퀸 바에서 내가 자네 누이에게 샴페인 한 병을 사 준 날은 모든 사람에게 슬픔을 가져다준 날이었나 봐." 그는 창백하게 미소를 지었다. "난 그날 오후에 그녀를 사랑했고, 난 지금도 그녀를 사랑하는데, 그런데 난 저 쓰레기통 속으로 들어가 앉았어." 그는 탐정의 보고서를 찢어 버린 조각들이 흩어져 담긴 쓰레기통, 새빨간 저고리를 입고 말을 탄 사람들이 사냥하는 그림이 담긴 양철 쓰레기통을 손으로 가리켰다. "자넨 사랑이 무엇인지 아나?"

"아뇨."

"나도 몰라." 윌리가 일어섰다. "그럼 난 가야겠어. 재미있게 30분을 보내게 해 줘서 고마워."

그는 악수를 청하지도 않고 밖으로 나갔다.

3

집으로 온 그는 믿어지지가 않았다. 그는 주소를 제대로 찾아왔는지 확인하려고 루돌프가 자신에게 준 종이쪽지를 다시 살펴보았다. 아직도 가게 위에서 살다니. 그리고 포트 필립의 옛 집보다 별로 나을 바 없는 지역에서. 워위크 호텔의 호화로운 방에서 루돌프를 만나고 그가 하는 얘기를 들으면, 그는 돈더미에 깔려서 뒹구는 사람 같았다. 그렇다. 만일 그가 부자라고 하더라도, 보아하니 그는 집세에서 만큼은 조금도 낭비를 하지 않았다.

아마 그는 이 집에다 어머니만 남겨 두고 자기는 시내의 다른 곳에 사치스러운 집을 따로 마련했는지도 모른다. 그렇다면 그 자식을 그냥 내버려 둘 수 없다.

토마스는 지저분한 현관으로 들어가서 조르다슈라는 이름을 써 붙인 초인종을 눌렀다. 그는 기다렸지만, 버저가 조용했다. 그는 어머니에게 전화를 걸어서 오늘 찾아오겠다고 했으며, 그녀는 집에서 기다리겠다고 말했었다. 테레사가 싫다고 울어대는 통에 그는 일요일에는 올 수가 없었다. 일요일은 자기를 위한 날이라고 테레사가 훌쩍거렸고, 손자가 태어났을 때 카드 한 장 보내 주지 않았던 할망구 때문에 자기가 손해를 보고 싶지는 않다고도 했다. 그래서 그들은 아이를 브롱크스에 사는 테레사의 언니 집에 맡기고 브로드웨이로 영화구경을 갔고, 저녁은 툿스 쇼어 식당에서 먹었는데, 그곳에서는 어느 체육기자가 토마스를 알아보았고, 그래서 테레사는 기분이 좋아졌으며 저녁 값으로 낸 20달러의 본전을 뺀 셈이 되었다.

토마스가 다시 초인종을 눌렀다. 그래도 대답이 없었다. 혹시 마지막 순간에 루돌프가 전화를 걸어서 어머니에게 뉴욕으로 내려와 자신의 구두를 닦아 달랬거나 뭐 그런 소리를 해서 어머니는 기뻐 어쩔 줄을 모르며 달려갔는지도 모르지, 토마스는 씁쓸하게 생각했다.

어머니를 만나지 않아서 오히려 다행이라고 반쯤 안도감을 느끼며 그는 돌아서려고 했다. 처음부터 별로 마음이 내키던 일은 아니었다. 잠든 어머니는 깨우지 말자. 막 문을 나서려던 그는 버저가 울리는 소리를 들었다. 그는 되돌아가서 문을 열고 층계를 올라갔다.

첫 번째 층계참에서 문이 열리고, 백 살은 될 만큼 늙어 보이는 어머니가 나타났다. 그녀는 그를 향해 두어 걸음 걸었고, 그래서 그는 왜 버저 소리가 날 때까지 한참 기다렸어야 했는지를 이해하게 되었다. 걷는 품을 보니까 방을 가로지르려면 5분은 걸렸을 듯싶었다. 그녀는 벌써 울고 있었으며, 그를 껴안으려고 팔을 내밀었다.

"내 아들아, 내 아들아." 가느다란 막대기 같은 팔로 그를 안으면서 그녀는 울었다. "네 얼굴을 다시는 못 보는 줄 알았구나."

화장수 냄새가 무척 심했다. 그는 그녀의 축축한 뺨에 부드럽게 키스하면서 자기가 느끼는 감정이 무엇인지 분간하기가 힘들었다.

그녀는 그의 팔에 매달려서 그를 아파트먼트 안으로 데리고 들어갔다. 거실은 좁고 어두웠으나, 그는 밴더호프 거리의 아파트먼트에 있던 가구들을 알아보았다. 그때 벌써 낡고 닳아빠졌던 가구였다. 이제는 사실상 폐품이었다. 열린 문을 통해서 그는 옆에 붙은 방을 보았는데, 책상과 1인용 침대, 사방에 흩어진 책들이 눈에 띄었다.

저렇게 많은 책을 살 만큼 돈이 넉넉했다면 새 가구도 좀 사 들일 여유가 있었을 텐데, 토마스는 생각했다.

"앉거라, 앉아." 하나 뿐인 너덜너덜해진 안락의자로 그를 끌고 가며 그녀는 흥분해서 말했다. "정말 기분 좋은 날이구나." 그녀의 목소리는 가늘었고, 여러 해 동안 불평만 해서인지 쉰 소리가 났다. 그녀의 다리는 퉁퉁하게 부어올랐고, 절름발이 같은 불구자가 신는 널찍하고 보드라운 신발을 신었다. 그녀는 몇 년 전에 교통사고로 어디가 부러진 듯한 걸음걸이였다. "넌 신수가 훤하구나. 절대적으로 멋있어." 그는 그녀가 사용한 말이 《바람과 함께 사라지다》에서 나오는 구절임을 알았다. "난 내 막내아들의 얼굴이 몽땅 뭉개졌을까 봐 걱정했는데, 이제 보니 아주 미남이 되었어. 넌 확실히 내 쪽을 닮았어. 에이레 계통이지. 다른 두 아이들하고는 달라." 그가 뻣뻣하게 자리에 앉는 사이에 그녀는 그의 앞에서 천천히, 어리숙한 춤을 추듯이 움직였다. 그녀는 야윈 몸에 헐겁게 치렁대는 꽃무늬 드레스 차림이었다. 그녀의 굵직한 다리는 마치 조립을 잘못한 다른 여자의 발처럼 치마 밑으로 삐져나왔다. "회색 양복이 참 멋지구나." 그의 소매를 만지면서 그녀가 말했다. "신사복이잖아. 난 아직도 네가 스웨터 바람으로 돌아다닐까 봐 걱정했었어." 그의 소년시절은 이미 낭만적인 추억이 되었으므로, 그녀는 마음 놓고 즐겁게 웃었다. "아, 난 운명이 그렇게 매정하지만은 않으리라는 걸 알았어." 그녀는 말했다. "죽기 전에 내 아들 얼굴도 못 보게 되지는 않으리라고 말야. 이젠 내 손자의 얼굴을 보여 줘. 사진이라도 가지고 왔겠지. 다른 자랑스러운 아버지들처럼 너도 지갑에 사진을 하나쯤은 넣고 다닐 테니까."

토마스는 아이의 사진을 꺼냈다.

"이름이 뭐지?" 어머니가 물었다.

"웨슬리요."

"웨슬리 피즈." 어머니가 말했다. "이름이 좋구나."

토마스는 아들의 이름이 웨슬리 조르다슈라는 사실을 일깨워 주거나, 평범한 이름을 지어 주려고 테레사와 한 주일 동안이나 싸움을 벌였다는 얘기도 하고 싶은 생각이 없었다. 테레사가 울어 대고 한 주일이나 고집을 부려서 그는 항복할 수밖에 없었다.

눈에 눈물이 괴면서 어머니는 뚫어져라 사진을 들여다보았다. 그녀는 스냅 사진에 키스를 했다. "귀엽고 어린 아름다운 자식." 그녀가 말했다.

토마스는 자기가 어렸을 때 어머니에게서 키스를 받아 본 기억이 없었다.

"내가 이 애를 만나 보게 날 데리고 가야지." 그녀가 말했다.

"그러죠."

"곧."

"제가 영국에서 돌아온 다음에요."

"영국이라구! 우린 이제 겨우 서로 찾아냈는데 넌 지구의 다른 쪽으로 간단 말이지!"

"두어 주일뿐예요."

"넌 형편이 아주 좋은 모양이구나." 그녀가 말했다. "그런 휴가를 갈 여유가 생겼다니 말이야."

"거기 가서 일을 해야 되거든요." 그가 말했다. 그는 시합이라는 말을 꺼낼 마음이 내키지 않았다. "내 여비는 다른 사람이 내죠." 그는 어머니가 얼토당토않게 자기가 부자라고 생각하기를 바라지 않았다. 조르다슈 집안에서는 가난을 내세우는 편이 훨씬 안전하다. 가족 중에는 집안으로 들어오는 돈을 한 푼도 남기지 않고 낚아채는 여자가 하나만으로도 충분하다.

"네가 돈을 저축해 두었으면 좋겠어." 그녀가 말했다. "네 직업은……."

"그럼요." 그가 말했다. "내 걱정은 마세요." 그는 주위를 둘러보았다. "루디가 돈을 저축한다는 건 분명하군요."

"아." 그녀가 말했다. "아파트먼트 얘기로구나. 별로 호화롭지는 않아, 그렇지? 하지만 난 불평할 처지가 아냐. 루디는 집에 와서 날마다 청소를 하고, 내가 층계를 오르내릴 수 없는 날이면 장을 보아 오는 여자에게 봉급을 주지. 그리고 그애는 더 큰 집을 구하는 중이라고 그러더라. 층계가 없으면 내가 더 편하겠다면서, 어디서 아래층 아파트먼트를 구하겠대. 그애는 자기가 하는 일에 대해서 나한테 별로 얘기를 하지 않지만, 그애가 이곳에서 어떻게 훌륭한 사업가로 성공했는가 하는 기사가 지난 달 신문에 실린 내용을 보니까, 아마 형편이 꽤 좋은가 봐. 하지만 검소하게 사는 건 잘하는 일이야. 우리 집에서는 돈이 비극이었으니까. 돈 때문에 난 지레 늙어 버렸어." 그녀는 자신을 동정하며 한숨을 지었다. "네 아버지는 돈에 미쳤었고, 난 겨우 살기 위해서 꼭 필요한 물건을 장만하려고 10달러를 얻어내기 위해서 매번 아버지와 맹렬히 싸워야 했어. 네가 영국에 가면 뒷조사를 좀 해서, 혹시 누구 아버지를 본 사람이 없나 알아 봐라. 아버지 같은 남자는 어디에 가서 숨어 사는지 알 길이 없지. 어쨌든 그이는 유럽 사람이었고, 그곳으로 달아났다는 것이 지극히 당연한 일이겠지."

돌아 버렸구나, 그는 생각했다. 불쌍한 어머니. 루디는 이런 귀띔은 해 주지 않았다. 그러나 그는 말했다. "거길 가면 수소문을 해 보죠."

"넌 착한 아이야." 그녀가 말했다. "난 네가 속은 본질적으로 착한 아이인데 동무를 잘못 사귀었다고 항상 믿었지. 만일 내가 집안에서 제대로 어미 노릇을 했다면, 네가 그렇게까지 고생하게 되지는 않았을 텐데. 아들은 엄격하게 키워야 한단다. 사랑하지만 엄격하게. 네 처는 아들한테 훌륭한 어머니 노릇을 하냐?"

"괜찮은 편예요." 그가 말했다. 그는 테레사 얘기를 하기가 싫었다. 그는 시계를 보았다. 그는 대화와 어둑어둑한 아파트먼트가 답답하게 느껴졌다. "보세요." 그가 말했다. "1시가 다 되었어요. 저하고 같이 점심을 먹으러 안 나가시겠어요? 아래층에 차를 세워 두었죠."

"점심을? 식당에서 말이지. 아, 그것 참 좋겠구나." 그녀는 소녀처럼 말했다. "내 커다랗고 튼튼한 아들이 늙은 어미를 데리고 식사를 하러 나가겠다니."

"시내에서 제일 훌륭한 곳으로 갈 생각예요." 그가 말했다.

오후 늦게 뉴욕을 향해서 슐치의 차를 몰고 집으로 돌아가던 길에 그는 그날 겪었던 일을 생각했고, 다시 이런 여행을 하게 될 날이 또 찾아올지 궁금했다.

광신적으로 한 아들에게만 헌신적이어서 다른 아들은 상처만 입게 했던 어머니, 꾸짖기만 하고 끊임없이 못마땅해 하던 딱딱한 여자였다는 생각, 소년 시절에 형성된 어머니에 대한 그의 인상은 이제 가련할 만큼 외롭고, 조금만 신경을 써 주어도 기뻐하고, 사랑을 그리워하는, 남을 해칠 힘이 전혀 없는 가엾은 여자의 인상으로 바뀌었다.

점심 때 그가 칵테일을 한 잔 주었더니, 어머니는 조금 술이 취해서 낄낄거리며 말했었다. "아, 나 기분이 묘해진다." 점심을 먹고 나서 그는 어머니를 차에 태우고 시내 구경을 시켜 주었는데, 그는 어머니가 거의 모든 광경을 낯설어 하는 반응을 보고 놀랐다. 그녀는 여러 해 동안 그곳에서 살았으면서도, 아들이 졸업한 대학교를 포함해서 사실상 아무것도 보지를 못했다. "이렇게 아름다운 곳인 줄은 전혀 몰랐어." 나무와 겨울 잔디밭들 사이에 위치한 아늑하고 커다란 집들 앞을 지나면서 그녀는 거듭거듭 말했다. 그리고 콜더우드 백화점 앞을 지나가면서 그녀는 말했다. "이렇게 큰 줄은 몰랐어. 난 저 안에 들어가 본 적이 없단다. 그런데 루돌프가 사실상 저것을 운영하다니!"

그는 차를 세워 두고 그녀와 함께 천천히 아래층을 돌아다녔고, 그녀에게 15달러짜리 스웨이드 핸드백을 사서 억지로 안겨 주었다. 그녀는 여점원더러 그것을 포장해 달라고 해서는 자랑스럽게 손에 들고 백화점을 나섰다.

그녀는 그날 오후에 처음으로 그에게 ("반에서 내가 제일 똑똑한 학생이었지. 그곳을 떠날 때 나한테 상을 주었어"라며) 고아원에서의 생활과 웨이트리스로 일하던 때 사생아여서 수치를 느꼈던 일, 마음을 가꾸려고 버펄로에서 야간학교를 다녔다는 사실과 악셀 조르다슈와 결혼할 때까지 어떤 남자에게도 키스를 허락하지 않았다는 것, 결혼식 날 몸무게가 45킬로그램밖에 나가지 않았다는 얘기, 빵 가게를 둘러보려고 악셀과 찾아왔을 때 포트 필립이 얼마나 아름다웠나 하는 얘기와 갑판에서 악단이 왈츠를 연주하며 강을 거슬러 올라가던 하얀 유람선, 처음 그곳으로 이사했을 때 이웃들이 얼마나 친절했었나 하는 사실, 아늑한 작은 식당을 경영하려던 자신의 꿈, 가족에 대한 자신의 희망에 대해서 많은 얘기를 했다…….

아파트먼트로 돌아간 다음 그녀는 사진틀에 넣어서 자신의 침실 책상에 놓게 그의 아들 사진을 줄 수 없겠느냐고 했으며, 그가 사진을 주었더니 그녀는 비틀거리면서 방으로 갔다가 돌아와서는, 자신이 열아홉 살 때 길고 하얀 드레스를 입고 찍은, 날씬하고 엄숙하고 아름다운 모습이 담긴, 세월이 지나서 노랗게 색이 바랜 사진을 내밀었다.

"이거 받아라." 그녀가 말했다. "네가 이걸 간직하기를 바란다."

그가 아들의 사진을 넣어 두었던 자리에 조심스럽게 그 사진을 넣는 모습을 그녀는 말없이 지켜보았다.

"말이다." 그녀가 말했다. "이 세상의 어느 누구보다도 어쩐지 네가 더 가깝게 느껴지는구나. 우린 같은 종류의 사람들이야. 우린 단순해. 네 누이나 형하고는 다르지. 난 루디를 사랑한다는 생각을 하고, 당연히 사랑해야겠지만, 난 그애를 이해하기가 힘들어. 난 가끔 그애가 무서워지기도 하고. 그런데 넌……." 그녀는 웃었다. "그렇게 덩치가 크고, 힘이 세고, 주먹으로 밥벌이를 하는데, 마치 나에게 오빠라도 생긴 듯이, 너하고 같이 있으면 마음이 편안해져. 그리고 오늘은…… 참 멋있었어. 난 처음 담 밖으로 나온 죄수였지."

그는 그녀에게 키스하고 끌어안았으며, 그녀는 잠깐 그에게 매달렸다.

"신기하기도 하지." 그녀가 말했다. "네가 도착한 후로 난 담배를 한 번도 피우지 않았어."

그는 오후에 일어났던 일을 생각하며 천천히 석양 속으로 차를 몰았다. 그는 길가의 술집으로 가서 안으로 들어가 텅 빈 바에 앉아서 위스키를 마셨다. 그는 지갑을 꺼내서 이제는 자신의 어머니가 된 젊은 소녀를 응시했다. 그는 어머니를 만나러 갔던 일이 만족스러웠다. 그녀의 호의는 별것이 아니었는지도 모르지만, 그래도 그는 결국 그 하찮은 상을 타기 위해서 오랫동안 뛰었다. 조용한 바에서 혼자 그는 익숙하지 못한 고요함을 즐겼다. 적어도 한 시간 동안 그는 마음의 평화를 느꼈다. 오늘, 세상에는 그가 미워해야 할 사람이 하나 줄었다.

제3부

제1장

1960년

1

로스앤젤레스 항구의 묽은 금속성 수프 같은 물 위에 거대한 종(鍾) 모양으로 뒤덮인 매연만 빼면 상쾌한 아침이었다. 맨발에 잠옷을 걸친 그레첸은 커튼을 조용히 늘어트리고 열어 놓은 여닫이문을 지나 테라스로 나가서, 얼룩이 지기는 했지만 햇빛이 비춘 도시와 저 아래 펼쳐진 편편한 먼 바다를 산꼭대기에서 내려다보았다. 그녀는 축축한 풀잎과 피어오르는 꽃 냄새가 나는 9월의 아침 공기를 깊이 들이마셨다. 도시에서는 아무 소리도 들려오지 않았고, 잔디밭을 건너가는 메추라기들의 소리만이 이른 아침의 고요함을 깨뜨렸다.

뉴욕보다 좋아, 그녀는 거듭거듭 생각했다. 뉴욕보다 훨씬 좋아.

그녀는 커피를 한 잔 마시고 싶었지만, 시간이 너무 일러 하녀 도리스는 아직 일어나지를 않았고, 만일 그녀가 직접 커피를 준비하려고 부엌으로 들어간다면 도리스는 수돗물 소리와 쇠그릇이 부딪는 소리에 잠이 깨어서, 사과를 하면서도 잠잘 시간을 빼앗긴 점을 서운하게 생각하며 황급하게 달려올 일이 뻔했다. 특히 오늘 같은 날에는 빌리를 깨우기에도 시간이 너무 일렀고, 커다란 침대에 누워 마치 꿈속에서 정말 못마땅한 배우의 연기를 지켜보기라도 하는지 조금 아까까지도 팔짱을 꼭 끼고 얼굴을 잔뜩 찌푸린 채 잠들어 있는 콜린을 깨울 수도 없는 노릇이었다.

그녀가 가끔 그에게 얘기했듯이, 잘난 체하는 자세로 잠들어 버린 콜린을 생각하며 그녀는 미소를 지었다. 콜린은 우스워하거나, 나약해지거나, 외설적인 기분이 들거나, 기가 막혔을 때에도 독특한 자세들 취하곤 했으며, 이런 다른 자세에 대해서 그녀는 언젠가 그에게 자세히 설명해 주기도 했다. 그녀는 커튼의 틈으로 흘러 들어온 햇살에 잠이 깨었고, 그에게 손을 뻗어서 팔짱을 풀어 볼까 하는 충동을 느꼈다. 그러나 콜린은 아침에 섹스를 하는 일이 없었다. 아침에는 만사가 귀찮다고 그는 말했다. 뉴욕의 극장 생활에 습관이 된 그는 오전이면 포악한 기분이 든다고 서슴지 않고 말했다.

투명한 무명 가운을 나부끼면서 그녀는 맨발로 이슬에 젖은 잔디밭을 행복하게 거닐면서 집 앞으로 갔다. 이웃에는 집들이 없었고 이 시간이면 차가 지나다니지도 않았다. 하기야 캘리포니아에서는 옷차림에 대해서 신경을 쓰는 사람이 아무도 없었다. 그녀는 정원에서 자주 알몸으로 일광욕을 했으며, 여름이 지나면 그녀의 몸은 짙은 갈색이 되었다. 동부에서 살 때 그녀는 항상 햇빛을 피했지만, 캘리포니아에서는 햇볕에 타지 않으면 병에 걸렸거나 휴가를 못 갈 만큼 가난한 사람 취급을 받았다.

차곡차곡 접혀 고무줄로 묶은 신문이 앞쪽 차도에 떨어져 있었다. 그녀는 신문을 펼쳐 들고 집 둘레를 천천히 돌면서 제목들을 훑어보았다. 닉슨과 케네디의 사진이 1면에 실렸는데, 그들은 모든 사람들에게 모든 약속을 했다. 그녀는 잠깐 동안 애들레이 스티븐슨에 대해서 슬픈 생각이 들었고, 존 피츠제럴드 케네디처럼 젊고 미남인 남자가 대통령으로 출마했다는 사실이 도덕적으로 옳은 일인지 의아심을 느꼈다. 콜린은 그를 "매력적인 청년"이라고 불렀지만, 콜린은 날마다 배우들에게서 매력을 보아 왔고, 그것에 대한 그의 반응은 거의 언제나 부정적이었다.

그들은 11월에 뉴욕으로 갈 예정이었고 닉슨에게는 한 표 한 표가 모두 소중할 테니, 그녀는 자기와 콜린을 위해 부재자 투표 신청을 꼭 해 둬야 되겠다고 다짐했다. 비록 요즈음 그녀는 잡지에 글을 쓰지는 않았지만, 정치에 너무 열을 올리지도 않았다. 매카티 시대는 그녀로 하여금, 정의에 대한 개인적인 가치관과 놀란 대중의 발언 때문에 환멸을 느끼게 했다. 아무리 좋게 얘기해도 정치관이 변덕스럽기 짝이 없었던 콜린을 사랑하게 되었던 결과로, 그녀는 지난날의 친구들과 더불어, 모든 기존의 관점을 버려야 했다. 비록 콜린은 토론을 벌이는 상대에 따라 즉석에서 자신이 희망을 상실한 사회주의자라고, 또는 허무주의자라고, 또는 일물건세(一物件稅) 지지자라고, 그리고 군주제주의자라고도 주장하기는 했어도, 결국은 끝판에 민주당에 표를 던지는 일이 많았다. 콜린이나 그레첸은 둘 다 입후보자들의 유세나 선전에 이름을 빌려주지도 않았고, 자금 조달을 위한 파티 같은 영화촌의 정열적인 정치 활동에 참여하지를 않았다. 콜린은 술을 별로 마시지 않아서, 술에 취해 갈팡질팡하는 할리우드의 흔한 대화를 참지 못했다. 그는 바람을 피우지 않았고, 그래서 돈이 많거나 유명한 자들의 공식 회합에서 유혹하기가 무척 쉬울 만큼 우글거리는 예쁜 여자들의 존재는 그의 관심을 끌지 못했다. 떼를 지어 몰려다니는 방탕한 윌리와의 생활을 몇 년 보내고 난 다음 그레첸은 두 번째 남편과의 가정적인 낮과 조용한 밤이 흡족하게 여겨졌다.

그가 '대중적'이라고 표현했던 생활을 콜린은 거부했지만, 그렇다고 해서 그의 활동이 피해를 받지는 않았다. 그의 말마따나 "재능이 없는 사람들만이 할리우드식으로 살아간다." 그는 재능을 그가 만든 첫 영화에서 발휘했으며, 두 번째 영화로 그것을 인정받았고, 그리고 지난 5년 사이에 만든 세 번째 영화의 마지막 편집 단계에 들어선 지금, 그는 자신의 세대에서 가장 재능이 뛰어난 감독 가운데 한 사람으로서 지반을 굳혔다. 첫 번째 영화를 완성하고 뉴욕으로 돌아가서 연극에 손을 댔다가 8회 공연만 하고 집어치운 경우가 그에게는 유일한 실패였다. 그 후에 그는 3주일 동안 행방을 감추었다. 다시 돌아온 그는 비참한 꼴에, 말이 없었고, 몇 달이 지난 다음에야 그는 다시 일을 계속할 마음의 준비를 갖추었다. 그는 실패를 감수할 만한 남자가 아니었고, 자기와 함께 그레첸도 고통을 받게 만들었다. 그 연극은 아직 무대에 올려 놓을 단계가 안 되었다고 미리부터 얘기를 했던 그레첸이었기에, 그녀는 아무런 도움이 되지 않았다. 그래도 그는 자신의 작품을 놓고 모든 면에 대해 항상 그녀의 의견을 물으면서 아주 솔직하게 얘기를 해 달라고 그랬으며, 그녀는 생각한 그대로 말을 했다. 지금도 그녀는 어젯밤 그들이 스튜디오에서 대충 편집을 한 새 영화의 어느 장면이 마음에 걸렸다. 콜린과 그녀와 편집을 맡은 샘 코리만이 그 장면을 보았다. 그녀는 무언가 잘못되었다고 생각했지만, 왜 그렇다는 그럴듯한 이유를 설명할 수가 없었다. 시사를 한 다음에 그녀는 아무 말도 하지 않았지만, 아침식사 때 그가 문제의 장면에 대해서 물어 보리라고 그녀는 생각했다. 콜린이 아직도 심각한 자세로 잠을 자던 침실로 돌아가면서, 그녀는 나중에 얘기를 나눌 때 이치에 닿지 않는 소리를 하기가 싫어서 그 장면을 토막토막 모두 되새겨 보려고 했다.

그녀는 침대 머리맡의 시계를 보고 아직도 콜린을 깨우기가 너무 이르다고 깨달았다. 그녀는 욕의를 걸치고 거실로 들어갔다. 방의 한쪽 구석에 들여놓은 책상에는 책과 원고, 〈뉴욕 타임스〉의 일요판 서평집(書評集)과 〈퍼블리셔스 위클리〉와 런던 신문에서 찢어 낸 소설에 대한 평들이 수북했다. 영화를 위한 참고 자료를 얻기 위해 그들 두 사람이 조직적으로 수집한 산더미 같은 인쇄물은 줄어들 줄을 몰랐고, 집은 넓지가 않아서 그런 자료를 쌓아 둘 곳이 따로 없었다.

그레첸은 책상에서 안경을 집어 쓰고는 신문을 마저 읽으려고 자리에 앉았다. 그것은 콜린의 안경이었지만, 그녀에게도 잘 맞아서 자기 안경을 가지러 침실로 돌아 갈 필요는 없었다. 짝을 지은 불완전성.

연극란에는 최근에 뉴욕에서 막을 올린 새 편의 희곡에 대한 평이 실렸고, 여태까지 이름도 들어보지 못한 배우를 극구 칭찬했는데, 그녀는 뉴욕에 가기만 하면 곧장 자기와 콜린을 위해 그 연극의 입장권을 사야 되겠다고 마음에 새겨 두었다. 베벌리 힐스의 영화 상영 안내란에서 그녀는 콜린의 첫 영화가 주말에 재상영된다는 사실을 알아냈고, 나중에 그에게 보여 주려고 안내 내용을 깨끗하게 잘라 냈다. 그러면 아침 식탁에서 덜 사납게 굴겠지.

그녀는 그날 오후에 할리우드 파크 경마장에서 어느 말들이 경기에 나오는지 보려고 체육 면을 펼쳤다. 콜린은 경마를 좋아했고 도박도 지금은 좋아하는 편이어서, 그들은 틈만 나면 자주 경마장에 나갔다. 지난 번에는 그녀에게 멋진 꽃무늬 브로치를 사 줄 만큼 돈을 땄다. 오늘의 명단에서는 신통한 후보가 눈에 띄지 않아서 신문을 내려놓으려다가 그녀는 연습 시합을 하는 두 권투선수의 사진을 보았다. 아, 맙소사, 또 나타났구나, 그녀는 생각했다. 그녀는 사진 밑의 설명을 읽었다. "다음 주일 미들급 시합을 앞두고 연습 시합 상대자인 토미 조르다슈와 라스 베이거스에서 연습 중인 헨리 퀘일스."

뉴욕에서의 그날 밤 이후로 그녀는 동생한테서 아무런 소식도 듣지 못했고 만나지도 못했으며, 권투에 대해서는 거의 아는 바가 없었지만, 그러나 어떤 사람의 연습 시합 상대나 해 주는 입장이라면, 퀸스에서 시합에 이긴 이후로 토마스가 몰락했음이 분명하다는 사실쯤은 쉽게 짐작했다. 그녀는 콜린이 그 사진을 보지 못하기를 바라면서 신문을 차곡차곡 접었다. 그녀는 그에게 무슨 얘기나 다 하는 사이여서 토마스 얘기도 했었지만, 콜린이 호기심을 느껴 토마스를 만나고 그의 시합을 구경하자고 할까 봐 은근히 걱정이었다.

이제야 부엌에서 부슨 소리가 났고 그녀는 아들을 깨우러 빌리의 방으로 갔다. 그는 침대 위에 책상다리를 하고 앉아 손가락으로 조용히 기타 줄을 퉁겼다. 깨끗한 금발 머리카락, 엄숙하고 생각에 잠긴 눈, 발그레하고 푸석푸석한 뺨, 덜 핀 얼굴에 비해서 너무 큰 코, 가느다란 어린 소년의 목, 길고 튼튼한 다리, 정신을 집중하고, 미소를 짓지 않고, 귀여운.

짐을 다 꾸려 뚜껑을 덮은 그의 손가방이 의자 위에 놓였다. 깨끗하게 꾸려 놓은 솜씨. 어찌된 일인지 빌리는 부모들과는 달리, 또는 부모들 때문에 질서정연한 생활을 좋아하게 되었다.

그녀는 그의 머리 꼭대기에다 키스했다. 반응이 없다. 악감도 없지만 사랑도 없다. 그는 마지막으로 기타를 퉁겼다.

"준비 다 끝났어?" 그녀가 물었다.

"예." 그는 다리를 풀고 침대에서 미끄러져 내려왔다. 그는 파자마의 윗도리를 열어 놓은 채였다. 야위고 기다란 몸통, 살이 없어서 하나하나 그대로 드러난 갈비뼈, 캘리포니아 여름 빛깔의 살갗, 바닷가에서 보낸 나날, 파도타기, 뜨거운 모래 위에서 서로 어울리던 소년 소녀들, 소금과 기타. 그녀가 알기로는 아들은 아직 동정이었다. 그런 얘기는 화제에 오른 적이 없었지만.

"준비 다 되었어요?" 그가 물었다.

"가방은 다 꾸렸어." 그녀가 말했다. "잠그기만 하면 돼." 빌리는 학교나 기차, 비행기, 파티 등 어느 시간에도 늦는다는 데 대해서는 거의 병적이었다. 그와 함께 무슨 일을 할 때면 그녀는 항상 미리미리 준비를 끝내는 습관이 들었다.

"아침엔 뭘 먹겠어?" 그에게 잔뜩 먹일 준비가 된 그녀가 물었다.

"오렌지 주스요."

"그것뿐야?"

"난 먹지 않는 게 좋겠어요. 비행기 멀미를 하니까요."

"멀미약 빼놓지 마."

"예." 그는 파자마 윗도리를 벗고 이를 닦으러 욕실로 들어갔다. 그녀가 콜린과 같이 살게 된 다음부터 빌리는 갑자기 그녀 앞에서 자신의 알몸을 드러내려고 하지 않았다. 그에 대한 두 가지 이론. 빌리가 콜린을 존경한다고 그녀는 믿었지만, 그들이 결혼하기 전에 같이 살았기 때문에 그가 자신을 덜 존경한다는 사실도 그녀는 알았다. 어린 시절의 엄격하고 고통스러운 윤리관.

그녀는 콜린을 깨우러 갔다. 그는 초조하게 몸을 뒤척이면서 잠꼬대를 했다. "잔혹성이 너무 심해." 그는 말했다.

전쟁 얘기일까? 영화? 영화감독의 말이고 보니 분간하기가 불가능했다.

그녀는 귀 밑에 키스를 해서 그를 깨웠다. "맙소사." 그가 말했다. "아직 한밤중인데."

그녀는 그에게 다시 키스했다. "알았어." 그가 말했다. "아침이란 말이겠지." 그는 머리를 긁었다. 그녀는 빌리를 공연히 보러 들어갔었다고 후회했다. 어느 날엔가는, 국경일이나 종교적인 휴일에, 콜린은 결국 그녀에게 아침 섹스를 해 주리라. 오늘 아침이 바로 그날일지도 모른다. 욕정의 두서없는 리듬.

신음을 하면서 그는 침대에서 몸을 일으키려다가 다시 누웠다. 그는 손을 내밀었다. "이 불쌍한 늙은이를 좀 도와 주지." 그가 말했다. "수렁에 빠졌으니까."

그녀는 그의 손을 잡고 끌어당겼다. 그는 침대 가장 자리에 앉아서 빛을 미워하며 손등으로 눈을 비볐다.

"얘기해 봐." 눈을 비비다 말고 그녀를 놀란 듯 쳐다보면서 콜린이 말했다. "어젯밤에 시사를 하는데, 끝에서 두 번째 권에서 당신이 형편없다고 생각했던 부분이 나왔었는데……."

아침식사 때까지도 기다리지를 못 하는구나, 그녀는 생각했다. "난 아무 소리도 안 했는데." 그녀가 말했다.

"꼭 말을 할 필요는 없었어. 숨소리만 들어도 알겠으니까."

"육감을 너무 믿지 마." 시간을 끌려고 그녀가 말했다. "특히 커피 한 잔도 마시기 전에는 말야."

"왜 이래."

"좋아." 그녀가 말했다. "내 마음에 들지 않는 장면이기는 했지만 난 그것이 왜 싫은지 이유를 알 수가 없었어."

"그럼 지금은?"

"알 것 같아."

"뭐야?"

"그러니까, 그 남자가 소식을 듣고는 자기 탓이라고 생각하는 장면 이······."

"그래." 콜린이 조급하게 말했다. "그건 이 영화에서 중요한 대목 중 하나지."

"당신은 남자가 집 주위를 돌아다니면서 이 거울 저 거울에 자기 모습을 비춰 보고, 목욕탕에서, 벽장에 달린 사람의 키만한 거울에 서, 거실의 침침한 거울에서, 면도용 확대 거울에서, 그리고 앞마당 의 물구덩이에서 자기의 영상을 보게 만들었고······."

"그건 아주 단순한 이유 때문에 그랬어." 변호를 하려는 듯 화를 내 며 콜린이 말했다. "그는 자신을 검토하고─좋아, 촌스러운 말로 하 지─그는 여러 면에서, 서로 다른 각도에서 자신의 영혼을 들여다보 며 추구하는데······ 좋아, 그게 어디가 잘못이라고 생각하지?"

"두 가지." 그녀는 침착하게 말했다. 그제야 그녀는 이 문제를 놓고 무의식적으로 그녀가 영사실에서 나온 다음부터 줄곧, 잠들기 전에 침대에서, 매연에 덮인 도시를 내려다보며 테라스에서, 거실에 앉아 신문을 뒤적이면서도 끈질기게 생각해 왔음을 깨달았다. "두 가지야. 하나는 흐름의 속도지. 거기까지는 영화 전체가 무척 빨리 전개되고,

그것이 전체적인 흐름이었는데, 그러다가 갑자기, 위대한 순간이 왔다는 사실을 관객에게 보여 주려는 듯이 당신은 속도를 늦추었어. 너무 뻔해."

"그게 나야." 이를 악물면서 그가 말했다. "뻔하다는 거."

"화를 내겠다면 난 얘기하지 않겠어."

"난 벌써 화가 났고 당신은 얘기를 계속해야 해.. 두 가지라고 그랬지. 또 하나는 뭐야?"

"당신은 그 남자를 큼직하게 자꾸 클로즈업시키고, 그런 장면이 그칠 줄을 모르고, 그가 고통을 받고, 회의에 잠기고, 혼란을 겪는다는 인상을 강조하려고 했어."

"그래, 염병할, 당신은 적어도 그걸 깨닫게는 되었잖아."

"내가 얘기를 계속할까, 아니면 우리 아침 먹으러 들어갈까?"

"다음에 내가 결혼할 여자는 이토록 더럽게 똑똑한 여자는 아닐 거야. 얘기 계속해." 그가 말했다.

"당신은 그 사람이 고통을 받고, 회의적이고, 혼란을 겪는 인상을 주는 데 성공했다고 생각할지 모르지만 말야." 그녀가 말했다. "그리고 그 남자도 자기가 고통을 받고, 회의적이고, 혼란을 겪는다는 인상을 준다고 생각할지 모르지만, 그러나 내가 받은 인상이라고는 기껏해야 젊은 미남 청년이 거울을 보고 제 모습에 반해서, 자신의 눈이 잘 드러나도록 조명이 충분한가 궁금해 한다는 정도뿐이었어."

"쌍." 그가 말했다. "넌 개 같은 년이야. 우린 그 장면을 놓고 나흘 동안이나 고생했어."

"내가 당신이라면 난 그 장면 잘라 버리겠어." 그녀가 말했다.

"다음 영화를 만들 땐 말이지." 그가 말했다. "당신이 세트에 나가고 난 집에 앉아서 요리나 하겠어."

"얘기를 하라고 나더러 당신이 그래 놓고선." 그녀가 말했다.

"난 틀려먹었어." 그는 침대에서 벌떡 일어났다. "5 분 안에 아침

먹을 준비 끝내겠어." 그는 화장실 쪽으로 쿵쾅거리면서 나갔다. 그는 파자마 저고리를 입지 않고 잠을 자서, 근육이 말끔하고 살이 붙지 않은 그의 잔등에다 시트가 밤새껏 몰래 채찍질을 한 듯한 발그레한 흔적을 남겼다. 문간에서 그는 돌아섰다. "내가 알고 지내던 다른 여자들은 모두 내가 하는 일은 전부 멋있다고들 말했어." 그가 말했다. "그런데 내가 하필이면 당신하고 결혼을 하다니."

"그 여자들은 그렇다고 말만 했지." 그녀는 달콤하게 말했다. "믿은 것이 아니고."

그녀는 그에게로 가서 키스했다. "당신이 보고 싶어질 텐데." 그가 속삭였다. "무지무지하게." 그는 거칠게 그녀를 밀었다. "어서 가서 시커먼 커피나 만들어."

하루의 그맘때쯤이면 자신이 지극히 즐기는 면도를 하러 가면서 그는 콧노래를 불렀다. 그녀는 문제의 장면 때문에 콜린도 많이 걱정했다고 믿었는데, 그는 이제야 어디가 잘못 되었는지를 알게 되어 안심했고, 오늘 아침 편집실에 나가서 그는 스튜디오의 경비를 5천 달러나 들여 나흘 동안 열심히 일한 부분을 오묘한 쾌감을 느끼며 잘라 버릴 터였다.

그들은 일찍 공항에 도착했고, 자기 가방과 어머니의 가방이 카운터 뒤로 사라지는 광경을 지켜보고 나서야 빌리의 이마에서는 걱정스러운 주름이 없어졌다. 그는 여행을 하기 위해서 잿빛 트위드 양복에 단추가 많이 달린 분홍빛 셔츠를 입고 파란 넥타이를 맸으며, 머리는 깨끗이 솔질했고 턱에서는 사춘기 여드름이 눈에 뜨이지 않았다. 그레첸은 그가 열네 살이라는 나이와 달리 무척 어른스러운 미남이라고 생각했다. 그는, 스튜디오로 어서 돌아가서 일을 시작하려는 조바심을 훌륭하게도 얼굴에 드러내지 않으려고 하면서 그들을 공항까지 태워다 준 콜린보다는 훨씬 컸고, 키가 그녀만큼이나 되었다. 콜린의 운전이 신경질적이어서 그레첸은 공항으로 가는 길에 자제를 했어야 했다. 그녀의 생각에는 그의 운전 솜씨가 커다란 흠이어서, 어떤 때에는 다른 생각에 잠겨 우울한 얼굴로 천천히 차를 몰다가, 갑자기 경쟁심이 강해져서 다른 운전사들에게 욕설을 퍼부으며 앞질러 달려 나가거나 쫓아오는 차의 앞길을 가로막기도 했다. 위험한 경우를 몇 차례 당하고 나서 그녀가 경고하려고 하면 그는 그녀에게 고함을 치고는 했다. "그렇게 잘난 미국 여자인 척하지 마." 그는 자신의 운전 솜씨가 훌륭하다고 믿었다. 그가 그녀에게 설명했듯이, 비록 그는 과속으로 달리다 몇 번 걸리기도 했고, 훌륭하고도 한심한 영화사의 중재자들이 돈을 받고 일을 무마해 줘서 기록에는 남지 않았지만, 그는 교통사고를 일으킨 일은 없었다.

다른 승객들이 가방을 가지고 카운터로 오는 사이에 콜린이 말했다. "시간이 많이 남았는데. 커피나 한 잔 마시러 가지."

그레첸은 빌리가 비행기에 제일 먼저 오르려고 문에 서서 기다리기를 원한다는 것을 알았다. "여보, 콜린." 그녀가 말했다. "당신은 기다릴 필요가 없어. 그러지 않아도 작별이라는 건 귀찮게 마련인데……."

"커피를 마시러 가." 콜린이 말했다. "난 아직 잠이 깨지 않았어."

그들은 홀을 건너서 식당 쪽으로 걸어갔고, 남편과 아들 사이에 낀 그레첸은 그들과 자신의 아름다움을 의식하면서, 사람들이 자기들 셋을 쳐다보는 시선을 의식하고는 기분이 좋았다. 자부심, 그 달콤한 죄악, 그녀는 생각했다.

식당에서 그녀와 콜린은 커피를 마셨고, 빌리는 코카 콜라와 함께 멀미약을 삼켰다.

"난 열여덟 살 때까지도 버스를 타면 멀미를 했단다." 약을 삼키는 아들을 지켜보면서 콜린이 말했다. "그러다가 처음으로 여자를 알게 되고는 멀미가 멎었지."

빌리의 눈에는 얼핏 비판적인 눈빛이 번득였다. 콜린은 어른들 앞에서 말하는 투 그대로 빌리에게도 말을 했다. 그것이 정말 현명한 일인지 그레첸은 가끔 의아했다. 그녀는 아들이 계부를 사랑하는지 아니면 억지로 참거나, 또는 증오하는지 알 길이 없었다. 빌리는 자기 감정을 스스로 털어놓는 아이가 아니었다. 콜린은 아이의 환심을 사려고 특별히 애를 쓰지는 않는 눈치였다. 그는 가끔 아이를 무뚝뚝하게 다루었고, 어떤 때에는 무척 관심을 느끼고 학교 공부를 도와 주기도 했으며, 어떤 때에는 장난기를 보이고 친근했고, 어떤 때에는 거리감을 두었다. 콜린은 관객과 타협을 하지 않으면서도 일은 훌륭히 해내는 사람이라고 그레첸은 생각했지만, 성깔 때문에 다루기 힘든 애인을 위해 자신의 아버지를 버린 어머니와 함께 사는 위축된 외아들의 경우에는 그런 태도가 꼭 좋다고만은 하기가 어려웠다. 그녀와 콜린은 싸움도 가끔 했지만 빌리 때문에 그러는 일은 없었고, 윌리 애보트가 곤경에 처해 경제적인 여유가 없어지자 아들의 교육비도 콜린이 댔다. 콜린은 그레첸더러 교육비가 누구에게서 나온다는 얘기를 아들에게 절대로 하지 못하게 했지만, 빌리가 눈치를 챘다는 것을 그레첸은 확실히 알았다.

"내가 꼭 네 나이였을 때 부모가 날 학교 기숙사로 보냈지." 콜린이 얘기했다. "난 첫 주일에는 울었어. 첫 해에 난 학교를 증오했지. 둘째 해에는 억지로 참았고. 셋째 해에는 난 학교 신문의 편집을 맡았고, 처음으로 권력의 즐거움을 맛보았고, 비록 내가 어느 누구에게도 나 자신에게도 긍정을 하지는 않았지만, 난 즐거웠어. 마지막 해에 난 떠나기가 싫어서 울었지."

"난 섭섭하게 생각하지는 않아요." 빌리가 말했다.

"좋아." 콜린이 말했다. "요즈음에 좋은 학교라는 것이 존재하기나 하는지는 모르겠지만, 아무튼 거긴 좋은 학교이고, 아무리 최악의 경우라고 해도 넌 영어로 단순 평서문을 쓰는 정도는 배워 가지고 나올 테니까. 이거 받아." 그는 봉투를 꺼내서 아이에게 주었다. "이거 받고, 안에 무엇이 들었는지는 절대 엄마한테 얘기하지 마라."

"고마워요." 빌리가 말했다. 그는 봉투를 저고리 안주머니에 넣었다. "이젠 가 봐야 하지 않을까요?"

빌리는 기타를 들고, 세 사람은 나란히 문 쪽으로 갔다. 잠깐 동안 그레첸은, 역사 깊은 뉴 잉글랜드의 장로교 계통의 점잖은 학교가 그의 기타에 대해서 어떤 반응을 보일까 염려했다. 아무 반응도 없을지도 모르지. 요즈음에는 열네 살짜리 사내아이들이 무슨 행동을 할지는 아무도 예측할 수가 없다.

그들이 출구에 이르렀을 때 비행기는 막 승객을 태우려던 참이었다. "어서 가서 타거라, 빌리." 그레첸이 말했다. "난 콜린에게 작별 인사를 하고 싶으니까."

콜린은 빌리와 악수를 하고 말했다. "무엇이라도 필요하면 나한테 전화를 걸어. 수신자 부담으로."

그레첸은 아들에게 얘기를 하는 그의 얼굴을 자세히 살펴보았다. 날카롭고 야윈 얼굴에 담긴 부드러움과 걱정은 진짜였고, 무성한 검은 눈썹 밑의 위험스러운 눈은 다정하고 차분했다. 난 실수를 범하지는 않았구나, 그녀는 생각했다. 난 실수하지는 않았어.

한 아버지에게서 다른 아버지에게로 불안스러운 여행을 떠나면서 빌리는 엄숙하게 미소를 짓고는, 순찰을 나가는 보병의 소총처럼 기타를 들고 비행기에 올랐다.

"아무 일 없겠지." 아이가 문을 나서서 커다란 제트 비행기가 기다리는 활주로로 가는 동안 콜린이 말했다.

"그렇다면 좋겠어." 그레첸이 말했다. "봉투 속에 돈을 넣었지, 안 그래?"

"몇 푼 정도." 콜린이 무관심하게 말했다. "위로금이야. 고통을 덜어 주려고. 군것질이나 〈플레이보이〉 최근호가 없이는 교육을 참아내지 못하겠다고 느껴지는 때가 사내아이들에게는 가끔 생겨. 아이들 와일드에서 윌리가 당신을 마중 나온대?"

"그래."

"같이 아이를 학교까지 데리고 갈 생각이야?"

"응."

"그래야 옳겠군." 콜린이 무감각하게 말했다. "청소년들의 행사에는 부모가 짝을 지어 참석해야지." 그는 그녀에게서 눈을 돌려서 문을 나가는 승객들을 응시했다. "비행기에 타려고 층계를 오르면서 사람들이 벙글벙글 웃어대는 항공 회사 광고의 사진을 볼 때마다 난 우리가 거짓으로 가득 찬 사회에서 살아간다는 생각이 들어. 비행기를 타면서 좋아하는 사람은 아무도 없지. 오늘 밤엔 전남편 윌리하고 잘 거야?"

"콜린!"

"여자들은 그런다고들 하더군. 이혼은 최후의 최음제니까."

"육갑하네." 그녀가 말했다. 그녀는 출구를 향해서 가려고 했다.

그는 손을 내밀어 팔을 움켜쥐고 그녀를 잡아당겼다.

"미안해." 그가 말했다. "난 비극적이고, 자신을 파괴하고, 행복에 회의를 느끼고, 용서를 받지 못할 인간이야." 그는 애원하듯 구슬프게 미소를 지었다. "한 가지만 부탁해. 윌리한테 내 얘기는 하지 마."

"안 할게." 가까이서 그를 마주보면서 그녀는 이미 그를 용서했다. 그는 가볍게 그녀에게 키스했다. 탑승자를 마지막으로 부르는 소리가 방송을 통해 들려왔다.

"두 주일 후에 뉴욕에서 만나." 콜린이 말했다. "내가 갈 때까지 시내에서 혼자 재미 보지 말고."

"걱정하지 마." 그녀가 말했다. 그녀는 그의 뺨을 가볍게 입술로 비볐고, 그는 갑자기 돌아서더니, 그녀로 하여금 혼자 미소를 짓게 만드는 그런 걸음걸이로, 틀림없이 자기가 승리자가 될 운명인 어떤 위험한 대결을 하러 가듯이, 뚜벅뚜벅 걸어갔다.

그녀는 잠깐 동안 그의 뒷모습을 지켜보다가 출구를 나섰다.

멀미약을 먹기는 했어도 빌리는 착륙을 앞두고 아이들와일드로 비행기가 접근하는 사이에 토했다. 그는 준비된 봉투에 미안하다는 듯 깨끗하게 토해 넣었지만, 이마에서는 땀방울이 솟았고, 어깨는 주체할 수 없이 들먹거렸다. 그레첸은 그것이 심각한 병이 아니라고는 생각했지만, 그래도 그런 순간에 아들과 고통의 사이에서 막아 줄 능력이 자신에게 없다는 사실에 가슴 아파하면서, 힘없이 빌리의 목덜미를 쓰다듬어 주었다. 비합리적인 모성.

구역질이 끝나자 빌리는 봉투를 깨끗하게 닫고는, 봉투를 처리하고 입가심을 하려고 통로를 따라 화장실로 갔다. 자리에 돌아왔을 때까지도 아직 그의 얼굴은 창백했다. 그는 얼굴에서 땀을 닦았고 정신을 차린 듯싶었지만, 그레첸의 옆자리에 앉으면서, 그는 고통스럽게 말했다. "제기랄, 난 아직도 너무 어린 모양이야."

로스앤젤레스에서 오는 승객들을 기다리는 사람들 사이에서 윌리는 검은 안경을 쓰고 기다렸다. 날씨는 흐리고 후덥지근했으며, 인사를 할 만큼 그에게 가까이 가기도 전에 그레첸은 그가 어젯밤에 술을 마셨고, 자신과 아들에게 충혈된 눈을 보여 주지 않기 위해서 검은 안경을 썼음을 알아차렸다. 적어도 단 하룻밤만이라도, 몇 달 동안이나 만나 보지 못한 아들에게 인사를 하기 전만이라도, 말짱한 정신으로 보낼 수가 없을까, 그녀는 생각했다. 그녀는 짜증을 억누르려고 애썼다. 자식 앞에서 이혼한 부모가 보여 줘야 할 다정함과 차분함. 깨어진 사랑에 필수적인 위선.

빌리는 아버지를 보고는 비행기에서 내리는 승객들 사이를 헤치고 그에게로 발걸음을 서둘렀다. 그는 아버지를 얼싸안고 그의 뺨에 키스했다. 그레첸은 방해가 되지 않으려고 일부러 천천히 걸었다. 아버지와 아들은 눈에 드러날 만큼 서로 사랑했다. 비록 빌리가 아버지보다 키가 컸고, 평생 어느 시기의 윌리보다 미남이기는 했지만, 그들의 혈연관계는 명백히 나타났다. 다시 한 번 그레첸은 아이의 유전적 발생에 대한 그녀의 공헌을 어디서도 찾아보기 어렵다는 짜증스러움을 느꼈다.

그레첸이 그에게 가까이 가자, 윌리는 아들의 애정 표시에 대해서 잔뜩 (얼빠진?) 미소를 지었다. 그는 빌리의 어깨를 안은 채로 그레첸에게, "잘 지냈어, 여보?"라고 말하고는 그녀의 뺨에 키스하려고 상반신을 내밀었다. 떠나고 도착하면서, 같은 날, 대륙의 양쪽에서 받은, 비슷비슷한 두 차례의 키스. 윌리는 이혼할 때 빌리 문제에 관해서는 무척 너그러운 마음을 보여 주었고, 그래서 그녀는 '여보'라는 호칭이나 구슬픈 키스를 거절할 처지가 못 되었다. 그녀는 검은 안경이나 윌리의 입에서 풍기는 술 냄새에 대해서 아무 소리도 하지 않았다. 그는 훌륭한 뉴 잉글랜드 학교의 교장에게 아들을 소개하기에 알맞은 의상을 깨끗하게 갖춰서 얌전히 입고 나왔다. 내일 학교로 갈 때 그녀는 어떻게 해서든지 그가 술을 마시지 못하도록 할 생각이었다.

뉴욕의 저녁 불빛이 창문 밖에서 빛나고, 귀에 익어 흥분을 불러일으키는 도시의 울부짖음이 길거리에서 떠오르는 동안 호텔 특실의 거실에서 그녀는 혼자였다. 어리석게도 그녀는 그날 밤 빌리가 자기와 같이 지내리라고 기대했지만, 아이들와일드에서 시내로 세를 낸 차를 몰고 오면서 윌리가 빌리에게 말했다. "긴의자에서 잔다고 너무 기분 나빠하지는 않았으면 좋겠어. 방은 하나뿐이지만, 긴의자가 있지. 용수철이 두어 개 망가졌지만, 네 나이엔 잠을 잘 자니까."

"아주 좋아요." 빌리가 말했고, 그의 말투가 뜻하는 바는 너무나 분명했다. 그는 어쩌면 좋겠느냐고 그녀를 쳐다보지조차 않았다. 만일 그가 보내 달라고 그녀에게 말했더라도, 그녀가 무슨 말을 하겠는가? 어디서 묵을 예정이냐고 윌리에게 물어서, 그녀가 그에게 "알곤퀸에서"라고 대답하자, 그는 비꼬는 듯 눈을 치켜떴다.

"콜린이 거길 좋아해." 그녀는 핑계를 대었다. "거긴 극장가에서 가깝기 때문에, 그이가 연습장이나 사무실까지 걸어 다니는 데 시간이 많이 절약되지."

그녀를 내려 주려고 알곤퀸 호텔 앞에다 차를 세운 윌리는 그녀나 빌리를 쳐다보지도 않으면서 말했다. "난 언젠가 이 호텔에서 어떤 여자에게 샴페인을 한 병 사 주었지."

"아침에 나한테 전화를 걸어 주길 부탁할게." 그레첸이 말했다. "일어나자마자. 점심시간 전에 학교에 도착해야 되니까."

그녀가 길로 내려섰을 때 빌리는 앞좌석의 반대편 쪽 자리에 앉아 있었고, 짐꾼이 그녀의 가방을 집어 들어서 그녀는 아들에게 작별 인사로 키스를 해 주지도 못했으며, 그저 손이나 조금 흔들면서 그녀는 아들이 아버지와 저녁을 먹고 아버지의 1인용 방에서 긴의자에 누워 밤을 지내도록 보내 주었다.

숙박부에 기록을 하러 갔더니 숙박계에서는 그녀에게 오는 전갈이 기다렸다. 그녀는 자기가 뉴욕으로 올 예정이니까 와서 같이 저녁이나 들자고 루돌프에게 전보를 쳤었다. 전갈은 루돌프가 보냈는데, 오늘 저녁에는 만나러 오지 못하고, 내일 아침에 전화를 걸어 주겠다는 내용이었다.

그녀는 특실로 올라가서 짐을 풀고, 목욕을 하고, 무슨 옷을 입을까 망설였다. 결국은 오늘 저녁을 어떻게 보내게 될지 확실히 모르는 일이어서, 그저 긴 원피스만 걸치기로 했다. 뉴욕에서 그녀가 알았던 사람들이라고는 윌리의 친구들이나 그녀의 옛 애인들, 3년 전에 이곳으로 와서 연극에서 실패를 보았던 때 콜린과 함께 잠깐 만났던 사람들뿐이었고, 그녀는 그들에게 전화를 걸고 싶은 마음이 내키지 않앉다. 그녀는 무척 술을 마시고 싶었지만, 바로 내려가서 혼자 앉아 술에 취하기도 난처한 노릇이었다. 망할 녀석 루돌프는 돈 버는 일에 너무 바빠서 누이를 위해 단 하룻밤도 시간을 내줄 수가 없는 모양이구나, 그레첸은 창가에 서서 저 아래 44번가를 오가는 차량들을 내려다보며 생각했다. 루돌프는 그 동안 사업 때문에 두 차례 로스앤젤레스에 왔었는데, 그녀는 그를 안내하며 다니느라고 그녀의 여가를 몽땅 다 바쳤었다. 어디 다시 한 번 거기 나타나기만 해 봐라, 그녀는 혼자 다짐했다. 호텔에 도착해서 보면 따끈한 메시지가 기다릴 테니까.

그녀는 윌리를 부르려고 전화를 걸까 하는 생각도 해 보았다. 그녀는 비행기에서 속이 불편했던 빌리가 지금은 괜찮을지 알아 보고 싶은 체해도 되겠고, 그러면 윌리가 그녀에게 함께 저녁을 먹자고 청할지도 모를 일이었다. 그녀는 전화가 놓인 곳으로 가기까지 했지만, 전화기를 집으려고 손을 뻗던 그녀는 그냥 멈추었다. 잔재주는 가능하면 안 피우는 것이 좋지. 그녀의 아들은 적어도 단 하룻밤이나마 어머니의 질투에 찬 눈을 피해서 마음을 푹 놓고 지낼 권리가 있었다.

그녀는 작은 구석 방에서 오락가락 서성거렸다. 언젠가 뉴욕으로 왔을 때 그녀는 얼마나 행복했고, 이 도시가 그녀에게는 얼마나 개방적이고 유혹적이었던가. 그녀가 젊고, 가난하고, 혼자였을 때, 도시는 그녀를 반갑게 맞아 주었고, 그리고 그녀는 이곳의 길거리들을 두려움도 없이 마음대로 돌아다녔다. 이제는 더 현명해지고 나이가 많고 부자가 된 그녀는 방에 갇힌 죄수가 된 기분이었다. 5천 킬로미터나 떨어진 남편과 몇 골목 너머에 있는 아들이 그녀의 행동에 보이지 않는 속박을 가해 왔다. 그렇지만 그녀에게는 적어도 아래층에 내려가 호텔 식당에서 저녁식사를 하는 자유가 남았다. 포도주가 반쯤 남은 술병을 놓고, 작은 탁자에 앉아서 저녁을 먹는 다른 사람들의 대화를 듣지 않으려고 애를 쓰며, 조금씩 조금씩 술에 취해서, 수석 웨이터에게 조금쯤 수다스럽고 조금쯤 명랑하게 떠들어 대는, 또 하나의 고독한 여인. 맙소사, 여자란 어떤 땐 정말 심심하기 짝이 없구나.

그녀는 침실로 들어가서, 값이 너무 비싸게 먹혔고 콜린이 좋아하지 않는 가장 수수한 검정 드레스를 꺼내서 입기 시작했다. 그녀는 화장에 신경을 쓰지 않는 여자여서, 머리를 빗을 생각은 하지도 않고 막 문을 나서려는데, 전화가 울렸다.

그녀는 뛰다시피 다시 방안으로 들어갔다. 만일 윌리에게서 온 전화라면, 무슨 일이 있더라도 난 그들과 저녁을 같이 먹어야지, 그녀는 생각했다.

그러나 윌리가 아니었다. 조니 히드였다. "안녕하세요." 조니가 말했다. "여기 묵는다고 루돌프한테 얘기를 들었는데, 마침 근처를 지나던 길이라, 혹시나 해서……"

거짓말쟁이, 그녀는 생각했다. 저녁 9시 15분 전에 알곤퀸 앞을 공연히 지나갈 사람이 어디 있다고. 그러나 그녀는 기뻐서 말했다. "조니! 정말 놀랐어요."

"아래층에 있는데요." 옛 시절의 메아리를 울리면서 조니가 말했다. "혹시 아직 저녁식사를 안 했으면……"

"글쎄요." 마음이 안 내키는 체하면서, 자기의 꾀에 대해서 자신을 경멸하다가, 그녀는 말했다. "난 옷을 차려입지 않아서 식사를 여기서 시켜 먹을까 생각하던 참이었어요. 여행을 해서 피곤한 데다 내일은 일찍 일어나야 하니까……"

"바에서 기다리겠어요." 조니가 말하고 전화를 끊었다.

매끄럽고, 자신만만한 월 스트리트의 개자식, 그녀는 생각했다. 그런 다음에 그녀는 안으로 들어가 드레스를 바꿔 입었다. 그러나 그녀는 바로 내려가기 전에 그가 20분이나 기다리게 했다.

"오늘 밤 와서 만날 틈이 없다고 루돌프가 안타까워하더군요." 탁자를 가운데 두고 그녀와 마주앉아서 조니 히드가 말했다.

"그랬겠죠." 그레첸이 말했다.

"정말예요. 사실입니다. 전화로 목소리를 들어보니까 퍽 마음 아파 하는 눈치였어요. 그래서 일부러 나한테 전화를 걸어 자기 대신 시간을 같이 보내고, 이유를 설명해 달라고……."

"술을 좀더 하고 싶은데요." 그레첸이 말했다.

조니 히드가 손짓을 하니까 웨이터가 와서 잔을 채웠다. 그들은 1950년대식으로 꾸민 작은 프랑스 요리 식당에서 식사를 했다. 무척 한산한 곳이었다. 용의주도하구나, 그레첸은 생각했다. 아는 사람은 아무도 만나지 않을 만한 곳, 정사를 가졌던 유부녀들과 같이 저녁을 먹으러 가기에 좋고. 조니는 필시 이와 비슷한 곳을 많이 알겠지. 엉큼한 바람둥이들을 위한 뉴욕의 식당 안내서. 그걸 책으로 묶으면 굉장한 베스트셀러가 될 지도 모르지. 그들이 들어서자 그들의 얘기를 아무도 엿들을 수 없는 구석 자리로 안내해서 앉히고 수석 웨이터는 다정하게 미소를 지었었다.

"정말 무슨 수를 써서든지 올 시간만 났다면 말예요." 친구들과 적들, 연인들과 친족들 사이에 답답한 문제가 생길 때마다 가운데 나서서 훌륭히 처리해 주는 조니가 말을 계속했다. "그랬다면 꼭 왔을 거예요. 그 친구 당신한테는 꽤 애착을 느끼니까요." 아무에게도 애착을 느껴 본 적이 없는 조니가 말했다. "여태껏 만나 본 어느 여자보다도 당신을 더 존경하죠. 나한테 그런 말을 했어요."

"남자들은 기나긴 겨울밤에 그런 것 말고는 할 얘기가 없나요?" 그레첸은 술을 조금 마셨다. 그나마 그녀는 저녁에 훌륭한 포도주라도 마시게 되었다. 오늘 밤엔 취해 버리는 쪽이 좋을지도 모른다. 내일의 고역을 치루기 전에 잠이라도 푹 자도록. 그녀는 윌리와 아들도 이렇게 조용한 식당에서 지금 식사를 할까 생각해 보았다. 당신도 한때 데리고 살았던 아들을 어디엔가 숨기려고 그러시나요?

"사실은 말예요." 조니가 말했다. "루디가 아직 결혼하지 않은 까닭은 당신 탓도 커요. 그 친구 당신을 너무 존경해서 아직까지도 당신 같은 여자를 아무도 찾아내지 못했고, 그래서…….”

“그토록 나를 존경하기 때문에, 거의 일 년이나 만나지 못했는데도 하룻밤쯤 시간을 내서 날 만나러 올 수가 없었다, 그런 얘기로군요.” 그레첸이 말했다.

“루디는 다음 주에 포트 필립에서 새 상가를 열어요.” 조니 히드가 말했다. “여태껏 아무도 구경도 못했을 만큼 큰 규모로요. 그 얘기 편지에 쓰지 않았나요?”

“썼어요.” 그녀는 긍정했다. “그런데 내가 그 날짜가 언제인지 별로 신경을 쓰지 않았던 모양예요.”

“마지막 순간에 처리해야 할 일이 무지하게 많죠. 하루에 스물네 시간씩 일을 한답니다. 정말 육체적으로는 불가능한 상황이죠. 일을 할 때는 루디가 어떤 식인지 아시잖아요.”

“알아요.” 그레첸이 말했다. “일은 지금하고, 생활은 나중이다. 그 애는 광적이죠.”

“남편은 어때요? 버크 말예요.” 조니가 물었다. “그 사람은 일을 안 하나요. 내 생각엔 그 사람도 당신을 존경하는 모양이던데, 당신하고 뉴욕으로 오려고 짬을 내기 위해 애를 쓴 것 같지는 않군요.”

“그이는 이 주일 후에 와요. 어쨌든 하는 일이 다르죠.”

“알겠어요.” 조니가 말했다. “영화를 만드는 일은 신성한 작업이고, 그래서 여자는 그것을 위해 희생될 때 숭고해지나 보군요. 거대한 기업을 운영하는 일은 추악하고 유치하니까, 고독하고 착하고 순진한 누이를 비행장에서 마중하고, 저녁을 사 주기 위해서 그런 더러운 일은 다 뿌리치고 뉴욕으로 줄달음질 쳐 와야 마땅하고 말입니다.”

“그건 루돌프를 변호하는 얘기가 아니군요.” 그레첸이 말했다. “그건 자기를 변호하려는 소리죠.”

“양쪽 다예요.” 조니가 말했다. “우리 두 사람 다를 위해서죠. 그리고 난 어느 누구도 변호해야 할 필요성을 느끼지 않아요. 만일 어느 예술가가 자기만을 현대 문명이·분출해 낸 산물이라고 느낀다면, 그야 멋대로 생각하라죠. 허지만 나처럼 가난하고 돈독이 오른 작자들이 그 말에 동의하길 바란다는 건 어리석은 일예요. 여자들에게는 황홀한 얘기이고, 그 덕택에 수많은 설익은 화가나 미완성 톨스토이들이 아름답고 보드라운 침대를 차지하겠지만, 아무리 그래도 나한테는 안 통하는 얘깁니다. 만일 내가 월 스트리트의 에어컨디셔너가 설치된 사무실 대신에 그리니치 빌리지의 다락방에서 일을 했다면 틀림없이 당신은 콜린 버크를 만나기 훨씬 전에 나하고 결혼했겠죠."

"잘못 생각했어요." 그레첸이 말했다. "나 술을 좀 더 마셔야겠어요." 그녀는 술잔을 내밀었다.

조니는 술잔이 거의 가득 찰 정도로 포도주를 따르고는 얘기가 들리지 않을 만큼 멀리 떨어져 서서 대기하던 웨이터에게 한 병 더 가져오라고 손짓했다. 그는 무엇인가 생각에 잠겨서 말없이 앉아 꼼짝도 하지 않았다. 그레첸은 그의 갑작스런 반발에 놀랐다. 그것은 전혀 조니답지 않았다. 그들이 섹스를 하는 동안에도 그는 침착하고, 분별력을 잃지 않고, 자신이 하는 모든 다른 일에서처럼 기술도 능숙했었다. 이제 와서야 육체적이고 정신적인 최후의 거칠음이 그에게서 드러나는 것 같았다. 그는 무척 오래 갈고 닦은 바위나 거대하고 둥근 돌, 우아한 무기, 공성포(攻城砲) 같았다.

"난 바보였어요." 음색(音色)이 없는 나지막한 목소리로 드디어 그는 말했다. "난 당신에게 결혼하자고 덤볐어야 했죠."

"그땐 난 결혼한 몸이었어요. 생각 안 나요?"

"당신은 콜린 버크를 만났을 때도 결혼한 몸이었죠. 생각 안 나요?"

그레첸이 어깨를 추슬렀다. "그땐 다른 해였어요." 그녀가 말했다. "그리고 그이는 사람이 달랐구요."

"나 그 사람이 만든 영화를 봤습니다." 조니가 말했다. "꽤 쓸 만하더군요."

"그 정도가 훨씬 넘어요."

"사랑에 멀어 버린 눈." 미소를 지으려는 척하면서 조니가 말했다.

"어쩌려고 이래요, 조니?"

"아무것도 아녜요." 그가 말했다. "아, 그만두죠. 가만히 생각해 보니, 난 내가 시간을 그토록 쓸모없이 보내서 공연히 심술을 부리고 싶었나 봐요. 남자답지 못한 놈이라서. 이제 난 기분 전환을 하고, 내 가장 친한 친구의 아내였던 손님에게 정중한 질문을 하나 던지겠습니다. 난 당신이 행복하다는 인상을 받았는데요."

"무척요."

"훌륭한 대답입니다." 조니가 그렇다는 듯 머리를 끄덕였다. "훌륭한 대답이죠. 키는 작아도 활동적인 은막의 예술가와 두 번째 결혼을 함으로써, 여인은 오랫동안 얻지 못했던 충만감을 발견했겠죠."

"아직도 심술을 부리는군요. 바라신다면 난 가겠어요."

"디저트가 나올 텐데요." 그는 손을 내밀어 그녀의 손을 잡았다. 부드럽고 살이 찐 동그란 손가락과 보드라운 손바닥. "가지 마세요. 다른 질문도 하고 싶으니까요. 그토록 뉴욕적이고, 그토록 자기 생활에 바쁜 당신 같은 여자가— 도대체 그 거지같은 곳에서 날이면 날마다 뭘 하고 지내죠?"

"내가 이제는 뉴욕에 살지 않게 되어서 고맙다고 하나님께 감사를 드리느라고 대부분의 시간을 보내요." 그녀가 말했다.

"나머지 시간엔요? 아빠가 스튜디오에서 집으로 돌아와서는 샘 골드윈이 점심을 들며 한 얘기나 들려주기를 기다리면서, 가정주부가 되어 멀거니 앉아 지내기를 좋아한다는 소린 그만두시죠."

"꼭 알고 싶다면 얘기를 하죠." 가슴이 찔려서 그녀가 말했다. "당신 말마따나 난 멀거니 앉아서 지내고, 따로 하는 일이라고는 거의 없어요. 난 내가 존경하고 도울 만한 남자의 인생에서 한 부분이 되었고, 그러는 편이 오히려 여기 살 때의 내가 되어서, 잘난 체하고 빼기면서 몰래 그 짓이나 하고, 잡지에 이름이나 내고, 한 주일에 세 번씩 술독에서 건져 내야만 하는 남자와 같이 사는 생활보다야 훨씬 좋죠."

"아─ 새로운 여성의 혁명─" 조니가 말했다. "교회, 아이들, 부엌이라. 맙소사, 세상에서 하고 많은 사람들 가운데 당신이 그러리라고는……."

"교회는 빼요." 그레첸이 말했다. "그러면 내 인생에 대한 당신의 표현이 아주 완전해요. 됐어요?" 그녀는 자리에서 일어섰다. "그리고 난 디저트는 그만두겠어요. 키가 작고 활동적인 은막의 예술가라는 치들은 야윈 여자들을 좋아하니까요."

"그레첸." 그녀가 식당에서 화를 내며 나가자 그는 그녀의 등 뒤에 대고 불렀다. 그의 목소리에는 순진한 놀라움이 담겼다. 그 전에는 한 번도 없었던 일이, 그가 이끌어 가는 훌륭하게 계획된 경기 법칙의 범위 내에서는 상상도 할 수 없었던 일이 그의 눈앞에서 벌어졌다. 그레첸은 뒤를 돌아보지 않았고, 식당의 아첨꾼 종업원들이 그녀를 위해 문을 열어 주기를 기다리지도 않고 성큼 밖으로 나갔다.

그녀는 빠른 걸음으로 5번가를 향해서 걷다가, 분노가 가라앉으면서 차츰 발걸음을 늦추었다. 그렇게 흥분하다니, 우스꽝스러운 일이로다, 그녀는 생각했다. 그녀가 어떻게 인생을 살아가는지에 대해서 조니 히드가 무슨 생각을 하든, 그것이 무슨 상관이란 말인가? 자유로운 여자들을 그가 좋아하는 척했던 까닭은 그가 그들과 함께라면 자신도 자유로워진다고 믿었기 때문이었다. 그는 그녀의 잔치에서 쫓겨났고, 그래서 그녀에게 분풀이를 하려고 했다. 그녀가 아침에 일어나서 그녀 곁에 누워 잠든 콜린을 보고 무엇을 느끼는지를 그가 어떻게 알겠는가? 그녀는 남편에게서 자유롭지가 않았고, 그는 그녀에게서 자유롭지가 않았으며, 그렇기 때문에 그들은 둘 다 더욱 훌륭하고 더욱 즐거운 인간이었다. 사람들이 자유라고 믿는 개수작.

그녀는 호텔로 발걸음을 서둘러 자신의 방으로 올라가서 수화기를 들고 교환수에게 베벌리 힐스의 자기 집 번호를 댔다. 지금 캘리포니아는 8시이니, 콜린은 지금쯤 집으로 돌아왔으리라. 비록 그가 전화로 얘기하기를 싫어했고 그녀가 전화를 걸어도 그녀에게조차 딱딱거리면서 듣기 싫은 소리를 하는 남자이기는 했지만, 그래도 그녀는 그의 목소리를 들어야 했다. 그러나 전화를 받는 사람은 없었고, 스튜디오로 다시 전화를 걸어 편집실로 신호를 보내 달라고 했더니, 버크 씨는 벌써 나가셨으며 오늘 밤에는 돌아오지 않으리라고 했다.

그녀는 천천히 수화기를 내려놓고는 방안에서 서성거렸다. 그런 다음에 그녀는 책상 앞에 앉아 종이 한 장을 꺼내서 쓰기 시작했다. "사랑하는 콜린, 내가 전화를 걸었더니 당신은 집에 없었고 당신은 스튜디오에도 없었고 그리고 난 슬프고 옛날에 내 애인이었던 남자가 내 마음에 걸리는 거짓된 얘기들을 했고 뉴욕은 너무 덥고 빌리는 나보다도 제 아버지를 더 사랑하고 난 당신이 없어서 무척 불행하게 느껴지고 당신은 집에 있어야 했고 난 당신에 대해서 엉뚱한 생각을 하고 나는 바로 내려가서 술을 한 잔이나 두 잔이나 석 잔을 마시고 만일 누가 날 건드리려고 하면 난 경찰을 부르겠고 난 당신을 다시 보게 될 때까지 두 주일 동안을 어떻게 살아가야 될지 모르겠고 거울 장면에 대해서 내가 너무 잘난 체하는 소리를 하지 않았기를 바라고 그리고 만일 내가 나 자신을 용서하고 만일 당신이 변하거나 달라지지 않고 잔소리를 하지 않는다면 나도 변하거나 달라지지 않고 잔소리를 하지 않겠다고 약속하겠고 우리를 비행장으로 데려다 줄 때 보니 당신 옷깃이 닳아빠졌고 나는 형편없는 가정주부이지만 그러나 나는 가정주부이고, 당신 집의 아내이고, 그건 이 세상에서 가장 좋은 직업이고, 그리고 다음에 내가 전화를 걸었을 때 당신이 집에 없으면 당신에게 내가 어떤 복수를 할지는 아무도 몰라. 사랑하는 G."

그녀는 편지를 다시 읽어 보지도 않고 항공 엽서에 넣어서 로비로 내려가 우표를 붙인 다음에, 어둡고 거대한 대륙을 건너 5천 킬로미터나 떨어진 곳에 존재하는 자기 인생의 핵심까지 종이와 잉크와 야간 비행기로 연결지어지는 편지 투입구에 집어넣었다.

그런 다음에 그녀는 바로 들어갔고, 그녀를 유혹하려는 사람은 하나도 없었으며, 그녀는 바텐더에게 얘기도 하지 않으면서 위스키를 두 잔 마셨다. 그녀는 위로 올라가서 옷을 벗고 잠자리에 들었다.

이튿날 아침에 그녀는 전화 소리 때문에 잠이 깨었고, 전화를 건 사람은 윌리였다. "30분 후에 당신을 데리러 가겠어. 우린 벌써 아침을 먹었지."

전남편이며 전직 공군인 윌리는 차를 빨리, 그리고 잘 몰았다. 그들이 학교에 가까워지자 뉴 잉글랜드의 아름답고 나지막한 산에서는 나뭇잎들이 가을로 물들기 시작했다. 윌리는 다시 검은 안경을 썼지만 오늘은 술 때문이 아니라 길바닥으로 쏟아지는 눈부신 햇빛 때문이었다. 운전대를 잡은 그의 손은 믿음직했고, 잠을 못 잔 밤을 지내고 난 기색이 그의 목소리에는 조금도 나타나지 않았다. 빌리가 멀미를 해서 두 번이나 차를 세워야 했지만, 그것만 말고는 아주 유쾌한 여행이어서, 부유하게 살아가는 말끔하고 젊은 미국인 한 가족처럼, 그들은 반짝이는 새 차를 타고 미국의 가장 푸르른 곳을 가로질러 맑은 9월의 하루를 달렸다.

학교는 대부분이 붉은 벽돌로 지은 식민지풍 건물이었고, 여기저기 하얀 기둥이 섰으며, 교정에는 기숙사로 쓰는 낡은 목조 저택이 몇 채 자리 잡았다. 건물들은 고목과 널찍한 운동장 사이에 흩어져 있었다. 본관 건물 쪽으로 차를 몰고 가면서 윌리가 말했다. "넌 어디 시골 골프 클럽에라도 가입하는 듯하구나, 빌리."

그들은 차를 세우고 계단을 올라가서 학부형들과 다른 아이들이 와글거리는 속을 뚫고 본관 건물의 커다란 홀로 들어갔다. 신입생들을 접수하려고 내다 놓은 책상 뒤에는 중년 부인이 앉아 미소를 지었다. 그녀는 그들과 악수를 한 뒤, 만나 뵈어서 반갑다고 말하고는, "정말 날씨가 화창하군요"라면서, 빌리에게 빛깔로 구분하는 이름표를 주고는 옷깃에 다른 빛깔의 이름표를 단 나이가 좀 많은 아이들이 모여 선 곳을 향해서 "데이비드 크로포드" 하고 소리쳤다. 키가 크고 안경을 쓴 열여덟 살 난 소년이 씩씩하게 책상으로 왔다. 중년 여인은 모든 사람들에게 돌아가며 인사를 시키고는 말했다. "윌리엄(빌리는 윌리엄의 애칭―옮긴이), 이애는 데이비드인데, 둘이 가까이 지내야 해. 오늘도 그렇고, 학교를 다니는 동안 언제라도 걱정거리가 생기면 곧장 데이비드를 찾아가서 좀 괴롭혀 주도록 해요."

"알겠지, 윌리엄." 크로포드가 말했다. 굵직하고 믿음직한 6학년 선배의 목소리. "내가 돌봐 줄 테니까. 짐은 어디 있지? 내가 방으로 안내를 하겠어." 그는 건물 밖으로 길을 안내했고, 중년 여인은 벌써 책상에서 다른 세 명의 가족에게 미소를 짓느라고 바빴다.

"윌리엄이라고." 윌리와 함께 두 아이들의 뒤를 따라 가면서 그레첸이 속삭였다. "잠깐 동안 난 그 여자가 누구 얘기를 하나 했지."

"좋은 징조야." 윌리가 말했다. "내가 학교에 들어갔을 때는 모두들 서로 성만 불렀어. 우리에게 군대에 갈 준비를 시켰던 거지."

크로포드는 빌리의 짐을 들고 가겠다며 우겼고, 그들은 교정을 가로질러 근처의 다른 건물보다는 확실히 새 것인 3층짜리 벽돌 건물로 갔다. "실리토관(館)이야." 안으로 들어가면서 크로포드가 말했다. "네 방은 3층이고, 윌리엄."

문간 바로 안쪽에는 이 기숙사가, 나라를 위해서 1944년 8월 6일에 전사한, 1938년도 졸업생인 중위 로버트 실리토 2세의 아버지 로버트 실리토가 기증한 건물임을 알리는 명판을 붙여 놓았다.

그레첸은 명판을 보고 마음이 언짢아졌지만, 크로포드와 빌리의 뒤를 따라서 층계를 올라가다가, 다른 방에서 노래를 부르는 사내아이들의 목소리와 전축에서 재즈 악단이 두들겨 대는 소리를 듣고 마음이 놓였다.

빌리에게 배당된 방은 크지 않았지만, 간이침대 두 개와 작은 책상두 개와 옷장 두 개가 갖추어졌다. 빌리의 소유물과 함께 미리 올려보낸 작은 가방은 한 쪽 간이침대 밑에 넣어 두었고, 창문 옆에는 푸르니에라는 딱지가 달린 다른 가방이 놓였다.

"너하고 방을 같이 쓸 아이가 벌써 올라왔구나." 크로포드가 말했다. "만나 봤어?"

"아니." 빌리가 말했다. 그는 본디 그런 아이이기는 했지만 지금은더욱 침착했고, 그레첸은 푸르니에가 누구인지는 몰라도 깡패나 마리화나 복용자가 아니기를 바랐다. 그녀는 갑자기 맥이 빠졌다. 하나의생명이 그녀의 손을 벗어났다.

"점심 때 그애를 만날 거야." 크로포드가 말했다. "곧 식사를 알리는 종이 울리겠지." 그는 윌리와 그레첸에게 말끔하고 믿음직한 미소를 지었다. "물론 학부형들도 모두 초대가 되었습니다, 애보트 부인."

그녀는 빌리의 얼굴에서 "제발 지금은 아무 소리도 하지 말아"라고애원하는 듯한 고민스러운 표정을 포착하고는, 자기가 애보트 부인이아니라고 입까지 올라오던 말을 억제했다. 자기 아버지는 애보트 씨지만 어머니는 버크 부인이라는 얘기를 빌리가 설명할 시간은 나중에얼마든지 충분했다. 첫날부터 그러지 않더라도. "고마워, 데이비드."자신의 귀에도 침착하지 못한 목소리로 그녀가 말했다. 그녀는 윌리를 쳐다보았다. 그러지 말라고 그는 고개를 저었다. "학교에서 우리를 초청한다니 퍽 고맙구나." 그녀는 말했다.

크로포드는 잠자리를 깔아 놓지 않은 썰렁한 간이침대를 가리켰다. "담요를 석 장 마련하면 좋을 거야, 윌리엄." 그가 말했다. "이곳에선밤이면 무지무지하게 추워지고, 여기 사람들은 난방에 대해선 노랭이니까. 우리의 성격을 교정하려면 꽁꽁 얼어붙게 해야 최고라고 생각하는 모양이야."

"오늘 뉴욕에서 내가 담요를 보내 주겠어." 그레첸이 말했다. 그녀는 윌리에게로 돌아섰다. "그럼 이제 점심은……."

"배는 고프지 않을 텐데, 배고파, 여보?" 윌리의 목소리는 애걸하는 투였고, 그레첸은 그가 술은 구경도 못 하며 학교 식당에서 점심을 먹기는 죽기보다도 싫어하리라는 사실을 깨달았다.

"꼭 그렇지도 않아." 그를 불쌍히 여기면서 그녀가 말했다.

"아무튼 난 4시까지는 시내로 돌아가야 해." 윌리가 말했다. "무척 중요한 약속이 있기 때문에……." 그의 목소리는 신빙성이 없게 흐지부지했다.

종이 울리는 소리가 요란했고, 크로포드가 말했다. "시간이 됐구나. 식당은 아까 접수 수속을 한 책상 바로 위쪽이야, 윌리엄. 손을 씻어야 해서 이만 실례할게. 그리고 뭐든지 필요하면 날 잊지 마." 학교에서 3년 동안 받은 교육을 상징하는 어른스럽고 단정한 태도로, 운동복 윗도리에 하얀 구두를 신은 그는 아직도 전축 석 대에서 울려대는 음악, 엘비스 프레슬리가 흐느끼는 노래, 미친 듯이 그리워하고 잘난 체하는 시끄러운 음악이 울리는 복도로 나갔다.

"어때." 그레첸이 말했다. "무척 착한 아이 같구나, 안 그래?"

"어머니가 가신 다음에 어떻게 나오는지 어디 두고 보겠어요." 빌리가 말했다. "그리고 나중에 알려 드리죠."

"너 어서 점심 먹으러 가야 할 것 같구나." 윌리가 말했다. 그레첸은 어서 오늘의 첫 번째 한 잔을 마시고 싶어서 그가 헐떡거린다고 짐작했다. 이곳으로 오는 동안에 그가 선술집에 잠깐 들리자는 소리를 하지 않아서 그나마 다행이었고, 그래서 그는 마침내 훌륭한 아버지 노릇을 해내었다. 그는 마티니를 마실 만한 공을 세웠다.

"식당까지 같이 가 주마." 그레첸이 말했다. 그녀는 울고 싶었지만 물론 빌리 앞에서는 그러면 안 되었다. 그녀는 공연히 방을 둘러보았다. "이 방을 같이 쓰는 애하고 네가 치장만 좀 하면 퍽 아늑한 방이 되겠어." 그녀는 말했다. "그리고 여긴 전망도 꽤 좋구나." 갑자기 그녀는 앞장을 서서 복도로 나갔다.

그들은 본관 건물로 모여드는 다른 사람들의 무리와 함께 교정을 건너갔다. 그레첸은 계단에서 조금 떨어진 곳에서 걸음을 멈추었다. 작별할 순간이 왔지만, 그녀는 층계 밑에 모인 학부형들과 소년들의 틈바구니에서 헤어지고 싶지는 않았다.

"그럼." 그녀가 말했다. "여기서 작별해도 상관없겠지."

빌리는 그녀를 끌어안고 갑작스레 키스를 했다. 그녀는 겨우 미소를 지었다. 빌리는 아버지와 악수했다. "여기까지 차를 태워다 주셔서 고마워요." 그는 두 사람에게 말했다. 그러고는 전혀 눈물을 보이지 않고 돌아서더니 그는 서두르지도 않고 계단을 향해 갔으며, 영원히 돌이키지 못하는 이별을 하고 난 연약하고 후리후리한 어린 모습은 물결치는 학생들 사이로, 안심을 시켜 주거나 자장가를 불러 주거나 꾸짖던 어머니들의 목소리를 이제는 멀리서밖에 듣지 못하는 곳으로 사라져 버렸다.

눈물로 희미해진 눈으로 그녀는 아들이 하얀 기둥 사이에 열린 문으로, 햇볕에서 그늘로 사라지는 뒷모습을 지켜보았다. 윌리는 그녀를 팔로 안아 주었고, 서로 몸이 닿는 느낌을 고마워하면서, 그들은 차를 세워 둔 쪽으로 걸어갔다. 그들은 골(門)에는 문지기가 없고 베이스에는 주자(走者)들이 없는 운동장, 운동선수들이 눈에 뜨이지 않는 학교의 운동장을 빙 둘러 뻗어 나간 길을, 나무 그늘이 진 길을 따라 구불구불 차를 몰아 내려갔다.

그녀는 윌리의 옆자리에 앉아 곧장 앞을 응시하기만 했다. 그녀는 윌리 쪽에서 나는 이상한 소리를 들었고, 그는 나무 밑에다 차를 세웠다. 윌리는 정신없이 흐느껴 울었고, 그녀는 더 이상 참을 수가 없어서 그를 끌어안고, 그들은 서로 부둥켜안고, 빌리 때문에, 그를 기다리는 미래 때문에, 로버트 실리토 2세 때문에, 그들 자신 때문에, 사랑 때문에, 애보트 부인 때문에, 버크 부인 때문에, 모든 위스키 때문에, 그들의 모든 실수 때문에, 그들이 뒤에 남긴 때 묻은 인생 때문에 울고 또 울었다.

"나한테는 신경 쓰지 마세요." 사진기를 든 여자는, 그레첸과 조니 히드가 차에서 내려, 9월의 푸른 하늘을 배경으로 콜더우드의 이름을 새긴 거대한 간판 밑에 루돌프가 서 있는 쪽을 향해 주차장을 건너가는 동안, 루돌프에게 말했다. 오늘은 몇 킬로미터 떨어진 보일란의 별장으로 뻗어 나간 길가에 위치해서 그레첸이 잘 알았던 포트 필립 부근의 북쪽 교외 지역에 커다란 새 상가가 문을 여는 날이었다.

조니가 점심시간까지는 짬을 낼 틈이 없었기 때문에, 그레첸과 조니는 개점 기념식에 참석하지 못했다. 조니는 이틀 전 저녁때의 대화에 대해서도 그랬듯이, 오늘 일에 대해서도 사과했고, 그들은 차를 타고 오는 동안에는 다정했다. 조니가 주로 얘기를 했지만 그레첸이나 자신에 대한 얘기는 없었다. 그는 존경의 뜻을 나타내며 사업가와 운영자로서 루돌프가 거둔 성공에 대해 설명했다. 조니의 얘기를 들으면, 루돌프는 조니가 알았던 이 시대의 어떤 사람보다도 현대 기업의 복합성을 더 잘 이해했다. 지난 3년 사이에 2백만 달러의 적자를 본 회사를 인수하게끔 콜더우드를 설득하는 데 성공했던 루돌프의 지혜롭고 혁명적인 업적에 대해서 조니가 설명하는 동안, 그녀는 지적인 면에서 루돌프가 자기로서는 이해하기 힘들 만큼 앞서 간다고 인정했으며, 그런 거래에 대한 조니의 의견을 이해는 못 해도 수긍은 하겠다고 말했다.

휴대하고 다니는 비망록 판에다 무언가 기록하면서 서 있는 루돌프에게로 그녀가 다가갔을 때, 사진사는 쪼그리고 앉아서 콜더우드 간판을 배경에 담으려고 그의 앞에서 조금 떨어져 위를 향해 사진을 찍는 중이었다. 그녀와 조니를 보더니 루돌프는 활짝 미소를 짓고는 인사를 하려고 그들에게로 왔다. 몇 백만 달러를 거래하는 주식 매매의 마술사이고, 위험이 따르는 자산의 처리를 잘 한다던 그는 그레첸의 눈에는 다만 햇볕에 보기 좋게 타고, 두드러지지 않지만 멋진 양복을 맞춰 입고, 미남 청년인 동생으로밖에는 여겨지지 않았다. 그녀는 동생과 남편이 얼마나 다른지를 깨닫고 다시 한 번 놀랐다. 그녀가 조니에게 들은 바로는, 루돌프가 콜린보다 몇 곱절 더 부자였고 훨씬 더 많은 사람들에게 훨씬 실질적인 권력을 휘두른다고 했지만, 그러나 어느 누구도, 그녀의 어머니조차도, 콜린이 지나치게 겸손하다고 탓할 사람은 없을 터였다. 어떤 사람들 앞에서나 콜린은 두드러졌고, 교만했으며, 명령조였고, 적들을 만들었다. 다정다감하고 나긋나긋한 루돌프는 사람들과 잘 어울리고, 어디에서나 틀림없이 친구들을 얻었다.

"좋아요." 계속해서 사진을 찍으며 쪼그리고 앉은 여자가 말했다. "아주 좋아요."

"내가 소개하지." 루돌프가 말했다. "내 누이 버크 부인, 내 동료 히드 씨, 미스…… 저…… 미스…… 이거 정말 미안하구만."

"프레스코트예요." 여자가 말했다. "그냥 진이라고 불러도 좋아요. 제발 나한테는 신경 쓰지 말아요." 그녀는 일어서서 약간 부끄럼을 타는 미소를 지었다. 그녀는 길고 매끄러운 갈색 머리카락을 목덜미 끝에 붙잡아 맨, 키가 작은 여자였다. 그녀는 화장을 하지 않았고 주근깨가 앉았으며, 사진기를 세 개나 메었고, 어깨에는 무거운 필름 가방을 둘러메고도 몸을 잘 움직였다.

"이리 와." 루돌프가 말했다. "내가 구경을 시켜 주지. 만일 콜더우드 영감님을 만나면, 칭찬부터 잔뜩 늘어놓아야 해."

가는 곳마다 루돌프는 자신에게 악수를 청하고 읍내를 위해서 정말 훌륭한 일을 했다는 얘기를 하는 남녀들 때문에 걸음을 멈추어야 했

262

다. 미스 프레스코트가 찰칵찰칵 사진을 찍어 대는 동안에, 루돌프는 특유의 겸손한 미소를 지어 가면서, 그렇게들 좋아하니 기쁘다고 말했고, 놀랄 만큼 많은 사람들의 이름을 그는 기억했다.

축하를 하는 사람들 사이에서 그레첸은 자신과 같이 학교를 다니던 여자들이나 보일란의 회사에서 일하던 사람들은 하나도 찾아볼 수가 없었다. 그러나 루돌프의 동창생들은 모두 자신의 옛 친구가 얼마나 훌륭한 일을 했는지를 직접 보고, 어떤 사람들은 진심으로, 그리고 어떤 사람들은 부러움을 겉으로 드러내면서, 그에게 축하를 해 주려고 한 명도 빠짐없이 나타난 것 같았다. 아이와 아내를 데리고 나타나서 "나 몰라? 우리 같은 해에 졸업했는데?"라고 말하는 남자들은 세월의 오묘한 장난으로, 미혼이고 거침이 없는 그녀의 동생보다 하나같이 나이가 더 많고 뚱뚱한 데다 느릿느릿한 인상을 주었다. 성공이 그를 다른 세대로, 더 날씬하고 빠르며, 보다 우아한 세대로 옮겨 놓은 듯싶었다. 콜린 또한 실제 나이보다 훨씬 더 젊어 보인다는 사실을 그녀는 깨달았다. 승리자들의 젊음.

"읍내 사람들이 다 모인 것 같구나." 그레첸이 말했다.

"거의 그런 셈이지." 루돌프가 말했다. "테디 보일란도 나타났다는 얘기를 들었어. 어디서 우연히 마주치게 될지도 모르지." 루돌프는 조심스럽게 그녀를 넘겨다보았다.

"테디 보일란이라니." 그녀가 무감각하게 말했다. "그 사람 아직도 살았어?"

"소문으로는 그렇다더군." 루돌프가 말했다. "나는 그 사람 오랫동안 보지 못했어."

서로간에 짤막했지만 순간적인 싸늘함을 느끼며 그들은 계속해서 걸었다. "잠깐만 여기서 기다려." 루돌프가 말했다. "악단 지휘자에게 할 얘기가 있으니까. 흘러간 옛 노래를 더 연주하게 해야지."

"무엇 하나 빈틈이 없어요, 안 그래요." 지금도 미스 프레스코트를 꽁무니에 매달고 악단에게로 가는 루돌프를 지켜보면서 그레첸이 조니에게 말했다.

루돌프가 그들에게 다시 돌아왔을 때 악단은 〈행복한 시절이 다시 돌아왔네(Happy Days Are Here Again)〉를 연주하기 시작했고, 그의 뒤에는 산뜻한 하얀 아마포 드레스를 입은 날씬하고 아주 예쁜 금발의 여자와 주름진 박직(薄織) 린넬 양복을 입고 땀을 흘리는, 루돌프보다 조금 나이가 많고 대머리가 벗겨진 남자가 따라왔다. 그레첸은 그 남자를 어디선가 틀림없이 본 것 같았지만, 그가 누구인지 쉽게 머리에 떠오르지는 않았다.

"여기는 버지니아 콜더우드고, 여긴 그레첸이지." 루돌프가 말했다. "사장님의 막내야. 누이 얘기는 내가 다 했지."

미스 콜더우드가 수줍게 미소를 지었다. "말씀 많이 들었어요, 버크 부인."

"그리고 브래드포드 나이트는 기억하겠지, 안 그래?" 루돌프가 물었다.

"졸업 파티에 가서 누님 댁 술 씨를 말렸죠." 브래드포드가 말했다.

그러자 그녀는 오클라호마 억양의 전직 상사(上士)였고, 그리니치 빌리지의 아파트먼트에서 여자 사냥을 다니던 그를 기억했다. 억양은 조금 덜 심해졌지만, 머리가 벗겨져서 안 되었다는 생각이 들었다. 이제야 그녀는 몇 년 전에 루돌프가 그를 구슬러 휘트비로 오게 해서는 부지배인으로 만들려고 길을 들였다는 사실이 기억났다. 그 남자를 보면 왜 그랬는지 도무지 이해가 가지 않았어도, 루돌프가 그를 좋아했다는 사실을 그녀는 알았다. 루돌프는 그가 로터리 클럽 회원 같은 인상을 주기는 해도 알고 보면 사실은 예민한 사람이고, 지시 사항은 빈틈없이 실행하면서도 사람들과 사이좋게 지낸다는 얘기를 그녀에게 했었다.

"물론 기억하고말고요, 브래드." 그레첸이 말했다. "듣자 하니 당신은 무척 훌륭한 사람이라고 그러더군요."

"부끄럽습니다." 나이트가 말했다.

"우린 모두 소중한 사람들이지." 루돌프가 말했다.

"그렇지 않아요." 여자가 말했다. 그녀는 그레첸이 눈치를 챌 만큼 열심히 루돌프를 응시하면서 심각하게 말했다.

그들은 모두 웃었다. 그 여자만 말고는. 가엾어라, 그레첸은 생각했다. 남의 남자를 그렇게 쳐다보는 것이 아닌데.

"아버지는 어디 계시지?" 루돌프가 말했다. "내 누이를 소개하고 싶은데."

"집으로 가셨어요." 여자가 말했다. "시장님이 당신 얘기만 하고 아버지 얘기는 하지 않아서, 시장님 연설 때문에 화가 나셨어요."

"난 여기서 태어났어." 루돌프가 가볍게 말했다. "그래서 시장님이 자랑스럽게 생각한 거야."

"그리고 아버지는 저 여자가 자꾸 당신 사진만 찍어서 기분이 상했어요." 그녀는 몇 발자국 떨어져서 그들에게 초점을 맞추던 미스 프레스코트를 가리켰다.

"직업상 불가피하게 맞게 된 위기로군." 조니 히드가 말했다. "곧 잊어버리시겠지."

"우리 아버지를 모르고 하시는 말씀예요." 여자가 말했다. "나중에 전화를 걸어 주시는 편이 좋겠어요." 그녀는 루돌프에게 말했다. "그래서 진정을 시켜 드려야죠."

"나중에 전화를 걸어 드리지." 루돌프가 무관심하게 말했다. "시간이 나면 말야. 자, 한 시간쯤 후에 우리 모두 술 한 잔 할 텐데. 두 사람도 끼지그래?"

"난 술집에 드나들면 안 돼요." 버지니아가 말했다. "그건 알고 계시잖아요."

"좋아." 루돌프가 말했다. "그럼 대신 저녁식사를 하지. 브래드, 슬

슬 돌아다니다가 어디서 요란한 일이 벌어지려는 눈치가 보이면 정리를 좀 하도록. 시간이 좀 지나면 애들이 춤을 추기 시작할 테니까. 깨끗하게 놀도록 감시를 하되, 점잖게 처리하라구."

"미뉴에트만 추게 하겠어." 나이트가 말했다. "이리 와, 버지니아, 당신 아버지가 제공하는 공짜 오렌지 주스를 얻어 줄 테니까."

마지못해서 그녀는 나이트에게 끌려갔다.

"저 여자의 꿈에 차지 않은 남자로구만." 다시 걷기 시작하면서 그레첸이 말했다. "빤해."

"브래드한테 그런 소리 하지 마." 루돌프가 말했다. "그 친구 결혼을 통해서라도 콜더우드 집안에 끼어들어 제국을 세우려는 환상을 꿈꾸니까."

"그 여자 괜찮아 보여." 그레첸이 말했다.

"정말 괜찮지." 루돌프가 말했다. "사장의 딸치고는 말야."

1920년대의 영화에 나오는 여자처럼 루주를 바르고 눈썹을 그렸으며, 두루마리 모자를 쓰고 몸집이 묵직한 여자가 눈을 깜작이고 입으로 애교를 부리며 루돌프를 잡아 세웠다. "*Eh bien, mon cher Rudolph.*(아주 좋아요, 우리 루돌프 - 옮긴이)" 필사적으로 소녀티를 내느라고 높은 목소리로 그녀가 말했다. "*Tu parles français toujours bien?*(프랑스 말은 언제나 잘 하나요? - 옮긴이)"

두루마리 모자에 격을 맞추느라고 그는 엄숙하게 절을 했다. "*Bonjour, Mlle. Lenaut.*(안녕하세요, 미스 르노 - 옮긴이)" 그가 말했다. "*Je suis très content de vous voir*(이렇게 뵈오니 정말 기쁘군요 - 옮긴이). 제 누이 버크 부인을 소개하죠. 이쪽은 제 친구인 히드입니다."

"루돌프는 내가 가르친 학생들 가운데 가장 똑똑했죠." 눈알을 굴리며 미스 르노가 말했다. "크게 성공할 줄 알았어요. 하는 행동만 봐도 알 만했으니까요."

"너무나 친절하시군요." 루돌프가 말하고 그들은 다시 걸었다. 그는 히죽 웃었다. "난 저 여선생이 가르치는 반에서 공부할 때 저 여자한테 연애편지를 쓰곤 했지. 하나도 보내지는 않았지만. 아버지가 저 여자를 프랑스 잡년이라고 욕을 하고 뺨을 때린 적이 있었어."

"그 얘긴 못 들었는데." 그레첸이 말했다.

"누이가 듣지 못한 얘기는 많아."

"어느 날 저녁을 잡아서 말야." 그녀가 말했다. "우리 자리를 같이 하고 네가 조르다슈 일가의 역사를 얘기해 줘야 되겠구나."

"언제 시간이 난다면 그러지." 루돌프가 말했다.

"이런 날에 옛 고향에 돌아오니 감개가 무량하겠어요." 조니가 말했다.

루돌프는 잠깐 생각에 잠겼다. "여기라고 뭐 별다를 것도 없어." 그는 관심이 없다는 듯이 말했다. "매장이나 보러 가지."

그는 그들을 이끌고 점포들을 구경시켜 주었다. 콜린이 그녀에게 했던 말마따나 그레첸의 취득 본능은 정상 이하였던 모양이어서, 미국의 공장들이 홍수처럼 무자비하게 쏟아 낸 비정한 물건들을 팔려고 쌓아 놓은 거창한 상품 더미는 그녀를 슬프게 만들었다.

그녀가 살아가던 시대에서 그녀로 하여금 가장 한심하게 느끼게 했던 모든 사물들이, 거의 모든 사물들이, 인위적으로 시골티를 낸 하얀 건물로 몰려 들어와 무더기를 이루었으며, 그것을 모두 함께 모아 놓은 사람은 바로 그녀가 사랑했던 동생이었고, 그래서 그녀는 동생의 지혜에 대한 구체적이고 물질적인 증거를 조용히 겸손하게 살펴보았다. 그가 만일 조르다슈 일가의 역사에 대해서 얘기를 한다면, 그녀도 꼭 하고 싶은 말이 생각났다.

점포들을 돌아본 다음에 루돌프는 그들에게 극장 주변을 보여 주었다. 뉴욕에서 오는 떠돌이 극단이 그날 밤 희극 공연을 시작할 예정이었고, 그들이 극장 안으로 들어갔을 때는 조명 연습이 진행 중이었다. 여기에서는 콜더우드 영감의 취향은 별로 영향을 주지 못했다.

무딘 분홍빛 벽과 의자의 새빨간 플러시 천은 깎은 듯이 정확한 건물 내부의 선(線)들을 완화시켰으며, 복잡한 조명 지시를 손쉽게 따라가는 연출자를 보고 그레첸은 무대 뒤의 조명대에는 돈을 아끼지 않았음을 알았다. 몇 년 만에 처음으로 그녀는 자기가 연극을 포기한 데 대한 후회의 아픔을 느꼈다.

"정말 근사하구나, 루디." 그녀는 말했다.

"누이가 마음에 들어 할 곳이라고는 여기 하나뿐이라 꼭 보여 주고 싶었어." 그는 조용히 말했다.

그녀는 손을 내밀어서, 그가 이룩한 다른 모든 업적에 대한 그녀의 말없는 비난을 용서해 달라는 뜻으로, 그의 손을 잡았다.

"나중에 가면 말야." 그가 말했다. "이런 극장을 이 지역에 여섯 개 지을 계획이고, 우리가 만든 작품도 공연할 예정인데, 우리 작품은 한 극장에서 적어도 이 주일 동안 공연하겠어. 그렇게 되면 어떤 연극이라도 최소한 석 달의 공연은 보장되어서, 우리는 다른 사람들에게 조금도 의존할 필요가 없게 되지. 만일 콜린이 언제라도 나를 위해서 연극을……."

"그이는 틀림없이 이런 곳에서 일하고 싶어 할 거야." 그레첸이 말했다. "그이는 항상 브로드웨이의 낡은 극장들에 대해서 불평을 하지. 그이가 뉴욕에 도착하면 내가 데리고 와서 여길 구경시키겠어. 혹시 그것이 별로 좋은 계획은 아닐지도 모르지만……."

"어째서?" 루돌프가 물었다.

"그이는 같이 일하는 사람들하고 가끔 싸움을 벌여."

"나하고는 싸우지 않겠지." 루돌프가 자신만만하게 말했다. 그와 버크는 처음 만났을 때부터 서로 좋아했다. "난 예술가들 앞에서는 겸손하고 공손하니까. 그럼 아까 얘기했던 술이나 마시러 가지."

그레첸이 시계를 보았다. "난 그것만은 안 되겠어. 콜린이 8시에 호텔로 나한테 전화를 걸 텐데, 전화가 울릴 때 내가 없으면 그이가 화를 내지. 조니, 지금 가도 괜찮겠죠?"

"분부대로 합죠, 마님." 조니가 말했다.

그레첸은 루돌프에게 작별인사로 키스를 하고는, 아름답고 재빠르며 부지런한 미스 프레스코트가 렌즈를 바꿔 가며 찰칵거리는 사이에, 무대에서 반사된 조명에 얼굴이 빨개진 그를 극장에 남겨 두고 떠났다.

차를 세워 둔 곳으로 가느라고 조니와 술집 앞을 지나가며 그녀는 자신들이 그 안으로 들어가지 않았던 것이 다행이라고 생각했는데, 그 까닭은 어두운 술집 안에서 술잔 위로 몸을 굽히고 있던 남자가 테디 보일란이라는 사실을 그녀는 얼핏 보았고, 15년이 지났어도 그에게는 그녀로 하여금 당황하게 만드는 힘이 있음을 그녀는 알았기 때문이었다. 그녀는 당황하고 싶지가 않았다.

그녀가 문을 열었을 때 전화가 울려 댔다. 전화는 캘리포니아에서 왔지만 콜린의 전화는 아니었다. 영화사의 사장이 전화를 걸어서 그녀에게 그날 오후 1시에 자동차 교통사고로 콜린이 죽었음을 알려 주려던 참이었다. 그가 죽었다는 사실을 그녀는 오후 내내 모르고 지냈다.

그녀는 전화를 건 사람이 표시한 조의에 침착하게 감사의 뜻을 전하고는 전화를 끊고 오랫동안 불을 켜지 않은 채로 혼자 호텔 방 안에 앉아 있었다.

제2장

1960년

연습 시합의 마지막 회전을 알리는 종이 울리자 슐치가 소리쳤다.
"더 악착같이 달라붙어 봐, 토미." 닷새 후에 퀘일스가 상대하게 될
권투선수는 악착같이 달라붙는 식이어서 토마스는 그의 흉내를 내어
야 했다. 그러나 손이 빠르고 발이 미끄럽고 재빠른 퀘일스는 짧게 치
며 달아나는 선수여서 달라붙기가 힘이 들었다. 그는 누구에게도 큰
타격을 주지는 못했지만, 머리가 약아서 상당한 성공을 거두었다. 시
합은 전국에 텔레비전으로 중계될 예정이었고 퀘일스는 자기 몫으로
2만 달러를 받기로 했다. 보조원 명단에 오를 토마스는 6백 달러를 받
는다. 적어도 기록상으로는 양쪽 선수를 모두 관리하던 슐치가 흥행
사들에게 배짱을 부리지 않았더라면 그 액수는 더 적을 뻔했다. 시합
의 배후에서는 마피아의 돈이 오갔는데, 그들은 자선 사업을 하려는
생각은 없었다.

연습장은 극장 안에 설치되었고 연습 시합을 구경하러 온 사람들은
화려한 라스 베이거스 셔츠에 카나리아처럼 노란 바지를 입고 악단이
연주하는 자리에 앉았다. 무대 위에서 토마스는 권투선수라기보다는
배우가 된 기분이었다.

보기 흉하게 넓적한 얼굴에, 가죽 머리 보호대 아래로 보이는 눈빛은 죽은 사람처럼 차갑고 생기없는 퀘일스를 향해서, 그는 비척비척 다가갔다. 토마스와 연습 시합을 할 때면 마치 토마스가 자기와 같은 링 안에 섰다는 현실이 가당치가 않다는 듯, 퀘일스는 언제나 조롱하는 미소를 입가에 띠곤 했다. 비록 그들이 같은 매니저 밑에서 일하기는 했어도 그는 아침 인사조차 나누려고 하지 않았는데, 토마스가 한 가지 그나마 만족했던 점은 그가 요즈음 퀘일스의 아내를 열심히 먹어 준다는 사실이었고, 언젠가는 퀘일스에게 그것을 알려 줄 생각이었다.

퀘일스는 들락날락 춤을 추면서, 토마스를 날카롭게 치고, 토마스의 주먹을 쉽게 피하고, 모인 사람들 앞에서 뽐내고, 구석으로 물러가서는 토마스더러 주먹을 휘두르게 하면서 머리만 살짝 수그려 깨끗하게 빠져나갔고, 구경하던 사람들은 소리를 질렀다.

연습 시합 상대자들은 주전 선수들에게 상처를 주면 안 되었지만 이것이 연습 계획의 마지막 회전이어서, 토마스는 상대방의 주먹을 무시하면서 악착같이 공격하고, 그저 깨끗한 주먹 한 방만 날려 저 새끼 엉덩방아를 찧게 할 생각이 간절했다. 퀘일스는 토마스가 무슨 짓을 하려는지 깨달았고, 더욱 거만한 미소를 지으면서 살짝살짝 도망치고, 들락날락 춤을 주고, 펀치를 공중에서 막아냈다. 그는 끝날 때도 땀조차 흘리지 않았고, 2 분 동안 끊임없이 토마스가 손을 뻗어 휘두르며 때리려고 했던 그의 몸통에는 아무런 흔적도 없었다.

종이 울리자 퀘일스가 말했다. "넌 나한테 권투 교습비를 내야 해, 이 건달아."

"금요일에 네가 맞아 죽으면 속이 시원하겠어, 거지같은 풋내기야." 토마스가 말하고는 기어 내려가서 샤워장으로 들어갔고, 퀘일스는 줄넘기와 체조를 하고 매달린 공을 쳤다. 저 새끼는 생전 지치지도 않았고, 욕심에 가까울 만큼 열심이었고, 필시 중량급 선수권자가 되어 백만 달러를 모을지도 모른다.

퀘일스의 짧은 주먹을 맞아서 눈 밑의 피부가 빨개진 토마스가 샤워를 끝내고 나와 보니, 퀘일스는 아직도 연습을 계속하며 으스대고 혼자서 권투하는 시늉을 했으며, 곡마단 의상을 걸친 촌놈들은 한데 모여서 아- 오- 소리만 했다.

2회전을 뛰었다고 50달러의 보수를 넣은 봉투를 슐치가 그에게 주었으며, 그는 재빨리 모인 사람들 사이를 지나서 지글지글 끓는 라스베이거스의 오후 땡볕으로 나갔다. 냉방 시설이 잘된 극장에서 바깥으로 나왔더니 더위는 악의를 품은 인위적인 현상처럼 느껴졌고, 가장 고통스러운 방법으로 이곳을 파괴하고 싶어하는 극악무도한 과학자가 도시를 온통 솥에다 집어넣고 찌는 듯한 착각이 들었다.

연습을 하고 난 다음이라 그는 목이 말라서, 이글거리는 길거리를 건너 어느 커다란 호텔로 갔다. 로비는 어둡고 서늘했다. 값비싼 창녀들이 손님을 사냥 중이었고, 늙은 부인네들은 슬롯머신에 매달려서 시간을 보냈다. 한창 판이 벌어지던 크랩이나 룰렛 탁자들을 지나서 그는 바로 갔다. 이곳 더러운 도시의 사람들은 모두 돈더미에 올라앉아 사는 듯싶었다. 자기만 빼놓고. 그는 지난 두 주일 사이에 크랩 게임을 하다가 자신이 번 돈의 거의 모두인 5백 달러를 잃었다.

그는 슐치가 준 50달러 봉투를 쑤셔 넣은 호주머니를 만져 보고는 주사위를 던지고 싶은 충동을 억눌렀다. 그는 바텐더에게 맥주를 주문했다. 그의 체중은 괜찮았고, 옆에서 아우성을 칠 슐치도 없었다. 아무튼 슐치는 도전자를 키우느라고 바쁜 나머지 토마스가 무엇을 하는지에 대해서는 이제 별로 신경을 쓰지 않았다. 그는 슐치가 받는 돈 가운데 얼마쯤이나 총잡이들에게 바쳐야 할까 궁금한 생각이 들었다.

그는 맥주를 한 잔 더 마시고, 바텐더에게 돈을 내고, 밖으로 나가는 길에 잠깐 크랩 게임을 구경하려고 걸음을 멈추었다. 작은 읍내의 장의사처럼 보이는 사람이 앞에 한 자나 되게 칩을 쌓아 놓았다. 주사위는 열이 올랐다. 토마스는 봉투를 꺼내서 칩을 샀다. 10분이 지나자 그의 돈은 10달러로 줄었는데, 그는 그나마 그 돈이라도 건질 만큼은 분별력이 남았다.

그는 문지기를 시켜서 자신이 묵는 시내 호텔로 가는 손님에게 동승을 부탁했으므로, 택시비를 물 필요는 없었다. 호텔은 초라해서 슬롯머신 몇 개에 크랩 테이블은 하나뿐이었다. 퀘일스는 영화배우들이 우글거리는 샌즈에 묵었다. 그리고 그의 아내도. 그녀는 잠깐 한탕 놀려고 토마스의 호텔로 몰래 찾아오지 않을 때면 하루 종일 수영장에서 자메이카의 럼주로 시간을 보냈다. 그녀는 천성이 사랑을 좋아한다고 말했는데, 퀘일스는 중요한 시합을 치러야 할 진지한 권투선수여서, 다른 방에서 혼자 잤다. 토마스는 이제 진지한 선수가 아니었고 중요한 시합도 없을 터여서, 무엇을 하든 별로 상관이 없었다. 그 여자는 침대에서 적극적이었고, 모험을 한 보람을 느낄 만한 오후들이 꽤 많았다.

숙박계에는 그에게 온 편지 한 통이 기다렸다. 테레사에게서. 그는 그것을 뜯어 볼 생각조차 하지 않았다. 그는 내용을 빤히 알았다. 돈을 보내 달라는 요구. 요즈음 그녀는 직장을 다녔고, 토마스보다 돈을 더 벌었지만, 그래도 한이 없었다. 그녀는 어느 나이트클럽에서 모자를 맡아 두고 담배를 파는 여자로 일했는데, 법이 허용하는 한도 내에서 엉덩이를 흔들어 대고 다리를 위까지 보여 주고는 팁을 긁어들였다. 그녀는 그가 거의 언제나 멀리 떨어져 지내고, 그래서 혼자 집에서 아이만 돌보며 지내기가 싫증이 났으며, 그래서 직장 생활이나 해야겠다고 했다. 그녀는 모자를 맡아 두는 일이 연예계 진출쯤 되는 줄 알았다. 아이는 브롱크스에서 사는 언니에게 맡겨 두었고, 토마스가 집에 와서 지낼 때에도 테레사는 핸드백에 20달러짜리 돈을 잔뜩 담아 가지고 새벽 5시나 6시가 되어서야 멋대로 늦게 돌아오고는 했다. 그녀가 무엇을 하는지는 알 길이 없었다. 그는 이제 그런 일에는 관심도 없어졌다.

그는 자기 방으로 올라가서 침대에 누웠다. 그것이 돈을 쓰지 않는 한 가지 방법이었다. 그는 지금부터 금요일까지 10달러를 가지고 어떻게 견디어 나갈지 궁리를 해야 했다. 퀘일스에게 얻어맞은 눈 밑의 피부가 쑤셨다. 방 안의 냉방 시설은 소용이 없었고, 사막의 무더위에 그는 땀을 흘렸다.

그는 눈을 감고 불안하게 잠이 들어 꿈을 꾸었다. 그는 꿈에서 프랑스를 보았다. 그때는 그의 인생에서 가장 훌륭한 시절이었고, 그는 비록 벌써 거의 5년 전이어서 꿈이 점점 실감을 잃어 가기는 했어도, 지중해 해안에서 보낸 순간들을 자주 꿈꾸었다.

그는 꿈을 기억하며 잠에서 깨어났고, 바다와 흰 건물들이 사라지고 라스 베이거스의 갈라진 벽들에 다시 둘러싸이자, 한숨을 지었다.

그는 런던에서 시합에 이긴 다음에 꼬뜨 다쥐르로 내려갔었다. 런던 시합은 힘 안들이고 이긴 승리였으며, 슐치는 한 달 후에 다시 빠리에서 그가 시합을 하도록 주선해 주었고, 그래서 뉴욕으로 돌아갈 필요가 없었다. 대신에 그는 런던에서 바람둥이 여자를 하나 낚았다. 그녀는 깐느의 멋지고 자그마한 호텔을 안다고 말했으며, 토마스는 처음으로 돈을 잔뜩 쥐게 된 데다가, 한 손을 뒤로 붙잡아 매고도 유럽의 누구라도 이길 것만 같은 자신감이 넘쳤으므로, 주말을 마음 놓고 즐기기로 했다. 주말만 보내겠다던 예정이 열흘로 늘어나자 슐치에게서는 발광에 가까운 전보들이 날아들었다. 토마스는 모래밭에 누워서, 하루에 두 차례씩 포식했고, 적포도주에 맛을 들였으며, 몸무게가 10킬로그램이나 늘었다. 결국 빠리에 도착했을 때 그는 시합 날 아침에 겨우 계체량을 통과했고, 프랑스 선수는 그를 반죽음으로 만들어 놓았다. 생전 처음으로 그는 KO를 당했으며, 유럽에서는 더 이상 시합을 갖지 못하게 되었다. 워낙 좋아하는 것도 많았지만 특히 보석을 좋아했던 영국 여자에게 그는 돈을 거의 다 날려 버렸고, 뉴욕으로 돌아오는 동안 슐치는 그에게 말도 하지 않았다.

프랑스 때문에 그는 잃은 바가 많았고, 그가 선수권에 도전할 가능성에 대해서 기사를 써 주는 사람은 아무도 없었다. 시합과 시합의 간격은 점점 더 크게 벌어졌으며, 받는 돈은 점점 더 적어졌다. 두 번이나 그는 일부러 KO를 당해서 뒷구멍으로 돈은 받았지만 그것도 그나마 테레사가 몽땅 긁어 갔고, 아이만 아니었다면 그는 벌써 그녀와 헤어졌을 처지였다.

구겨진 침대에서 무더위 속에 누워, 그는 이런저런 일들을 생각해 보고, 워위크 호텔에서 그날 형이 하던 얘기를 기억했다. 그는 혹시 루돌프가 자기의 선수 생활을 계속 지켜보다가 잘난 체하는 누이에게 이런 소리나 하지 않았을까 궁금했다. "그렇게 되리라고 내가 그애한테 얼마나 타일렀는데."

형은 엿이나 먹으라지.

그래도 혹시 돌아오는 금요일 밤에 옛날 실력이 좀 되살아나서, 보기 좋게 솜씨를 과시하게 되는지도 모른다. 사람들이 다시 그의 주위에 꾀여 들고, 그는 재기하게 되리라. (그보다 나이가 많은) 여러 선수들이 재기에 성공했었다. 노동자로 몰락하다 막스 베어를 물리치고 세계 중량급 선수권자가 된 지미 브래독을 보라. 그저 상대를 선발하는 데만 슐치가 좀더 신경을 써서, 춤추는 놈들은 피하고 적극적으로 싸우겠다며 덤벼드는 사람들만 그에게 붙여 주면 된다. 슐치하고 언제 얘기를 한번 해 봐야 한다. 그리고 그뿐이 아니다. 그는 이 더러운 도시에서 살아남기 위해 금요일 전에 돈을 미리 좀 받아 내야 한다.

두세 번만 멋지게 이기면 그들은 다시 그를 빠리로 초청하겠고, 그는 꼬뜨로 내려가 길거리 카페에 앉아서, 적포도주를 마시며 항구에 정박한 배들의 돛대를 구경하리라. 정말로 재수가 좋으면 그는 그런 배 하나를 세내어서, 어느 누구의 손도 닿지 않는 곳으로 항해를 하면 돌아다니겠다. 그저 은행에 잔고나 넉넉히 마련해 두려고 한 해에 두

세 번 만 시합을 하고.

그런 생각만 해도 그는 다시 즐거워졌고, 그래서 크랩 테이블에 십 달러를 걸어 보려고 막 밑으로 내려가려는데 전화가 울렸다.

전화를 건 사람은 퀘일스의 아내 코라였는데, 그녀는 미친 사람처럼 전화에다 대고 비명을 지르고 울부짖었다. "남편이 알아냈어요, 알아냈다구요." 그녀는 자꾸만 말했다. "어느 거지같은 벨보이가 남편한테 일러바쳤어요. 조금 아까 날 거의 죽여 놓다시피 했어요. 내 생각엔 코가 부러진 모양인데, 난 이제 평생 병신이 될 거예요……."

"진정해." 토마스가 말했다. "그 친구가 뭘 알아냈다구?"

"뭘 알아냈는지 아시잖아요. 지금 곧장 그리로 가고……."

"잠깐만. 당신 그 친구한테 뭐라고 말했어?"

"도대체 내가 뭐라고 말했을 것 같아요?" 그녀는 고함을 질렀다. "아니라고 그랬어요. 그랬더니 내 얼굴을 후려쳤어요. 당신 호텔의 거지같은 벨보이 자식은 망원경이라도 가지고 다니나 봐요. 어서 여기를 떠나시는 게 좋겠어요. 지금 당장요. 정말 그이가 당신을 만나려고 그곳으로 출발했어요. 그이가 당신을 어떻게 할지는 아무도 모를 일이죠. 그리고 다음에는 나한테도요. 허지만 난 가만히 앉아서 당하진 않겠어요. 난 지금 당장 공항으로 떠나요. 가방조차 꾸리지 않을 생각예요. 그리고 당신도 그렇게 하는 게 현명해요. 허지만 나한테 접근하면 안 돼요. 당신은 남편을 몰라요. 남편은 살인자예요. 아무 옷이나 몸에 걸쳤으면 어서 여길 떠나요. 빨리요."

겁에 질리고 카랑카랑한 잔소리를 듣던 토마스는 전화를 끊었다. 그는 방의 한 쪽 구석에 처박아 둔 하나뿐인 손가방을 쳐다보고는 자리에서 일어나 창문으로 가서 창가리개 사이로 밖을 내다보았다. 오후 4시 사막의 땡볕이 내려 쪼이는 길거리는 텅 비었다. 토마스는 문으로 가서 잠기지 않았다는 것을 확인했다. 그러더니 그는 의자를 한 쪽 구석으로 치워 놓았다. 그는 공격을 받고 곧장 의자 너머로 나가떨어지기를 원하지 않았다.

그는 약간 미소를 지으며 침대 위에 앉았다. 그는 싸움이 벌어지면 도망친 적이 없었고 이번에도 그는 달아나지 않을 생각이었다. 그리고 이번 싸움이 그가 치른 어느 시합보다도 가장 재미있으리라. 짧은 주먹을 날리고 깡충깡충 도망치는 선수에게라면 작은 호텔방은 적당하지가 않다. 그는 일어서서 옷장으로 가서는 가죽 재킷을 꺼내 입고 지퍼를 높이 올리고는 목을 보호하기 위해 옷깃을 세웠다. 그런 다음에 그는 다시 침대의 가장자리에 앉아서, 조금 몸을 앞으로 숙이고 손을 다리 사이로 축 늘어뜨리고는 침착하게 기다렸다. 호텔 앞에서 차가 멈추느라고 끼익 소리가 났지만, 그는 움직이지 않았다. 조금 기다렸더니 복도에서 발자국 소리가 들렸고, 문이 벌컥 열리며, 퀘일스가 방으로 들어와 문간에서 멈추었다.

"어쩐 일야." 토마스가 말했다. 그는 천천히 일어섰다.

퀘일스는 문을 닫고는 열쇠로 문을 잠갔다.

"난 다 알아, 조르다슈." 퀘일스가 말했다.

"무얼 다 알아?" 몸의 움직임을 지켜보려고 퀘일스의 발에서 눈을 떼지 않으면서 토마스가 침착하게 물었다.

"너하고 내 마누라."

"아, 그래." 토마스가 말했다. "내가 좀 먹어 줬지. 내가 그 얘길 안 했던가?"

그는 갑작스러운 공격에 대한 준비가 되어 있었고, 권투 시합장의 멋쟁이요, 기교파인 퀘일스가 정말로 병신처럼 길기만 한 오른손을 마구 휘두르자 그는 웃음을 터뜨릴 뻔했다. 이미 각오를 했었던 터인지라, 토마스는 손쉽게 안쪽으로 파고 들어가서, 퀘일스가 꼼짝을 못하게 밀고 나아가며, 그들을 떼어놓을 심판도 없는 처지에, 퀘일스의 복부를 악착같이 기분 좋게 두들겨 팼다. 그러더니 온갖 재주를 다 갖춘 길거리의 노련한 싸움꾼이던 그는 퀘일스를 벽으로 밀어붙이고는,

자신의 손아귀에서 빠져나오려고 몸부림치는 상대를 무시하고, 올려치기를 겨우 할 만큼 뒤로 물러서서 퀘일스를 마구 치고는, 다시 달라붙어서 씨름을 하고, 붙잡고, 팔꿈치와 무릎으로 때리며 차고, 머리로 퀘일스의 이마를 들이받고, 그가 나가떨어지도록 내버려두지도 않고, 왼손으로 퀘일스의 목을 눌러 그를 벽에다 기대어 놓고는 오른손으로 연거푸 무자비하게 얼굴을 때렸다. 그가 뒤로 물러서자 퀘일스는 핏자국이 묻은 양탄자 위에 고꾸라져서는 완전히 정신을 잃고 뻗어서 엎어졌다.

미친 듯이 문을 두드리는 소리가 나더니 복도에서 슐치의 목소리가 들렸다. 그는 문을 따고 슐치를 안으로 들어오게 했다.

슐치는 한눈에 모든 사태를 알아차렸다.

"바보 같은 새끼." 그가 말했다. "내가 이 친구의 멍청이 마누라를 만났더니 다 얘기를 하더군. 늦기 전에 여기까지 오려고 했는데. 넌 방안에서 싸우는 데는 명수로구나, 안 그래, 토미? 돈을 벌기 위해서라면 제 할머니한테도 이기지 못할 놈이, 공짜 싸움이나 벌어지면 날고 기는군그래." 그는 양탄자에 엎어져 꼼짝 않는 퀘일스의 옆에 꿇어앉았다. 슐치는 그를 뒤집어서 퀘일스의 이마에 찢어진 상처를 살피고는 턱을 손으로 만져 보았다. "턱뼈를 분질러 놓은 모양이야. 병신들. 이 친구 이번 주 금요일이나, 어느 금요일에도 시합을 못하게 생겼어. 자식들이 좋아하겠구만, 그 자식들 무척 좋아하겠단 말야. 이 새끼한테 처들인 돈이 얼마인데……." 그는 거칠게 퀘일스의 배를 손으로 찔러보았다. "자네가 이 친구를 절단 내서 그 작자들이 기뻐 날뛰겠군. 내가 자네라면 이것을ー 이 남편 되시는 분을 내가 방에서 끌어내어 병원으로 데려가기 전에, 지금 당장 꺼져 버리겠어. 그리고 난 바다에 다다를 때까지 계속 달아나서, 그 바다를 건너가 버리고, 그리고 목숨이 아까우면 앞으로 10년 동안은 돌아오지 않겠어. 그리고 비행기로는 가지 마. 비행기가 어디에 내리든지 간에, 그들은 자넬 그곳에서 기다릴 텐데, 그들은 손에 장미 꽃다발을 들고 자네를 기다려 주지는 않을 테니까."

"나더러 어떻게 하라는 말인가요." 토마스가 물었다. "걸어서 가나요? 가진 돈이라고는 10달러뿐인데."

슐치는 몸을 움직이기 시작하는 퀘일스를 걱정스럽게 내려다보았다. 그는 일어섰다. "복도로 나와." 그는 자물쇠에서 열쇠를 빼고, 함께 밖으로 나온 다음에 문을 잠갔다.

"놈들이 자네 몸뚱이를 벌집으로 만들어 놓아야 자넨 정신을 좀 차리겠지." 슐치가 말했다. "허지만 자넨 나하고 오랫동안 같이 일했고……." 그는 초조하게 복도를 아래위로 훑어보았다. "이것 받아." 지갑에서 돈을 꺼내 주면서 그가 말했다. "가진 돈 전부야. 150달러지. 그리고 내 차를 가지고 가. 열쇠까지 꽂혔는데, 아래층에 세워 놓았어. 리노의 공항 주차장에다 차를 버리고는 거기서 동부로 가는 버스를 타. 사람들한테는 자네가 내 차를 훔쳐 가지고 달아났다고 할 테니까. 무슨 일이 닥치더라도 자네 마누라한테는 연락하지 말고. 그 여자의 뒤를 놈들이 캘 테니까. 그 여잔 내가 만나서, 자네는 도망을 다니는 몸이니까 소식을 듣지 못하게 되리라고 얘기해 주겠어. 어디서든지 직행으로는 여행을 하지 마. 그리고 이 나라에서 빠져나가라는 건 농담이 아니야. 미국에선 어디에서나 자네 목숨쯤은 2센트의 가치도 없어." 그는 골똘히 생각하면서 주름진 이마를 찌푸렸다. "가장 안전한 길은 배에서 일자리를 얻는 거야. 뉴욕에 도착하면 에게 해(海)라는 호텔로 가. 서구 18번가에 있어. 그리스 뱃사람들이 우글거리는 곳이지. 지배인을 찾아. 그 친구 그리스식 이름이 무척 길지만 모두들 파피라고 불러. 미국 선적(船籍)을 지니지 않은 모든 화물선의 일자리들을 그 친구가 관장하지. 그 사람더러 내가 보내서 왔는데, 자넬 빨리 이 나라에서 빼내야 한다고 내가 그러더라고 말해. 그 친구 아무 것도 묻지 않을 거야. 전쟁통에 내가 상선대(商船隊)에서 일할 때 나한테 신세를 진 사람이니까. 그리고 잔머리 굴리지 마. 가명을 쓰면서 시합에 나가 푼돈을 벌 생각은 말아. 이 순간부터 자넨 뱃놈이지, 그 이상 아무 것도 아냐. 알겠어?"

"알겠어요, 슐치." 토마스가 말했다.

"그리고 나도 자네한테서 다시는 아무런 소식도 듣고 싶지 않아. 알겠어?"

"예." 토마스는 자신의 방으로 가려고 했다.

슐치가 그를 말렸다. "도대체 어딜 가려고 그래?"

"내 여권이 저 안에 있어요. 필요하게 될 것 같아서요."

"어디 두었는데?"

"옷장 맨 꼭대기 서랍 속에요."

"여기서 기다려." 슐치가 말했다. "내가 갖다 줄 테니까." 그는 문의 열쇠를 돌리고 방 안으로 들어갔다. 잠시 후에 그는 여권을 가지고 다시 복도로 나왔다. "받아." 그는 여권을 토마스의 손에 철썩 쥐어 주었다. "그리고 이제부터는 좆 말고 머리를 좀 써. 그럼 어서 꺼져. 난 저 새끼 이제부터 정신을 차리게 해 줘야 하니까."

토마스는 층계를 내려가서 크랩 게임 판을 지나 로비로 들어갔다. 그의 저고리에 피가 묻어서인지 수상한 눈초리로 쳐다보는 종업원에게 그는 아무 말도 하지 않았다. 그는 길거리로 나갔다. 슐치의 자동차는 퀘일스의 캐딜락 바로 뒤에 세워 두었다. 토마스는 차에 올라서 시동을 걸고는 천천히 중앙 대로로 몰고 나갔다. 그는 오늘 오후 라스베이거스에서 교통법규 위반으로 걸리고 싶지는 않았다. 저고리는 나중에 빨아도 된다.

제3장

약속 시간은 11시였지만, 진은 전화를 걸어서 몇 분쯤 늦겠다고 했으며, 루돌프는 상관없다고 하고는, 그러지 않아도 몇 군데 전화를 걸어 줘야 할 시간이 필요했다고 말했다. 토요일 아침이었다. 그는 너무 바빠서 한 주일 동안 누이에게 전화를 할 틈이 없었고 그래서 미안하게 생각하던 참이었다. 장례식에 다녀온 이후로 그는 보통 적어도 한 주일에 두세 번씩은 전화를 걸어 주었다. 그는 그레첸에게 동부로 와서 자신의 아파트먼트에서 같이 살자고 권했는데, 그러면 그녀는 대부분 집을 혼자 독차지하며 살다시피 하게 되리라고 말했다. 콜더우드 영감은 본점을 뉴욕으로 옮기자는 제안을 거절했고 그래서 루돌프는 한 달에 열흘 이상은 뉴욕에서 지낼 수가 없었다. 그러나 그레첸은 적어도 얼마 동안이나마 캘리포니아에 그대로 머물기로 작정했다. 버크는 유언장에 대해서 신경을 쓰지 않았고 유언장이라고 할 만한 문서도 발견되지 않아서 변호사들은 아귀다툼을 벌였으며, 버크의 전처(前妻)는 소송을 걸어 재산의 대부분을 차지하고 그레첸을 집에서 몰아내려 했고, 그 이외에도 여러 가지 불쾌한 법적인 잔재주를 피우느라고 바빴다.

캘리포니아 시간으로는 아침 8시였지만, 루돌프는 그레첸이 아침 일찍 일어나는 습관이 있어서 전화 소리에 잠을 깨지는 않으리라고 믿었다. 그는 교환수에게 통화를 신청하고는 작은 거실의 책상에 앉아 아침 식사 때 〈타임스〉의 글자맞히기에서 자신을 괴롭히던 한 쪽 귀퉁이를 끝내려고 했다.

아파트먼트는 실내 장식이 된 상태로 구했다. 그것은 야하고 노골적인 색깔과 날카로운 금속 의자로 장식했지만, 루돌프는 당분간만 쓰기 위해 구한 집이었고, 작은 부엌만큼은 훌륭해서 얼음을 냉장고에서 많이 만들어 쓸 수가 있었다. 그는 스스로 요리를 해서는 식탁에서 독서를 하며 혼자 식사하기를 즐겼다. 이날 아침에 그는 일찌감치 자기가 먹을 토스트와 오렌지 주스, 커피를 만들었다. 가끔 진이 와서 두 사람이 먹을 아침 식사를 짓기도 했지만, 그녀는 오늘 아침에는 바빴다. 그녀는 이유를 설명한 적은 없었지만 잠을 자고 가는 것만은 거절했다.

전화가 울려서 루돌프가 수화기를 들었지만, 그레첸이 아니었다. 굴곡이 없고 쨍쨍 울리며, 나이 먹은 콜더우드의 목소리가 들려왔다. 자기가 교회에서 보내는 일요일 아침의 두 시간을 말고는 콜더우드에게는 토요일이나 일요일이 별 의미 없었다. "루디." 어느 때나 마찬가지로 정중한 인사말은 하나도 없이 콜더우드가 말했다. "자네, 오늘 저녁에 이리로 올 건가?"

"그럴 계획은 없었는데요, 콜더우드 씨. 전 주말에 여기서 볼 일도 좀 남았고 월요일에는 시내에서 열리는 모임에도 참석해야 하고……."

"가능한 한 빨리 자네를 만나야 되겠는데, 루디." 콜더우드의 목소리는 그의 마음을 떠보려는 듯한 눈치였다. 늙어 가면서 그는 신경질이 늘고 성미가 고약해졌다. 그는 중요한 결정을 내리려면 꼭 뉴욕의 재무 및 법률 담당자들에게 필연적으로 점점 더 의존하게 되어 기분이 상했듯이, 자신의 재산이 늘어나거나 또 그런 일을 가능하게 만든 사람들을 불쾌하게 여기는 모양이었다.

"화요일 아침에 사무실로 가죠, 콜더우드 씨." 루돌프가 말했다. "그때까지 기다리면 안 되나요?"

"아니, 그때까지 기다려서는 안 되는 일이야. 그리고 난 자넬 사무실에서 만나고 싶지가 않아. 집으로 와 주면 좋겠어." 전화에서 들려오는 목소리는 껄끄럽고 긴장한 상태였다. "내일 저녁식사 후까지 기다리겠어, 루디."

"알겠습니다, 콜더우드 씨." 루디가 말했다.

작별 인사도 없이 콜더우드가 딸까닥 전화를 끊었다.

루돌프는 수화기를 내려놓으면서 얼굴을 찌푸렸다. 그는 일요일 오후에 진과 같이 구경을 가려고 스타디움에서 열리는 자이언트의 경기 입장권을 샀는데, 콜더우드의 호출을 받았으니 갈 수가 없게 되었다. 진이 미시간에 다닐 때 사귀었던 남자 친구 하나가 그 팀 소속이었던 터라, 축구에 대해 무척 많이 알았던 그녀와 시합 구경을 가면 언제나 재미있었다. 왜 그 늙은이는 가만히 자빠져 죽어 버리지 않고 저럴까?

전화가 다시 울렸는데, 이번에는 그레첸이었다. 버크가 죽은 다음부터 그녀의 목소리에서는 그녀가 어린 소녀였을 때부터 독특하게 지녔던 날카로움이나 열정, 빠른 음악 같은 어떤 요소가 없어져 버렸다. 그녀는 루돌프의 목소리를 듣고 반가워하는 듯싶었지만, 마치 병상에 누워서 방문객을 맞는 불구자처럼 둔감하게 반가워했다. 그녀는 잘 지냈고, 콜린의 원고들을 검토하고 분류하면서 조의를 나타내느라고 아직도 가끔 날아드는 편지에 답장을 쓰고, 변호사들과 재산에 대한 의논을 하느라고 항상 바쁘다고 말했다. 그녀는 지난 주에 그가 우송한 수표에 대해서 고맙다는 말을 하고는, 재산 정리가 끝난 다음에 그가 그녀에게 보내 준 돈을 다 갚아 주마고 말했다.

"그런 걱정은 하지 마." 루돌프가 말했다. "제발. 갚아야 할 빚은 하나도 없어."

그녀는 그 얘기를 못들은 체했다. "전화를 걸어 줘서 고맙다." 그녀가 말했다. "그렇지 않아도 너한테 전화를 걸어 부탁을 하나 더 하려던 참이었어."

"뭔데?" 그가 물었다. 그러고는 말했다. "잠깐만 끊지 말고 기다려." 아래층과 연결된 통화 장치가 울렸기 때문이다. 그는 인터폰으로 가서 단추를 눌렀다.

"미스 프레스코트가 로비에 와 계시는데요, 조르다슈 씨." 그의 집을 지키는 문지기였다.

"올려 보내 주시겠어요." 루돌프가 말하고 전화로 되돌아갔다. "미안해, 그레첸." 그가 말했다. "뭐라고 그랬지?"

"어제 빌리가 학교에서 보낸 편지를 받았어." 그녀가 말했다. "그런데 편지가 아무래도 수상해. 뭐라고 꼭 집어서 말하기는 어렵지만, 그애는 원래 그런 애여서 마음에 걸리는 일이 생겨도 얘기를 잘 안 하는데, 그래도 어쩐지 그애가 절망감에 빠져 지내는 눈치야. 시간 좀 내서 그애를 가서 만나고 무슨 문젯거리라도 없는지 알아봐 주겠니?"

루돌프는 머뭇거렸다. 그는 조카가 마음 속 얘기를 털어놓을 만큼 자기를 좋아하는지 자신이 없었고, 자기가 학교로 찾아가는 일이 도움보다는 해를 더 끼치지나 않을까 걱정스러웠다. "물론 내가 가 봐야지." 그는 말했다. "누이가 바란다면 말야. 허지만 그애 아버지가 찾아가는 편이 더 좋을 것 같지 않아?"

"아냐." 그레첸이 말했다. "그 사람은 좀 모자라. 꼭 안 해야 할 말만 할 테니까."

앞문의 초인종이 우렸다. "잠깐만 더 기다려, 그레첸." 루돌프가 말했다. "누가 찾아왔어." 그는 서둘러 문으로 가서 활짝 열었다. "나 통화 중이야." 그는 진에게 말하고 방안으로 서둘러 들어갔다. "나야, 그레첸." 모르는 여자와 얘기를 나누지 않았다는 사실을 진에게 보여주려고 누이의 이름을 대면서 그가 말했다. "그럼 내가 이렇게 하도록 하지. 내일 아침에 내가 학교로 가서 그애하고 점심을 먹으며 무슨 일이 없나 보겠어."

"귀찮게 해 주고 싶지는 않은데." 그레첸이 말했다. "허지만 편지가 너무나- 너무나 음울했어."

"아무 일도 아니겠지. 달리기에서 2등을 했다든가, 대수에서 낙제를 했든가 뭐, 그런 정도 말야. 애들은 다 그렇잖아."

"빌리는 달라. 틀림없이 그애는 절망감에 빠졌어." 누이는 그녀답지 않게 울음을 터뜨릴 지경이었다.

"내가 만나 보고 내일 밤에 전화를 걸겠어." 루돌프가 말했다. "집에 있을 거야?"

"그래." 그녀가 말했다.

그는 천천히 수화기를 내려놓으면서, 도시와 바다를 굽어보는 산꼭대기의 외딴 집에서 전화가 오기를 기다리며 혼자 죽은 남편의 서류들을 뒤적이고 지낼 누이를 생각해 보았다. 그는 고개를 저었다. 그는 미소를 지으며, 단정하게 방의 저쪽 편 등걸이가 곧은 나무 의자에 앉은 여자를, 빨간 모직 스타킹에 밑창이 평평한 가죽신을 신고, 솔질을 한 밝은 머리카락을 한꺼번에 목덜미까지 내려뜨려 검정 벨벳으로 나비처럼 묶어서 밑으로 잔등까지 제멋대로 늘어뜨린 진을 쳐다보았다. 그녀의 얼굴은 언제나 빡빡 문질러 닦아서인지 여학생 같았다. 매끄럽고 사랑스러운 몸매는 낙타털로 만든 헐렁헐렁한 폴로 외투 속에 숨었다. 그녀는 스물네 살이었지만, 이런 때면 열여섯 밖에 안 되어 보였다. 그녀는 일을 하러 나갔다 오는 길이어서, 사진 장비를 가지고 와서는 아무렇게나 앞문 옆 마룻바닥에 쌓아 두었다.

"모습을 보니까 우유 한 잔에 과자라도 주어야 어울리겠구면." 그가 말했다.

"술을 내놓으셔도 돼요." 그녀가 말했다. "난 오늘은 아침 7시부터 길바닥에 나가서 일을 했어요. 물을 별로 못 마셨죠."

그는 그녀에게로 가서 이마에다 키스를 해 주었다. 그녀는 그에게 고마움을 나타내면서 미소를 지었다. 젊은 여자들, 물 주전자를 가지러 부엌으로 들어가면서 그는 생각했다.

버본을 마시면서 그녀는 지난 일요일 판 〈타임스〉에 소개된 미술관 명단을 검토했다. 그가 손이 비는 토요일이면 그들은 함께 미술관을 한 바퀴씩 돌고는 했다. 그녀는 사진 기고가였으며, 미술 잡지나 목록 출판사들을 위한 일을 많이 맡았다.

"편한 신발을 신어요." 그녀가 말했다. "오늘 오후에는 고생을 해야 할 모양이니까요." 그녀는 그토록 작은 여자치고는 목소리가 놀랄 만큼 낮고 걸걸했다.

"그대가 가는 곳이라면 나는 어디라도 따르리." 그가 말했다.

그들이 막 문을 나서려는데 전화가 다시 울렸다. "울리라고 내버려 둬." 그가 말했다. "여기서 나가지."

그녀는 문간에서 발을 멈추었다. "전화가 울리는 소리를 듣고도 정말 받지 않으시겠다는 얘기예요?"

"물론이지."

"난 절대로 그럴 수가 없어요. 아주 좋은 일이 생길지도 모르는 일이니까요."

"나는 전화로 좋은 소식을 받는 일이 별로 없어. 나가지."

"받으세요. 그러지 않으면 하루 종일 마음에 걸릴 테니까요."

"아냐, 안 그래."

"난 마음에 걸려요. 내가 받죠." 그녀는 방으로 되돌아가려고 했다.

"좋아, 좋아." 그는 그녀를 밀어젖히고 수화기를 들었다.

휘트비에서 어머니가 걸어 온 전화였다.

"루돌프"라고 말하는 그녀의 어투로 미루어 보아서, 그는 대화의 내용이 마음에 들지 않으리라고 짐작했다.

"루돌프." 그녀는 말했다. "네가 쉬는 날을 방해하고 싶지는 않다만―" 그가 휘트비를 떠나서 뉴욕으로 갈 때마다 어머니는 그것이 수상하고 은밀한 쾌락을 위해서이리라는 고정관념을 떨쳐 버리지 못했다. "허지만 난방이 나가고 외풍이 센 이런 집에서는 꽁꽁 얼어붙을 것만 같아서―" 루돌프는 3 년 전에 교외에다 멋지고 오래되었으며 천장이 낮은 농가를 샀는데, 어머니는 그것을 언제나 쓰러져 가는 깜깜한 구멍이니, 외풍이 센 낡은 집이라고 불렀다.

"마사가 뭘 못 하나요?" 루돌프가 물었다. 마사는 입주해서 사는 하녀로서, 집안을 치우고 요리를 하며, 어머니를 돌보았는데, 루돌프는 그녀의 봉급이 하는 일에 비해서 너무나 적다고 느끼던 터였다.

"마사!" 어머니가 코웃음을 쳤다. "그 여잔 지금 당장이라도 내쫓고 싶구나."

"어머니……."

"내려가서 아궁이를 좀 보라고 했더니 딱 잘라 거절하더라." 어머니의 목소리가 반 옥타브 높아졌다. "그 여잔 지하실을 무서워해. 나더러 스웨터나 입으라는구나. 네가 그 여자한테 그렇게 싹싹하지만 않아도, 스웨터를 입으라고 제멋대로 나한테 타이르지는 못했겠지. 우리 음식을 모두 게걸스럽게 먹어 치워서 살만 그렇게 쪘으니, 그 여잔 북극엘 간들 어디 추위를 타겠냐? 네가 돌아오면, 네가 언젠가 모처럼 집으로 행차를 하면, 내 너한테 애원하겠는데, 그 여자하고 얘기 좀 해 봐라."

"내일 오후에 집으로 가서 그 여자하고 얘기를 해 보겠어요." 루돌프가 말했다. 그는 자기를 쳐다보고 심술궂게 미소를 짓는 진을 의식했다. 그녀의 부모는 중서부 어디엔가 살았는데, 그녀는 그들을 2 년째 만나지 않았다. "그때까지는 사무실에 전화를 걸어서 부탁해 봐요, 어머니. 브래드 나이트를 불러요. 오늘 근무를 하거든요. 우리 기사 한 사람을 보내라고 그에게 부탁하라고 어머니한테 제가 말씀드렸다고 얘기하세요."

"그 사람, 내가 무슨 망령이라도 부리는 줄 생각하지 않겠니?"

"그럴 리는 없어요. 어서 제 말대로 하세요."

"넌 여기가 얼마나 추운지 짐작도 못 해. 창문 밑에서는 바람소리가 쌩쌩거려. 왜 우린 남들처럼 깨끗한 새 집에서 살면 안 되는지 모르겠구나."

항상 듣는 소리여서 루돌프는 아예 못들은 체했다. 루돌프가 돈을 무척 잘 벌어들인다는 사실을 드디어 알아 내게 되자, 어머니는 갑자기 사치에 대한 탐욕스러운 취향에 빠져 버렸다. 그녀의 백화점 외상 거래는 달마다 청구서가 들어올 때마다 루돌프로 하여금 위축이 되게 만들었다.

"마사더러 거실에다 불을 지피라고 하세요." 루돌프가 말했다. "그리고 문을 닫아 두면 당장 뜨뜻해질 거예요."

"마사더러 불을 지피라고?" 어머니가 말했다. "그 여자가 말을 들으면야 좋겠지. 내일 밤엔 저녁 먹을 시간에 맞춰 오겠니?"

"그건 어렵겠는데요." 그가 말했다. "전 콜더우드 씨를 만나야 해요." 그것은 거짓말만은 아니었다. 그는 콜더우드와 저녁을 먹지는 않겠지만, 그를 만나러 간다는 것만은 사실이었다. 아무튼 그는 어머니와 저녁을 먹기가 싫었다.

"언제나 콜더우드 타령이구나." 어머니가 말했다. "그 이름을 다시 들으면 비명이라도 지르고 싶을 때가 가끔 있어."

"전 이제 나가야 되겠어요, 어머니. 누가 절 기다려요."

그는 어머니가 울기 시작하는 소리를 들으면서 전화를 끊었다. "늙은 여자들은 왜 가만히 누워 잠든 다음 죽어 버리지 못할까?" 그는 진에게 말했다. "그런 면에서는 에스키모들이 낫지. 그들은 노인을 내다 버리니까. 가자. 다른 사람이 전화를 걸기 전에 여기서 나가야지."

문을 나서면서 그는 진이 촬영 장비를 방 안에 두고 나오는 것을 보고 기분이 좋아졌다. 나중에 다시 가지러 그녀가 돌아오리라는 뜻이었다. 그런 부분에서 그녀는 갈피를 잡기가 어려운 여자였다. 어떤 때에는 당연하다는 듯이 그녀가 그를 따라 들어왔다. 다른 때에는 아무런 이유도 없이 다른 여자와 같이 쓰는 자기 아파트먼트로 돌아가려고 택시를 잡겠다고 막무가내로 우겼다. 그리고 몇 번은 그가 집에 없을 만한 때에도 불쑥 나타나기도 했다.

진, 그녀는 제멋대로, 기분 내키는 대로 행동했다. 그는 그녀가 사는 곳을 구경조차 한 적이 없었다. 그녀는 언제나 그의 아파트먼트에서나 주택지구에 있는 술집에서 그를 만났다. 그 이유도 그녀는 설명을 해 주지 않았다. 젊기는 했어도 그녀는 자존심이 강하고 자신만만해 보였다. 포트 필립 상가가 개점한 뒤, 그녀가 교정 인화(印畵)를 들고 휘트비에 나타났을 때 루돌프가 깨달았듯이, 그녀의 일은 무척 전문적이었고, 그가 처음 그녀를 만났을 때 그토록 젊고 수줍었던 인상과는 달리 그녀는 놀랄 만큼 대담했다. 그녀는 침대에서도 수줍어하지를 않았지만, 그래도 그녀는 무슨 이유에서인지는 몰라도 몸가짐은 분명하면서도 부끄러워하는 일이 없었다. 휘트비에서 그가 처리해야 하는 일 때문에, 어떤 때에는 두 주일씩 그녀를 못 만나는 경우에도 그녀는 불평하는 일이 없었다. 그들이 만나지 못해 불평하는 사람은 오히려 루돌프 쪽이었으며, 그는 진과 하룻밤을 같이 지내기 위해서 온갖 작전을 짜고 시내에서의 쓸데없는 약속들을 했다.

그녀는 애인에게 모든 과거를 불어 대는 그런 여자가 아니었다. 그는 그녀에 대해서 거의 아는 바가 없었다. 그녀는 중서부 출신이었다. 그녀는 식구들과 사이가 좋지 않았다. 그녀에게는 집안에서 경영하는 약품과 관련된 어느 회사에서 근무하는 오빠가 있었다. 그녀는 스무 살에 대학을 졸업했다. 그녀는 사회학을 전공했다. 그녀는 어렸을 적부터 사진에 관심이 많았다. 조금이라도 출세를 해 보려면 뉴욕에서 시작해야 되겠기에 그녀는 뉴욕으로 나왔다. 그녀는 까르띠에 ― 브레송, 펜, 카파, 던칸, 클라인의 작품을 좋아했다. 그런 이름들 사이에 여자의 이름이 같이 끼어들 여지도 보였다. 아마도 그 이름은 그녀의 이름이 될 지도 모른다.

그녀는 다른 남자들과도 사귀었다. 자세한 얘기는 없었다. 여름에 그녀는 배를 탔었다. 배의 이름들은 대지 않았다. 그녀는 유럽에 갔었다. 그녀는 유고슬라비아의 어느 섬에 다시 가고 싶어했다. 그녀는 그가 미국을 벗어나 보지 않아 놀랐다.

그녀는 옷차림이 젊었고, 빛깔에 대한 안목이 새로워서, 처음에는 어울리지 않는 인상이다가도, 두고 보면 서로 미묘하게 잘 어울렸다. 그녀의 옷들은 비싼 것이 아님을 루돌프는 알았고, 처음 세 번 만난 다음에 그는 그녀의 옷장에 무슨 옷이 걸렸을지를 훤히 알게 되었다.

그녀는 일요판 뉴욕 〈타임스〉의 글자맞히기를 루돌프보다 빨리 해냈다. 그녀의 글씨는 남자처럼 군더더기가 없었다. 그녀는 루돌프가 제대로 감상하거나 이해하지 못하는 새로운 화가들을 좋아했다. "자꾸만 봐요." 그녀는 말했다. "그러면 어느 날 갑자기 문이 열리고, 당신은 가로막힌 장벽을 당장 넘어서게 돼요."

그녀는 교회에 가는 일이 없었다. 그녀는 슬픈 영화를 보고 우는 일도 없었다. 그녀는 자신의 어느 친구에게도 그를 소개해 주지 않았다. 그녀는 조니 히드에게서 별다른 인상을 받지 않았다. 그녀는 머리가 비에 젖어도 상관하지 않았다. 그녀는 날씨나 길이 막힌다고 해서 불평하는 일이 없었다. 그녀는 "사랑해요" 소리를 절대로 하지 않았다.

"사랑해." 그가 말했다. 그들은 이불을 턱까지 끌어 올리고 서로 꼭 붙은 채 나란히 누웠고, 그는 그녀의 젖가슴에 손을 얹었다. 저녁 7시였고 방안은 어두웠다. 그들은 미술관을 스무 군데나 돌아다녔다. 그는 어느 장벽도 넘어서지를 못했다. 그들은 주인이 빨간 털양말을 신은 소녀들을 마다하지 않는 어느 작은 이탈리아 식당에서 점심을 먹었다. 점심을 먹으면서 그는 내일 시합에 그녀를 데리고 가지 못하겠다고 말하고는 그 이유를 설명했다. 그녀는 기분이 상하지 않았다. 그는 그녀에게 입장권을 주었다. 그녀는 한때 콜롬비아에서 태클 선수였던 그녀가 아는 남자와 함께 가겠다고 했다. 그녀는 실컷 먹어 댔다.

12월의 오후가 일찍 쌀쌀해져서, 시내를 헤매다가 돌아온 그들은 무척 추웠고, 그는 럼으로 맛을 돋운 뜨거운 차를 끓였다.

"불이 있었으면 좋겠군요." 신발을 마룻바닥에 차 던지고 소파에 쪼그리고 앉아서 그녀가 말했다.

"다음엔 벽난로를 갖춘 아파트먼트를 얻기로 하지." 그가 말했다.

키스하면서 그들은 레몬으로 향기를 낸 럼을 맛보았다.

그들은 서두르지 않고, 철저하게 섹스를 치렀다.

"뉴욕에서의 겨울에 토요일 오후는 이렇게 보내야 돼요." 섹스를 끝내고 조용히 함께 누워서 그녀가 말했다. "미술과 스파게티와 럼주, 그리고 욕정."

그는 웃으면서 그녀를 더욱 꼭 껴안았다. 그는 금욕하며 보냈던 여러 해를 후회했다. 그러나 그는 확실한 판단이 서지를 않았다. 그가 그녀를 받아들일 준비가 되었고, 그녀를 위해 자유로운 몸이었던 까닭은 금욕 때문이었는지도 모를 일이었다.

"사랑해." 그가 말했다. "당신하고 결혼하고 싶어."

그녀는 잠깐 동안 꼼짝도 하지 않다가, 몸을 비키더니 이불을 걷고는 말없이 옷을 입기 시작했다.

내가 몽땅 잡쳐 놓았구나, 그는 생각했다. "왜 그래?"

"난 그런 얘기는 절대로 발가벗고는 하지 않아요." 그녀가 엄숙하게 말했다.

그는 다시 웃었지만 기분은 좋지 않았다. 이렇게 아름답고 자신만만하며 자기 나름의 신비한 행동 철학을 가진 여자는 얼마나 많은 남자들과 얼마나 많이 결혼 얘기를 했었을까? 그는 지금까지 질투를 해본 적이 없었다. 질투는 아무 이득이 없는 감정이다.

그는 어두운 방 안을 돌아다니는 매끄러운 여자의 모습을 지켜보며, 살갗에 닿아 바스락거리는 옷 소리를 들었다. 그녀는 거실로 들어갔다. 나쁜 징조일까? 좋은 징조일까? 그녀를 따라가지 않고 그대로 가만히 누워 기다리는 편이 현명한 일인가? 그는 "사랑해"라든가 "당신하고 결혼하고 싶어"라는 소리를 할 생각은 없었다.

그는 침대에서 나와 재빨리 옷을 입었다. 그녀는 남들의 가구로 장식된 거실에 앉아서 라디오 채널을 돌려 대었다. 지나치게 달콤하고 부드러워서, "사랑해요" 소리를 해도 절대로 믿어지지가 않을 목소리, 아나운서들의 목소리.

"술 마시고 싶어요." 아직도 다이얼을 돌리면서 돌아다보지도 않고 그녀가 말했다.

그는 그들이 마실 버본과 물을 따랐다. 그녀는 남자처럼 술을 마셨다. 그전에 어떤 애인이 그녀에게 이런 버릇을 들였을까?

"어떡하겠어?" 불리한 입장에서 애원하는 기분으로 그는 그녀 앞에 섰다. 그는 신발이나 저고리나 넥타이는 몸에 걸치지 않았다. 맨발에 셔츠 바람이었던 그는 스스로도 이런 경우에 알맞은 옷차림이 아니라고 느꼈다.

"머리가 엉망이군요." 그녀가 말했다. "머리가 헝클어지니까 훨씬 보기가 좋아요."

"내가 한 말도 엉망인 모양이야." 그가 말했다. "내가 침실에서 한 얘기를 아마 당신이 잘 알아듣지 못한 모양이야."

"알아들었어요." 그녀는 라디오를 끄고, 두 손으로 버본 술잔을 쥐고 안락의자에 앉았다. "나하고 결혼하고 싶으신 거죠."

"그래."

"영화구경이나 가죠." 그녀가 말했다. "길모퉁이 하나만 돌면 내가 보고 싶은 영화를 상영 중예요…….”

“발끈했구만.”

“그 영화는 내일 밤까지만 하는데, 내일 밤엔 여기 안 계시잖아요.”

“내가 물어 본 얘기는 어떡하고.”

“내가 황홀해 해야 되나요?”

“아니.”

“아무튼 난 황홀해요. 그럼 영화구경이나 가요…….” 그러나 그녀는 의자에서 일어서려는 기색을 보이지 않았다. 하나뿐인 전등이 옆에서 비스듬히 비쳤기 때문에 반쯤은 그늘에 잠겨 그대로 앉아 있던 그녀는 나약하고 으스러질 듯한 인상을 주었다. 그녀를 쳐다보면서 그는 침대에서 자기가 한 말이 옳은 것이었고, 그것이 차가운 오후의 순간적인 부드러움에서가 아니라 깊고 숙명적인 필요성에서 우러나온 말이라고 생각했다.

“당신이 거절한다면 난 상심할 텐데.” 그가 말했다.

“그렇게 믿어요?” 한 손가락으로 술을 저으면서 그녀는 술잔을 내려다보았다. 그는 그녀의 정수리에서 등불에 반짝이는 치렁치렁한 머리카락밖에 볼 수가 없었다.

“그래.”

“사실대로 말해요.”

“조금쯤은.” 그가 말했다. “난 조금쯤은 그렇게 믿어. 조금쯤은 상심하리라고.”

이번에는 그녀가 웃을 차례였다. “당신은 적어도 정직한 남편쯤은 되겠군요.” 그녀가 말했다.

“그래서?” 그가 대답을 재촉했다. 그는 그녀 앞에 서서 턱을 손으로 잡아 그녀가 자기를 올려다보게 했다. 그녀의 눈은 걱정과 두려움으로 가득했고, 작은 얼굴은 창백했다.

“다음에 시내로 오실 때에는 나한테 전화부터 먼저 걸어 주세요.”

그녀가 말했다.

"그런 대답이 어디 있어."

"어떻게 보면 그것이 대답인지도 모르죠." 그녀가 말했다. "나한테 생각해 볼 시간을 좀 달라는 대답이니까요."

"왜?"

"난 별로 자랑스럽지 못한 짓을 했으니까요." 그녀가 말했다. "그리고 난 어떻게 해야 내가 다시 자랑스러워질까 생각해 보고 싶어요."

"당신이 뭘 했는데?" 그는 자기가 그것을 알아야 할지 어쩐지 판단이 서지 않았다.

"난 겹치기를 했어요." 진이 말했다. "그건 여성적인 병이죠. 당신을 처음 만났을 때 난 다른 남자하고 연애하던 중이었는데, 아직도 그쪽을 끝내지 않았죠. 난 앞으로는 다시는 그러고 싶지 않은 짓을 했어요. 난 동시에 두 남자하고 잤어요. 그리고 그 남자도 나하고 결혼하고 싶어 해요."

"재수가 좋은 여자로구만." 루돌프가 씁쓸하게 말했다. "당신이 아파트먼트를 같이 쓴다고 하던 여자가 그 남자였어?"

"아뇨. 그 여자는 진짜 여자죠. 바라신다면 그녀를 만나게 해 드리겠어요."

"그래서 날 당신 집에 통 못 가게 했어? 그 남자가 그곳에 오기 때문에?"

"아뇨. 그 사람은 거기 없었어요."

"허지만 그 남자는 거길 갔었겠지." 놀랍게도 루돌프는 자기가 상처를, 깊은 상처를 입었음을 깨달았고, 더욱 고약한 노릇은 상처를 칼로 열심히 후비는 쪽이 자기 자신이란 사실이었다.

"당신의 가장 매력적인 점들 가운데 하나는 말예요." 진이 말했다. "당신은 너무 자신이 만만해서 질문조차 안 한다는 거예요. 사랑을 하느라고 당신의 매력이 없어질 처지라면, 사랑을 하지 마세요."

"정말 재수 더러운 오후로구만." 루돌프가 말했다.

"그걸로 결정이 났군요." 진은 자리에서 일어나 술잔을 조심스럽게 내려놓았다. "오늘 밤 영화구경은 그만두죠."

그는 외투를 입는 그녀를 지켜보았다. 만일 지금 이렇게 그녀가 나가 버린다면, 난 다시는 그녀를 보지 못하리라, 그는 생각했다. 그는 그녀에게로 가서 두 팔로 끌어안고 그녀에게 키스했다. "당신 얘기가 틀렸어." 그가 말했다. "오늘 밤엔 영화구경을 해야지."

그녀는 미소를 지었지만, 그 미소는 힘이 많이 드는 듯 떨렸다. "어서 옷을 마저 입어요." 그는 침실로 들어가서 머리를 빗고, 넥타이를 매고, 구두를 신었다. 그는 저고리를 걸치면서 이제는 난장판 싸움터처럼 되어 버린, 엉망이 된 침대를 잠깐 쳐다보았다.

거실로 다시 나온 그는 그녀가 사진 장비를 어깨에 울러 메는 것을 보았다. 그는 두고 가라고 했지만, 그녀는 가지고 가겠다고 고집을 부렸다.

"토요일 하루치고는 이곳에서 난 너무 오래 시간을 보냈으니까요." 그녀가 말했다.

다음 날 아침 일찍 한산한 차량들 사이로 빌리의 학교에 가느라고 비에 촉촉하게 젖은 길을 따라 차를 몰면서, 그는 빌리가 아니라 진에 대한 생각에 잠겼다. 그들은 영화구경을 갔지만 실망했고, 3번가 어느 음식점에서 저녁을 먹었고, 그들과는 아무런 관계도 없는 얘기들을, 그들이 본 영화나 다른 영화들, 그들이 본 연극이나, 그들이 읽은 잡지와 책에 실렸던 글과 워싱턴의 소문 따위 얘기를 나누었다. 낯선 사람들의 대화. 그들은 결혼이나 겹치기 애인 얘기는 피했다. 마치 대단한 육체적 기운이 그들에게서 이미 쇄진해 버린 듯이, 그들은 둘 다 견디기 힘들 만큼 심한 지루함을 느꼈다. 그들은 보통 때보다 술을 많이 마셨다. 만일 그들이 처음으로 만나서 같이 외출했을 때 이랬다면, 그들은 서로 재미없는 상대라고 생각했으리라. 자리가 비기 시작하는 식당에서 그들이 스테이크를 다 먹고 꼬냑을 한 잔씩 든 다음에, 그는 안도감을 느끼면서 그녀를 택시에 태워 주고, 혼자 집으로 걸어가고, 장식품의 원시적인 빛깔과 가구의 사이비 예술적인 날카로움에도 불구하고 작년의 사육제에서 쓰다 버린 풍선처럼 보이는 조용한 아파트먼트를 열쇠로 열고 들어갔다. 침대는 사랑의 따뜻한 보금자리가 아니라 행실이 지저분한 가정주부가 치우기를 게을리한 듯 지저분했다. 그는 잠을 푹 잤고, 아침에 잠이 깨어서는 어젯밤 일과 오늘 해야 할 일이 생각났으며, 창 밖에 내리는 12월의 시커먼 비는 주말에 알맞은 날씨라는 생각이 들었다.

그는 미리 학교에 전화를 걸어서 빌리를 12시 30분쯤에 만나 같이 점심을 먹겠다는 전갈을 남겼지만, 그는 약속 시간보다 빨리, 정오가 조금 지나서 도착했다. 비가 멎었고, 희미하고도 차가운 태양이 남쪽에서 구름 사이로 비치기는 했어도 교정에는 건물을 드나드는 학생이 하나도 눈에 뜨이지 않았다. 그레첸이 학교에 대해서 그에게 해 준 얘기를 들으면, 날씨가 맑고 지금보다 좋은 철에는 이곳이 퍽 아름답다고 했지만, 찌푸린 하늘 밑에서는 여기저기 늘어선 건물이나 흙투성이 잔디밭은 버림이라도 받은 듯 금단의 감옥 같은 분위기를 풍겼다. 그는 첫눈에 본관(本館) 같아 보이는 건물로 차를 몰고 가서, 어디서 빌리를 찾을지 몰라 우물쭈물하면서 차에서 내렸다. 그러다 그는 백 미터쯤 떨어진 곳에 위치한 교회에서 〈기독교 병정들아 어서 나아가라〉를 힘차게 부르는 어린 목소리들을 들었다.

일요일. 의무적인 예배이리라고 그는 생각했다. 학교에서는 아직도 이러는구나. 맙소사. 그가 빌리의 나이였을 때는 아침마다 국기에 대한 경례를 하고 아메리카 합중국에 대해서 충성을 맹세하면 그만이었다. 공립학교의 이점. 국가와 교회의 분리.

링컨 콘티넨털 한 대가 층계까지 가서 멈추었다. 여기는 돈이 많은 학교이다. 아메리카를 다스릴 미래의 지배자들. 그가 타고 온 차는 셰브롤레에 지나지 않았다. 요즈음에는 별로 타지 않지만 그가 아직도 소유한 모터사이클을 타고 왔다면 선생들의 다과회에서 어떤 얘기가 오갈지를 그는 생각해 보았다. 지위가 대단해 보이는 어떤 남자가 멋진 비옷을 입고는 차에 여자를 남겨 놓고 링컨에서 내렸다. 학부형들. 미국을 다스릴 미래의 지도자들과 가끔 주말에 건성으로 대화를 나누고. 하는 행동을 보니 어느 회사의 사장쯤은 되어 보였다. 이제는 루돌프도 한 눈에 그런 사람을 가려낼 줄 알았다.

"안녕하십니까, 선생님." 사장에 대한 자동적인 말투로 루돌프가 말했다. "실리토관이 어딘지 아십니까?"

그 남자는 5천 달러나 들여서 섬세하게 다듬은 이빨을 내보이며 활짝 미소를 지었다. "안녕하세요, 안녕하세요. 예, 물론 알죠. 내 아들이 작년에 그곳에서 지냈어요. 여러 면에서 이 학교에서는 가장 훌륭한 기숙사죠. 바로 저깁니다." 그는 손가락으로 가리켰다. 그 건물은 4백 미터쯤 떨어졌다. "원하신다면 차를 타고 가셔도 됩니다. 이 차도로 따라 내려가 돌아가면 되죠."

"고맙습니다." 루돌프가 말했다.

교회에서 찬송가 소리가 들려왔다. 학부형이 귀를 기울였다. "아직도 하나님을 찬미하는군." 그가 말했다. "다수가 좋아한다니, 우리 조금 더 들어줍시다."

루돌프는 셰브롤레를 타고 실리토관으로 갔다. 그는 조용한 건물로 들어서면서 실리토 중위를 기념하는 명판을 보았다. 아래위가 붙은 파란 옷을 입은 네 살쯤 되는 계집아이가 아래층의 지저분한 휴게실에서 세발자전거를 타고 돌아다녔다. 방에 있던 커다란 사냥개가 그를 보고 짖었다. 루돌프는 조금 당황했다. 그는 남자들만 다니는 학교에서 네 살짜리 계집아이를 보리라고는 생각하지 않았었다.

문이 열리더니 통통하고 명랑한 얼굴의 여자가 슬랙스를 입고 방으로 들어와서 개에게 말했다. "시끄러워, 바니." 그녀는 루돌프에게 미소를 지었다. "물지 않아요." 그녀가 말했다.

루돌프는 그 여자가 거기서 무엇을 하는지도 알지 못했다.

"학부형이신가요?" 사랑으로 충만해서 미친 듯이 꼬리를 치는 개의 목걸이를 잡아 반쯤 목을 조이면서 여자가 물었다.

"그렇지는 않아요." 루돌프가 말했다. "난 빌리 애보트의 외삼촌입니다. 오늘 아침에 전화를 걸었던 사람인데요."

조금 묘한 표정(걱정? 의심? 안도감?)이 명랑하고, 통통하고, 젊은 얼굴에 그늘을 던졌다. "아, 그렇군요." 여자가 말했다. "그렇지 않아도 기다렸습니다. 난 몰리 페어웨더죠. 관장님의 처예요."

그제야 아이와 개와 그녀의 존재가 납득이 갔다. 빌리에게 무슨 문제가 생겼는지는 몰라도, 건강하고 기분 좋은 이 여자의 탓이 아님을 그는 당장 깨달았다.

"아이들이 금방 교회에서 돌아올 거예요." 여자가 말했다. "기다리시는 동안 저희 집으로 들어오셔서 뭐라도 한 잔 드시지 않겠어요?"

"폐를 끼치고 싶은 생각은 없는데요." 루돌프가 말했지만, 페어웨더 부인이 들어오라고 손짓하자 그는 더 이상 거절하지 않았다.

방은 크고 아늑했으며, 가구들은 길이 잘 들었고, 책이 많았다. "바깥양반은 교회에 가셨어요." 페어웨더 부인이 설명했다. "어딘가 셰리주가 있을 텐데요." 다른 방에서 아이 우는 소리가 났다. "막내예요." 페어웨더 부인이 말했다. "뭔가 요구 사항이 생긴 모양이로군요." 그녀는 서둘러서 셰리를 한 잔 따르고는 "실례해요." 소리를 하고 그녀의 아이가 무엇을 요구하는지 알아보려고 옆방으로 갔다. 울던 소리가 당장 그쳤다. 그녀는 머리를 쓸어내리면서 돌아와서는 자기가 마실 셰리주도 따랐다. "좀 앉으시지그래요."

어정쩡한 침묵이 흘렀다. 자리에 앉으면서 루돌프는 빌리를 겨우 몇 달 전에 만난 이 여자가, 상황 설명도 듣지 않고 소년을 구출하러 무턱대고 날아가라는 출격 명령을 받은 자기보다 빌리에 대해서 훨씬 더 많이 알리라는 생각이 들었다.

그는 그레첸에게 그녀를 그토록 초조하게 만든 편지에 무슨 내용이 담겼는지를 전화로 자신에게 읽어 달라고 했어야 옳았다.

"참 착한 아이예요." 페어웨더 부인이 말했다. "빌리 말예요. 얼굴도 잘 생기고 품행도 좋아요. 어떤 아이들은 참 거칠답니다, 저, 성함이……." 그녀는 우물쭈물했다.

"조르다슈입니다." 루돌프가 말했다.

"그래서 품행이 바른 아이들에게는 참 고마운 생각이 들어요." 그녀는 셰리를 천천히 마셨다. 그녀를 쳐다보면서 루돌프는 페어웨더 씨가 재수 좋은 사람이라고 생각했다.

"그애 어머니가 아이 때문에 걱정을 많이 해요." 루돌프가 말했다.

"그래요?" 그 대답은 너무 빨랐다. 무슨 일이 벌어지는지 눈치 챈 사람은 그레첸뿐이 아니었다.

"누이가 아이한테서 이번 주일에 편지를 받았답니다. 누이 얘기는―글쎄요, 어머니들이란 본래 좀 과장을 하게 마련이지만―어쩐지 빌리가 절망 상태에 빠진 것 같다더군요." 그가 무슨 볼일로 왔는지를 악의 없고 빈틈이 없어 보이는 이 여자에게 감추어야 할 까닭은 없었다. "이런 말을 하면 좀 외람될지 모르겠지만요." 그가 말했다. "내가 어떻게 손을 써 볼 길이 없을까 해서 찾아왔습니다. 그애 어머니는 캘리포니아에 살죠. 그리고……." 그는 조금 당황했다. "이제는 재혼한 몸입니다."

"그런 건 여기선 흔한 일입니다." 페어웨더 부인이 말했다. 그녀는 웃었다. "부모들이 캘리포니아에 산다는 얘기가 아니고요. 재혼한 부모들 말예요."

"그런데 남편이 몇 달 전에 죽었어요." 루돌프가 말했다.

"저런." 페어웨더 부인이 말했다. "정말 안됐군요. 그래서 아마 빌리가—" 그녀는 말을 끝맺지 않았다.

"어디 좀 이상한 점이 눈에 뜨이던가요?" 루돌프가 물었다.

여자는 거북한 듯 그녀의 짧은 머리를 매만졌다. "그건 제 남편하고 얘기를 해 보시는 편이 좋겠어요. 사실은 그분이 맡은 문제니까요."

"당신은 남편이 못마땅해 하실 만한 얘기는 하지 않을 분 같은 데요." 루돌프가 말했다. 남편을 만나 보지 않았어도, 그는 만일 학교 측에 무슨 잘못이 있다면, 남편보다는 아내가 학교에 대해서 훨씬 덜 몸을 도사리고 훨씬 덜 신중하리라고 확신했다.

"술잔이 비었군요." 페어웨더 부인이 말했다. 그녀는 그에게서 잔을 받아 다시 채웠다.

"성적 때문인가요?" 루돌프가 물었다. "아니면 어떤 녀석들이 무슨 이유론가 그애를 못살게 굴기라도 하나요?"

"아녜요." 페어웨더 부인은 그에게 자그마한 셰리 잔을 넘겨주었다. "그애는 공부를 잘 하고, 성적이 쉽게 떨어질 그런 학생이 아녜요. 그리고 여기선 누굴 못살게 굴도록 우리가 아무도 그냥 내버려두지를 않아요." 그녀는 머리를 저었다. "좀 묘한 아이예요. 난 남편하고 몇 차례 얘기를 해 보았고, 그 아이의 속마음을 떠보려고도 애를 써 봤죠. 소용이 없었지만요. 그애는— 그애는 외톨이예요. 어느 누구하고도 연결이 되지 않는 아이 같아요. 다른 학생들 어느 누구하고도 연결이 되지 않는 아이요. 다른 학생들 어느 누구하고도요. 선생들하고도 그렇고요. 같이 방을 쓰는 학생도 다른 기숙사로 옮겨 달라고 요구했고……."

"싸움들을 하나요?"

그녀는 고개를 저었다. "아뇨. 같은 방을 쓰는 아이가 그러는데, 빌리가 통 자기한테 얘기를 하지 않는답니다. 생전. 무슨 얘기도. 자기가 맡은 만큼만 방안을 깨끗하게 치우고, 제 시간에 공부하고, 불평도 하지 않지만, 얘기를 걸어도 겨우 그렇다, 아니다 정도의 대답에 그친다는군요. 신체적으로도 그애는 튼튼하지만, 어떤 경기에도 끼지를 않아요. 겨울철이면 공놀이를 하거나 기숙사 앞에서 공을 주고받는 아이들이 항상 10여 명은 되는데, 그 아이는 공던지기조차 하지 않아요. 그리고 토요일이 되어서 우리 학교가 다른 학교와 시합을 하고 학생들이 몽땅 경기장으로 구경을 나가도, 그애는 방에 틀어박혀서 책만 읽어요." 얘기를 해 가노라니까, 그녀의 목소리는 빌리에 대해서 전화로 얘기를 하던 그레첸만큼이나 걱정스러운 말투가 되었다.

"그애가 어른이라면 말이죠, 조르다슈 씨." 페어웨더 부인이 말했다. "조울증에 걸렸다고나 하겠어요. 그런 말을 해 봐야 별 도움이 되지는 않겠지만……." 그녀는 미안하다는 듯 미소를 지었다. "그건 진단이 아니라, 설명을 하기 위한 말이었어요. 허지만 남편하고 저하고는 그 이상 어떤 결론을 내릴 수가 없었죠. 만일 무슨 묘안이라도 생각나서, 학교에서 해 줄 만한 어떤 방안을 알려 주신다면 정말 고맙겠어요."

교정 건너 저 멀리 교회당에서 종소리가 울렸고 루돌프는 먼저 나와서 교회당 현관을 지나가는 아이들을 보았다.

"빌리의 방이 어딘지 알려 주시겠어요?" 루돌프가 말했다. "거기서 그애를 기다리죠." 방에 가면 아이를 만나기 전에 그가 마음의 준비를 하는데 도움이 될 단서들이 나올지도 모른다.

"3층이에요." 페어웨더 부인이 말했다. "복도의 맨 끝에서 왼쪽 마지막 문이죠."

루돌프는 고맙다는 말을 하고 그녀와 두 아이와 사냥개를 남겨 두고 나왔다. 정말 훌륭한 여자로구나, 층계를 올라가면서 그는 생각했다. 그의 교육 과정에서는 저토록 훌륭한 사람은 본 적이 없었다. 만일 저 여자가 빌리에 대해서 걱정한다면, 빌리에게는 꾸중할 만한 일이 틀림없이 있었다.

복도에 있는 대부분 문과 마찬가지로 그 문도 열려 있었다. 방은 눈에 보이지 않는 커튼으로 칸이 갈라진 듯한 인상을 주었다. 한 쪽 침대는 구겨진 채였고 그 위에는 축음기판이 흩어졌다. 침대 옆의 마룻바닥에는 책들이 쌓였고, 벽에는 작은 깃발이나 잡지에서 찢어 낸 여자와 운동선수들의 사진이 꽂혔다. 다른 쪽에는 침대가 말끔히 정리되었고 벽에는 아무런 장식도 없었다. 그쪽에 걸린 사진이라고는 깨끗하게 정리한 작은 책상 위에 놓인 것들뿐이었다. 그레첸과 버크의 독사진이었다. 그레첸은 캘리포니아 집의 정원에서 일광욕 의자에 앉은 모습이었다. 버크의 인물 사진은 잡지에 실렸던 것이었다. 윌리 애보트의 사진은 없었다.

침대 위에는 책 한 권을 펼친 채로 엎어 놓았다. 루돌프는 무슨 책인가 보려고 허리를 굽혔다, 까뮈의 〈흑사병〉. 열네 살 난 소년이 읽기에는 유별난 책이었고, 우울증에서 그를 구출해 주기에는 조금도 적당하지가 않았다.

극도의 결벽성이 사춘기 신경증의 한 가지 증상이라면, 빌리는 신경증 환자였다. 그러나 루돌프는 자기도 같은 나이에 얼마나 깨끗했었나 하는 생각이 났고, 아무도 그를 비정상이라고 한 적이 없었다.

그래도 어쩐지 그에게는 방이 답답했고, 빌리와 방을 같이 쓰는 학생을 만나고 싶지가 않아서 그는 아래층으로 내려가 문 앞에서 기다렸다. 그때쯤에는 햇살이 훨씬 강해졌고, 예배를 보러 가느라고 모양을 낸 아이들이 한 무리 교정을 가로질러 건너오자, 감옥 같은 분위기가 사라졌다. 대부분의 아이들은 키가 컸는데, 루돌프가 같이 학교를 다녔던 학생들보다 훨씬 컸다. 커 가는 아메리카. 그것이 좋은 시절의 현상이라고 모든 사람은 무작정 믿는다. 허지만 그런가? 겸손할 줄을 알아야지.

그는 멀리서 오는 빌리를 보았다. 혼자 걸어오는 아이는 그뿐이었다. 그는 머리를 들고, 조금도 비열한 기색이 없이, 천천히, 자연스럽게 걸었다. 루돌프는 자기가 그 나이 때, 다른 아이들보다 우아하고 나이가 더 들어 보이려고 어깨를 움직이지 않고 미끄러지듯 걷는 걸음걸이를 연습했던 일이 생각났다. 그는 의식적은 아니었지만 버릇이 들어서 지금도 그런 식으로 걸었다.

"안녕하세요, 루디." 건물의 앞으로 오면서 미소를 짓지 않고 빌리가 말했다. "찾아와 주셔서 고마워요."

그들은 악수를 했다. 빌리의 손아귀 힘은 빠르고 세었다. 그는 아직도 면도를 할 나이는 아니었지만, 얼굴에서는 애 티가 가시고, 목청도 변성기를 맞았다.

"난 오늘 저녁에 휘트비로 가야 해." 루돌프가 말했다. "그래서 아무래도 차를 타고 나서야 하겠기에, 가는 길에 들러서 너하고 점심이나 먹을까 했지. 길을 벗어나서 두어 시간 정도밖에 안 걸리니까. 그 정도도 안 되겠지."

빌리는 그를 마주보았고, 이 방문이 그렇게 지나가는 길에 그냥 들른 것이 아님을 아이가 쉽게 짐작했으리라고 루돌프는 확신했다.

"근처에 어디 좋은 식당 있어?" 루돌프가 재빨리 물었다. "난 배가 몹시 고파."

"아버지하고 갔던 곳인데, 그리 형편없진 않아요." 빌리가 말했다. "아버지가 지난 번에 왔을 때 갔던 곳이죠."

"그게 언제였지?"

"한 달 전요. 지난 주에도 오시기로 했었는데, 아버지에게 자동차를 빌려주겠다던 사람이 시외로 나가야 할 일이 생겼다고 뒤늦게 그러더라는 편지를 보내셨어요." 루돌프는 윌리 애보트의 사진이 처음에는 깨끗한 책상 위에 그레첸과 콜린 버크의 사진 옆에 자리를 잡았다가 그 마지막 편지를 받은 다음에 치워지지는 않았을까 하는 생각이 들었다.

"삼촌하고 점심을 먹으러 외출하려면 방에서 뭘 준비하거나 누구한테 얘기를 해 줘야 하는 거 아니냐?"

"그런 거 없어요." 빌리가 말했다. "그리고 누구한테도 아무 얘기도 할 필요도 없구요."

웃고 장난을 치고 시끄럽게 떠들며 계속해서 줄지어 지나가는 학생들 사이에 서서, 루돌프는 갑자기 빌리가 어느 누구에게도 인사를 하지 않았고, 아무도 그들에게 다가오지 않았음을 깨달았다. 그레첸이 생각했던 대로 문제가 심각하구나, 그는 생각했다. 훨씬 더 심각할지도 모르고.

그는 잠깐 빌리의 어깨를 안아 주었다. 반응이 없었다. "어서 가지." 그가 말했다. "네가 길을 안내해."

우울한 소년을 옆에 앉히고 학교의 멋진 풍경을 가로질러서 차를 몰아, 젊은이들이 훌륭하고 행복한 인생을 살도록 준비시키기 위해 그토록 이지적이고 호화롭게 설계하고 그곳에서 일하게끔 페어웨더 같은 헌신적인 사람들을 모아 놓은 말끔한 건물과 운동장을 지나가면서, 루돌프는 어찌 한 인간이 감히 다른 인간을 교육시키겠다고 나설까 의아했다.

"지난 주일에 왜 아버지한테 그 사람이 차를 빌려주지 않았는지 난 알아요." 스테이크를 먹으면서 빌리가 말했다. "우리가 점심을 같이 먹던 날 이 주차장에서 차를 후진시키다가 나무를 들이받아서 범퍼가 찌그러졌죠. 아버지는 점심을 먹기 전에 마티니를 석 잔 마셨고, 식사 후에는 포도주 한 병과 브랜디 두 잔을 마셨거든요."

비판적인 젊은이. 루돌프는 자기가 마시는 음료가 물뿐이어서 다행이라고 생각했다.

"무언가 마음이 언짢은 일이 있었겠지." 그가 말했다. 그는 아버지와 아들 사이에 존재할지도 모르는 사랑의 가능성을 파괴하려고 찾아온 것은 아니었다.

"그랬겠죠. 아버지는 마음이 언짢을 때가 무척 많아요." 그는 식사를 계속했다. 그를 괴롭히는 일이 무엇인지는 몰라도 그의 식욕을 감퇴시키지는 않았다. 식사는 푸짐하게 미국식이었고, 스테이크와 바닷가재와 대합과 구운 쇠고기와 따끈한 비스킷을 점잖은 제복 차림의 예쁜 여종업원들이 날라다 주었다. 식당은 크고 한가했으며, 식탁에는 바둑판무늬의 빨간 식탁보를 덮었고 학교에서 온 사람들도 여러 패가 있었으며, 어느 탁자에는 부모의 방문을 미끼로 친구들을 초청한 학생과 부모, 모두 대여섯 명이 둘러앉았다. 루돌프는 언젠가 자기도 학교에 가서 아들을 불러내어 그와 그의 친구들에게 이와 비슷한 점심을 낼 날이 올까 궁금했다. 진이 승낙하고 자신과 결혼하면, 15년쯤 후에나 가능하겠지. 15년이 지나면 그는 어떻게 되고, 그녀는 어떤 모습이 되고, 그의 아들은 어떤 아이가 될까? 빌리처럼 위축되고, 말이 없고, 고뇌에 찰까? 아니면 다른 식탁의 아이들이 겉으로나마 그렇게 보이듯 개방적이고 명랑할까? 이런 학교가 그때까지도 존재하고, 이런 식사가 그대로 나오고, 아버지들은 그때도 오후 2시에 술에 취해 나무를 들이받을까? 아들과 함께 자랑스럽게 식탁에 앉은 얌전한 어머니들과 듬직한 아버지들은 전쟁이 막 끝났고 원자탄 구름이 아직도 하늘에 떠다니던 15년 전에 어떤 위기를 치렀을까?

내가 다시 생각해 보았다는 얘기를 진에게 해 줘야 할는지도 모르겠구나, 그는 생각했다.

"학교에서는 식사가 어때?" 긴 침묵을 깨뜨리려고 그가 물었다.

"좋아요." 빌리가 말했다.

"아이들은 어때?"

"좋아요. 아— 별로 좋지는 않죠. 아버지가 얼마나 거물이어서, 대통령을 만나 식사를 같이 하면서 나라는 어떻게 다스려야 한다고 무슨 얘기를 했다든가, 여름이면 어떻게 뉴포트로 휴가를 간다든가, 집에서 말을 기른다든가, 누이들이 사교계에 선을 보이기 위한 파티에 돈이 2만 5천 달러가 들었다는 따위 얘기들만 잔뜩 하죠."

"그런 소리들을 하면 넌 뭐라고 그러니?"

"가만히 있어요." 빌리의 눈초리는 날카로웠다. "내가 무슨 말을 하겠어요? 아버지는 방 하나짜리 집에서 사는데 2년 동안에 직장 세 곳에서 쫓겨났다는 얘기를 할까요? 아니면 아버지가 점심을 먹고 나면 운전 솜씨가 얼마나 굉장한가 하는 얘기를 하나요?" 빌리는 이 얘기를 모두, 놀랄 만큼 성숙하게, 차분하고 굴곡이 없는 대화체 말투로 했다.

"새아버지는 어떻고?"

"뭐가 어때요? 죽었는데요. 그리고 죽기 전에도, 이 학교에는 아버지가 누군지 알았던 아이들은 여섯 명도 안 돼요. 연극이나 영화를 만드는 사람들은 모두 무슨 병신이라도 되는 줄 알죠."

"선생들은 어때?" 아이가 마음에 들어 하는 부분을 하나라도 찾아내려고 루돌프는 열심히 물었다.

"난 그 사람들하고는 아무 관계도 없어요." 구운 감자에 버터를 더 바르면서 빌리가 말했다. "난 내 할 공부나 하고, 그러면 되는 거죠."

"무슨 일이야, 빌리?" 이제는 단도직입적으로 물을 때도 되었다. 그는 이리저리 돌려가면서 얘기를 할 만큼 아이를 잘 알지는 못했다.

"어머니가 이리 와 보시라고 그랬겠죠, 아녜요?" 빌리는 도전적이고 날카로운 눈으로 그를 쳐다보았다.

"꼭 알고 싶다면 얘기하지 — 그래."

"어머니한테 걱정을 끼쳐 드려서 죄송하군요." 빌리가 말했다. "그 편지를 보내지 않는 건데 그랬어요."

"아냐, 편지는 보냈어야 하지. 무슨 일이야, 빌리?"

"모르겠어요." 아이는 이제 식사를 중단했고, 루돌프는 그가 목소리를 가다듬느라고 애를 쓰고 있음을 알아차렸다. "다 그렇죠. 난 여기서 버티다가는 꼭 죽고 말겠다는 생각이 들어요."

"네가 죽을 리야 없지." 루돌프가 날카롭게 말했다.

"아니, 그렇지야 않죠. 난 그저 기분이 그렇단 뜻으로 얘기했을 뿐예요." 빌리는 잠깐 동안 사춘기 아이처럼 까다로워졌다. "그러니까 얘기가 안 되겠죠, 안 그래요? 허지만 감정도 현실이죠, 안 그래요?"

"그래, 그렇지." 루돌프가 시인했다. "어서, 얘기해 봐."

"여긴 나한테 맞지가 않아요." 빌리가 말했다. "난 이 친구들이 모두 성장하는 과정을 그대로 밟아 가면서 상장하려고 수련을 받고 싶지는 않아요. 난 그들의 아버지들을 알죠. 그들 가운데 많은 사람들이 25 년 전에 바로 이 학교를 다녔어요. 그들은 나이만 먹었지 그들의 아들하고 똑같고, 대통령에게 이래라저래라 할지는 몰라도, 콜린 버크가 위대한 인간이었다는 사실도 모르고, 그가 죽었다는 것조차 모르죠. 난 이곳에 어울리지가 않아요, 루디. 우리 아버지도 여기에 어울리지 않고요. 콜린 버크도 여기에 어울리지 않았을 거예요. 만일 4 년이 지나도록 날 이곳에 가두어 둔다면, 난 결국 이곳에 어울리는 인간이 되겠지만, 난 그렇게 되고 싶지가 않아요. 난 모르겠어요……." 그는 맥이 빠져 고개를 저었고, 그의 아름다운 머리카락은 아버지에게서 물려받은 넓은 이마 위로 흔들렸다. "내 얘기가 모두 다 두서없는 헛소리라고 생각하시리라는 건 알아요. 내가 어느 팀의 주장이나 뭐 그런 것으로 선출되지 못해서 기분이 상하고 집 생각이 나 하는 어린애라고 생각하시는 줄도 알지만……."

"난 전혀 그렇게 생각하지는 않아, 빌리. 난 네가 옳은지 그른지는 가릴 능력이 없다만, 네가 이유만은 확실히 찾아냈다고 굳게 믿어." 집 생각이라고, 그는 생각했다. 그 말이 머리에 떠올랐다. 어떤 집?

"의무적인 예배만 해도 그래요." 빌리가 말했다. "내가 기독교인이라고 믿게 하려고 한 주일에 일곱 번씩이나 참석시키죠. 난 기독교인이 아니고, 어머니도 기독교인이 아니고, 아버지도 기독교인이 아니고, 콜린도 기독교인이 아니었는데, 왜 나는 온 가족을 위해서 형벌을 받고 모든 설교를 들어야 하나요? 모범적이 되거라, 깨끗한 생각만 해라, 섹스에 대해서는 생각하지 마라. 우리 주 예수께서는 우리의 죄를 사하여 주기 위해서 돌아가셨느니라. 한 주일에 일곱 번씩 그런 개수작을 듣고 앉아 있으려면 기분이 어떨 것 같아요?"

"별로 안 좋겠군." 빌리의 얘기는 분명히 논리적이었다. 무신론자들은 자식에 대해서 종교적인 책임을 져야 한다.

"돈 문제만 해도 그래요." 여종업원이 옆을 지나가자 목소리를 낮추었지만, 긴장한 말투로 빌리가 말했다. "이제 콜린이 죽었으니, 대단하고 보람찬 내 교육을 위한 비용은 어디서 나오죠?"

"그런 걱정은 말아." 루돌프가 말했다. "그 문제는 내가 처리하마고 네 어머니한테 얘길 했어."

마치 루돌프가 자기에 대한 어떤 음모를 막 고백이라도 한 듯이 빌리는 악의를 품은 눈초리로 그를 쳐다보았다. "난 그 돈을 받을 만큼 삼촌을 좋아하지는 않아요, 루디 외삼촌." 그가 말했다.

루돌프는 흥분했지만, 겨우 침착하게 얘기를 했다. 누가 뭐라고 해도 빌리는 겨우 열네 살이었고, 아직 어린애에 지나지 않았다. "왜 날 별로 좋아하지 않지?"

"삼촌은 이곳에 어울리니까 그렇죠." 빌리가 말했다. "삼촌 아들이나 이 학교에 보내세요."

"그런 얘기는 따지고 싶지 않다."

"그런 소리해서 미안해요. 허지만 그건 진담이었어요." 눈썹이 길고 파란, 애보트의 눈은 눈물을 억누르려고 애썼다.

"난 그런 소리를 하는 네가 기특하다는 생각이 들었어." 루돌프가 말했다. "사내아이들은 네 나이가 되면 보통 돈 많은 삼촌들 앞에서 거짓말을 하는 버릇이 들지."

"밤이면 밤마다 어머니는 아무도 없이 혼자 앉아서 울기만 하는데 난 이곳에 와서 뭘 하고 지내나요?" 빌리는 쉬지 않고 말을 계속했다. "콜린 같은 사람이 죽임을 당했는데, 난 무얼 해야 하나요— 거지같은 축구 시합에서 응원이나 하고, 예수가 구원해 준다는 검은 옷을 걸친 소년단원의 얘기나 듣고. 한 가지 말씀드리겠어요─" 이제는 눈물이 그의 뺨에서 방울져 흘러내렸고, 그는 손수건으로 눈물을 닦아내면서도 여전히 격렬하게 얘기했다. "날 여기서 빼내지 않으시겠다면, 난 도망을 치겠어요. 그리고 무슨 수를 써서라도 어머니가 계신 집으로 가서, 어떻게 해서든지 난 어머니를 돕겠어요."

"좋아." 루돌프가 말했다. "그 얘긴 그만해도 되겠어. 내 힘으로 무슨 일이 가능할지는 모르겠지만, 아무튼 내가 어떻게 손을 써 보기로 약속하지. 됐어?"

빌리는 구슬프게 머리를 끄덕이고, 눈물을 더 닦아 내고는 손수건을 치웠다.

"그럼 점심을 마저 먹지." 루돌프가 말했다. 그는 별로 더 먹지를 않았지만, 빌리는 접시를 비우고, 사과 파이를 시키더니 그것도 마저 비웠다. 열네 살이라면 무엇이나 다 흡수하는 나이였다. 눈물과 죽음, 연민, 사과 파이, 아이스크림이 부끄러움도 모르고 서로 뒤섞였다.

점심을 먹고 학교로 가다가 차 안에서 루돌프가 말했다. "네 방으로 올라가라. 가방을 챙겨. 그러고는 내려와서 차에서 날 기다려."

그는 교회당에 입고 다니는 일요일 양복을 깨끗하게 입고 건물로 들어가는 조카를 지켜보고는 자동차에서 내려 뒤를 따라갔다. 그의 뒤에서는 말라붙은 잔디밭에서, 그들이 젊었을 적에 수백 번이나 더 되풀이할 터이고 빌리는 절대로 끼어들지 않을 태클 공놀이를 하면서 소년들이 소리를 질렀다. "나한테 던져, 나한테 던져."

복도에서 조금 벗어난 곳에 위치한 오락실은 탁구를 치거나, 장기판에 마주 앉았거나, 잡지를 읽거나, 휴대용 라디오로 자이언트의 시합 중계를 듣는 소년들로 가득했다. 위층에서는 다른 라디오에서 민요를 부르는 소리가 요란하게 들려왔다. 페어웨더 부부의 아파트먼트 문을 향해서 그가 방을 가로질러 걸어가자, 손윗사람인 그에게 탁구

대 옆의 아이들이 정중하게 길을 비켜 주었다. 그들은 미남에, 건강하고, 예절이 바르고, 만족을 느끼며, 미국의 희망을 어깨에 걸머진 착한 아이들 같았다. 만일 그가 학부형이었다면, 그는 일요일 오후에 이 사람들과 함께 생활하는 아들을 보고 아주 행복했으리라. 그러나 그들 사이에서 모가 난 그의 조카는 죽을 듯한 심정을 느꼈다. 헌법이 보장하는, 외톨이로 살아가는 권리.

그는 페어웨더 아파트먼트의 초인종을 울렸고, 문이 열리더니, 키가 크고 허리가 조금 굽은 남자가, 이마 위로 머리 한 가닥을 늘어뜨리고, 건강한 안색에 서슴지 않고 환영하는 미소를 지었다. 이렇게 소년들로만 가득 찬 기숙사에서 살아가기란 필시 대단한 용기를 필요로 하는 일이었다.

"페어웨더 씨죠?" 루돌프가 말했다.

"그런데요?" 친근하고, 부드럽게.

"폐를 끼치고 싶은 생각은 없습니다만, 잠깐 말씀을 드리고 싶어서요. 난 빌리 애보트의 외삼촌입니다. 난……."

"아, 그래요." 페어웨더가 말했다. 그는 손을 내밀었다. "점심식사 전에 이곳에 들렀더라고 집사람이 얘기하더군요. 들어오시지 않겠어요?" 그는 책이 즐비한 복도를 지나서 다시 책이 즐비한 거실로 그를 안내했는데, 문을 닫으니까 기적처럼 오락실의 소음이 사라졌다. 젊은이들로부터의 성역(聖域). 책에 의한, 젊음으로부터의 격리. 루돌프는 덴튼이 자신에게 대학에서 자리를 내주어 책이 즐비한 인생을 제공했을 때, 혹시 자신이 선택을 잘못하지나 않았을까 생각해 보았다.

페어웨더 부인은 긴의자에 앉아서 커피를 마셨고, 아이들은 마룻바닥에 앉아 그녀의 무릎에 기대고는 그림책을 뒤적였으며, 사냥개는 그녀에게 몸을 기대고 널브러져 잠이 들었다. 페어웨더 부인은 그에게 미소를 짓고, 잔을 들어 인사를 대신했다.

저렇게까지 행복했을 리야 없겠지, 질투를 느끼면서 루돌프는 생각했다.

"앉으시죠." 페어웨더가 말했다. "커피 드시겠어요?"

"아뇨, 감사합니다만, 조금 아까 들었어요. 그리고 시간도 없고요." 아버지가 아니라 자신의 신분이 외삼촌이어서 거북하게 느끼며 루돌프는 뻣뻣하게 앉았다.

페어웨더는 그의 아내 옆에 편안하게 앉았다. 그는 일요일 오후를 한껏 즐기느라고, 초록빛 얼룩이 진 정구화를 신고, 양모 셔츠 차림이었다. "빌리하고 얘기를 잘해 봤나요?" 그가 물었다. 그의 목소리에는 버지니아 해안 지역의 신사다운 여유, 남부의 유쾌한 여유가 조금 엿보였다.

"얘기를 해 봤습니다." 루돌프가 말했다. "그 효과가 어떤지는 잘 모르겠어요. 페어웨더 씨, 난 빌리를 데리고 갈 생각입니다. 적어도 며칠만이라도요. 난 그것이 절대적으로 필요하다고 생각합니다."

페어웨더 부부는 서로 쳐다보았다.

"그 정도로 심각한가요?" 남자가 말했다.

"상당히 심각해요."

"우린 최선을 다 했는데요." 페어웨더가 말했지만, 사과의 뜻은 비치지 않았다.

"그런 줄은 압니다." 루돌프가 말했다. "다만 문제는 빌리가 좀 유별난 아이고, 좀 유별난 일들이 그에게— 과거에, 그리고 최근에 일어나서……." 그는 페어웨더 부부가 콜린 버크라는 이름을 들어 보았는지, 그 사라진 재능을 슬퍼했을지 궁금했다. "꼬치꼬치 따지고 들 필요는 없겠어요. 사내아이들에 얽힌 이유들이란 환상일지도 모르지만, 그의 감정만은 무서울 만큼 현실적이니까요."

"그러니까 빌리를 데리고 가겠단 말이죠?" 페어웨더 씨가 말했다.

"예."

"언제요?"

"10 분 후에요."

"이런 세상에." 페어웨더 부인이 말했다.

"얼마 동안요?" 페어웨더가 침착하게 물었다.

"모르겠습니다. 며칠. 한 달. 안 돌아올지도 모르죠."

거북한 침묵이 흘렀다. 창문 밖에서 태클 놀이를 하느라고 누가 신호를 보내는 소리가 22, 45, 38, 허트! 하고 가느다랗게 들려왔다. 페어웨더는 자리에서 일어나 커피 주전자가 놓인 탁자로 가서 커피를 한 잔 부었다. "정말 한 잔 안 드시겠어요, 조르다슈 씨?"

루돌프가 고개를 저었다.

"두 주일 반만 지나면 성탄절 휴가가 오는데요." 페어웨더가 말했다. "그리고 학기말 시험이 며칠 후에는 시작되죠. 그때까지 기다리는 것이 더 현명하리라고 생각하지 않으세요?"

"난 오늘 오후에 내가 빌리를 남겨 두고 그냥 가는 일이 현명한 짓이 아니라고 생각합니다." 루돌프가 말했다.

"교장 선생님하고 얘기를 해 보셨나요?" 페어웨더가 물었다.

"아뇨."

"그분을 만나서 의논을 드려야 좋을 듯싶은데요." 페어웨더가 말했다. "나한테는 이런 문제에 대한 권한이……."

"이왕이면 덜 번거롭고, 빌리에게 얘기를 하는 사람들도 많지 않아야 그애한테 좋으리라는 생각이 들어요." 루돌프가 말했다. "내 말을 믿으세요."

페어웨더 부부는 다시 눈길을 주고받았다.

"찰스." 페어웨더 부인이 남편에게 말했다. "교장 선생님께는 우리가 설명해 드려도 되겠어요."

페어웨더는 아직도 책상 앞에 서서 생각에 잠겨 천천히 커피를 마셨다. 파리한 햇살이 창문으로 흘러 들어와서 뒤에 놓인 책상을 배경으로 그의 윤곽을 드러냈다. 건강하고, 생각 깊은 남자, 집안의 가장,

젊은 영혼들을 위한 의사.

"그럴지도 모르지." 그가 말했다. "우리가 설명해도 되겠어요. 내일이나 모레쯤 나한테 전화를 걸어서 어떤 결정을 내리셨는지는 연락해 주시겠죠, 안 그래요?"

"물론이죠."

페어웨더가 한숨을 쉬었다. "이렇게 조용한 직업에서도 꽤 많은 패배를 겪어야 한답니다, 죠르다슈 씨." 그가 말했다. "빌리더러 언제라도 돌아오겠다면 환영한다고 전해 주세요. 그애는 워낙 똑똑해서 좀 쉬더라도 공부를 따라 오는데 문제는 없을 테니까요."

"그렇게 전하죠." 루돌프가 말했다. "감사합니다. 여러 가지로 두 분 다 감사합니다."

페어웨더는 그를 복도로 안내해서, 소년들이 소란스럽게 떠드는 바깥으로 나가는 문을 열어 주고, 미소를 짓지 않으며 루돌프와 악수를 하고, 문을 닫았다.

루돌프가 학교에서 차를 몰아 나오는 사이에, 옆에 앉은 빌리가 말했다. "난 이곳을 다시는 보기도 싫어요." 그는 어디로 가느냐고 묻지를 않았다.

그들이 휘트비에 도착했을 때는 5시 30분이었고, 겨울의 어둠을 가로등이 밝혔다. 오는 동안에 빌리는 잠을 푹 잤다. 루돌프는 어머니에게 그녀의 손자를 인사시킬 순간이 두려웠다. '매춘부의 새끼'라는 어휘를 그녀는 서슴지 않고 쓸 터이기 때문이었다. 그러나 7시에는 끝날 일요일 저녁 가족 식사 후에 콜더우드와 만날 약속이 되었기 때문에, 빌리를 뉴욕으로 데려다 놓은 다음 시간 맞춰 휘트비에 도착하기는 불가능한 일이었다. 그리고 비록 뉴욕으로 그를 데리고 갈 시간이 넉넉했다고 해도, 누구에게 그를 맡기겠는가? 윌리 애보트? 그레첸은 이번 일에 윌리가 끼어들게 하지 말라고 부탁했었고, 그는 그러마고 약속했기 때문에 별다른 도리가 없었다. 그리고 점심때 빌리가 아버지에 대해서 한 얘기를 들어보니, 조카를 술 취한 윌리의 보호 아래 둔다면 차라리 학교에 그대로 두느니만 못 했다.

얼핏 루돌프는 빌리를 호텔에 둘 생각도 해 보았지만, 그것은 너무 냉혹한 짓일 듯싶어서 그만두었다. 오늘 밤은 그가 호텔에서 혼자 지내기에는 적당하지가 않았다. 그리고 그것은 또한 비겁한 짓일지도 모른다. 그는 어머니와 대결을 해야 한다.

그가 차를 집 앞에 세우고 아이를 깨워 문으로 데리고 들어가면서 그는 어머니가 거실에 없어서 그나마 안심했다. 그는 복도를 살펴보고, 그녀의 방문이 닫혔음을 확인했다. 그것은 그녀가 마사와 다투고 나서 심술이 났음을 의미했다. 그렇다면 그는 어머니를 혼자 만나서 그녀가 손자와 첫 대면을 하도록 마음의 준비를 시킬 여유가 생긴다는 뜻이었다.

그는 빌리와 함께 부엌으로 들어갔다. 마사는 식탁에 앉아서 신문을 읽었고, 찜통에서는 무엇인가 요리하는 냄새가 났다. 마사는 그의 어머니가 악의에 차서 했던 말처럼 뚱뚱하지는 않고, 사실은 나이가 쉰이 되었어도 몸의 곡선이 그대로 남아 어딘가 처녀티가 나는 야윈 여자였으며, 세상살이의 괴로움을 알았고, 받은 만큼은 주려고 늘 애를 쓰는 성격이었다.

"마사." 그가 말했다. "내 조카 빌리예요. 며칠 동안 우리하고 같이 지내게 되었어요. 이 애는 고단해서, 목욕을 해야 하고, 따뜻한 음식이 좀 필요하죠. 좀 도와주시겠어요? 내 방 옆의 손님방에서 자게 하구요."

마사는 부엌 식탁 위에다 신문을 펴 놓았다. "선생님은 저녁을 집에서 먹지 않으리라고 어머니가 그러셨는데요."

"난 안 먹어요. 난 또 나가 봐야 하니까요."

"그럼 식사는 충분하겠어요." 마사가 말했다. "어머니는—" (그의 어머니가 차지한 쪽을 머리로 기분 나쁘게 가리키면서) "어머니는 조카 얘기는 통 없던데요."

"아직 모르고 계셔요." 빌리를 위해서 가능하면 유쾌한 목소리를 내려고 하면서 루돌프가 말했다.

"또 한바탕 꿍장하겠군요." 마사가 말했다. "어머니께서 조카 얘기를 들으시면요."

빌리는 분위기를 살피고는, 그 분위기를 별로 마음에 안 들어 하며 한 쪽에 말없이 서서 기다렸다.

마사는 일어섰고, 그녀의 얼굴은 평상시보다 별로 더 못마땅한 표정도 아니었지만, 빌리가 그것을 어떻게 알겠는가? "이리 와요, 젊은이." 마사가 말했다. "도련님처럼 말라깽이 아이가 비비고 들어갈 자리쯤이야 마련하기 어렵지 않을 테니까."

루돌프는 사실상 다정한 초청이나 마찬가지인 기색을 마사의 목소리에서 느끼고는 놀랐다.

"가 봐라, 빌리." 그가 말했다. "잠시 후에 내가 널 보러 올라갈 테니까."

빌리는 마사를 따라 어물어물 부엌에서 나갔다. 외삼촌에게 애착을 느끼게 된 지금, 그와 떨어지는 상황이 그에게는 대단한 위험이라고 여겨졌던 모양이었다.

루돌프는 그들이 층계를 올라가는 발자국 소리를 들었다. 낯선 사람이 누가 집 안에 나타났음을 알고 어머니는 긴장했으리라. 그녀는 그의 발자국 소리를 알아서, 그가 방으로 갈 때면 틀림없이 큰 소리로 그를 불렀다.

그는 냉장고에서 얼음을 조금 꺼냈다. 그는 하루 종일 술이라고는 입에 거의 대지도 않았는데, 어머니를 만나야 할 처지여서 술기운이 좀 필요했다. 그는 얼음을 거실로 가지고 갔는데, 거실이 따뜻해서 기분이 좋았다. 아궁이를 고치라고 브래드가 어제 사람을 보냈던 것이 틀림없다. 어머니의 혓바닥은 적어도 추위 때문에 날을 세우지는 않으리라.

그는 버본에 물을 탄 뒤 얼음을 잔뜩 넣고는, 의자에 푹 눌러 앉아서 다리를 올려놓고 즐겨 가면서 술을 천천히 마셨다. 그는 가구가 너무 무겁지 않고, 현대적인 가죽 의자와 둥그런 유리 전등과 덴마크식 나무 책상과 수수한 빛깔의 커튼이 모두 잘 어울려서, 정사각형 유리를 끼운 작은 18세기식 창문이나 대들보를 낮춘 천정과 세심하게 조화를 이루는 방이 마음에 들었다. 어머니는 이 방이 치과의 응접실 같다고 불평했다.

그는 앞으로 닥칠 일이 서두를 필요가 없는 문제라서 천천히 술을 마셨다. 이윽고 그는 의자에서 몸을 일으켜 복도를 내려가서 문을 두드렸다. 어머니로 하여금 층계를 오르내리게 할 필요를 없애려고 그녀의 방은 1층에 두었다. 처음에는 정맥염, 그리고 두 번째로는 백내장 때문에 두 차례 수술을 받았어도 그녀는 건강이 꽤 좋은 편이었다. 공연히 아니라고 불평했지만, 사실은 좋았다.

"누구냐?" 문 뒤에서 들려오는 목소리는 날카로웠다.

"저예요, 어머니." 루돌프가 말했다. "주무셔요?"

"이젠 깼다." 그녀가 말했다. 그는 문을 밀어 열었다.

"온 집안을 사람들이 코끼리처럼 쿵탕대고 오르내리니 어떻게 잠을 자겠냐." 그녀는 침대에서 말했다. 그녀는 분홍빛 털처럼 보이는 장식이 달린 침실용 분홍 저고리를 입고, 레이스가 달린 베개에 기대 몸을 일으켰다. 그녀는 수술을 받은 다음 의사의 권고에 따라 두터운 안경을 썼다. 그녀는 안경을 써서 책을 읽고, 텔레비전을 보고, 영화 구경을 갈 수는 있었지만, 커다랗게 확대가 된 그녀의 눈은 난폭하고 공허하며 영혼이 없는 듯 보였다.

그들이 새 집으로 이사를 한 다음에 의사들은 그녀에게 기적을 행하다시피 했다. 가게 위에서 살던 그전에는 어머니가 꼭 받아야 된다고 그가 생각했던 여러 가지 수술을 어머니더러 받으라고 루돌프가 애원했어도 그녀는 싫다고 고집불통이었다. "난 실험을 위한 환자가 되고 싶지는 않아." 그녀는 말했다. "개한테나마도 칼을 대어서는 안 될 인턴들의 실험을 위해서 말야." 루돌프의 간청에 그녀는 그때만 해도 귀를 기울이지 않았다. 초라한 아파트먼트에서 살던 때에는, 그녀가 가난하지도 않고, 자선 기관에 수용되어 무성의한 치료나 받을 신세가 아니라는 사실을 납득시킬 방법이 없었다. 그러나 그들이 일단 이사를 하고, 마사가 루디의 성공에 대한 신문기사들을 읽어 주고, 루디가 산 새 차를 타 본 다음에야 그녀는 용감하게 수술을 받으러 나섰고, 자신을 치료한 사람들이 가장 훌륭하고 가장 요금을 많이 받는 의사들이라고 믿게 되었다.

그녀는 돈에 대한 자신의 믿음으로 인해서 글자 그대로 회춘(回春)을 했고, 소생해서 무덤의 문턱에서 다시 돌아왔다. 루디는 훌륭한 의학적 치료가 그녀의 여생을 편안하게 해 주리라고만 믿었다. 그러나 그녀는 젊어지고 말았다. 찌푸린 마사를 운전석에 앉히고 그녀는 루디의 차가 쉴 때마다 그것을 타고 외출했으며, 미장원을 드나들었고 (거의 푸른빛을 띠게 된 그녀의 머리는 웨이브를 했으며), 시내 영화관들의 단골손님이 되었고, 미사에 참석했고, 성당에서 새로 사귄 친구들과 한 주일에 한두 번씩 브리지 놀이를 했고, 루디가 집에 없는 날 밤이면 신부들에게 식사를 대접했고, 프랜시스 파킨슨 키스 (Frances Parkinson Keyes, 1885~1970, 미국의 추리소설 작가―옮긴이)의 모든 소설과 《바람과 함께 사라지다》의 신판을 사들였다.

모든 행사에 알맞을 다양한 옷과 모자가 잔뜩 들어찬 옷장과 더불어 그녀의 방에는, 작은 골동품 상점처럼 장식을 한 책상과 긴의자와 프랑스 향수병이 열 개나 늘어선 화장대가 들어앉았다. 생전 처음으로 그녀는 입술을 빨갛게 칠했다. 그녀는 얼굴에 화장을 하고 야한 옷을 입어서 볼썽사납다고 루돌프는 생각했지만, 그래도 그녀는 그전보다 무척 활기가 왕성해졌다. 만일 이렇게 함으로써 그녀가 처절했던 그녀의 어린 시절과 결혼 생활의 오랜 고민에 대한 보답을 받게 된다면, 그는 그녀의 장난감들을 빼앗고 싶지가 않았다.

그는 그녀를 돌보아 줄 마사와 어머니가 살 아파트먼트를 시내에 따로 얻어 줄까 생각했었지만, 마지막으로 그녀를 이 집에서 데리고 나가는 순간에, 그녀의 인생에서 가장 사랑했던 아들, 가게에서 열두 시간을 서서 일한 다음 자정에 셔츠를 다려 주던 아들, 그를 위해서 자신의 청춘과 남편과 친구들과 두 자식을 희생시켰던 아들의 배은망덕함에 충격을 받은 그녀의 표정을 보게 될 일은 상상조차 하기가 싫었다.

그래서 어머니는 그대로 머무르게 되었다. 루돌프는 자신이 진 빚을 잊는 사람이 아니었다.

"위층에 누구냐? 여자를 집안으로 끌고 들어왔겠지." 그녀는 꾸짖는 투로 말했다.

"어머니가 걱정하는 그런 뜻으로 내가 여자를 집안에 들여놓은 일은 없어요, 어머니." 루돌프가 말했다. "내가 그래서는 왜 안 되는지는 모르겠지만요."

"네 아버지의 혈통 때문이야." 어머니가 말했다. 무시무시한 공격이다.

"어머니의 손자예요. 학교에서 데리고 왔죠."

"여섯 살 난 아이가 층계를 올라가는 소리 같지는 않더라." 그녀는 말했다. "나한테도 귀는 있어."

"토마스의 아들이 아녜요." 루돌프가 말했다. "그레첸의 아들이죠."

"그 이름은 듣고 싶지 않다." 그녀가 말했다. 그녀는 손으로 귀를 막았다. 텔레비전을 보아서인지 그녀는 연기가 늘었다.

루돌프는 어머니의 침대 가장자리에 앉아서 부드럽게 그녀의 손을 잡아 끌어내렸다. 내가 너무 태만했구나, 그는 생각했다. 이 대화는 벌써 여러 해 전에 나누었어야 하는데.

"제 얘기를 들으세요, 어머니." 그가 말했다. "얘는 참 착하고, 지금 문제가 생겨서……."

"난 갈보의 새끼를 집에 들여놓고 싶지가 않아." 그녀가 말했다.

"그레첸은 갈보가 아녜요." 루돌프가 말했다. "아들은 새끼가 아니고요. 그리고 여긴 어머니의 집이 아녜요."

"네가 언젠가는 그런 소리를 할 줄 알았어." 그녀가 말했다.

루돌프는 그 신파조 타령을 무시했다. "아이는 며칠만 묵기로 했어요." 그가 말했다. "그리고 아이한테는 친절과 보살핌이 필요하니까, 난 조카를 보살피겠고, 마사도 그애를 보살펴야 하고, 그리고 어머니도 보살펴야 합니다."

"맥도넬 신부님한테는 뭐라고 얘기를 하지?" 그녀는 휘둥그레지고 공허한 눈을 들어서, 문 앞에 맥도넬 신부가 서서 기다린다고 그녀가 믿는 천국을 올려다보았다.

"맥도넬 신부님에게는 어머니가 드디어 기독교적인 자비심의 미덕을 배웠노라고 말하세요." 루돌프가 말했다.

"아." 그녀는 말했다. "네가 뭘 안다고 기독교적인 자비심 얘기를 하는지 모르겠구나. 넌 성당에 들어가 본 적도 없잖아?"

"다툴 시간이 없어요." 루돌프가 말했다. "콜더우드가 지금 날 기다려요. 아이한테 어머니가 어떻게 대해야 한다는 건 분명히 말씀드렸어요."

"그애는 내 안전(眼前)에 존재를 나타내지 못하게 하겠어." 자신이 읽은 어느 책에서 한 구절을 인용해서 어머니가 말했다. "난 문을 닫아 두겠고, 마사는 밥상에 차려 내 방으로 가져오게 하겠다."

"좋으실 대로 하세요, 어머니." 루돌프가 조용히 말했다. "허지만 어머니가 그러시면, 난 어머니하고 갈라서겠어요. 그러면 어머니는 자동차도 없고, 브리지 모임도 없고, 외상 거래도 못하고, 미장원도 못 가고, 맥도넬 신부에게 저녁식사 대접도 못 하게 돼요. 그 생각을 해 봐요." 그는 일어섰다. "난 이제 가야 되겠어요. 마사는 곧 빌리에게 저녁을 줄 겁니다. 어머니도 식사를 같이 하세요."

어머니의 침실 문을 닫을 때 비치던 눈물. 늙은 여자에게 이런 협박을 하다니 참 유치하구나, 그는 생각했다. 어머니는 왜 그냥 죽어 버리지를 않을까? 머리도 손질하지 않고, 화장하지도 않고, 루주도 바르지 않고, 우아하게.

복도에는 벽시계가 걸렸고, 그는 연결만 빨리 된다면 캘리포니아의 그레첸과 통화를 할 시간이 충분하다고 깨달았다. 그는 전화를 신청하고 통화가 이루어지기를 기다리면서 술을 한 잔 더 섞었다. 콜더우드는 그의 입에서 나는 술 냄새를 맡고 못마땅해 하겠지만, 그는 그런 문제도 이제는 개의치 않았다. 천천히 술을 마시면서, 그는 어제 이 시간에 자신이 무엇을 했는지 생각해 보았다. 푹신한 침대에서, 은은한 불빛의 따스함 속에서, 서로 뒤엉키고, 마룻바닥에 흩어진 빨간 털양말, 그의 입김과 뒤섞인 감미롭고 따스한 입김, 럼과 레몬. 어머니는 사랑하는 남자가 재촉하는 바람에 아무렇게나 옷을 벗어 던지고 애인의 품에 안겨 12월의 추운 오후를 보낸 적이 있었을까? 그것은 잘 상상이 가지 않는 상황이었다. 진도 언젠가 늙으면, 구긴 침대에 누워 두꺼운 안경을 쓰고 노려보며, 빨갛게 바른 입술에 경멸과 탐욕을 내비칠 것인가? 그런 생각은 하지 않는 편이 좋겠다.

전화가 울렸고, 그레첸이 나왔다. 그는 오후에 벌어졌던 일을 간단히 설명하고 빌리는 자기와 함께 안전하게 데리고 있으니, 그녀가 동부로 오든지, 아니면 빌리를 2, 3일 안에 비행기에 태워 로스앤젤레스로 보내 주겠다고 말했다.

"아냐." 그녀는 말했다. "비행기에 태워서 이리로 보내."

조금쯤은 묘한 즐거움. 화요일이나 수요일에 뉴욕으로 가야 한다는 핑계. 진.

"정말 내가 얼마나 고마워하는지는 말을 하지 않아도 알겠지, 루디." 그레첸이 말했다.

"그런 소리 마." 그가 말했다. "나한테도 아들이 있다면, 난 당연히 누이가 돌봐 주리라고 생각하는데. 어느 비행기로 보낼지 나중에 알려 주겠어. 그리고 곧 누이를 만나러 그리로 가겠어."

다른 사람들의 인생.

루돌프가 초인종을 울리자 콜더우드가 손수 나왔다. 안식일에 대한 행사는 다 지났어도, 그는 검은 양복에 조끼, 하얀 셔츠, 검은 넥타이와 높직하고 검은 구두를 갖춘 일요일 옷차림이었다. 검소한 콜더우드의 집에서는 불을 환하게 켜 두는 일이 없어서, 콜더우드가 무감각하게 얘기를 꺼냈을 때 그가 얼굴에 어떤 표정을 지었는지 루돌프는 알 길이 없었다. "들어오게, 루디. 자네 좀 늦었어."

"미안합니다, 콜더우드 씨." 루돌프가 말했다. 그는 걸음걸이도 느릿느릿하고, 무덤까지 몇 발자국 남지도 않아 곧 사라져 버릴 노인의 뒤를 따라갔다.

콜더우드는 자기 딴에는 서재라고 부르는 커다란 마호가니 책상과 참나무와 가죽으로 만든 갈라진 안락의자들을 들여놓은 음울하고 참나무로 벽을 붙인 방으로 그를 안내했다. 어느 점원이라도 몰래 훔쳐봐도 상관없는 일반 서류들을 보관하던 허름한 지하실 금고에는 안심이 되지 않아 콜더우드가 아직도 넣어 두지를 않는 22년 된 계약서들, 서류철과 영수증 기록 따위는 이곳에 있는 유리문을 단 책장에 가득 보관했다.

"앉게나." 콜더우드는 참나무와 가죽으로 된 의자 하나를 가리켰다. "술을 마셨구먼, 루디." 그는 구슬프게 말했다. "이런 얘기를 하면 기분이 좋지 않지만, 내 사위들도 술을 좋아해." 콜더우드의 큰 딸

둘 중 하나는 시카고 출신의 남자, 그리고 또 하나는 애리조나 출신의 남자와 얼마 전에 결혼했다. 루돌프는 그들이 상대를 진정으로 사랑하기 때문이 아니라, 아버지에게서 멀리 떨어져 살게 된다는 지리적인 조건 때문에 결혼했다고 느꼈다.

"허지만 그런 얘길 하려고 자네더러 오라고 하지는 않았지." 콜더우드가 말했다. "난 아내와 버지니아가 없을 때 자네하고 남자 대 남자로 얘기를 하고 싶었어. 두 사람은 영화구경을 갔으니까 우린 마음놓고 얘기를 해도 괜찮아." 그렇게 치밀한 준비를 했다니, 늙은이답지가 않은 일이었다. 그는 역시 평상시답지 않게 초조한 기색이었다.

콜더우드가 종이 칼이나 구식 잉크스탠드 따위 책상에 놓인 물건들을 만지작거리는 행동을 눈여겨보면서 루돌프는 기다렸다.

"루돌프……" 콜더우드는 엄숙하게 목청을 가다듬었다. "난 자네 처신에 놀랐어."

"내 처신요?" 잠깐 동안 루돌프는 엉뚱하게 콜더우드가 어쩌다가 자기와 진의 관계를 알아내지나 않았나 생각했다.

"그래. 정말 자네답지가 않아, 루디." 목소리는 이제 처량해졌다. "자넨 나한테는 아들이나 마찬가지였어. 아들보다도 훌륭했지. 진실하고. 숨김이 없고. 믿음직스럽고."

공로를 많이 세운 착한 이글 스카우트(공로를 세워 배지를 21개 탄 소년단원-옮긴이)란 말이로구나, 짜증스럽게 기다리면서 루돌프는 생각했다.

"자네 갑자기 어떻게 된 모양이야, 루디." 콜더우드가 말을 계속했다. "자넨 나 몰래 수작을 벌였어. 그럴 만한 이유도 따로 없이. 자넨 아무 때라도 우리 집을 찾아오면 내가 환영하리라는 건 알았을 텐데."

"콜더우드 씨." 여기도 늙은 사람이 또 있었지, 하고 생각하면서 루돌프가 말했다. "무슨 얘기를 하고 계신지 모르겠는데요."

"난 내 딸 버지니아의 애정에 대해서 얘기하는 거야. 루디, 아니라고 하지는 말게."

"콜더우드 씨……."

"자넨 그애의 애정을 함부로 생각했어. 멋대로. 자넨 요구만 하면 얻게 될 대상을 훔쳐 가졌어." 이제는 그의 목소리에서 분노가 드러났다.

"콜더우드 씨, 정말 다짐하건데, 전 아무 일도 없었다는……."

"거짓말은 자네답지가 않아, 루디."

"난 거짓말을 하는 게 아녜요. 난 정말 모르겠……."

"내 딸이 나한테 모두 고백했는데도 그런 소릴 하겠어?" 콜더우드가 고함쳤다.

"고백할 만한 내용은 하나도 없어요." 루돌프는 속수무책이었고, 웃음이 나오기까지 했다.

"자네 얘긴 내 딸의 얘기하고는 달라. 그애는 제 어미한테 자넬 사랑한다면서, 마음 놓고 자네를 만나기 위해 비서가 되는 훈련을 받으러 뉴욕으로 갈 생각이라고 그랬어."

"하나님 맙소사!" 루돌프가 말했다.

"이 집에서는 하나님의 이름을 함부로 부르지 말게, 루디."

"콜더우드 씨, 내가 버지니아와 한 짓이라고는 기껏해야 말이죠." 루돌프가 말했다. "백화점에서 어쩌다 따님을 만나면 점심이나 아이스크림 소다를 사 준 정도입니다."

"자넨 그애의 혼을 빼앗아 갔어." 콜더우드가 말했다. "그애는 자네 때문에 한 주일에 다섯 번씩이나 울어대지. 남자가 일부러 꼬드기기 전에는 순진한 어린 계집아이가 그렇게까지 빠지지는 않아."

청교도적인 전통이 드디어 폭발을 했구나, 루돌프는 생각했다. 플리머스 락(메이플라워호의 미국 도착을 기념하는 사적—옮긴이)에 상륙하여, 뉴 잉글랜드의 삭막한 분위기 속에서 2백 년이나 억눌렸다가, 드디어 꽃을 피우고는 미쳐 버리는구나. 빌리, 학교, 어머니, 그리고 이제는 또— 하루에 다 치르기는 너무나 벅차다.

"젊은이, 난 이 일을 자네가 어떻게 해결하려는지 알고 싶어." 콜더우드가 젊은이라는 말을 하면, 위험한 상태이다. 순간적으로 루돌프의 머릿속에서는 가능성들이 스쳐 지나갔다. 그는 꽤 기반이 단단했지만 사업의 결정적인 권력은 콜더우드의 손에 있었다. 투쟁이 벌어지겠지만, 결국은 콜더우드가 자신을 몰아내는 데 성공할지도 모른다. 바보 같은 년, 버지니아.

"나더러 어떻게 하라는 말인지 모르겠군요, 선생님." 그는 시간을 끌어 보려고 했다.

"아주 간단한 일이야." 콜더우드가 말했다. 틀림없이 콜더우드는 딸이 저지른 수치스러운 행동에 대한 즐거운 소식을 부인이 그에게 알려 주었을 때부터 줄곧 이 문제를 골똘히 생각해 보았으리라. "버지니아와 결혼해. 허지만 자넨 뉴욕에 가서 살지는 않겠다고 약속을 해야지." 콜더우드는 뉴욕 시라면 질색이구로나, 루돌프는 생각했다. 악의 소굴. "난 자넬 나와 동등한 동업자로 만들어 주겠어. 내가 죽으면, 딸과 아내에게 충분한 재산을 나눠 주고 나서, 자넨 내 주식을 모두 소유하게 돼. 자넨 결정권을 장악하지. 난 이 얘기를 다시는 꺼내지 않겠고, 책망도 하지 않겠어. 사실 난 이 문제를 영원히 머릿속에서 지워 버리고 싶어. 루디, 자네 같은 남자가 우리 식구가 된다면 난 그보다 즐거운 일은 없으리라고 생각해. 몇 년 동안 내가 가장 원했던 바가 그것이었고, 아내와 나는 우리 가정의 따뜻한 호의를 느껴 보게 하려고 자네를 초청했을 때, 그런대로 모두들 예쁘고 저마다 품행이 바르게 교육을 받으며 자랐고, 제각기 재산도 많이 가진 우리 딸들에게 자네가 어느 누구에 대해서도 관심을 보이지 않아서 실망했다네. 허지만 자네 마음에 드는 아이를 선택했다면, 왜 자네가 나한테 직접 얘기를 하지 않았는지 도무지 이해가 안 가."

"난 아무 선택도 하지 않았어요." 맥이 빠져서 루돌프가 말했다.

"버지니아는 매력적인 여자이고, 아주 훌륭한 아내가 되리라는 건 나도 확신합니다. 따님이 나한테 조금이라도 관심을 가졌으리라고는 난……."

"루디." 콜더우드가 엄격하게 말했다. "난 자네를 오래 전부터 알았어. 자넨 내가 만난 사람들 가운데 가장 총명한 남자야. 그런데 자넨 거기 버티고 앉아서 나한테다 그런 소리를……."

"예, 할 만도 하죠." 사업이고 뭐고 알 게 뭐냐. "내가 어떻게 할지를 말씀드리겠어요. 난 당신하고 여기 앉아서, 콜더우드 부인과 버지니아가 집으로 돌아오기를 기다렸다가, 두 분이 계신 데서 단도직입적으로 따님에게, 혹시 내가 언제 이상한 짓을 하려고 했는지 물어 보고 키스라도 하려고 했는지 묻겠습니다." 모두 다 어처구니없는 일이었지만 그는 이 과정을 치러야만 했다. "따님이 그랬다고 말하면, 그건 거짓말이지만, 난 상관을 않겠어요. 난 당장 여기서 나가 버리겠고 그러면 당신은 당신의 개떡 같은 사업이나 개떡 같은 주식이나 개떡 같은 딸을 마음대로 하십쇼."

"루디!" 콜더우드의 목소리는 충격을 받은 듯싶었지만, 루돌프는 그가 갑자기 자신이 없어졌음을 눈치채었다.

"만일 따님이 오래 전에 나한테 자기가 날 사랑한다는 얘기를 할 만큼 머리가 잘 돌아갔다면 말이죠." 루돌프는 기세를 몰고 나가면서 이제는 거침없이 말을 계속했다. "혹시 무슨 결과가 나타났을지도 모르죠. 난 따님을 정말로 좋아합니다. 허지만 이제는 너무 늦었어요. 알아 두셔야 되겠지만, 난 어젯밤 뉴욕 시에서 다른 여자에게 청혼을 했어요."

"뉴욕 시라고." 콜더우드가 씁쓸하게 말했다. "항상 뉴욕 시가 탈이로군."

"자, 내가 여기 앉아서 여자들이 돌아올 때까지 기다리기를 바랍니까?" 루돌프는 교만하게 팔짱을 끼었다.

"이러면 자넨 많은 돈을 손해 볼 텐데, 루디." 콜더우드가 말했다.

"좋아요. 난 손해를 많이 보겠죠." 루돌프는 단호하게 말했지만, 뱃속에서 기분 나쁜 경련을 느꼈다.

"그리고 그— 뉴욕 여자 말일세." 애원하는 소리처럼 콜더우드가 말했다. "자네 청혼을 받아들였나?"

"아뇨."

"사랑이란 그런 식이지!" 다정한 감정의 광기, 욕정의 상치(相馳), 섹스의 단순한 무질서, 이런 작용들은 콜더우드의 신앙심으로는 이해가 가지 않았다. "두 달만 지나면 자네는 그 여자를 잊게 되고, 그러면 혹시 자네하고 버지니아가……."

"그 여잔 어제는 거절했죠." 루돌프가 말했다. "허지만 지금쯤 다시 생각을 해 보고 있을 겁니다. 자, 그럼 난 뭣 하러 콜더우드 부인과 버지니아를 기다리죠?" 그는 아직도 팔짱을 끼고 있었다. 그랬기 때문에 그의 손은 떨리지를 않았다.

콜더우드는 신경질적으로 잉크스탠드를 책상 가장자리로 다시 밀어 놓았다. "자네 얘기가 사실인 모양이구만, 루디." 콜더우드가 말했다. "내 바보 같은 딸이 무엇에 홀렸는지 모르겠어. 아— 난 아내가 나더러 뭐라고 그럴지 알아— 다 내가 잘못 길렀기 때문이라겠지. 나 때문에 수줍은 성격이 되었다고. 내가 너무 감싸며 돌았다고 말야. 이 집에서 아내하고 벌였던 언쟁들을 얘기하면 자넨 놀라겠지. 정말이지 난 어릴 적에는 그렇지 않았어. 자기를 쳐다보지도 않는 남자를 사랑한다는 얘기를 어머니한테 하는 여자란 없었지. 염병할 영화들 때문이야. 여자들의 머리를 영화가 곯게 만들어. 아냐, 자넨 기다릴 필요가 없어, 내가 혼자 알아서 처리하지. 어서 가게. 나도 마음을 좀 진정시켜야겠어."

루돌프가 일어섰고, 콜더우드도 따라 일어섰다. "충고를 한마디 해 드릴까요?" 루돌프가 말했다.

"자넨 나한테 항상 충고만 하는군." 콜더우드가 골이 나서 말했다. "난 꿈만 꾸면 내 귀에다 대고 무슨 말인지를 속삭이는 자네를 보지. 몇 년째나. 그해 여름에 자네가 백화점에 나타나지 않았다면 얼마나 좋았을까 하는 생각도 가끔 해. 이번엔 무슨 충고야?"

"버지니아를 뉴욕으로 보내 줘서 비서가 되게 하고, 한 해 정도 혼자 지내게 내버려 두세요."

"훌륭하구먼." 콜더우드가 짜증스럽게 말했다. "자넨 아무렇지도 않게 그런 소릴 하지. 자네한테는 딸이 없으니까. 자, 자넬 문까지 바래다주겠어."

문간에서 그는 루돌프의 팔을 잡았다. "루디." 그가 애원하듯 말했다. "만일 뉴욕 여자가 거절하면, 자넨 버지니아 생각을 좀 해 주겠지, 안 그런가? 내 딸은 백치인지도 모르겠지만, 그래도 그애가 불행해지는 꼴은 못 보겠어."

"걱정 마세요, 콜더우드 씨." 루돌프는 막연하게 말하고는 자신의 차로 내려갔다.

루돌프가 차를 몰고 떠날 때도 콜더우드 씨는 복도의 검소한 불빛이 비치는 문간에 그대로 서서 움직일 줄을 몰랐다.

배는 고팠지만 그는 조금 더 기다렸다가 식당으로 가서 저녁을 먹기로 작정했다. 그는 집으로 돌아가서 빌리가 무엇을 하는지 보고 싶었다. 그는 또한 그레첸과 통화를 했고 2, 3일 후에는 캘리포니아로 보내 주겠다는 얘기를 조카에게 해 주고 싶었다. 그런 소식을 들으면 학교의 유령이 더 이상 그를 괴롭히지 않아서 잠을 더 잘 자겠지.

열쇠로 앞문을 연 그는 부엌에서 들려오는 목소리들을 들었다. 그는 조용히 거실과 식당을 지나 부엌 문 밖에 멈춰 서서 귀를 기울였다. "자라는 아이한테서 내가 뭘 바라느냐 하면 말야." (루돌프는 어머니의 목소리를 들었다.) "그건 왕성한 식욕이지. 난 네가 음식을 잘 먹는 모습을 보니 기쁘구나. 마사, 이 애한테 고기 한 점하고 샐러드를 좀 더 줘요. 샐러드를 안 먹겠다고 투정부릴 생각은 마라, 빌리. 우리 집에선 어떤 아이라도 다 샐러드를 먹어야 하니까."

세상에! 루돌프는 생각했다.

"아이들한테서 내가 또 뭘 바라느냐 하면 말이다, 빌리야." 어머니가 말을 계속했다. "내 비록 늙기는 했다만, 그리고 그런 여자다운 매력을 느낀다는 것도 이제는 다 옛날 일이다만—난 얼굴이 잘생긴 데다가 예절까지 바른 남자를 좋아한단다." 그녀의 목소리는 애교를 떠는 듯했다. "그리고 네가 꼭 닮은 사람이 있는데…… 버릇이 잘못 들까 봐 듣는 데서 그런 소릴 한 적은 없다만…… 아이는 허영심을 가지면 못 쓰니까 말이다…… 넌 네 외삼촌 루돌프하고 닮았는데, 그애는 읍내에서 제일 미남이라고 모두들 그랬고, 이제는 아주 미남 청년이 되었단다."

"모두들 저더러 아버지를 닮았다고 그러던데요." 열네 살짜리 아이다운 무뚝뚝한 어투이기는 했지만 반발은 하지 않는 목소리로 빌리가 말했다. 목소리를 들어보니까 마음이 아주 편한 모양이었다.

"난 여태껏 운이 없어서 네 아버지는 만나 보지 못했단다." 약간 쌀쌀한 투가 섞인 목소리로 어머니가 말했다. "여기저기 조금씩 닮은 데야 있겠지만 넌 대체적으로 우리 집안 쪽을, 특히 루돌프를 닮았어. 안 그래요, 마사?"

"그런 것도 같군요." 마사가 말했다. 그녀는 어머니에게 완벽한 일요일의 만찬을 마련해 주느라고 자리를 뜨지 않았다.

"그리고 저 눈 좀 봐." 어머니가 말했다. "그리고 지적인 저 입. 머리카락이 다르기는 하지만. 머리카락이야 뭐 별로 중요한가. 머리카락에서는 개성이 드러나지 않으니까."

루돌프는 문을 밀어 열고 부엌으로 들어갔다. 빌리는 두 여자의 가운데 식탁의 한 쪽 끝에 앉았다. 목욕을 해서 머리카락이 축축하게 눌러 붙은 빌리는 반짝거릴 정도로 깨끗했고, 음식을 마구 삼키면서 미소를 지었다. 어머니는 점잖은 갈색 드레스를 입었고 의식적으로 할머니 노릇을 했다. 마사는 다른 때보다는 덜 무뚝뚝했고, 입술도 깨물지 않았으며, 집안의 젊은이를 환영하는 눈치였다.

"아무 일 없나?" 루돌프가 말했다. "먹을 건 많이 주더냐?"

"음식 맛이 아주 좋아요." 빌리가 말했다. 그의 얼굴에서는 오후의 고뇌를 흔적도 찾아볼 수가 없었다.

"디저트로는 초콜릿 푸딩을 좋아할지 모르겠구나, 빌리." 문간에 서 있는 루돌프를 별로 거들떠보지도 않으면서 어머니가 말했다. "마사가 만드는 초콜릿 푸딩은 맛이 기가 막히단다."

"예." 빌리가 말했다. "저 그거 좋아해요."

"그건 루돌프도 디저트로 좋아했어. 안 그러냐, 루돌프?"

"예." 그가 말했다. 그는 그것을 한 해에 한 번 이상 먹어 본 적이 없었고 그에 대한 얘기를 했던 기억도 없었지만, 오늘 밤은 어머니의 환상에 쐐기를 박을 때가 아니었다. 그녀는 할머니 역할을 좀더 잘하려고 루주도 바르지 않았는데, 그것도 칭찬해 줄 만한 일이었다.

"빌리." 루돌프가 말했다. "네 어머니한테 내가 전화를 했어."

빌리는 무서운 야단이라도 맞을까 봐 두려워하면서 엄숙하게 그를 쳐다보았다. "뭐라고 그러던가요?"

"널 기다리더라. 내가 널 화요일이나 수요일 비행기에 태워 주마. 내가 이곳 사무실에서 풀려나서 널 뉴욕으로 데려가는 길로 곧장."

아이의 입술이 떨렸지만 그가 울음을 터뜨릴 염려는 없었다. "말투가 어떻던가요?" 그가 물었다.

"네가 온다니까 기뻐하더구나." 루돌프가 말했다.

"불쌍한 딸년." 어머니가 말했다. "그렇게 살아왔다니. 운명의 장난이었어."

루돌프는 어머니를 쳐다보지 않으려고 했다.

"참 부끄러운 일이구나, 빌리." 그녀는 말을 계속했다. "이제 겨우 서로 만났는데, 네가 이 할머니하고 같이 지낼 시간이 없다니. 허지만 이젠 얼음장은 녹아 버렸으니까, 내가 널 만나러 찾아갈지도 모르겠구나. 그러면 좋지 않겠냐, 루돌프?"

"아주 좋죠."

"캘리포니아라." 그녀가 말했다. "난 항상 그곳이 보고 싶었어. 늙은이한테는 그곳 날씨가 좋지. 그리고 내가 들은 얘기로는, 거긴 낙원이나 마찬가지라더라. 내가 죽기 전에…… 마사, 빌리에게 어서 초콜릿 푸딩을 가져다줘야죠."

"알겠어요, 마님." 식탁에서 일어서면서 마사가 말했다.

"루돌프." 어머니가 말했다. "너, 뭐 좀 먹지 않겠어? 행복한 가정에 끼어들고 싶지 않니?"

"아뇨, 고마워요." 행복한 가정에 끼어들 생각이 그에게는 조금도 없었다. "난 배고프지 않아요."

"그럼 난 자러 가야겠다." 어머니가 말했다. 그녀는 무거운 몸을 일으켰다. "내 나이에는 미용을 위해서 잠을 자 둬야지. 허지만 위층으로 자러 올라가기 전에 이 할미한테 와서 잘 자라는 키스야 한 번 해 주겠지, 안 그러냐, 빌리?"

"그러죠, 아주머니." 빌리가 말했다.

"할머니야."

"할머니." 빌리가 얌전하게 말했다.

그녀는 허우적거리며 방을 나갔다. 마지막으로 승리에 찬 눈으로 루돌프를 한 번 노려보면서. 뒤에는 피를 감추고, 남의 눈에 뜨이지도 않고, 스코틀랜드보다 따뜻한 나라에서 지금은 사춘기 아이들의 유치원을 멋지게 운영하는 맥베드 부인.

"안녕히 주무세요, 어머니, 편히 주무세요." 소리를 하면서 루돌프는 어머니들은 밖에 내놓아선 안 되는 건데, 하고 생각했다. 당장 쏘아 버려야 마땅하지.

그는 집을 나와서 식당에서 저녁을 먹고, 화요일이나 수요일 중 어느 날 밤에 만나 주겠느냐고 물어 보기 위해서 뉴욕의 진에게 전화를 걸려고 했다. 그녀의 아파트먼트에는 전화를 받는 이가 없었다.

(3권에서 계속)